攀登乌东德

刘军 秦建彬 ◎ 著

长江出版社
CHANGJIANG PRESS

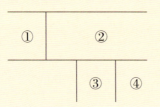

① 2003 年乌东德坝址原貌

② 2005 年乌东德坝址

③ 2008 年乌东德坝址

④ 2013 年乌东德坝址

①金坪子滑坡体全景

②旱谷田危岩体全景

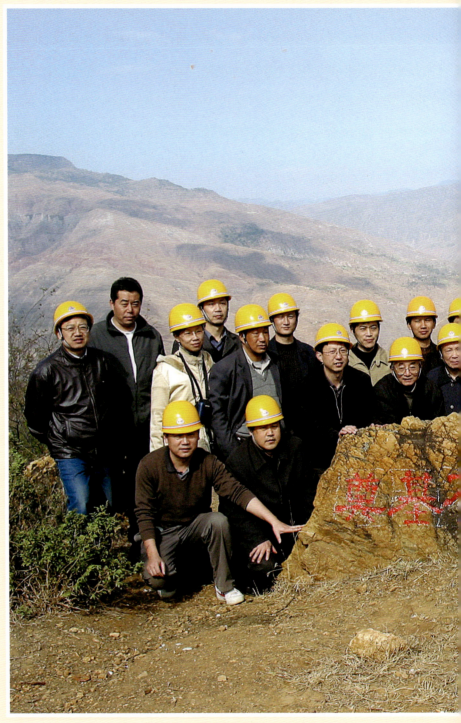

2003 年 12 月长江设计院乌东德水电站基地奠基现场人员合影

2015 年 12 月乌东德水电站正式开工

① 2017 年 1 月大坝基坑开挖完成

② 2017 年 3 月大坝第一罐混凝土入仓

③ 2017 年 6 月左岸地下电站主厂房首台机组座环吊装施工

①

② ③

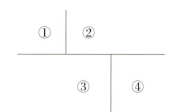

① 2018 年 1 月浇筑中的大坝（下游侧）

② 2019 年 12 月大坝首个坝段浇筑到顶

③ 2019 年 12 月右岸 7 号机组转子吊装

④ 2021 年 6 月全部机组投产发电

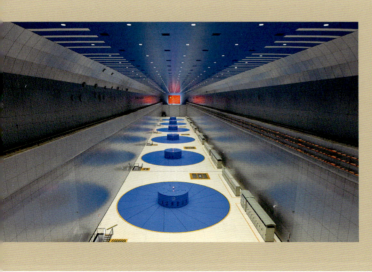

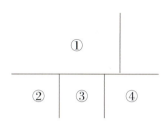

①乌东德水电站枢纽全貌

②乌东德水电站地下厂房

③跨越金沙江的洪门渡大桥

④乌东德水电站集控楼（K25溶洞改造后）

专家把脉乌东德水电站

攀登 乌东德

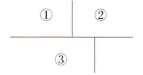

① 2008 年勘探现场合影

② 2016 年大坝建基面验收合影

③ 2020 年 1 月大坝中孔过流现场合影

乌东德现场党员开展党建活动

连续十年开展乌东德库区学校爱心助学活动

江河为证：铸大国重器

在金沙江的峡谷深处，一座巍峨的水电站，承载着"西电东送"使命的国家重大工程——乌东德水电站拔地而起。作为这项世纪工程的勘察设计者，我们深知这项水电工程的重要性，在责任与使命、发展与创新的驱使下，始终保持着旺盛的精力与奉献精神。偏僻的地理位置、极差的交通条件和落后的生产生活条件，使乌东德水电站的勘察设计面临重重困难。我们吃着从来没有吃过的苦，经历着从来没有经历过的难，承担着很多人不敢承担的责，表现出令人动容的不畏艰难、甘于奉献、善于创新的长江设计人精神。

这支队伍牵头完成了世界上首个百万千瓦水轮发电机组的研究、设计等工作，在重大机组设备上探索出了一条新路径，助推我国装备制造迈入自主设计、自主制造、自主运行的新时代。这座水电站不仅承载着发电的功能，更承载着一个民族对科技创新的追求、对工程质量的执着、对美好生活的向往。

江河做证：工程师的精神图腾

长江，作为中华民族的母亲河，见证了中华文明的诞生与成长。从古至今，治水始终是中华民族的重要课题。大禹治水的动人传说、三峡工程的举世瞩目、治水先贤的智慧与精神早已融入中华民族的血脉。作为新时代的水利工程师，我们继承的不仅是治水的技艺，更是这种与江河共生的精神。

在乌东德水电站的勘察设计过程中，我们面对的不仅是复杂的地质条件和恶劣的自然环境，更是对传统水利工程理念的突破与创新。每一种设计方案的选择，每一个参数的确定，都凝聚着工程师们对专业的敬畏、对极致的追求。

工程师文化是一种独特的文化形态，它既有科学的严谨，又有艺术的创造；既有理性的思考，又有感性的表达。在乌东德水电站的设计中，我们不仅追求技术的完美，更追求工程与自然的和谐，追求功能与美学的统一。

精益求精：大国工匠的执着追求

习近平总书记在 2024 年全国两会期间指出："大国工匠是我们中华民族大厦的基石、栋梁。"

在乌东德水电站的勘察设计过程中，我们经历了无数次的方案优化和技术攻关，每一个环节都凝聚着工程师们的心血和智慧。整个工程建设期只有 7 年多，但是设计前后却经历了 20 余年。我们深知，国之重器容不得半点马虎。勘察设计是工程建设的先导和灵魂。乌东德水电站的设计创造了多项世界第一、10余项行业首次的纪录。同时，工程还摘取多项大奖：

2022年9月，乌东德水电站荣获菲迪克工程项目奖。

2022年11月，乌东德水电站入选2022年中国新时代100大建筑名单。

2023年1月，乌东德水电站入选"人民治水·百年功绩"工程项目名单。

2023年6月，乌东德水电站荣获中国长江三峡集团有限公司（简称"三峡集团"）首届水电"精品工程"荣誉称号。

这些成就的取得，不仅源于我们对技术突破和工程美学的执着追求，更源于我们对工程规律的精准把握和对工程本质的深刻理解。我们深知，质量是工程的生命。在乌东德水电站的建设过程中，我们始终坚持"质量第一"的原则，建立了严格的质量控制体系。从设计到施工，从材料到工艺，每一个环节都严格把关，确保工程质量达到最优。

薪火相传：工程师文化的传承与创新

乌东德水电站的勘察设计团队中，既有经验丰富的老专家，也有充满活力的年轻工程师。这种年龄结构的组成，不仅保证了工程设计的质量，更体现了工程师文化的传承。随着乌东德水电站设计建造成功，形成了一支由老中青三代工程师组成的技术队伍，这是继三峡工程后又一道人才成长风景线，是未来事业发展的希望。

在乌东德水电站的勘察设计中，我们不仅追求技术的先进性，更追求工程的可持续性。我们注重环境保护，注重生态平衡，注重社会效益。这种创新理念，正是工程师文化与时俱进的具体体现。

工程师精神是时代精神的缩影。我们不仅创造了物质财富，更创造了精神财富。这种精神财富不仅属于我们这个时代，更属于未来的工程师。我们相信，这种精神将会代代相传，激励一代又一代的工程师们不断追求卓越。

站在乌东德水电站的坝顶，俯瞰奔腾的金沙江，我们百感交集，深感自豪。这座水电站不仅是智慧和汗水的结晶，更是中国水利工程精神的见证。它助推了中国工程师的成长，诠释了新质生产力的实践，见证了中国科技的进步。这座水电站将会成为新时代的工程注脚，激励更多的工程师为国家的建设贡献力量。

在古老的中国，每一条大江大河都被赋予了太多的哲学思想和美学意义。它们对人类的滋养和影响，人们对它们的改造与开发利用，相互交织、累积堆叠，成为我们的民族记忆、地域特色和生命密码。

让我们以江河为证，以工程为笔，继续书写祖国广袤大地上的辉煌篇章。

中国工程院院士 钮新强

2025 年 3 月

自 序

经过多年努力，在众多工程技术人员的协助下，《攀登乌东德》一书终于画上了句号，这实在不是一件容易的事情。

我用一年多的时间，在长江设计集团有限公司（简称"长江设计集团"；前身为长江勘测规划设计研究院，简称"长江设计院"）进行了广泛、深入的采访。面对我这个外行，技术人员尽量用深入浅出的语言，讲述了自己参与乌东德工程设计的故事，让我走进了一座风光秀丽、曲径通幽的园林，移步换景，美不胜收。

任何一座大型的水利水电工程，都需要经历较长的前期工作阶段，包括勘察、规划、设计、科研，以及与之配套的水土保持、水资源保护等。工程正式开工后，更需要业主、设计、施工、监理等参建各方，以及地方政府与相关部门的精诚协作。而每一个参建单位，其内部的专业分工也十分精细复杂。因此，工程建设从来都是一项复杂的系统工程，是集体智慧的结晶。

一项优质的工程，对人的锻炼是非常大的，因此能够参与工程建设的人都会深感幸运。在他们的身后有各自的团队，有无数的合作伙伴，他们又赶上了我国水利水电大发展、大繁荣的好时期，这些都为他们发挥聪明才智提供了舞台。

在工程建设中，每个团队有自己的故事，每个人也有自己的故事，这些故事相互交织，可以绘就一幅工程建设的壮观画卷。乌东德水电站就是这样一项优质的工程，长江设计院就是这样一支优秀的团队，参与工程建设的长江设计人就是这样一群幸运的人。他们用自己的心血、汗水和智慧，为乌东德工程绘制了最美的蓝图，并亲手将蓝图化作了现实。

2020年，我受长江设计院邀请，前往建设中的乌东德工地进行采访。此时工程首批机组即将发电，机组安装步入高峰期，因此在现场的设计人员中机电工程设计研究院（简称"机电院"）人数最多，仅接受采访的就有20多人。同时接受采访的，还有从事工程勘测、规划，以及枢纽、施工和移民设计的众多人员。回来后，乌东德水电站设计总工程师、全国工程勘察设计大师翁永红为我安排了更多的采访对象。

本书的创作得到了长江设计人的广泛支持。一次次的采访，让我了解到水工建设的诸多常识，近距离地感受到长江设计人做事的认真和执着。为了接受采访，有的人推迟了出差的出发时间，有的人专程从避暑胜地赶回来。我忘不了他们那坦诚的眼神、对事业热爱的心。为了让我对他们的工作有所了解，在采访之前，他们都要花一段时间，尽可能用通俗易懂的语言把他们的专业知识对我科普一番，然后再娓娓而谈，这让我明显感受到他们对长江、对长江设计院的热爱。这热爱如江河之水，浅则潺潺而流，深则波澜不惊，有时湍流前行，更能激起一阵阵浪花。

我想，我应该为他们留下一部不一样的报告文学，用普通人能看懂、专业人士也爱看的形式，记录乌东德工程勘察设计的全过程，讲述属于他们自己的故事。

因此我将《攀登乌东德》定位为长江设计院乌东德建设团队的群英

谱。这个团队专业齐全、阵容强大，且各具特色。他们用心血和智慧将乌东德水电站建成了大国重器。而我只是以通俗、形象的文字记录工程勘测设计的全过程。如果读者能够通过这本书，了解长江设计院这个集体，从中感受"团结、奉献、科学、创新"的长江委精神和"奉献、团队、创新、服务、实干"的长江设计院企业精神，那就更让我欣慰了。

时间是生活的长河，是生命的枝叶，是历史的注释，是时代的画卷。我们不可能选择自己生于哪个时代，但可以选择如何面对自己所处的时代。在乌东德工程的建设过程中，每个长江设计人都做出了自己的选择。他们不仅高质量地完成了这项工程设计，更提升了自己。他们可以骄傲地说，他们无愧于乌东德工程，无愧于"工程师"的光荣称号，更无愧于长江水利水电事业，同样也无愧于那段人生！

如今，乌东德水电站已经建成，并发挥出巨大的综合效益，长江设计人也逐步从工地撤出，有的回后方大本营从事其他工程设计，有的奔赴下一个工地。过去的都让它过去吧，但未来却永无止境，并且充满希望。这希望犹如和煦的阳光，为我们提供着光和热，以及取之不尽的资源。希望它能像多级火箭那样，将我们一级级地向前推进，直至达到下一个目标。

感谢乌东德，感谢长江设计院团队，它们让我看到了曾经激情燃烧的岁月，更让我看到了长江水利事业的光明前景。

刘 军

2024 年 12 月

自 序

金沙江的浪花里，仿佛蕴藏着时间的密码。2006年，当地质锤的回响穿透乌江彭水水电站的岩层，我意外触碰到乌东德这块未解的"璞玉"。那时，乌东德水电站地质团队前来我所在的乌江彭水水电站施工工地调研，双方围绕岩溶地区筑坝的挑战、科学理念与应对技术，展开了热烈而率直的交流。那氛围，充满了对自然的敬畏与顺应。如今回望，那场交流宛如在20余年的时光长河里，悄然在我记忆的河床投下了一块刻着"乌东德"的印记。

2010年9月，当我第一次踏入乌东德水电站勘察设计现场，身份已然转变。我用镜头和文字，记录下地质同事们在那艰苦环境中苦中作乐的奉献与奋斗。朝夕相处的日子里，我们总有说不完的共同话题。谈及勘察之难，他们形容如同攀登蜿蜒起伏的山峰，但坚持终会迎来峰回路转。初听只觉新鲜，细品之下却深受感动——那是何等可敬的坚韧！

此后，我与乌东德的交集日益频繁。这里应用了无数新理念、新技术：从三维设计世界"诞生"的纸上电站变得鲜活，令人振奋；大坝建基面三维实景建模，精准构建空间形态，令专家惊叹；"静力设计，动力调整"的拱坝体形优化新方法，大幅提升抗震性能，开创理论先河。最难忘的，莫过于一钻"锁定"金坪子滑坡的"终身不滑神话"，为乌东德的选址与梯级开发奠定了难以复制的宝贵地质基础，至今仍是津津乐道的"硬资本"。2020年9月，我有幸随乌东德水电站设计总工程师翁永红在中央电视台《开讲啦》分享勘察设计的传奇；2023年，又协助中央电视台《治水记》摄制组奔赴现场，记录堪称生态与工程完美结合的发电尾水集鱼系统。未曾想，这些不断演绎的故事，或许能谱写成新时代的《水经注》。

时光流转，乌东德已如巍峨山峰，深深矗立在我的心间，成为生命中最珍贵的财富之一。作为水利文化工作者，它自然是我关注的焦点与主线。在每一个改变工程历史的关键节点，我的思绪与笔触都聚焦于此，饱含激情地描绘乌东德背后的长江设计故事和那群"智"造者——他们继三峡工程、南水北调中线工程之后，又铸就了第三座载入企业史册的水利丰碑。

仔细盘点在汉的10余年，我已悄然融入乌东德成长的辉煌岁月，亲眼见证一项项世界级难题如何被破解，一项项创新成果如何成就奇迹，更亲身感受着"奉献、团队、创新、服务、实干"精神浇灌下，这支技术团队如何淬炼成钢。同事们舍小家为大家，长期坚守深山，忍受恶劣环境与分离之苦，在近乎垂直的峭壁开凿勘探路，用双脚丈量两岸山地。他们牢记初心，砥砺奋进，无数长江设计人为金沙江水电资源开发和水利水电技术进步，做出了不可磨灭的历史贡献，值得我们永远铭记。如今乌东德发电已逾五年，我仍用文字，再现工程背后的点滴奇迹。

此次受中国水利作家协会的邀请，我有幸参与《攀登乌东德》的创作。在这段磨砺淬炼的历程中，往昔点滴如潮水般涌来。落笔的每一段文字、每一幅画面、每一次挑战、每一份坚持，都让我仿佛重回那片土地、那段岁月。作为新时代的"大国重器"，乌东德日新月异，故事层出不穷，为新时期水利文学提供了取之不尽的源泉。伟大的工程呼唤伟大的作品，伟大的作品映照伟大的时代。如此想来，我们的这本书只是起点，乌东德的故事仍在续写，我们的记录依然任重道远。

此刻提笔，金沙江水拍岸声犹在耳畔，心潮澎湃。谨以此书，致敬所有参与乌东德工程的建设者、勇攀"乌东德高地"的长江设计人！愿我们的文字汇入长江文明的浩荡长卷，让那深谷中闪耀的创新之光，照亮人类与自然和谐共生的未来。

秦建彬

2025 年 1 月

一

乌东德，位于云南省昆明市禄劝县的金沙江畔，意为"五谷丰登的坪子"。但这里并没有多少平地。严格来说，一进入禄劝县，映入人们眼帘的就只有山。一座座高低不等、形状各异、蜿蜒起伏、连绵不绝的山，以自己的身姿，为人们勾画出了丰富的天际线。不知他们肩并肩地在这里站立了多少年，也不知道他们肩并肩地还要在这里站上多少年。在大山深处蜿蜒的，是金沙江，这条在世人心中充满神秘色彩的大江，不知在这里流淌了多久，还要继续流淌多久。

在乌东德，也没有五谷丰登。山水之间，祖祖辈辈生活在这里的是汉、彝、藏、回、布依、傈僳等十多个民族。甚至在乌东德的坝址处，有一个傣族村庄，至今还保留着泼水节的习俗。他们有山一样的伟岸，水一样的灵动，却因恶劣的自然环境，过着清苦的日子。这样的面貌，即使在 21 世纪初的几年，也没有得到根本改变。如果没有乌东德工程，这里或许藏诸深山，默默无闻。

二

乌东德虽然不是"五谷丰登的坪子"，但却以丰富的水能资源，如磁石一般紧紧地吸引着水电建设者的目光。包括乌东德在内的金沙江地区，始终是国家重要的水能宝库。

早在 20 世纪 50 年代，长江水利委员会（1956 年以前、1989 年以后为长江水利委员会，简称"长江委"；1956—1989 年为长江流域规划办公室，简称"长办"）经过勘察，就在攀枝花—宜宾的金沙江下游确定了鲁吉嘎（即乌东德）、白鹤滩、溪洛渡、向家坝 4 座梯级水电站，并写入 1960 年编制完成的《金沙江流域规划意见书》。1965 年春天，林一山主任率队查勘金沙江虎跳峡，向长办职工发出"征服玉壁金川"和"为三峡工程练兵"的号召，金沙江水能开发第一次引起了国人的关注。此后，1990 年国务院批准长江委修订的《长江流域综合利用规划简要报告》和 2009 年由长江委编制完成的《金沙江干流综合规划报告》，均将乌东德水电站推荐为金沙江下游水电开发的第一个梯级。

2003 年，伴随着金沙江水能大开发的春风，长江设计院调集精兵强将，对乌东德坝址进行了一次次的现场勘察，并为乌东德水电站确定建设基调：坝址位于乌东德，大坝形式为混凝土拱坝，正常蓄水位 975 米，最大坝高 270 米，电站装机 12 台，总装机容量 1020 万千瓦。

21 世纪的第二个十年，乌东德工程步入建设高峰期，大事喜事接连不断：

2010 年 5 月 16 日，《金沙江乌东德水电站预可行性研究报告》顺利通过审查；10 月，国家发展改革委办公厅同意乌东德水电站开展前期工作。

2011 年 1 月，项目开始筹建。2014 年底筹建工程基本完成。

2015 年 8 月 2 日，《乌东德水电站可行性研究报告》编制工作圆满完成；12 月 16 日，国务院常务会议决定批准包括乌东德在内的一批清洁能源重大项目；12 月 24 日，乌东德水电站正式开工。

2016 年 12 月 18 日，乌东德水电站大坝建基面开挖完成。

2017 年 3 月 16 日，乌东德水电站大坝第一仓混凝土开浇；6 月 8 日，乌东德左岸地下厂房首台座环吊装顺利完成。

2018 年 4 月 11 日，乌东德水电站二道坝开浇；11 月 16 日，水电站泄洪洞进水塔全部封顶。

2019 年 6 月 18 日，乌东德水电站二道坝喜封金顶；12 月 16 日，世界首台单机容量 85 万千瓦水轮发电机组转子成功吊装；12 月 20 日，乌东德水电站大坝首个坝段（12 号坝段）浇筑至坝顶高程 988 米；12 月 31 日，乌东德水电站工程通过蓄水验收。

2020 年 1 月 15 日，乌东德水电站下闸蓄水；5 月 4 日，乌东德大坝全线浇筑到顶；5 月 25 日，乌东德水电站首批机组通过启动验收；6 月 11 日，乌东德水电站大坝全线贯通。

更让乌东德建设者们刻骨铭心的是，2020 年 6 月 29 日，乌东德水电站首批 2 台 85 万千瓦机组正式投产发电之际，习近平总书记代表全党全国，对他们发出了殷殷嘱托：

"乌东德水电站是实施'西电东送'的国家重大工程。希望同志们再接再厉，坚持新发展理念，勇攀科技新高峰，高标准高质量完成后续工程建设任务，努力把乌东德水电站打造成精品工程。要坚持生态优先、绿色发展，科学有序推进金沙江水能资源开发，推动金沙江流域在保护中发展、在发展中保护，更好造福人民。"

此后的一年，广大建设者们不忘初心，牢记使命，将习近平总书记的嘱托化作无穷的动力，以更加饱满的精神投入工作。2021 年 6 月 16 日，乌东德水电站 12 台机组全部投产发电，为中国共产党的百年诞辰送上了自己的贺礼。乌东德工程也由此宣告建成。

千百年来汩汩流淌的金沙江水化作巨大电能，造福千家万户；乌东德广大建设者以自己的力量，将一座永载史册的巨型电站，在金沙江的崇山峻岭中，由理想化作了现实。

乌东德水电站创造了世界水电史上的 7 项第一（或之最）——世界上断面最大的导流洞（19.9 米 ×27.2 米），最深的围堰防渗墙（97.7 米），最薄的 300 米级混凝土双曲拱坝（厚高比 0.19），大坝单位坝顶弧长泄量世界第一（81.94 立方米每秒每米），当时世界最高的地下厂房（89.8 米），最大开挖直径的尾水调压室（53 米），最大的水轮发电机组（85

万千瓦）。

此外，电站建设还创下了我国水电行业的 15 项首次的纪录，这在后面将一一提到。

三

人需要攀登山路，才能俯视大地江河。所有的成功都得之不易，所有的奇迹都需要辛勤的付出。乌东德工程给所有参建者提出了严峻的挑战，而广大参建者们也迎难而上。他们是勇者，勇者为山；他们是智者，智者为峰。

在乌东德水电站首批机组发电前夕，笔者受长江设计院邀请，来到乌东德工地。在工地的主建筑——中国三峡大厦进门大厅正中，悬挂着 2018 年 4 月 26 日习近平总书记在三峡升船机与三峡集团代表交流时的巨幅照片，旁边的电子屏上显示着总书记在现场发表的讲话：

"国家要强大、民族要复兴，必须靠我们自己砥砺奋进、不懈奋斗。行百里者半九十。中华民族的伟大复兴，不会是欢欢喜喜、热热闹闹、敲锣打鼓那么轻而易举就实现的。我们要靠自己的努力，大国重器必须掌握在自己手里。要通过自力更生，倒逼自主创新能力的提升。"

随着对长江设计人采访的不断深入，笔者对乌东德工程和长江设计院设计团队的工作有了更深入的了解，他们用自己的勤劳与智慧，将乌东德水电站建成了一项精品工程，一座大国重器。本书仅仅讲述他们为乌东德水电站进行勘察设计的故事。

　　乌东德水电站位于长江金沙江段，右岸属云南省昆明市禄劝县，左岸属四川省凉山州会东县。电站上距攀枝花市 213.9 千米，下距白鹤滩水电站 182.5 千米，与两省省会昆明和成都市区的直线距离分别为 125 千米和 470 千米；与广州、武汉、上海等电力负荷中心的直线距离分别为 1200 千米、1250 千米和 1950 千米。坝址控制流域面积 40.61 万平方千米，多年平均流量 3830 立方米每秒，相应多年平均径流量 1207 亿立方米。乌东德水电站正常蓄水位 975 米，相应水库回水长度 153 千米，水库面积 127.1 平方千米，总库容为 74.08 亿立方米。电站由混凝土双曲拱坝、两岸地下厂房和隧洞泄洪设施等组成，最大坝高 270 米，总装机容量 1020 万千瓦，多年平均发电量 389.1 亿千瓦时。工程任务以发电为主，兼顾防洪及航运，并促进地方经济社会发展，是"西电东送"最大水电基地的重要电源之一，也是金沙江下游河段规划建设的 4 个水电梯级中的第一个梯级。

　　在彝语中，乌东德的意思是"五谷丰登的坪子"。但在这里除了绵延无际的群山和切割深刻的沟谷，几乎看不到平地。这里也没有五谷丰登的坪子，干热的河谷里连野草也难以生长。当地百姓盼着五谷丰登，却过着"水深火热"（山高水深，气候干热），辛苦劳作一年也吃不上几顿饱饭的贫苦日子。

　　让这里有巨大改变的，是一座与乌东德同名的水电站。它的开工建设始于 2015 年，但有关这个电站的设想，却可以追溯到

20 世纪的 50 年代。最初设想这个工程的是长江委。

本书的故事，就从乌东德这个地方说起。

一、初见乌东德

长江委开发金沙江水电的设想，早在新中国成立前就开始了。

1937 年，日本全面侵华，南京沦陷后，扬子江水利委员会（长江委的前身）随国民政府内迁到重庆。为稳定后方，持久抗战，他们制订了开发西南水利的一系列计划，并做了一些前期工作，其中就包括在石鼓、金沙街、华弹、屏山设立水文站或水位站，开始连续的水位与流量观测。限于当时国家危难、财力窘迫，这些测站条件极其艰苦，水文观测很不精确，还存在各测站数据不闭合的现象。但它毕竟揭开了金沙江水文实测的第一页，也掀开了长江水利人进军金沙江的全新一页。

新中国成立后，西南水电部和长江委上游局先后在金沙江干流及主要支流上布设了 15 个水文（水位）站，形成了较为完整的水文站网，初步摸清了金沙江的"脾性"。在此基础上，长江委设计部门于 1960 年完成了最早的《金沙江流域规划意见书》，提出对金沙江下游（攀枝花—宜宾）实行四级开发，乌东德名列其中，这也是乌东德在我国水电开发史上的第一次亮相。

二、首勘虎跳峡

20 世纪 60 年代，长江委在金沙江畔开展了一系列的水电勘察与规划工作，其中的最高潮，无疑是 1965 年林一山主任和李镇南总工程师带队查勘虎跳峡。

在写作此书时，长江设计院副总工程师、乌东德水电站设计总工程师翁永红为我提供了一份极为珍贵的内部宣传资料，名字就叫《西征玉壁金川》，编写单位是长办，时间是 1965 年 5 月，作者署名是长办虎跳峡勘察小组。那次考察历时 4 天，资料中记述了考察的全过程。尤其是其中有关"行路难"的几段内容，因时间久远，更显格外珍贵。笔者在此对原文摘录，可以让大家感受一下什么是"蜀道之难，难于上青天"。

"第一天，要过'24道拐'。说是'24道拐'，实际上有三四个'24道拐'，我们沿着石壁上的羊肠小道盘旋攀登。据说前不久，有一头200多斤的肥猪在附近掉下去了，主人进入虎穴深处，只找到四斤肉。

第二天，我们开始走'牙叉角'的路。有人形容到'牙叉角'走腰岩，如同走钢丝绳一样，每走一步都要寻找新的平衡。所谓腰岩，就是在面临金沙江怒涛的千米悬的半腰间，有一线栈道，如悬挂在峭壁周边的丝绳，上坡偏遇滑石，下坡偏遇奇弯。碰巧，正当我们通过时，又遇到了大风。这里传说，自古风大不过腰岩巅。但是，为了揭开虎跳峡的神奇面目，我们在这最恶劣、最危险的时刻奋勇向前了。

第三天，我们在'大深沟'的险路上前进。'大深沟'展示了'两崖一缝相峙，洞水飞溅于绝壁之中'的情景。远眺高山，只觉得峰与天接，而不见其顶；俯瞰涧水，唯感水震山撼，而莫测其底。人们经历其境，或是贴崖盘旋，或是嵌壁而行，或是攀登在欲看山石坠的边缘之上。这样上登几百米又在石脊下垂的险道下行几百米，时而侧身而进，破隙而出；时而循崖傍壁，盘其壑底……在我们过'大深沟'时，就看到人要把胸部紧贴在岩壁上一步一步向前挪动的险情。在这一段路上，仰首上看，百丈陡崖直插云霄，望而生畏！侧目下窥，无底深渊垂下千尺，不寒而栗。走了这段路还不说，还要在猫钻天的险地中，冒着被猫钻天的绝险。突破虎穴的最后难关是过'空欢喜'。什么是'空欢喜'？就是当你爬上了一个险峰以后，原以为是到了山顶，其实是一场空欢喜，因为前面还有更险的山峰！要这样空欢喜好几次，一直从2400米升到3200米的高程。要知道，海拔3000米以上气压只有525毫米汞柱，氧分压相应达到111毫米汞柱，都要比平地减少1/3左右，这就是登山人称为'不完全代偿带'的地区了。

第四天，我们开始突破最后一道防线。大家走在山路曲折的陡岩上面，虽不是一步一惊，但也要三步一停，五步一息了，而且是要看就不能走，要走就不能看。否则就有可能失足坠入深渊。有人曾大胆地从石崖层叠边处，下视波涛金川，不一会儿就被这触目惊心的景象弄得头昏目眩起来。登上一峰，同一柱中悬；再过一峰，又有丛山矗立。如果是顺崖而上，人行其间，越是回顾来程，越是感到惊险；越是前看去路，就越是觉得难行。所以要高度重视脚下，才能放心移出步伐。有时我们回首垂望那悬在山崖上的天梯，要不是自己刚走过的路，真不敢相信自己能走过来。"

这份内部资料还描述了当地山民对勘察小组的欢迎。"我们的到来，引起了当地人民极大的注意，他们奔走相告，'探宝的人来了！'当他们知道我们当中有林主任、张专员、李总工程师以后，一再说：'阿博博！''阿博博'意思就是'不得了'。他们还说，这个过去被认为穷困的石坎坎，现在变成有宝的地方了，不然哪会来这么多负责同志呢？

当地还流传着这样一个传说：玉龙山为了惩罚哈巴山堵金沙江不利，就飞出虎口七剑，把哈巴山头斩掉了。对勘察组讲这个故事的徐正荣老人开玩笑地说：'要是你们能早点来，哈巴山的头就不一定会被砍去，因为你们有堵住金沙江的本领。你们是毛主席派来的队伍呀！'

这个传说反映了人民的心愿，使我们受到了强烈的鼓舞。这一切生动地说明：我们这次勘察，已在人民群众中起到了相当大的政治宣传作用。"

这支队伍经过实地勘察，认为虎跳峡段水量稳定而又丰沛，是长江水系之冠，可以开发。他们按照当时的水电开发条件计算，预测分三期开发，建几座水电站，发电能力达 880 万千瓦，使得这块玉壁金川发出灿烂的光辉，映照祖国的大西南。

此篇的结束语是："千百万年以来，不让金沙江跑掉的伟大历史任务，将由我们担当起来。"

三、测站设与撤

林一山率队勘察虎跳峡后不久，"文化大革命"爆发，治江工作遭受严重挫折。长江委"征服玉壁金川"的工作全面叫停，相关机构撤销，人员撤回。此后，由于葛洲坝、隔河岩、三峡等工程相继开展，长江委对金沙江开发难以兼顾。1997 年，长江委上游水文局金沙江勘测队（攀枝花分局前身）奉命在云南省禄劝县大松树乡金沙村的金沙江南岸打下的第一组专用水尺和建成的第一座乌东德专用水位站。当时的一切都是因陋就简，水尺设立后马上投入使用，最初的建站人员就地成为水位观测员。这也是长江委人在乌东德坝区设立的第一个专门机构。

可惜的是，由于种种原因，这座长江水文人千辛万苦建成的专用水位站在运行了整整两年后，于1999年1月停止观测，随后正式撤销。长江委针对乌东德工程所做的水文计算，重新回归到从上下游水文数据推算的旧轨道中。乌东德工程水文工作的首次尝试，在仅仅迈出一小步后，不得不停顿下来。

举全院之力　志在必得

钮新强院长曾经形象地将乌东德工程勘察设计比作"乌东德高地"，并以此作为长江设计院在后三峡时代的重要业绩支撑点。他的这个设想始于2002年，但在长江设计院被广为人知，却是在2003年。

第一节　工程高地

2002年，是长江设计院发展的关键之年。

在这一年，长江委勘察、设计等几家单位联合组建成一个拥有3000人队伍的长江勘测规划设计研究院，并整体实现企业化改制，传统的"铁饭碗"变成了"瓷饭碗"。

在这一年，三峡工程实现导流明渠截流，随即要在下一年实现蓄水、通航、发电三大任务。

同样在这一年，刚刚40岁的钮新强正式担任长江设计院院长，成为这支几千人队伍的带头人。在设计主业快速发展的当时，他却透过表象，思索着一个当时没有多少人想到的问题——三峡工程完成后，设计院该怎么办？

这样的想法，在钮新强担任院长之前，就已经出现过了。他知道，伴随着三峡工程各项任务的完成，长江设计院的设计工作经费将越来越少，如果不未雨绸缪，寻找新的事业增长点，设计院的好日子可能就要走到头了。随着综合勘测局的并入，以及单位的企业化改制，这样的考虑就更为紧迫了。

对于新的业务增长点，也是未来工作的重点，钮新强将视线放在了金沙江，尤其是其下游的4座巨型水库——乌东德、白鹤滩、溪洛渡、向家坝，因为它们的装机容量加起来抵得上两个三峡工程，其设计市场相对广阔。

可当时的现实却远比设想残酷。这4座水电站的设计市场，其中的向家坝和溪洛渡已"名花有主"，乌东德和白鹤滩水电站尚未立项，也有相关设计院深耕多年。

时任全国政协副主席、水利部原部长钱正英深知长江委在金沙江深耕多年，对此深感可惜。她曾不止一次对业主三峡集团说："你们兴建这些水电站，要听听长江委的意见。"

时任长江委主任的蔡其华也回忆道："钮新强院长曾向她汇报长江设计院正计划向金沙江下游的几个电站进军，但信心并不充足。"

钮新强当时的想法是，金沙江水电站开发对设计院的生存与发展至关重要，哪怕只有1%的希望，也要付出100%的努力。设计院高层经过商议，决定参加乌东德水电站设计招标。

钮新强的想法得到了长江委党组的高度赞同。蔡其华主任明确指出，长江设计院一旦中标，长江委将举全委之力，像支持三峡工程一样支持乌东德工程，把乌东德工程设计成为优质的水利工程。从设计院走出的老领导，包括中国工程院院士郑守仁、全国工程勘察大师陈德基、全国工程设计大师徐麟祥，以及老院长袁达夫等人也表示极力支持。

经过不懈努力，长江设计院如愿参加乌东德工程的设计投标工作。

但在 2002 年下半年，由于三峡工程设计任务繁重，钮新强有关乌东德的设想，仅在设计院高层取得共识，此外鲜有人知。

2003 年初，随着三峡工程设计任务大头落地，乌东德工程设计招标时间的临近，长江设计院才正式召开了动员会，钮新强院长宣布长江设计院正式参加乌东德工程的设计投标，鼓励全院职工心往一处想，劲往一处使，向着这个高地努力攀登。

对于向乌东德进军，设计院各方是普遍认同的，但对"乌东德高地"事关设计院的生死存亡，不少人却不以为然。有人认为设计院的"事改企"只是走个形式，换汤不换药；有人认为，设计院实力强劲，拿着金字招牌不愁没有饭吃；也有人认为，长江委家大业大，即使设计院遭遇困难，全委兄弟怎么也会拉一把。

但事情的发展，很快让大家认识到这个战略的意义，当年长江设计院在三峡工程完成后获取的设计费确实明显减少。

为了打好攀登"乌东德高地"的第一战——设计投标，钮新强在动员会上确定了两个关键岗位的人选："乌东德水电站设计总工程师由翁永红担任；廖仁强是设计投标技术核心，对所有的技术方案总负责并加工润色。"

翁永红，1964 年 7 月生，湖北咸宁人。1986 年从天津大学水建筑工程专业毕业，分配到长江委施工处混凝土室，参加过三峡、隔河岩、荆江分洪北闸加固加高、南水北调、长江重要堤防隐蔽工程等多项工程勘察设计，1998 年任施工处副总工程师，2002 年任长江设计院副总工程师。

在接受这项任命时，翁永红没有一点思想准备。20 年后，当他接受笔者采访时仍然说："乌东德我没有听说过，更谈不上关注。项目总工程师需要掌握全局，可我是学水工结构的，从来没有涉及过移民、环境等专业。院领导将此任务交给了我，我必须承担，只是当时心理压力真的很大。"

廖仁强，1962 年 10 月生，1983 年从河海大学水工专业毕业后，到长江科学院水力所研究所工作。1990 年起，历任枢纽处（现为水利水电枢纽设计研究院，简称"枢纽院"）副处长、处长，对于"设计投标技术核心"（由于这个称呼过于独特，因此后来同事们直接称他为"廖核心"）这个任命，他既没有准备，也对乌东德缺乏系统了解，但毫不犹豫接下重任。

那段时间，乌东德在长江设计院成为仅次于三峡工程的关键词。承担地质勘察工作的三峡院更是老中青齐上阵，对在岩溶地区建设高拱坝的问题进行集中攻关，只待冲锋号吹响。2003年3月7日冲锋号刚刚吹响，他们就冲在了最前面。

第二节　首次查勘

2023年3月7日上午，笔者到翁永红的办公室，采访乌东德工程创新成果时，翁总开口的第一句话就是："怎么这么巧，今天对乌东德工程来讲是一个特殊的日子。"

翁总进一步解释道："20年前的3月7日，石书记和我带队第一次到乌东德现场。所以这个日子很特别，标志着设计院乌东德勘测设计工作开始启动，到今天刚好20年。在20年的时间里，我们把一个装机1020万千瓦、投资1200亿元的水电站建成了，并且发挥着巨大的综合效益。所以，今天我的心情很好。"

接着，他打开话匣子谈起了20年前的那次查勘。

2003年3月7日，也就是林一山主任带队考察金沙江38年之后，长江设计院党委书记石伯勋、副总工程师翁永红带领着乌东德项目团队开启了长江设计院历史上第一次金沙江查勘之旅。

参加此次查勘的有30多人，主要来自三峡院和枢纽院两个部门。前者勘察坝区的地质地形条件，为工程寻找一块稳定的地基；后者负责枢纽设计，在三峡院确定的地基上合理布置水工建筑物。

从昆明到乌东德的路程，200多千米，查勘队一行乘车花了八九个小时。这段路，长江设计人此后提起了很多次。三峡院的吴世泽写过一系列的文章。其中一篇对此给予详细的描述，这里简述如下：

从昆明到金沙江乌东德水电站，直线距离 125 千米，但经过山路十八弯后，实际路程超过了 210 千米。其中，昆明到禄劝县城的 72.5 千米，路况还好。从禄劝县城到撒营盘 80 千米，虽为柏油路，但路况较差，不过风景还行。在第一次奔赴乌东德时，只见"翻过一道又一道山，公路像一条仙女挥舞的彩带。盘山而上，绕山而行，白色面包车走在上面，如同过去的酸秀才唱读《古文观止》一样，左右摇头晃脑"。撒营盘至大松树乡 53 千米，是纯粹的山间小路，而且越往后越荒凉，路况越差。尤其是途中翻越一座海拔 3000 米的高山后，剩下的路可以说"不知行了多少路，走了多少沟，转了多少拐，绕了多少弯，吃了多少灰，吸了多少尘"。

查勘队一行最初住在离坝址最近的大松树乡卧嘎村，这也是后来长江设计院兴建的第一个营地所在地。卧嘎村经济落后，附近不仅没有宾馆，甚至连像样的房子也找不到。乡政府只能临时将一间闲置多年的大房子空出来，支起木板做成了通铺，并为每位队员送来被子，让他们勉强住下。

第二天一大早，队员们就带上干粮，乘坐乡政府派出的汽车，赶到离坝址最近的江边，然后在向导的带领下，沿着崎岖陡峭、连山羊都难以穿越的乱石滩，一步一滑地向前迈进。

这段路虽然不是库区最危险的，却绝对是最原始的。尽管队员们在此前做足了功课，但这条路还是让他们吃惊不已。

金沙江两岸群山连绵重叠，裸露的山脊勾勒出参差不齐的天际线。两岸峡谷山峰如蛟龙之骨，连绵峥嵘向上下游延伸。山体临江面如切似削，从江底拔地而起，从河谷到山顶有 1000~1600 米的高差，近七八十度的坡度。脚下的金沙江恶浪翻滚，水流湍急。两岸山体因气候干热，除了最耐旱的荆棘，几乎寸草不生。红色的岩土裸露在外，异常难走。前行的向导不得不时常停下来用刀披荆斩棘，才能为后面的人开出一条勉强可行的小路。

吴世泽后来写过一篇《走山路，上羊当》的小散文，对这样的路也进行了描述：

"提到路，我突然想起鲁迅先生笔下的路：'我想，希望是本无所谓有，无所谓无的。'这正如地上的路；其实地上本没有路，走的人多了，也便成了路。乌东德坝区地形陡峻，所见全是一座座荒山，地形稍缓一点的山上都铺满一片片白沙碎石和黄土。时间已是4月（这是吴世泽首次到达乌东德的时间），山坡上没有树木的嫩芽，没有植被的绿色，有的只是不怕干、不怕晒的耐热耐旱植物——仙人掌。它们站在耕地的坎边，形成一道道的'城墙'、一片片的'瀑布'挂在陡壁上，渴望着雨季的到来。"

2003年3—4月，石伯勋、翁永红就带着团队在这样的小道上来回跋涉。风呼啸而过，脚下湍急的金沙江发出一阵阵轰鸣。好在乌东德是干热河谷，三四月的风刮在身上并不刺骨。首批勘察人员是优中选优，身体强壮，心理素质也十分过硬。他们除了要战胜恐高症外，还要克服行路的艰难，以及时常出现的脚底打滑、身上碰伤的情况。尤其是队中有方镇国、薛果夫等年过花甲的老同志，这些同志可是三峡院搞地质的权威，为此翁永红不得不一边小心探路，一边叮嘱身边的年轻人把老同志照顾好。

虽然此次查勘异常艰辛，但也有喜悦，尤其是乌东德坝址让大家惊叹不已，如坝址的地形。翁永红说道："乌东德坝址位于一个特殊的地理位置，是一个非常狭窄的河谷，两边的高山很陡，自然岸坡就接近70度，而且基本是对称的，高和宽的比例最适合做拱坝，是世界上少有的做拱坝的优良坝址。"

再如坝址的岩石，经过简单测验后，发现居然是与混凝土的结合度非常好的灰岩，这也让他们对未来的大坝满怀憧憬。

当然，也有不利条件。如搞枢纽设计的同志发现这里的峡谷实在太窄了，放下大坝后，其他的建筑只能放到地下，在岩溶地区兴建地下工程，以后的工作量肯定少不了。搞施工设计的同志也在想着如何在这样的狭窄地区搞"三通一平"（通水、通电、通路，平整施工场地），开展机械化施工。

坝址两岸山坡上红绿灰色交替出露的地层界线，似刀切，像神雕，剖面新鲜，层理清晰，毫无遮掩地裸露在外，这让他们联想到直爽的山里汉子。而点缀在山坡上的羊黑白分明，一群群地在石头缝隙里寻觅着枯叶和黄草充饥，远远望去如同贴在山坡上的立体画。

吴世泽曾仔细观察过这里的羊群，尤其是领头羊。"它走在队伍前面，没有路，它在前面开；没有草，它在前面觅；有危险的地方，它不久留；有草，它不吃，直到无路可走时，才扬扬头，摇摆着脖子上的铜铃，告诉羊群在此安营扎寨。"最后不无感慨地写道："我想这大概就是领头羊的气质吧！"

这样的羊群和领头羊，石伯勋和翁永红也曾目睹。此时的他们也正如领头羊一样，组织着团队，在往返乌东德的道路上艰难跋涉。在这里，他们领悟到了什么是"战战兢兢，如临深渊，如履薄冰"，更感受到自己肩上的责任有多重。

"按部就班地操作，大坝不是不能建设起来，但这不是敢为人先、追求卓越的长江设计人的精神。"翁永红在心里给自己暗暗加油："一定要把乌东德建成一项精品工程。"

此次查勘的地质技术负责人，是刚刚从三峡院总工程师位置上退休的薛果夫。他是林一山创办的长江工程大学的第一批学生，在 1965 年 7 月（也就是林一山带队勘察虎跳峡坝址两个月后）加入 433（虎跳峡工程代号）指挥部，在金沙江畔进行过短暂的地质调查。调入 505 勘测大队（三峡院前身）后，从实习生、钻工、描图员做起，踏遍了大江上下。20 世纪 80 年代初曾赴加拿大留学，师从世界岩溶洞穴学会副主席、加拿大地理学会主席 D.C.Ford。回国后，他长期担任三峡院总工程师、长江委综勘局副总工程师，成为国内外地质勘察的知名专家。2002 年 11 月刚到退休年龄就被钮新强院长返聘为乌东德项目设计副总工程师。要求他在最短的时间内找出乌东德地质工作的重点、难点和要点，在标书编制时提交有价值的成果。

一个月后，查勘基本结束，石伯勋、翁永红带领主要人员返回武汉。三峡院其余人员在主任工程师黄华的带领下留守工地，继续勘察，直到当年8月陆续返回宜昌。这个小组在2003年3月到8月底的近半年时间内，共计完成勘探平洞380米、勘探小路近300米，水质分析8组，修建临时勘测基地1个。他们获得的第一手资料，为长江设计院投标成功奠定了基础。

与他们同时开展工作的，还有来自长江委上游水文局金沙江勘测队（简称"金勘队"，攀枝花分局前身）的水文人员。他们在这半年内组织了库区河道首次测量工作，复建了在1999年被撤销的原水文站，并在卧嘎断面新建了更高水平的专用水文站，安装了测流缆道，完成了水位、流量、泥沙、推移质、蒸发等观测及资料整编。2004年4月，水文局上游局再接再厉，相继建成小河口、芦车林、金坪子3个水位站；2005年，乌东德水文站升级为国家基本站；2006年，将原三堆子水位站升级为水文站，又在库区及坝区设立10余个水位站，开展了大量水文及水环境监测工作，为乌东德电站建设、运行及保护水库生态安全提供了技术支撑。

第三节　优质标书

2003年4月，刚刚返回武汉的翁永红一行人就被"关"进了武汉迎宾馆，与早已集结在此的长江设计院枢纽、施工、机电、规划、移民等各专业数以百计的技术骨干奋战100多天，直到7月底标书编完后才"重获自由"。

编制标书，对长江设计院不算新鲜。自从国家推行招投标制以来，他们编制的各类标书不计其数。但编制水电工程设计标书，却还是"大姑娘上轿——头一回"。当然，不止长江设计院，他们的竞争对手也是如此。

钮新强院长当时提出举全院之力，志在必得。

如此的雄心壮志，鼓舞着参加夺标战役的每一个人。在这100多天里，钮新强院长一次次检查工作，动员大家发挥自己的专业优势，开动脑筋，连续作战，攻克难关，为了设计院今后的生存，一定要把标书拿下来。

年轻人在挑灯夜战——

规划处（现为水利规划研究院，简称"规划院"）水经一室柳林云曾在长江水利网上这样报道过本单位年轻职工当时的工作状态：

"按照计划，规划处必须在 5 月底至 7 月底完成 4 个规划专业文件编制工作，即投标方案、勘测设计大纲、投标方案附件——专题报告和工作大纲。在工程库区 50 多张万分之一地形图的量算工作中，因仪器有限，年轻骨干们发挥突击队的作用，大家换人不换仪器，不分昼夜工作，保证了工作进度。"

老同志们不甘落后——

三峡院的很多老专家在后方为攀登"乌东德高地"出谋划策，他们的一位宣传干部曾在一则消息里这样报道：

"三峡院原院长、高级工程师梅应堂同志是我院地震地质方面的专家，1995 年起就开始关注与实施乌东德水电站的地震安全性评价工作。在投标文件编制工作中，他作为专家多次参加了地质内部评审会，对地震地质方面的内容提出了具体修改意见，并执笔编写了预可研设计大纲和工作大纲中有关地震地质的章节。"

更让人感动的是，比梅应堂、薛果夫还要大出十多岁的全国工程勘察大师陈德基主动请缨，在年逾古稀时为工程地质报告做最后把关。当得知金坪子滑坡体严重影响工程决策时，他不顾年事已高，与薛果夫一起赶往滑坡现场，与驻守在那里的三峡院同志在离滑坡体最近的当多村住了半个月，每天早出晚归，在海拔 1000 米的驻地与 1900 米的观测点之间临时开辟的勘察小道不断往返，取得了大量的第一手资料。

年富力强者更是编制标书的主力。钮新强院长、石伯勋书记指挥若定；翁永红和廖仁强冲锋在前；参与工作的各专业技术人员全力投入。除了吃饭和睡觉外，所有时间都被工作填满。

那 100 多天，武汉迎宾馆的房间灯火通明，青年突击队员在挑灯奋战，年富力强者奋力拼搏，老同志们把关掌舵。"团结、奉献、科学、创新"的长江委精神在这里体现，"传帮带"的设计院传统在这里传承。有了这样一批人，什么"高地"不能攀登？什么战斗不能取胜？

到 2003 年 7 月，各专业组均按要求提交了设计方案，对"乌东德高地"发起最后总攻的任务，交到了枢纽处，尤其是处长廖仁强的身上。

经过最后一个月的努力，廖仁强终于带着大家按时编制出了一套非常漂亮的标书。袁达夫看过后，称这个预可行性研究阶段编制的投标书，技术深度已经达到可行性研究报告了，必定能够为长江设计院的投标工作增添光彩。

第四节 险中求胜

2003 年 7 月 30—31 日，乌东德电站预可研设计评标工作在宜昌三峡宾馆进行。长江设计院与另外三家单位同台竞技。按程序，先由各单位汇报工作，然后是地质人员、设计人员介绍基本情况，最后是单位领导做总结发言。待所有单位汇报完毕后，由三峡集团聘请的专家按专业打分，最后宣布招标结果。

钮新强院长对投标工作给予高度重视，除准备好自己的总结发言外，还对投标的各个环节进行审查。当他得知廖仁强准备好了纸质发言稿和PPT，准备坐在电脑前边放 PPT 边读文字稿时，不太满意。建议廖仁强提前把 PPT 的主要内容背下来，到现场后，站在讲台上，用自己的语言把PPT 的内容说出来。

因为 PPT 是在最后关头才定稿的，要在短时间内将内容背下来很不容易。不过廖仁强当时还算年轻，记忆力好，熬了几个通宵后，终于做到了"人机合一"。在汇报现场，他对着 PPT 画面，用自己精心组织的语言，将长江设计院对工程枢纽的设计方案娓娓道来，让评委们顿觉耳目一新。钮新强院长精彩的总结发言，也为投标增色不少。

等待的时间总是特别漫长。2003年11月下旬，也就是工程招标会召开近4个月后，三峡集团终于就乌东德水电站的预可行性研究的勘察设计做出决定：明确长江设计院为第一承担单位。长江设计院重点研究下坝段（白滩泥石流沟下游河段）的勘测设计工作，并统一承担整个乌东德水电站预可行性研究中的有关工程建设必要性和工程开发任务、水文、区域和水库地质勘察、工程规模、水库淹没、送出规划、环境影响等工作。

11月27日，签字仪式正式举行，长江设计院钮新强、陈德基、袁达夫、翁永红、廖仁强、生晓高等人出席。《中国三峡工程报》《人民长江报》和宜昌当地新闻单位报道了这个消息，长江设计院的新闻稿最后写道：

"我院此次中标成为该项目预可行性研究勘察设计工作的第一承担单位，标志着长江委及我院重新登陆金沙江流域开发的勘察设计市场，为夺取该项目下一阶段勘察设计工作抢占了极为有利的制高点，为我院和委有关兄弟单位的可持续发展开创了良好的局面。"

在预可行设计阶段，长江设计院组建了勘察设计项目部（简称"项目部"），钮新强任项目经理，石伯勋任副经理，翁永红被任命为项目设计总工程师。项目设立专家组，长江委总工程师、中国工程院院士郑守仁任组长，全国工程勘察大师陈德基任副组长。本书的"结束篇"有专章讲述指挥乌东德水电设计建设的钮新强、石伯勋和翁永红的故事。这里就不展开讲述了。

在乌东德工地，长江设计院的同志们准备撸起袖子大干一场了。

第二章

乌东德风雨勘察路

乌东德工程的预可行设计分为地质勘察和枢纽设计两部分，首要的就是地质勘察，平行设计时主要的竞争点也是地质勘察。长江设计院派出的勘察队伍，是在全国工程勘察界屡建奇功、闻名遐迩的三峡院。

2020年6月，我初到工地时，见到了在工地负责地质勘察的黄孝泉。他是三峡院的副总工程师。他担任勘测项目的总工程师，在他手下担任项目副总工程师的有两人：王团乐协助负责坝区勘察，叶圣生协助负责库区勘察。他们都是在2003年就进入工地，并始终坚守在工作岗位的老勘测。

黄孝泉向笔者介绍，乌东德工程的地质勘察在时间上分为三个阶段：前期勘察（解决工程能否兴建、在何处兴建的问题）、技术设计勘察（确定枢纽建筑物如何兴建的问题）和施工勘察三阶段。具体内容又分为地质测绘、勘探与取样、检测与勘测三个步骤。地质勘察的目标是把真实的地质情况揭露出来，供设计方进行工程设计。

第一节　地质测绘

地质勘察是典型的实践科学，与工程设计有很大的不同。对此，三峡院地质处肖云华副处长说得非常形象："设计是我想把它做成什么样，它就可以什么样；而地质勘察是，它原来是什么样子就是什么样子。我们要做的是不断地去发现、查明、验证它的真实样貌，然后让设计的人来对付它。我们的经验是，对基础性工作来讲，很多你看不到的东西，永远超出你的想象。"

2003 年 11 月，按照三峡集团的部署，三峡院与西北院的勘察人员同时来到乌东德工地，对上、下两个坝段进行前期勘察。西北院从上河段的上车林、尖山包、河门口、白滩 4 个备选坝址中选出河门口为代表性坝址；长江设计院从下河段的三台、乌东德 2 个坝址中选出乌东德作为代表性坝址。然后，由河门口与乌东德两个坝址进行直接竞争。

在地质勘察中，最先开展的是地质测绘，也就是编制万分之一（或更小比例）的地质图，这也是整个预可行设计的第一步。当时在一线负责的，正是黄孝泉的两个助手——王团乐和叶圣生。

库区工程的地质测绘，在地域上分为坝区测绘和库区测绘。坝区测绘，包括选坝址、坝线、河床覆盖层及两岸的高边坡等。三峡院将坝区测绘分为 3 个工作区，王团乐和郝文忠、向家波和吴和平、翁金望和龙海军各测绘其中之一，主要任务是查明测绘区域的地层岩性分界线、断层分布位置等，便于找出好的地方建大坝等枢纽建筑物。库区测绘则根据行政区划，以县为基础划分工作组。

三峡院集中测绘的时间为 4 个月。这可是整个乌东德勘测工作中最艰苦，又最危险的一部分工作。长江设计人在乌东德经历的几乎所有苦痛，他们在此时都率先经历过一遍，这里进行集中表述。

一、艰苦的生活条件

乌东德位于金沙江河谷，越靠近水面，河谷越陡，而到半山坡及以上还平缓一些，所以当地人住得比较高。有人说云南之所以又叫彩云之南，就因为当地人好像住在云彩里面一样。乌东德的彝语又可解释为"云雾缭绕的地方"，也是这个意思。它是修建大坝的好坝址，但对初来乍到的人来说，并不友好。

对于乌东德生活条件的艰难，当地人有这么一段顺口溜：

这里的山是那么高，对面说话喊断腰；这里的天是那么蓝，万里无云晴空照；来这里的人都变黑，太阳偏爱你长得白；这里的风是那么大，吹得毛孔藏尘沙；这里的水是那么少，想洗澡？削发为僧才叫妙；这里的山谷是那么深，陡崖坡上春来不见青；这里的老乡家家户户喂牛羊，牛羊哞哞满圈跑……"

在三峡院提供的资料中，笔者发现了这么一段文字：

"彼时的金沙江急浪滔天，两岸峡谷深壁千仞，荒山裸露着红土，乌东德罕有人烟。勘察人面临着'山高坡陡、山路崎岖、过江条件差、缺乏水源、没有电、没有通信，更谈不上有蔬菜，勘探设备、生活物资都是肩挑背扛骡子驮'的工作生活环境。最开始时，勘测人员没有住房，只好租用老乡的房子；没有水，只好接山上流下的雨水；没有电，只好用煤油发电机。地质勘探人员每天一早带一些馒头等干粮出门工作，直到天黑后才打着电筒返回营地。即使到2008年5月，大山深处的乌东德工地仍然没有公路，没有供电供水。设备物资都要组织马帮运输，200多人的勘测队只能住在当地老乡家里和临时工棚里。"

通过采访，笔者对他们的艰苦岁月有了更深的了解。

1. 行路难

"行路难，行路难，多歧路，今安在。"1000多年前李白的《行路难》，引得无数建设者大发感慨。

长江设计院的地质资料，对乌东德库区的地形地貌作了系统论述。

"比选区地处青藏高原东南部川滇山地区,主要属山原峡谷地貌。海拔从4700~4600米降至4200~4100米,到云南北部降至3100~3000米,部分地区为2500~2000米。乌东德水电站为切割的中山地貌,北面山顶分割面多为2000~3000米,南面普遍保留有2000~2500米的高原面。金沙江为深切于高原面和山顶面之下的峡谷型河道,岸坡高陡,高差都在1000米以上,河谷狭窄,谷底宽一般为100~150米。"

"乌东德库区10县(市)位于川西南山地与云贵高原交接过渡地带,区内地貌复杂多样,总地势为西北高,东南低。区域内高山、深谷、平原、盆地、丘陵相互交错,高差悬殊。淹没涉及的金沙江干流为区域最低的夷平面。除攀枝花和元谋少数地区外,绝大部分地形为中山峡谷。山脉及金沙江均呈近南北向发育,与主体构造形态一致。两岸山顶高程达2500~3500米,区内沟壑纵横,山地切割深度一般为600~2000米,属以强烈构造侵蚀作用为主的中山地貌。地势总体呈东西两端高,库尾金沙镇及库中元谋一带地势较低。金沙江为本区域内最低侵蚀基准面,江面高程810~980米,河床纵坡降0.88‰,河流切割深度800~2000米。江水与崇山峻岭纵贯南北,横亘东西。峭立于金沙江两侧的横断山为地形主体,目之所及,绵延起伏,峰峦叠嶂,谷坡陡峭,奇峰异石层出不穷,千姿百态。"

这动辄上千米的高差远远超越了李白穿行的巴蜀地区,因此初到这里的人所遇到的行路之难,比李白经历的还要难上几倍。

前面笔者已经引用过吴世泽的一段话,对昆明到乌东德的道路做了一番描述。这210多千米的道路,查勘队员们用了八九个小时才到达终点,辛苦异常。而在勘察初期,这样的路和工作条件都算是最好的。因为首先这里有路,其次还有专车。如果没有专车,借助公共交通的话,那仅仅抵达坝址就辛苦异常。

吴世泽写道:"昆明市没有直达大松树(也就是乌东德营地所在乡)的公交班车,要到大松树,需要先乘车到黄土坡汽车站,再乘车到禄劝县。到禄劝县东汽车站后,乘三轮麻木到禄劝县西汽车站,然后再去。"吴世泽还专门注明:"当时上午 11 点半以后就没有到大松树的车了,那只有在禄劝县住宿一夜,次日再前往。"

大松树毕竟是乡政府所在地,路况再差,也还能通车。如果再往下走,遇到不通车的地方,行路就更难了。如金坪子滑坡体附近的各个村庄,距最近的乡级公路也在 5 千米以上,主要靠山间小道与外界连接。当地居民处于自给自足式的半封闭生存状态。勘察队伍到达此地,需自行建立生产、生活物资运输线,所有物资设备都要靠人背马驮。

这样的路虽然极其简陋,但毕竟有路。2003 年地质人员在坝区、库区进行地质测绘时,许多地方连这样简陋的路都没有,需要勘察人员"筚路蓝缕,以启山林"的方式,辟出一条路来。

更险的是江边悬崖上的勘测小路,有些是羊群踩出来的,有些是勘测人员砍出来的,走这些路不仅苦,还特别危险。因为"没有树林遮蔽,没有藤条可攀,没有茅草能抓,脚下是几十米至几百米的深谷,或是金沙江,头上是仰望掉帽子的陡坡和悬崖"。

比这更危险的,是大坝附近的危岩体,它们的坡度和高度远远高出普通地质勘察岩体,而且本身就存在失稳的可能。想一想,连石头自己站在那里都危险,人走到上面观察,岂不是险上加险?

几乎每一位参与乌东德工程的建设者,都有过在路上吃苦、遇险的经历,即使是身经百战的三峡院地质人员也会惊呼:走了一辈子山路,像乌东德这样难走的,还真没有见过。但为了工程建设,为了给大坝、建设者和水库移民们找一个安稳的家,他们只有望而生畏,却没有望而却步。三峡院的地质测绘始终按部就班地进行着。

长江委从事野外地质勘探的职工中曾流行过一句自我嘲讽的话:"远看是逃荒的,近看是要饭的,仔细一看,原来是长办的。"这种情况过去在野外工作时比较常见,近年来随着经济情况的改善,基本看不到了。但在乌东德,这样的"优良传统"又在勘测系统得到了"发扬光大"。

金沙江是干热河谷,日照时间长,山上树木少,在野外工作想不变黑是不可能的。大家出发时,按照要求需要"全副武装":一肩挂着帆布包,里面装的记录夹、GPS、罗盘、卷尺、馒头、咸菜；另一肩挂着可装 5 斤水的草绿色的瘪水壶（这水壶上的凹坑，约等于主人摔跤的次数）。手提地质锤、测量杆，加上几天不洗澡导致的蓬头垢面、满身酸臭，让人怎么不联想起逃荒、要饭的"乞丐"？

但是有谁知道，这些"乞丐"中间，有多少专家，有多少教授，甚至还有几个扎扎实实的博士和博士后的小年轻呢？

2. 住宿难

长江设计人长途跋涉赶到工地时，多为深夜。当地的住宿条件和生活环境也极其艰苦。负责库区测绘的叶圣生说："我从事野外勘测工作，走过不少地方，可从来没有碰到乌东德这么艰苦的条件。"他们最初住老乡家吊脚楼的二层，底层住着羊群，屋顶是茅草泥巴顶，风一吹，尘土直往下掉，吃饭时也不能幸免。地质队员戏称是："住土楼，睡洋（羊）房。"他还从电脑里调出一张拍摄于 2003 年的照片，一间土坯房里家徒四壁，连做饭的灶台都没有。勘测人员们不得不垒起几块石头当灶，点燃木柴生火，除了灶上架着的是钢精锅外，这场景与原始人没有两样。

负责坝区设计的王团乐对我说了这么一段经历。

2004 年某日，他在北京开完会后，早上坐飞机到昆明，然后坐 8 个小时的汽车到了卧嘎村。然后乘坐单位派的车到金沙江边，又乘冲锋舟到了金坪子村所在地。最后在夜色中骑着骡子沿着蜿蜒的羊肠小道到达老乡家里。只见老乡的房屋三面靠土墙围着，开门一面供人畜共进。房屋分为两层，人住在二层，一层就是猪、牛、羊、鸡、鸭，味道别提有多难闻。仅一天时间，王团乐就从北京的宾馆一下子到了贫苦农家，这种反差极为强烈。

值得欣慰的是，2005 年 1 月，长江设计院在金沙和新村的山坡上建成了乌东德勘测设计基地，使长江设计人在工地的办公和住宿条件有了根本改善。眼看着基地建成，吴世泽怀着欣慰的心情写下《两年后，住洋楼》的小散文，用新旧对比的方式，把这个基地好好地表扬了一番：

"一栋小洋楼呈现在眼前……所见形态恰似刚露出水面的荷花，格外醒目。小洋楼呈近东西向展布，坐南朝北，西侧的半圆造型与长方体巧妙地结合在一起，别具一格。东边的大门有三层楼高，长方形结构，朱红色彩砖把整个楼房点缀得生动活泼。办公楼坎下的上游 50 余米长的平房是厨房和生活区，下游 30 余米长的平房，是专门用来摆放岩心的仓库。两栋平房之间是方便的好地方，室内墙壁洁白，进去后不像过去带着蜡烛如厕，拿着扇子赶蚊。两栋平房斜列排成一行，错落有致……楼顶中部安有 4 个太阳能热水器，在冷水有保证的情况下，一天 24 小时都有热水供应。假如你爬山出了一身臭汗，回到勘测设计基地，再也不像以前那样提着桶排着队，等待用舀子分几舀子热水，脸还没洗完，盆里的水已成了酱色。那种生活环境在乌东德勘测设计基地再也不会重现了。"最后，吴世泽深有感慨："勘测工作者有了自己的洋楼，在乌东德工地再也不住羊楼了。"

3. 用水难

乌东德地区山高水低，风吹日晒。基地虽然建在江边，但是仍比金沙江的水面高出数百米，没有抽水设备是吃不到江水的。因此，当地村民吃的用的都是通过塑料管从山上引下的泉水，质量堪忧，异味严重。郝文忠回忆，2003 年他与王团乐一起进行地质测绘时，就借住在老乡家里，当时引来的山泉水杂质特别多，烧开以后还泛着红色，这让他很不习惯。为此从不喝茶的他破例天天喝茶，只因为茶水颜色与烧开后的水接近，他能哄骗自己把水喝下去。

更大的问题在于，即使这样异味不重的水，在当地也不能得到保证，一旦干旱少雨，或者人为截断，他们就无水可用。黄孝泉向笔者回忆了他2008 年到乌东德基地时的经历。他一进屋就闻到一股恶臭，循着味道先发现一桶泡了一个星期没有洗的衣服，但心想衣服再臭也达不到那个地步。于是再循着味道走进厕所，只见里面的粪便已经堆得很高了。过去工地的厕所尽管挖在室外，但得不到处理，里面什么都有，走到里面，有时连脚都放不下去。原因是当时天旱少雨，营地的水源被老百姓截下来浇田了。

地质工作是体力活，野外工作天天出汗，如果没有水洗澡，身子很快就臭了，尤其是头发打结后，很不舒服。因此那段时间很多勘察人员都干脆剃了光头。叶圣生在电脑里就收藏着这样的"光头照"。难怪当地的顺口溜会说:"这里的水是那么少,想洗澡?削发为僧才叫妙。"

"腥脏恶臭,忍忍也就过去了。但生活用水,尤其是饮用水必须解决啊!老天爷不给,我们只能买水,可驻地离最近的禄劝县有 160 千米,而且没有公路,买了水也没有办法拖过来呀?"讲到十几年前的往事,黄孝泉这位近一米八的大汉眼中饱含泪水,只是强忍着没让它流下来。

这样的情况直到 2010 年仍未根本改变。长江设计院施工处的牛运华说他在工地的时候,吃的仍然是从龙头山那边接过来的泉水,因水质太差,几乎天天都拉肚子。后来,他们自己搞了一些净化处理,情况才慢慢地好起来。

与新建的基地相比,当地的村子条件就更差了。不仅缺水,连基本的用电需求都难以满足,如金坪子村。据李汉桥回忆,他们最初居住的屋子没有通电,只能用柴油发电机在每天晚间发电两个小时,其余时段只能靠煤油灯或手电。山谷通信信号弱,只有爬到半山腰才能接收到对面山上的基站信号。

4. 伙食差

受制于经济条件,当地人的饮食条件是比较差的。因为这里缺水不能种水稻,老百姓缺钱买不起大米,因此他们平时只能以玉米、土豆和花生作主食。至于新鲜蔬菜和肉,更是难得的奢侈品。这让长江设计人很不适应。他们平时能吃的,不是方便面,就是火腿肠,以至于后来很多人看到它们就感到恶心。谁都想打打牙祭,但受限于交通条件,这样的想法很不现实。因此能够到老乡家里吃上一顿粗茶淡饭都是享受。

郝文忠和王团乐还记得在一个叫尖山村的地方考察时,他们曾用火腿肠和方便面换取了当地家庭主妇为他们做的半锅土豆。他们按照当地人的习惯把这些土豆剥皮后用盐蘸着吃。直到 20 年后,郝文忠仍觉得"那是我们三个多月以来,吃得最舒服的一顿午餐"。

李汉桥一行曾在金坪子工地临时搭建了一座水上钻探平台。该平台离最近的大松树乡有 40 千米,好在 3 千米以外的地方每周有一次赶集日。

但这 3 千米是不通车的羊肠小路，他们只能靠骡子或人把一个星期要吃的食物全部肩挑背扛过来。但由于村子缺电，用不了冰箱，他们吃的肉和易坏的蔬菜都是在当地煮熟后，再放置到江水里保存，待到要吃时，就从水里捞出来。这样名副其实的预制菜让搞地质测绘的同志们羡慕不已。因为它虽不新鲜，但比起方便面和火腿肠可不知强了多少倍。

2005 年新营地建成后，长江设计人的吃住难题算是基本解决了，但如果遇到野外作业，吃住仍然是大问题。

二、危险的工作环境

如果将世界上的工作按危险程度排个序，勘测绝对名列前茅。如果将长江勘测人所经历的各个工地按危险程度排个序，乌东德绝对会名列前茅。乌东德不仅坝区危险，而且水库的回水长达 150 余千米，如果加上曲折的山路与支流，其长度超过了 200 千米，相当于从湖北武汉到河南信阳，沿途全是高山峡谷。在地质测绘期间，三峡院不仅要将这 200 多千米全部走完，有些重要区域还会多走几遍，边仔细勘察，边寻找地质隐患点。无论爬山、涉水、日晒、攀岩，无处不在的危险都考验着勘测人的神经。但既然选择投身于这项工作，三峡院的同志们也就泰然处之。

1. 爬山

爬山是勘测队员的第一门必修课，乌东德的山高大陡峭。吴世泽在他的文章里说："山坡里面，除了陡坡就是陡壁、陡崖；山坡外面，不是深切的支流河谷，就是金沙江的岸坡。"因此，项目部的成员常会告诫后来者："有恐高症、心脏不好、脚力差，尤其是胆子小的，最好先在一般山区锻炼一年半载，再到乌东德工地来。否则，你的水壶上凹坑肯定比别人多。"

最危险的路是勘探小路，尤其是摇摇晃晃的危岩体上勘探小路。这些小路，有原先羊走出来的，也有三峡院的同志们在悬崖上面披荆斩棘凿出来的。一般宽度只有 1~1.5 米，呈"之"字形歪歪扭扭地向着山顶延伸。这样的勘探路在右岸有 9 层，在左岸有 7 层，总长近 32 千米，远远望去，仿佛挂在山上一般。这些小路没有树枝可抓，没有藤条可拉，没有树根可踏，没有杂草防滑，有的只是满山的石子，让你一不留神就四脚朝天。当地人给这伤屁股挺腰的动作取了个好听的名字——"背地球"。行在其间还有可能被头顶上的羊或山民踩落的石头、土块砸中，后果可能是伤筋动骨、皮开肉绽，也可能不堪设想。

但这样的路，地质队员们测绘时天天要走。如黄孝泉副总工程师，他们从老营地到坝址大约有 7000 米，其中有一半就是这样的小路，一般每天要往上爬 200~500 米，有时甚至要爬 1000 多米。

老勘测队员罗玉华住在海拔 900 多米的卧嘎村，每天都要先下到高程 800 多米处的江边坐船，然后再爬到高程 1800 米处进行勘测工作，工作完后再原路返回。

多年后，现场路况好多了，但许多初来乍到者仍对这样的路害怕不已。例如，来自枢纽院坝工部的周华博士第一次跟着王团乐走上一条勘探小路时，非常紧张。"走在很窄的勘测路上，看到下面那么高的山坡，底下就是奔腾的金沙江，很害怕。碰到冲沟时，王团乐三步并作两步就跨过去了。我看着他身后石渣都往下垮，就更不敢过去了。因为太危险了，连扶的地方都没有，万一脚下一滑，就掉江里面去了。"在王团乐的鼓励下，他咬牙跳过了这个冲沟，并由衷地对"三步并作两步"就跨过去的王团乐充满敬意。

与江边悬崖相比，山里的羊肠小道要安全一些，不过许多地方需要步行，如果带着行李、扛着设备，就不太方便了。

叶圣生等人在前往一个不通公路的村庄时，雇用老乡的牲口驮着勘探设备。有一次，因小路太陡太窄，骡子背负的包袱被山石划破一个口子，导致里面的水桶、行李包、工作包和笔记本电脑等一股脑儿地滚到了坡脚。他们和民工只好沿着山路绕行，费了九牛二虎之力才将行李捡齐，捆好并绑到骡子背上，继续赶路。

如果行路时遇到施工，尤其是走到隧洞里遇到施工，更可能出现险情。因此，地质人员出发前一般会与施工单位提前打招呼，并随时佩戴好类似军用钢盔的防爆头盔；施工单位在爆破或出渣前也会吹三遍哨子，让路过的人就近躲避。但有时仍会遇上突发情况，有一次，王团乐与郝文忠走在从卧嘎村前往金坪子的便道时遇到前方公路施工。他们听到哨子声的时间比较迟，不久后就发现有一大片被炸飞的石块像天女散花似的落了下来，幸亏他们附近有一个勘测洞，急忙跑进去，才没被砸中。

2. 涉水

在不通公路的地方，无论是同岸还是对岸，只要两地都在金沙江边，那就免不了乘船走水路。这里山上工作危险重重，走在水里也不安全。

金沙江过去是不通航的，长江设计人最初乘坐的多是木制渔船或冲锋舟，金沙江水流湍急，不过渔船的船主搏击风浪多年，平时问题不大。但如果遇上涨水或急流险滩或山上落石，危险仍在所难免。

有一次，李会中、黄孝泉、王团乐和翁金望4人乘坐的冲锋舟离开坝址江边不到5分钟，就有200多立方米的石头落了下来。还有一次，勘测队员乘坐的冲锋舟突然侧翻，船上的10个人全都掉到金沙江里，幸亏他们都穿着救生衣，顺江漂了几千米才被打捞上岸。时任三峡院院长满作武从电话里得知这个消息时，声音都变了。

还有一次，叶圣生一行在山上勘察时，因实在没有路可走，就在迤资村租了老乡的一只铁皮船。人和设备都上船后，老乡就驾船在金沙江上行驶。在冲过一个大浪时船两边摇晃，好像随时会翻沉一样。好在船漂到险滩下游时遇到回水，才稳稳当当地停在了岸边。直到此时，老板才告诉他们："刚才舵板掉了，好危险！金沙江里的这几个险滩都很容易出事，我们今天算命大。"

还有一次，三峡院的同志为调查热水塘断层沿江边露头情况，与云南省地震局二人乘简陋的木船从白滩渡口过金沙江到鲹鱼河沿线考察，并利用船工拉纤过滩的时间观察和描述地质点，待收工回来时已是下午六点多。在离回程仅剩500米的地方，一个急流将小船推进了旋涡，此时的小船如脱缰的野马失去了控制，船工们使出吃奶的力气，不知转了几个圈，耗了很长时间，才幸免于难。船上的人脱鞋的脱鞋，取水壶的取水壶，唯独没有取下的就是照相机和记录夹，人在照相机在，人在资料在——这是地质人员一生的职责和信念。

更危险的情况出现在李汉桥等人将钻探平台从金坪子拉回驻地的途中，这里先暂且不说。

2010 年，当地百姓在金沙江上开通了快艇，在江上行驶比过去安全、便捷了许多。

3. 攀岩

在乌东德，有些地方是既走不上去，也不能乘船抵达的，这就是高边坡。在这时，一群被称作"蜘蛛人"的地质工程师就要出场。他们已锻炼出良好的身体素质和攀崖技巧，可有时用常规方法也无法到达应到达的区域进行勘察和视频记录。如果遇上危岩体，危险性自然更大。这样的情况最终被长江设计人用无人机技术破解。

在各方的支持下，三峡院的同志们凭借顽强的信念和毅力，走遍了坝区、库区的每一片土地，掌握了大量的第一手地质资料。

有了这次经历，王团乐非常有信心地说道："工程开工后，我不可能总待在工地，但是工地报告哪里出水了，我马上就知道水是从哪里来的。再如，施工单位在打洞时突然说遇到了什么断层，我马上知道它从哪里到哪里。这就是因为我前期跑过以后，了解相关的地质构造。"

第二节　钻探取样

地质测绘完成后，就应该进行勘探与取样。其主要工作是将地下（包括陆下与水下）的岩心取出来，供地质人员进一步研究。三峡院负责此项工作的，是副总工程师李汉桥。

一、钻探平台

钻探取样的关键设备，是钻机和钻探平台。它们体积庞大而沉重，因此他们的工作从来是负重前行。乌东德的岩层不仅深达几百米，而且江上不通航，周边没公路，要想直接将钻探平台整体移到现场，几乎没有可能，这可急坏了三峡院搞钻探的同志们。

2003年11月，就在王团乐、叶圣生等人在坝区、库区满山转搞地质测绘的时候，李汉桥等人就开始研讨勘探方案了。此后的几年，李汉桥基本上都是在乌东德度过的，直到2011年12月退居二线，2016年2月退休。

当得知笔者要采访的消息时，李汉桥专程从湖北恩施赶回宜昌，在宾馆里对笔者谈起了他在乌东德的钻探经历。

李汉桥说："乌东德地区坡陡路窄，地质人员徒步都很困难，要让庞大、沉重的钻机经过陆路送到坝区绝无可能。"如果走水路的话，金沙江不仅礁石密布，还有几处浅滩，而根据金勘队1997—1999年水位站的实测资料，金沙江在每年5月就开始涨水，也不具备布设水上钻台的条件。因此，他们必须赶在涨水之前施工。也就是说，留给他们搭建平台的时间只有半年。

李汉桥返回宜昌后，及时将情况向院领导作了汇报，会议室里一片沉默。三峡院的员工走南闯北数十年，现在总算是遇到对手了。沉默片刻后，李汉桥提出了自己的方案。那就是借鉴他们在清江水布垭的工作经验，制作适应现场条件的水上钻探浮台，并购置冲锋舟将浮台运到指定位置，然后再将平台组装起来。这些冲锋舟则承担交通运输任务。此方案得到大家的认同。

大的方案定下来后，就该制作钻探浮台了。三峡院当时还有自己的机械修配厂，李汉桥这边没日没夜地搞设计、画图纸，机械修配厂的职工们那边加班加点地按图制造。不到一个月的时间，这座钻探浮台就建成了。它由22个自重约600公斤的钢制浮桶组成，还配置了泥浆循环系统、孔口套管固定装置、前后人力绞关、锚绳别丝桩和两台48马力舷挂机，到现场可组装成宽8米、长12米、总载重60余吨的浮台，可以像船那样漂浮在平缓水域。只是，这些物件做好后往空地上一放就一大堆，有人担心它怎样才能通过乌东德坝区的羊肠小道，到达指定的地点。

二、矗立

2004 年元旦刚过，李汉桥就带领着三峡院的钻探人员和这 60 余吨的物件前往乌东德了。

根据沿途路况，李汉桥制订了四步走的计划——先用 4 辆加长重载汽车将设备运送到禄劝县城，然后换装普通汽车运送到大松树乡新村街，再换装小型农用车运送到卧嘎村，最后的一段路则采用雇请人力板车或 6 人、8 人、16 人抬杠的方式，通过临时修筑的 1500 米"之"字形下坡便道运送到距坝址上游 2000 米的江边。

李汉桥给我展示了一张 8 人抬杠运输设备的照片。在布满卵石的 1 米宽的崎岖山路上，两排各 4 人扛着一根粗杠子，吃力地抬着中间绑好的浮桶。当时正是 1 月，抬扛人员均身着单衣，却满头大汗，可见其辛苦程度！

等浮桶运到江边后，李汉桥又从坝址区下游 20 余千米处租用了一艘无动力小铁船，采取平缓江面人工划船、急流江面人力拉纤的方式，硬是逆水行舟，将浮台送到目的地附近的回水处江滩。

运输问题解决后，现场安装就容易多了。但为了抢时间，李汉桥他们继续发挥革命加拼命的精神，每天早晨天蒙蒙亮就出工，攀爬 2000 米的羊肠小道来到江边，中午吃自带的干粮或营地送来的盒饭，晚上月亮露脸了，才打着电筒回到住处休息。

为了加快进度，他们还改变了过去先将浮桶拉上岸、组装成组件再推下水的工序，直接在水中组装。那时可是寒冬腊月，乌东德的冬天虽不算太冷，但峡风吹来还是有些凉意，江水更是冰凉刺骨。几个年轻人顾不上太多，脱光衣服就下水作业，终于按时完成了组装及设备的安装调试工作。

然而在固定钻探浮台时，出现了一个新问题：乌东德水情复杂，无法使用传统方法抛锚固定，怎么办？

李汉桥他们仔细观察了现场条件，决定用钢筋制成一个装满石头的大笼子，沉于江底，上面挂钢丝绳为江中主锚，再在两岸崖壁上钻孔或打锚桩，穿钢丝绳作前后 4 条边锚，终于解决了浮台的抛锚和固定问题。

这个钻探平台搭建的地区远离人烟，其工作与生活条件，在当时是整个乌东德坝区最苦的，也是当时坝区极少数连通电问题都没有解决的地区之一。他们的营地每天只有晚上才用发电机发两个小时的电。因此在很长一段时间，他们用不了冰箱，从附近集市里购买的新鲜蔬菜和肉食，都是在集市炒熟后，再泡在江里保存的。而且这里信号极差，职工们有事要向外打电话，都需要爬到好几百米的山上去打。

三、除夕

为了能尽早开钻，三峡院钻探人员自从进入现场后，每天 10 多个小时超负荷运转。直到 1 月 21 日，也就是大年三十的下午才停工半天。炒菜师傅为大家添了几个菜，大家围在一起，就算是吃了年饭。

李汉桥给笔者看了一张当时过年的照片。一群人在破屋子里举着盛满酒的一次性纸杯互贺新年，脸上都洋溢着灿烂的笑容。吃完年饭后，大家轮流上到半山腰用单位给李汉桥配备的卫星电话给家里打上几分钟电话，问候老人和小孩的情况，也算是给家人拜了年。晚上，继续用发电机发电照明。

为了让大家过个好年，三峡院领导特批购来一台电视机，但由于收不到信号，只能播放买来的影碟。大家聚坐在电视机前看影碟，周边的老乡们也跑来看稀奇，硬是挤了一满屋。条件虽然差了点，但是过年的气氛还是挺足的。

到了大年初一，李汉桥特别给大家放了半天假，当天下午就催着大家下到江边干活了。

四、开钻

2004 年 2 月 5 日，三峡院终于完成了水上钻孔开钻前的全部准备工作。

为了烘托气氛，同时表达心中良好的祝愿，2 月 6 日，也就是浮台锚固后的第十天，李汉桥在水上浮台上举行了隆重的水上钻孔开工仪式。这是整个乌东德工程最早的开工仪式，在当地引起了不小的轰动。禄劝县和大松树乡两级领导带领各部门共 20 余人前来祝贺，并表示全力支持工程建设，全力为钻探工作保驾护航，这给予了勘探人员极大鼓舞。

在开工仪式上，禄劝县委书记专门将自己的手机号告诉了李汉桥，让李汉桥有事就直接给他打电话。后来，李汉桥还真的用上了这个电话号码，由衷地体会到在乌东德工作真是离不开当地政府的保驾护航。

当时，很多人不知道的是，2 月 6 日不仅是乌东德水上第一钻开工日，也是李汉桥的生日。忙完一天的工作后，李汉桥在内心为自己庆贺了一下，毕竟自己又老了一岁，更懂得责任与担当了，他深知乌东德钻探这副担子任重道远。

五、奇迹

水上浮台架好后，很快就投入金坪子滑坡的钻探工作中，这可是另一个硬骨头。

金坪子滑坡体厚度超过百米，最厚处接近 300 米，而且滑坡体结构松散，钻探过程非常困难，但再难也得往下探啊。李汉桥一边带领团队钻探，一边排除困难，硬是在金坪子的滑坡体打下了 20 多个钻孔。其中，一个编号为 JZK23 的钻孔深达 300 米，相当于 100 层摩天大楼的高度，这创下了我国水电钻孔的纪录。

李汉桥向我介绍了这个钻孔背后的故事。李汉桥是操作着当时三峡院最先进的钻机打这个钻孔的，由于钻孔处土质疏松，钻头刚刚钻进岩层，周边的滑坡体就前来堵塞，因此钻探非常辛苦。当他们咬着牙把钻头打到地下大约 230 米处时，终于清晰地看到了很多卵石，大家认为应该打到底了，就准备将摄像头提上来，然后收工下班。可这个时候，摄像头偏偏在 240~270 米处被岩心破碎带卡住了，怎么也提不出来。

这个摄像头价值 20 多万元，对当时资金困难的三峡院来说，可是重大资产，绝对不能放弃。

现场顿时一片沉寂，只听见山风在呼呼作响，江水在哗哗流淌。在已有几分凉意的金沙江边，所有人头上都冒出了汗，不知道怎么办才好。最紧张的就是李汉桥了，他可是直接责任人啊！

但是李汉桥没有吭声，极力让自己慢慢地冷静下来，仔细思索自己动作的每一个细节，分析摄像头可能被卡在哪个地方。然后提着自己设计的工具一遍遍摸索，终于将摄像头提了上来，现场顿时一片欢呼。

这一阵折腾没有白费——钻孔深度成功推进至地下 300 米，并在 270 米处取出的两枚卵石样本，证明该区域覆盖层厚度达 270 米。这一关键数据为三峡院最终完成金坪子滑坡体的精确定性评估奠定了基础。

陈德基大师对这次钻探给予高度评价，称"这是我们在所有滑坡体上打得最深的一个钻孔"。薛果夫总工程师更异常兴奋："这标志着我们在这场硬碰硬的战斗中打赢了。李汉桥立了一大功，我们取得了关键性的胜利！"

六、合力

人的一生，总要经历一些难以忘怀的场面。而对于李汉桥而言，这样的场面在乌东德出现过好多次。2004 年 12 月 7 日上午，就在他们打出 300 米深的钻孔后，拖着装载水上浮台的钻船从金坪子滑坡体勘探现场返回营地时，金沙江却对他们较上劲来，这让李汉桥始终无法忘怀。

当时，钻船在金沙江里逆流而上，行进到离营地不远的地方时，突遇 5~6 米每秒的急流。船员们即使开动全部 4 台动力机组也无法使它上行。

逆水行舟，不进则退，一旦钻船被冲下急流，上面搭载的浮台会不会被冲散，船会被冲到哪里，什么时候再能上来就不好说了。为此，李汉桥尝试着在江滩大石头上拴挂钢绳，非但没有成功，还出现了船头下沉和前舱漫水的险情，不得不放弃。就这样，他们与急流对抗了一个白天，仍然无济于事。

当天晚上，大家坐在一起商量对策。认为钻船上不去的原因在于装的东西过多过重，于是他们将能卸的物资尽量卸到岸边。到 12 月 8 日上午，卸载后的钻船在 4 台机组满负荷工况下又开始往上冲，但尝试多次仍无功而返。

看来，不上岸拉纤是过不去了。机长田健带领 3 名力气大的工人拉着 4 根钢丝绳向上游走了约 600 米，将绳头拴在江边大石头上，然后乘冲锋舟将钢丝绳的另一头挂到钻船的钻机主卷扬机上。李汉桥用对讲机向勘探分部及各机组发出拉纤动员的号召。一时间，坝址区及金坪子各个机组轮休下来的员工，包括刚下夜班的工人、管理人员、后勤人员，甚至两名做饭的炊事员都赶过来了，共有 50 多人。他们在李汉桥手提扩音器的指挥下，10 余人一组，抓紧船上绑好的 4 根 70 余米长的粗棕绳，与江水来了一场正面较量。

人心齐，泰山移。钻船上钻机的柴油机轰鸣，4 台挂桨机螺旋桨高速旋转击起浪花飞溅，拉纤的众人齐声喊着"一二、一二"的口号，或弓腰背着绳子，或双手拉绳脚蹬着石头，在岸边的乱石堆及浅水滩中迈着坚定的步伐。有的人摔倒了再爬起来，有的人鞋子掉了也顾不上捡。当船进入急流时，水流疯狂地扑向船头，白色的水花涌上船面，巨大的冲击力将许多拉纤人击退了好几步，但谁也没有松手。在钻机、卷扬机、钻船动力和拉纤人的四股合力的持续拉动下，钻船终于艰难地向前行进了，1 米、2 米……直到驶出急流区。金沙江在现代纤夫的意志与力量面前，终于让步了。号子声、欢呼声、马达声与急流的咆哮声交相汇集，在乌东德库区汇成了一曲胜利欢歌。

这场威震乌东德峡谷的钻船迁移，尽管方法原始，却是三峡院人齐心协力的最好诠释。

从 2004 年 2 月起，李汉桥带领着同事在乌东德工作了 8 个多年头，直到 2012 年 6 月最后一次水上钻孔结束。在这八年多的时间里，三峡院先后投入 2 艘自行设计、制造的水上钻探浮台和 3 艘冲锋舟，承担了坝址区全部的水上钻探任务。共完成水上钻孔 65 个，总进尺近 7000 米，并完成了取样、压水、注水、抽水、声波、彩电、连通、旁压、穿透、地应力等各项工作。

第三节　检验与监测

钻探任务完成后，接下来就是监测与检验环节了，这也是地质勘察的最后一个重要环节。在此环节，工程师们需要对地质测绘及勘探取样的结果进行深入分析，同时对岩土工程问题进行监测，并以此为依据合理地制定与调整工程建设过程中的各项设计方案。

勘察队员在小口径钻探的基础上，结合运用钻孔数字彩电、声波测试等物探手段进行建基面研究。综合分析钻孔芯样、岩心获得率、压水试验成果、钻孔彩电及声波解译成果，对坝区的地质做出总体结论：乌东德坝址的主要工程岩体为一套与河流大角度相交的震旦纪浅质碳酸盐岩，岩性为厚层—中厚层灰岩、巨厚层白云岩及少量厚层石英层。断层不发育、规模小，走向多与河流近正交，均未穿过河床。基岩体风化特征不明显，主要以微新岩体为主。边坡结构以横向坡为主，总体卸荷微弱。地层中透水层、微一弱透水层与隔水层相间分布，褶皱基底为近直立的垂向带状水质结构。以顺层溶蚀为主，除发育 K25 大溶洞外，其余规模均较小。地应力总体属低等水平。

该结论以无懈可击的数据，论证了乌东德坝址条件的优越性，并对可能存在的地质问题进行了详细剖析，为长江设计院开展枢纽与施工设计提供了准确的地质依据，也让所有关心大坝地质安全的人们吃下了定心丸。

其间一些重大难题的解决，很值得一提。

一、金坪子战役

2003—2004 年，长江设计院以三峡院为先锋，针对金坪子古滑坡体，集中开展了为期一年多的地质会战，这场战斗直接关系到乌东德坝址和长江设计院抢占"乌东德高地"战略的成败。

在乌东德工程初步设计前，"金坪子"是一个绕不过去的话题。这个临近坝址下游的大滑坡，几乎决定了乌东德坝址，甚至整个水电站的生死。

可以说，如果金坪子滑坡不够稳定，那么能不能在乌东德这个坝址建坝，甚至应不应该建设乌东德水电站，都会成为问题。

1. 惊世骇俗

金坪子滑坡的名称初见于招标文件，不过当时尚未开展深入工作，只知道这里有滑坡体，但对它的性质、规模和稳定性均不清楚。在编制招标文件时，有关方面为稳妥起见，以遥感解译成果为依据，将坝址右岸下游约900米的金坪子斜坡全部定义为古滑坡体，这样它的体积就达到了6.2亿~6.3亿立方米。

这个体量着实吓到了不少人，包括见多识广的陈德基大师和薛果夫总工程师。薛总当时就直感头痛："长江三峡水库那么大，只有4亿立方米的滑坡，最大的才1亿多立方米。金坪子的滑坡达到6.3亿立方米，太大了。"

金坪子滑坡体对坝址的最大威胁不是体量，而是它离坝址太近了。最近处离坝轴线不足1000米。经估算，如果这6.3亿立方米的滑坡体全部坍入江中，其壅水可将整个大坝淹没，后果不堪设想。

乌东德坝址处出现巨大滑坡体，可能影响大坝的消息，引起了众人的广泛关注。为此，三峡院在地质勘察阶段，就必须回答以下三个问题：

第一，它是不是个滑坡？

第二，它是一个多大的滑坡？

第三，它是否是一个稳定的滑坡，或者说它有多大的不稳定性？

2. 集中会战

不入虎穴，焉得虎子。2003年春夏之交，还在武汉迎宾馆帮助编制标书的陈德基与薛果夫就率领三峡院部分人马前往现场工作。通过一个月的工作，掌握了第一手材料，对它进行了最初的描述。

2003年11月，中标不久的长江设计院在金坪子滑坡体附近集中了地质、测量、物探、勘探、科研等各方力量，确定了整体布局、突出重点、动态勘察、调整优化的思路，对这个滑坡体进行集中攻关。

薛果夫多次赶赴现场，和年轻人同住吊脚楼，同吃农家饭，同样在高差达 800 多米的金沙江陡崖爬上爬下，然后在昏黄的煤油灯下与他们讨论问题到深夜。

陈德基大师年岁已高，还在长江委科学技术委员会兼职。他到金坪子的次数不多，但也顶着炎炎烈日，爬上海拔 1900 米的大尖山现场查勘 3 个多小时，这种行为感动了不少年轻人。

三峡院总工程师李会中，是地质勘察的负责人，更是金坪子会战的绝对主力。他和团队在金坪子驻扎近一年，克服重重困难，在滑坡体上打了 20 多个钻孔，其中包括那个深达 300 米、覆盖层厚 270 米的著名钻孔，为解决金坪子问题立下头功。

对于这些钻孔，三峡院调动了一切可以调动的手段，对金坪子滑坡体进行全面解析。主要包括：①模拟电视与数字全孔全断面成像解译；②多样化的钻探工艺，即在钻探工艺上根据地层的不同特点，适时选用跟管钻进、泥浆护壁和植物胶护壁、不提钻绳索取心等技术；③灵活使用多种钻具，包括单动单管、单动双管、双动双管和进口薄壁钻具；④系统测年技术；⑤重砂分析和孢子花粉分析；⑥地面数字摄影成图技术；⑦计算机空间分析技术；⑧河段河谷发育史研究。

2005 年 1 月 18 日，在昆明召开的金坪子滑坡的咨询会上，三峡院向众人宣布了自己得出的明确结论。

金坪子不是一个具有统一滑面的整体滑坡。可将其划分为 5 个区。其中，Ⅳ区和Ⅴ区为连续、完整、稳定的基岩，Ⅲ区是深嵌于古河床的、稳定的、体积约 1.08 亿立方米的古滑坡堆积体，Ⅰ区是总体稳定性较好、体积约 6050 万立方米的崩塌堆积体，只有Ⅱ区是稳定性差、体积约 2700 万立方米的蠕滑坡体。由此断定金坪子斜坡不影响乌东德水电站坝址的选择，更不会影响乌东德梯级水电站的建立。

他们的发言刚刚结束，会场上就爆发出雷鸣般的掌声，那可是发自内心的赞叹：这项成果不仅为乌东德水电站梯级开发扫除了障碍，同时为乌东德工程确定优良的坝址，并为长江设计院最终在乌东德站稳脚跟奠定了坚实基础。

3. 辩证施策

任何一次超越，都是恰到好处的选择。

在掌握金坪子滑坡体第一手资料的基础上，长江设计院在 2005 年 1 月对其定性的时候，就提出了明确意见——在枢纽布置时需考虑尽可能减少对Ⅲ区前缘的冲刷。另外，对Ⅲ区前缘、Ⅱ区滑坡、Ⅰ区堆积体，需采取适当的措施进行处理并加以监测。

此后，长江设计人继续利用多种有效手段，对存在危险的Ⅱ区蠕滑变形体进行了长达 17 年（从勘察期到施工期）的"空—天—地"三维一体系统监测，为滑坡稳定性评价、变形机理分析、防治效果评价提供了有力的现场实测数据支撑。

金坪子滑坡体虽然不影响乌东德水电站的建设，但它毕竟体量巨大，只有把它诊断清楚了，并开出防治良方，才能真正解除人们心中的担忧。

为此，三峡院为金坪子开出了"药方"：通过一定的工程措施（地表截排水、地下截排水等）提高其整体稳定性，减缓其变形速率，达到"防止其大规模失稳，允许其小部分失稳或缓慢滑落"的防护目标。

有关单位按这个总体思路对存在安全隐患的Ⅱ区开展了地下（表）截排水等防治措施。根据观测，各排水洞排水流量达到 216.15 立方米每日，地下水位降低了 2~8 米，排水后地表变形速率较排水前减缓，在降水丰富的年份，年变形量亦明显减小。实践证明，工程治理措施经得起考验，并已取得较明显效果。

如果仅停留于此，其成果还很有限。更重要的是，三峡院通过勘察，不仅揭开了此滑坡体稳定的真正原因，而且为学术界的进一步研究提供了丰富资料。他们还发现和查清了低于现今河槽的金沙江古河槽及 17 万年前的大型基岩滑坡堵江事件，从而发现了揭示金坪子结构和解决稳定性问题的通道，同时为乌东德梯级河段河谷发育史研究增加了重要的一页。

4. 重大意义

对于金坪子会战的重大意义，薛果夫评价颇高："这一重要发现不仅确定了目前的金坪子村就坐落在一个古老的滑坡上，而且说明这个古老的滑坡深嵌于古金沙江河槽中，滑坡十分稳定。"通过确定古滑坡体，长江设计人对金沙江河谷发育的认识提高到了一个新的水平。而对长江设计院更直接的效益，在于它让长江设计院握牢了乌东德工程设计的主动权。对此，薛果夫接着补充道："如果查出金坪子滑坡确实不稳定，那么乌东德河段的坝轴线不能够成立；如果认识不够清楚，放弃在该河段建坝那又将是一个什么样的后果，简直不可想象。所以说，这是一个大大的胜利，也是长江设计院取得的最关键性的一个胜利。这也说明长江设计院地质团队是一个战斗力很强的队伍，为长江设计院握牢设计乌东德工程的主动权立下赫赫战功。"

二、K25 大溶洞

在乌东德，大自然好像非要给长江设计院设几个跳起来才能跨过去的坎。正当金坪子会战即将大功告成之时，三峡院又在坝址附近发现了一个"拦路虎"——呈斜井状的大溶洞，让他们稍稍松弛的神经再度紧绷起来。

1. 揭露真相

这个溶洞的出口位于右岸山体紧靠大坝右拱端处，三峡院将它命名为"K25"。它发育在灰岩地层中且靠近白云岩顶面，地表呈溶蚀洼地状，出露高程约 1000 米，出口尺寸为 80.4 米 ×37.4 米，最大平面尺寸为 63 米 ×31 米，越往下规模越小，到 864 米高程后，还没到江边就消失了。

这个奇怪溶洞由于太靠近大坝，很快就成为挡在三峡院面前的又一道必答题，他们必须回答：

（1）它到底是怎么回事？

（2）它的发育形态是什么样的？

（3）它为什么还没有抵达江边高程就突然消失了？

为此，三峡院再度调动精兵强将，"上穷碧落下黄泉，动手动脑找答案"，对 K25 进行了技术攻关。

通过测绘、钻探和检测，他们初步揭示出整个溶洞的概貌：溶洞大致可以分为两部分。从地表至高程 864 米附近，总体上呈斜井状，到这个高程以下时，尖灭为溶蚀裂隙。岩溶斜井总体积约 36.9 万立方米，其中坝顶高程 988 米以上约 18.7 万立方米，988 米以下约 18.2 万立方米，大约各占一半。斜井内绝大部分被块石、碎石夹杂少量粉质黏土或砂填充，未见明显的地下水活动迹象。

因此，他们结论是：K25 是个典型的死亡型岩溶洞穴。死亡原因是溶蚀现象已经停止（这个溶洞的地下水已经被干热河谷的风吹日晒榨干了，导致其溶蚀现象完全停止）。至于它在 864 米高程突然消失，也是因为直到最后这个溶蚀裂隙也没有发育起来，所以它只有进口，没有出口。

他们因此得出结论：这个溶洞不会对大坝安全造成严重影响。

这个结论得到专家们的广泛认同，但也有少数人不相信。有专家坚持认为，这么大的溶洞不可能直接消失。直到乌东德工程正式开工，K25 溶洞完全展露后，这位专家才不得不相信这个溶洞真如长江设计院预测的那样，真的是个死溶洞。

这个溶洞虽然是个死溶洞，但由于它的规模太大，而且与大坝过于接近，因此对大坝基础和上游防渗帷幕还有一定的不利影响。为此，长江设计院开出"药方"——坝高范围内岩溶斜井全部进行混凝土置换处理，并增加固结灌浆措施以增强洞周溶蚀岩体的完整性。

具体而言，首先，采用"自上而下、分层分区"的施工程序，挖除斜井内的松散充填物、洞周已松动岩块、溶蚀风化严重围岩和洞壁凸出岩块，并根据分层分区规划，做到开挖一段，支护一段，确保岩溶斜井穹顶及井壁的稳定安全。

其次，在开挖方法上，尽量采用机械开挖，减少爆破对围岩的影响。对小块石、土和砂等松散填充物，能用反铲的用反铲，只有在遇到反铲无法挖除的大块石或按设计要求需修整的洞壁时，才采用解爆或者液压破碎锤进行破碎修形。

最后，对斜井高程 988 米以上的部位，因不影响工程安全，可以不进行开挖与回填。

2. 点石成金

值得一提的是，钮新强院长到溶洞考察时，发现其体量较大、距离适中，建议搞机电厂房设计的同志考虑将电站集控楼放在这里。这不仅为建筑安全提供了保障，还为在"寸土寸金"的大坝右岸布置其他建筑物，腾出了宝贵空间。

将溶洞改建为集控楼是一个创新。为了讲清这个创新成果，翁总推荐笔者采访了长江设计院城市规划与建筑院（简称"城建院"）的一位室主任周自清。与其他受采访对象一样，周自清首先向笔者科普了集控楼的功能。集控楼也被称为大坝中央工作室，是负责统一调度的人员办公的地方，是枢纽核心部门，相当于大坝的大脑。设计大坝时，对集控楼的安置需要精心策划，通盘考虑。一般放在两个地方：一个是大坝上，另外一个是大坝附近。刚开始时，城建院也据此对集控楼的位置提出了两种备选方案。

可在勘察过程中，他们发现，由于坝顶施工场地极其有限，在大坝上建设集控楼不仅影响工期、增加投资，而且工程运行后，泄洪时的潮湿水汽也会对电气设施产生不利影响。而紧挨大坝的边坡尽管进行过处理，并设了防护网，但时间长了，谁也不能保证没有落石现象。何况在这样高陡的边坡下工作，人的心理压力也非常大，因此这两种备选方案都有明显不足。

也就在这时，三峡院发现 K25 溶洞，并断定它对大坝不会造成太大威胁。但为了安全起见，建议在施工中对其进行回填处理。同时也有人认为，这个溶洞位置理想、大小合适，白白封堵有些可惜，多少希望让它发挥点作用。钮新强院长在一次考察中，听取双方汇报，建议城建院的同志考虑把集控楼放在这个溶洞里面。

与两种备选方案相比，它的优点实在太突出了。

首先是节约投资。在溶洞里做集控楼是典型的废物利用，可节省大量的土石方开挖量、回填量和混凝土浇筑量，大大节约工程投资。

其次是缩短工期。它既不需要开挖与填筑，也不占用大坝、厂房所在的宝贵地面和空间，可在相对独立的条件下有序施工，有效避免了施工过程中的相互干扰，推算可缩短直线工期半年左右。

再次是保护生态。相比于传统方式，它减少了工程开挖、填筑量，将工程对生态环境的不利影响压到了最低。

最后是因地制宜。由于天然溶洞是废物利用，除在 988 米高程以下必须修建中央控制室外，其他的空间都可以让工程师们自由处理。因此，在其他部位的设计者被狭窄空间压迫得焦头烂额之际，城建院在这里却可以发挥想象，放开手脚，从容开展自己的设计工作，最终成功兴建。

乌东德集控楼体量不大，设计也不算难，但却是世界上唯一建在自然溶洞里的集控楼。仅此一项，就足以让所有参建者感到自豪。

三、早谷田危岩体

与金坪子滑坡类似，早谷田危岩体也曾对乌东德大坝设计、建设造成严重威胁。如果说三峡院在金坪子打的是一场阻击战的话，那么他们在早谷田打的就是一场持久战，这场战斗从 2008 年一直延续到 2019 年，直到现在还不能说完全结束。

这场持久战吸引了很多领导、专家的目光，如中国矿业大学何满潮院士、陈德基大师、原长江委勘测局徐福兴副总工程师都曾到现场"观战"，薛果夫更是来过五六次。他把这个危岩体定性为与金坪子并列的"乌东德大坝的隐形炸弹"。

所谓"隐形炸弹"，就是说它的危险具有不确定性，可能是威力巨大的"真炸弹"，可能是能力一般的"普通炸弹"，也可能是像 K25 溶洞那样的"假炸弹"。

早谷田危岩体是由三峡院副总工程师叶圣生等人于 2003 年在库区勘察时发现的，叶圣生向笔者介绍了他们发现这个危岩体的过程。

"那天，我们从住的细岔村出发，走出去不久，两边山体上已无路可走，我们租了一条木船沿着金沙江逆流而上。边走边在船上仔细观察，无意发现了一段破裂的山体，按照行业术语叫'危岩体'。由于离早谷田村较近，就命名为'早谷田危岩体'。"

他进一步解释道："危岩体就是还没有形成的滑坡，是滑坡的前奏，一个很容易产生滑坡的庞大的物体。"

叶圣生一边说，一边将电脑里存储的早谷田危岩体的三维照片调了出来。然后用鼠标点着一面竖起的山体上用虚线显示出的部位说：

"你看，这个山体到处有裂缝，它整个体积大约有2亿立方米。这一段的江面特别窄，不到一百米。"

"危岩体距大坝仅46千米。如果失稳垮到金沙江里，就会变成一个坝前坝，或者库中坝，可以想象这对乌东德水电站有多大影响。"

这个危岩体如"达摩克利斯之剑"，悬在乌东德大坝上游，也是乌东德给三峡院设计的又一张高难度考卷。要回答清楚这个问题，除了掌握它的表面情况外，更重要的是走到它的里面去，摸清它的内部情况，也就是"不入虎穴，焉得虎子"。

叶圣生继续说道："早谷田危岩体是乌东德库区最为艰难的勘测点之一。首先是现场生活生产条件艰苦。这里山高路险，气候炎热，交通不便，物资稀缺，生产生活条件非常差，我们与当地居民协调工作难以开展。其次是地质条件复杂。危岩体地处汤郎—易门断裂带附近，构造复杂，发育的震旦系地层古老，加上2亿立方米的体量，想对它做精确定位，查明空间形态，分析其结构特征，难度可想而知。"

为了抵达早谷田危岩体，三峡院的同志们只能乘坐他们所想到的各种交通工具——除了从武汉到达乌东德昼夜兼程的"铁公鸡（铁路、公路、飞机）"等常规工具外，还有从乌东德到危岩体那段丰富多彩的"自选工具"——先坐车到下游的一个村，然后背着行李步行大约半小时至江边，再坐船逆行金沙江约半小时，然后再爬行约1小时的山路。

当地人的生活条件和经济发展水平与金坪子类似，对三峡院的地质人员来说，相当于把他们刚刚在金坪子遭受的苦，在这里重复了一遍。

历时10多年的早谷田危岩体勘察工作，大致经历了4个阶段。

2004—2008年，为初步摸底阶段。三峡院的同志们调动测量、测试、钻探、物探、地质等多专业的人员，对其进行地质调查以及相关的分析，初步确定危岩体的范围、规模、量级。

2008—2013年，为详细的地质测绘和勘探布置阶段。其中，2011年以前主要是地质测绘，2011年主要是勘探施工。在本阶段，他们在危岩体上完成了5个钻孔（总进尺1000多米）、一条平洞（长500米左右）的勘探工作。但受限于现场条件，仍未查明危岩体最深部的潜在滑动面，无法描述其空间形态及性状特征。

2014—2015年，为第三阶段。三峡院对前一阶段的平洞进行加深、横向拓展，并补充勘探钻孔。通过大量的勘察工作，拿出了详细的第一手资料。基本查明了潜在滑动面的性质特征以及空间形态，但对危岩体的成因机制尚未弄清。

2018—2019年，为第四阶段。在专家们的要求下，三峡院运用新型勘察方法对危岩体进行详细勘察，并通过大量计算分析，确定了潜在滑动面的形态特征、组合形态，找到了危岩体成因机制。

最后，三峡院正式对旱谷田危岩体做出了整体评价：它是一个危岩体，整体基本稳定。危岩体高危面高达200米，面积约1平方千米。如果将它弄下来，施工难度大，也没有这个必要。

他们建议：在乌东德水库蓄水及运行期间要全面加强监测，根据危岩体局部变形破坏情况采取应对措施。

事实上，三峡院在对旱谷田危岩体进行长期研究时，已经在这个危岩体的上上下下、里里外外布设了自动监测仪器，并形成一个24小时记录危岩体性状的立体监测网。它不仅可以持续监视危岩体的"一举一动"，还可以实时反馈到三峡集团乌东德建设部监测中心的网络，为乌东德水库的安全运行保驾护航。

直到今天，叶圣生仍对2015年的一次现场勘察记忆犹新。当天一早，他陪同数十名专家，由上游元谋县乘快艇顺江而下，到达80千米外的旱谷田时，已是正午时分。原计划3小时的现场勘察，由于平洞内的地质现象过于精彩，专家们对它们观察得格外仔细，现场讨论也格外深入，以至于返回早谷田江边时已是下午 5 点左右。快艇逆流而上，行至半路时天色已黑，只能靠手机手电筒的微弱光芒照着江面缓慢行驶。夜色中的金沙江滩险流急，常年行驶在江上的船老板尚且小心翼翼，专家们自然更加提心吊胆。最后平安无事，专家们连声说不虚此行。

陈德基大师得知早谷田危岩体的情况后，特别关注。从 2010 年起便提出要到现场看一看。但因年事已高，而且早谷田的交通条件十分恶劣，这一愿望几度落空。直到 2019 年交通条件大为改善后，年逾八旬的陈德基大师终于在相关人员陪同下看到了关注已久的危岩体，完成了心中的一个夙愿。

叶圣生以极具专业性，又尽可能通俗易懂的语言，向笔者讲述了早谷田危岩体复杂、曲折、艰辛的勘察过程，让笔者由衷地对他们佩服不已，他们同样是乌东德水电站的功臣。

四、深厚覆盖层

乌东德河段河床的深厚覆盖层影响工程围堰安全，是乌东德工程建设的重大地质难题之一。

乌东德坝址异常深厚的河床覆盖层，与金坪子古滑坡密切相关。滑坡体在历史上曾长期堵塞金沙江，导致其上游形成沉积严重的堰塞湖。待这个堰塞体被冲决后，其沉积物和上游新淤积的泥沙在相对平缓的新河道内再度沉积，因此导致它们虽然同为覆盖层，但颗粒特征、结构特点、密度和透水性都存在显著差异。

在水利水电工程建设中，大坝是永久性建筑物，其覆盖层需要全部挖除，但它的上下游围堰是临时性建筑，其覆盖层不需要全部挖除（否则成本过高，经济上不划算）。这个坐落在深厚覆盖层上的围堰，如何做好基础防渗、边坡稳定，都关系到工程安全。

勘察资料表明，因金坪子古滑坡体位于大坝下游，受其堵江影响，坝区的覆盖层越到下游越厚、越复杂。这导致长江设计院研究的乌东德坝址的覆盖层最薄 50 多米，最厚接近 80 米，远大于一般水电工程（30 米以下），也远大于河门口坝址（30多米）。如果不解决这个问题，乌东德坝址就可能在比选中输给河门口坝址，这将使长江设计院在工程设计的竞争中处于不利境地。

难题再一次摆在三峡院面前，尽管他们走南闯北打过不少钻孔，但在近80米厚的覆盖层下钻取岩心也还是第一次。更让人头疼的是，这些覆盖层多为大颗粒的砂卵石，非常容易破碎，常规方法根本不行。

为此，三峡院在项目内部成立了一个攻关小组，由李汉桥和郝文忠任负责人，三峡院技术处也牵头对相关课题组织技术攻关。最后李汉桥通过对废旧芯管进行技术处理，做成了一个"新型覆盖层原状取样器"，终于取到了完整岩心，该技术后来获得了国家实用新型专利。

郝文忠在对这些岩心进行仔细分析后，确认其地层为三层。第一层是河流砂卵石冲积层，第二层是从山上崩滑下来的石块，最下面才是基岩。

由于第二层的石块是从700米高的地方崩滑下来的，其硬度远超常人想象，因此在研讨阶段，即使是见多识广的部分专家也认为三峡院取样错误，把基岩当作覆盖层了。为此，三峡院又开展了一项名为"深厚覆盖层勘探技术"的科研课题。李汉桥等人经过五六次试验，终于研制出单管与双管内筒式锤击取样器，其核心是一个能够在70多米深的破碎层使用的高强度玻璃钢套管，同时他们还自主研发了可视化覆盖层钻孔彩电技术，创新性地应用电磁波CT，开辟了河床深厚覆盖层地质勘察研究的新途径。该技术将高精度探头伸到了70多米深的覆盖层底部，让专家们大开眼界。

"深厚覆盖层勘探技术"成功地攻克了乌东德坝址在深厚砂卵石覆盖层钻进、取心、取原状样方面的技术难关，为解决乌东德坝址存在的深基坑、高围堰、深防渗墙施工等工程难题提供了高质量的基础资料，同时大大提高了乌东德水上钻探生产的总体技术水平与成果质量，使河床单孔覆盖层岩心采取率由原来的30%左右提高到68%~93%，河床覆盖层钻孔的台月效率从前期的30余米提升到120余米，而总体生产成本则降低40%。

第四节　精心服务

一、高精度勘察

小的成功靠个人，大的成功靠团队。参加乌东德工程建设的三峡院，就是一支优秀的团队。他们在乌东德坝轴线进行的勘测精度达到米级，不仅让他们名声大振，还赢得各方的一致称赞。

乌东德坝址地形狭窄，其地质条件可以说是"好岩体好得不得了，坏岩体也坏得不得了"，而且好岩体数量有限，枢纽布置可谓寸土寸金，任何一点宝贵空间都需要得到充分利用。因此，准确的地质材料，对枢纽布置显得非常重要。

李汉桥和郝文忠负责的项目组，在攻克河床覆盖层勘探难题，为工程围堰寻找解决方案的同时，还利用这套技术，将乌东德大坝的轴线划分出了一条好岩体与坏岩体的分界线。实际开挖时的结果，与这条设想线的误差仅仅 86 厘米，控制在 1 米以内，这样的"米级精度"得到了专家肯定。

不久后，在地下厂房的勘察中，这样的米级精度也出现了一次，不过这一次并非三峡院的主动作为，而是困难"找上门"后，他们不得不迎接挑战。

情况还是与枢纽的整体设计有关。

因为乌东德峡谷十分狭窄，露天河段被大坝占据后，许多重要工程，包括地下厂房都不得不挤到两岸山体内。可在这里，乌东德工程又给建设者们开了一个不大不小的玩笑。许多地方从表面看地质情况不错，但稍微向前钻个几米，却发现好岩体消失了。为此，钻探人员不得不另找地方重新开钻，不仅影响投资和工期，还影响士气。

吉林大学工程地质专业博士生肖云华于 2009 年毕业不久就来到乌东德，近十年来始终与同事们进行厂房勘探任务，曾一次次被乌东德岩石的假象困扰。不得不感叹道："大地构造非常复杂，我们做多了，就发现这个地球往往不是想象得那么简单，总会带来一些意外，这种意外往往不是惊喜，而是惊吓！"

这里的溶洞虽多，但并不是个个都像 K25 溶洞那么有技术含量，如果没有工期限制，慢慢研究、慢慢打洞、慢慢勘察，也不会有什么困难。可当时整个长江设计院都在响应"举院之力，志在必得"的号召，立志为攀登乌东德高地竭尽全力。只有每个人速度够快，才能让整个团队立于不败之地。因此，在那段时间，三峡院在地下厂房的勘探中，不惜代价务求把地质弄明白。如水利工程的水平孔一般就是几十米，很少超过 100 米，但他们曾在乌东德的地下厂房打出了一个深达 230.76 米的水平孔，它与金坪子滑坡体上 300 多米的竖直孔一样，创下了全国水电工程界的纪录。

三峡院根据这个钻孔，对右岸电站三大洞室（主厂房、主变洞、尾水调压洞室）的围岩的分布画了一条分界线。最后开挖的时候，设计人员发现，它和实际分界线的距离偏差也只有几十厘米，不到 1 米。

如果说将一条分界线的精度控制在 1 米以内是运气，那么将两条关键分界线的勘察全部控制在 1 米以内，这就是绝对的实力。

"我特别佩服三峡院的勘测同志，我经常在外面帮他们宣传。很多专家到我们现场去的时候，听我夸勘测的人，还以为我是学地质的。"说这话的是乌东德工程设代处总工程师、枢纽院坝工室副主任曹去修。作为乌东德枢纽设计的主要负责人，他与三峡院长期合作，深知精确的勘测资料对工程枢纽设计的重要意义，他对地质工程师们赞叹有加，那绝对是发自内心的。

值得一提的是，乌东德这样地质条件极其复杂的工程，要实现米级勘探精度，这在过去是不可想象的。因此不少兄弟单位得知情况后，慕名前来参观、学习，对三峡院的成果感到非常震撼，对三峡院的技术水平钦佩有加。

二、查勘进场路

兴建一座水电站首先要做到"三通一平"，即通水、通电、通路，平整施工场地，尤其是进场道路。如果把水电站比作一个胎儿的话，那么它的进场公路就像连接胎儿和母体的脐带，电站建设所需的所有人员和物资，都需要靠这条公路运送进来。

乌东德对外交通工程包括两路一桥。其中，左岸会东至河门口公路43千米，加上左岸连接线2千米，总计45千米；右岸半角至新村公路28.4千米，加上右岸连接线7千米，总计35.4千米；连接两岸的跨金沙江的洪门渡大桥，长522米。在进场公路正式施工之前，需要先修一条施工便道，以供施工车辆通行。这进场公路及其施工小道的地质勘察任务，自然落到三峡院身上。

前面已经说过，从禄劝县到乌东德的道路，比李白笔下的"蜀道难"还要难上几倍，在这里短时间修建进场公路绝非易事。

乌东德工程设代处副总工程师、三峡院勘测项目部副经理罗玉华，是这个项目的负责人，他在工地办公室向笔者介绍这条公路建造的全过程。

在进场公路施工以前，施工点没有直达公路，只有一条地方公路在不远的山顶夷平面上曲折前行，那就是前面提到的那条"不知行了多少路，走了多少沟，转了多少拐，绕了多少弯，吃了多少灰，吸了多少尘"的老公路。它不可能逢山开路，遇水架桥，只能依山就势地沿着比金沙江水面高出1000~1500米的夷平面弯弯绕绕。而工程的进场公路要求宽阔平整，且线路顺直，因此其高程介于江面与老公路之间。无论是乘船从江面向上走或是乘车从老公路往下走，其高差都在五六百米，相差200层楼的高度。加上这里山梁破碎、沟壑纵横，勘察队员们每跑一个来回，步行里程都在20千米左右。而且进场公路沿线全是无人区，搞公路勘察的同志们每天天不亮就带着干粮，背着帐篷，率领运送勘探设备的民工和骡队浩浩荡荡地出发，然后披星戴月从原路赶回。工作紧张时，还不得不过几天"天当被子地当床"的野外生活，确实是辛苦异常。

如果仅仅是公路，吃点苦倒还算了。糟糕的是这条进场公路的桥梁和隧洞还特别多。如右岸半角至新村28.4千米的进场道路，桥隧比达到63%，接近2/3。每个桥梁的勘察都需要翻山越岭，而隧洞的勘察更是充满了危险。

线路勘察完成后，施工单位因陋就简地修建了一条比汽车宽不了多少的施工便道，罗玉华他们终于可以坐着小型货车到达施工点了。施工期间，这条便道是名副其实的"水泥路"——雨天一身水，晴天一身泥。而且在高峰期同时开挖的隧道工作面多达 14 个，加上桥梁桩基更多，地质上每个微小的变化都会引起施工方案的改变。因此，罗玉华他们还不能松劲，每天与设计人员早出晚归，配合施工，不断发现和解决问题。

罗玉华以严谨的专业知识，向笔者介绍了这条公路在隧洞施工时遇到的工程地质难题，他把它们形象地称作三只"拦路虎"。

第一只拦路虎是溶洞施工。乌东德属岩溶地形，在公路施工时经常会遇到天然溶洞。如果洞中有水可能产生涌水突泥，造成人员伤亡和设备损坏。好在乌东德是干热河谷，溶洞多为干洞，造成的人身安全问题也不算突出。但罗玉华他们谨慎起见，提出了在隧洞里面架设桥梁施工的方案来解决问题。如果在隧洞顶部施工时碰到充泥充沙的溶洞，就采用超前小导管，边挖边强撑着过去。

第二只拦路虎是地下暗河。乌东德虽然属干热河谷，但是在隧洞施工时仍会遇到地下暗河，比如汤德地下暗河，其流量达 0.1~0.3 立方米每秒，相当于每天每平方米渗水 8640~25920 立方米，可灌满 3~10 个标准泳池，一旦打穿后果不堪设想。而且该暗河走向与隧洞正交，高程与公路相近，简直就是为施工隧洞"量身定制"的重大难题，根本无法避开。怎么办？

工作中有顺境，也有困境和逆境。它们虽然一点也不温馨，但却实实在在地催人奋进。只有经得起困境与逆境的考验，人才能成为真正的强者。长江设计院在此做了一种前所未有的设计方案，罗玉华对此解释道：

"在公路隧洞施工之前，我们先打一个施工支洞到公路主洞暗河的位置，排走地下暗河的水，然后再进行公路隧洞施工。这样做到了暗河与隧道互不干扰。后来，我们还利用这条地下暗河为隧洞提供消防水源，再后来又为当地百姓提供生活用水，有效缓解了当地的缺水难题。这条暗河至今仍在流淌，并与公路隧洞和平共存。这充分说明，只要我们顺应大自然，充分利用自然规律，就可以做到工程安全，还可以造福一方百姓。"

第三只拦路虎就是灯影组灰岩的风化问题。

罗玉华讲到这里时，坐在一旁的同事王团乐解释道："灯影组这个专用名词，取材于长江三峡的灯影峡，也是传说中唐僧取经的地方。在灯影峡中这种灰岩分布广泛，它形成于震旦系下统时期。这种灰岩又名豆渣灰岩，特点是微裂隙发育、特别脆弱，风化后呈砂状，强度低到用手就能将它抠下来。因此在这里施工极易产生坍塌，必须采用工程措施加强支护。"

在介绍如何战胜这只拦路虎时，罗玉华讲得特别详细。他告诉笔者，我国西南地区地质构造运动强烈，使岩层像纸张一样被强烈揉皱，水平岩层面产生剪切泥化。在此开挖隧洞极易沿剪切泥化面产生坍塌，因此施工人员碰到这个部位时，就会用电话告诉他们："隧洞挖到乱石堆了。"

为此，他们让施工人员加强施工支护，但在锅圈岩隧洞出口段，离上覆岩体只有 24 米时，还是产生了冒顶事故，好在他们及时做出提醒，才没有造成人员伤亡，只损失了一辆简易的施工台车，但这次事故仍让罗玉华惊心动魄。

罗玉华讲到这里时，王团乐又补充道："我们工程地质专业就是个躲在后面、默默无闻的专业。风光的时候不会有我们，但施工中一旦出事了，人们首先想到的就是我们，我们弄不好就身败名裂。因此，我们在工作中必须小心谨慎，技术上绝对不能出差错。"

在修建进场公路时除了隧道开挖外，罗玉华他们在修建桥梁时也遇到很多难题。

进场公路穿行于深切沟谷，两岸山高坡陡，施工场地狭窄，大型机械无法进入，桥梁桩基只能采用人工挖孔。这些桩基直径 2~3 米，设计规范要求每根桩必须嵌入 2.5 倍桩径的弱风化岩石中，因此它至少深入基岩 5~8 米，加上上面的覆盖层，深度多在 20 米以上，最深达 64 米。这些桩基的安全性，需要地质人员乘坐吊篮下到井底逐一检查。下井过程中可能出现井壁掉块、钢丝绳断裂和撞壁的风险；而且井内氧气含量少，人待上一段时间就会感到胸闷难受，罗玉华他们也是苦不堪言。

除了桥隧工程外，对外公路的施工还包括路基工程。它看似简单，但乌东德的地质问题非常复杂，滑坡、泥石流、危岩体等随处可见，同样需要地质人员逐个查清，逐个排除。

在修路过程中，除了保证主体工程的安全外，勘测设计人员还需要时刻提醒各方注意施工便道的行车安全。如在锅圈岩便道施工时，出现了2次危岩体坍塌和2次滑坡体滑塌，体积都在5000立方米以上，造成施工便道中断。但这4次坍滑，他们都提前发现，并及时预警，没有造成伤亡事故。

罗玉华把工程中出现的问题如数家珍地给笔者分享了许多，但对自己遇到的危险却只字未提。在乌东德险象环生的自然条件下施工，就像在浪尖上跳舞，在刀锋上行走。只是他们常年在外工作，早已将危险视为常态，安之若素。

乌东德两岸进场公路及洪门渡大桥，施工总用时近7年。经过不懈努力，终于按时交付使用了。这是两条什么样的路呢？笔者是乘车从昆明来乌东德工地的，在经过这段28.4千米的对外公路时，感觉既快速又舒适。

王团乐补充说："通过我们的认真工作，这两条在复杂地质条件下修建的进场道路，没有发生一起因地质预测失误而出现的安全事故，这在国内外都是不多见的。"

进场道路的建成，不仅为乌东德水电站的建成创造了条件，更从根本上结束了坝区不通公路的历史，为改善人民生产生活和区域经济高质量发展创造了条件。

值得一提的是，1935年红一方面军长征时，曾在皎平渡、洪门渡、龙街渡3个渡口巧渡金沙江，这三个渡口都在乌东德库区。如今每个渡口都建成了一座跨江大桥，而且桥名就是渡口名。红军的长征精神，在乌东德的建设者这里发扬光大。

三、寻找骨料源

如果把乌东德水电站比作一个婴儿，它从胚胎孕育到出生，不仅需要稳定的场所，还需要不停地"吃饭"，才能慢慢地长大。乌东德大坝的主要"食粮"是混凝土，而混凝土的主要原材料——骨料，需在现场供应。为工程找合适料源的任务自然也落在三峡院勘测人员身上。

2004 年前后，三峡院在对库区、坝区进行地质测绘时，便在坝区方圆50 千米范围内进行了料场勘察，并在方圆 20 千米范围内初步确定了马鹿塘、施期等 10 个料场。此后又重点研究利用坝址开挖原料的课题，因为这不仅能节省投资，还可以减少弃渣对生态环境的不利影响。但因开挖时不易控制爆破形式和骨料粒形，同时骨料数量有限，2006 年三峡院又对观音岩和马鹿塘两个料场开展了详细调查，却发现它们均不理想。前者岩性复杂，且离大坝太近，开挖时会影响施工。后者质量虽好，但距坝址远、岩溶发育，而且料场周边居民移民较多。开挖料源不仅影响居民生活，还会增加工程移民数量，也被三峡集团排除。

三峡集团要求三峡院攻克难关，在离坝址更近一点的地方寻找更好的料源。

在薛果夫、黄孝泉等召集同事研究对策时，王团乐提出他和郝文忠2003—2004 年在坝区搞地质测绘时，曾在施期料场附近的金沙江边看到过灰岩。只是由于交通不便，且灰岩被白云岩包裹，他们当时没有过多关注。他说："既然三峡集团提要求了，我们能不能从这个地方想办法？"他的提议得到了两位老总的认可。

2008 年 7 月，在三峡院的统一安排下，王团乐和向家菠两人从驻地坐车到金沙江边，然后乘冲锋舟到了距坝址下游约 6 千米的施期料场。他们先爬上料场平台，发现平台在 1200 米高程以上是斜坡，1200 米以下到金沙江边是 400 米高的悬崖峭壁。他们沿着悬崖一步步向江边走，一直走到高程约 900 米的一条羊肠小道处才发现了类似灰岩的石头。

王团乐忍着内心的激动，先用地质锤对着石头敲了一下，听到了悦耳

057

动听的铿锵之声，后小心翼翼地将石头的贝壳状外壳敲开，确定其为灰岩无疑。

此时两人内心的激动难以言表。但为确保万无一失，他们从山上下来后，还是乘冲锋舟在金沙江上来回观察了一番，初步确定灰岩的主要分布区域，它顺金沙江边的长度为 250 米，厚度约 200 米（从 1000 米高程至金沙江边的 820 米高程）。

为了了解这个地方灰岩的储量，以及它能不能满足大坝混凝土骨料的用量需求，三峡院在这里开展了 1/1000 的地质测绘，同时在绝壁上修了两条勘探路（总长近 700 米），打了 10 条勘探硐（总进尺 640 米），还在斜坡顶上完成了 26 个钻孔（总进尺 1974.38 米）。最终推荐其为大坝混凝土骨料优选料源，同时推荐乌东德坝址开挖料和它顶部的白云岩作为非大坝混凝土骨料料源。工程开工后，施期料场为乌东德大坝混凝土提供了质优量足的"粮食"。

针对施期料场大规模灰岩的顶上为什么分布着白云岩这一奇怪现象，三峡院对此进行了研究，认为应该是史前时期地下热水在携带镁离子沿断层从下往上运移的过程中，将灰岩变成白云岩，这也是此好料场很难被发现的原因。

大自然绝对是一位善于隐藏的高手，你不来个几番过招，它怎么会那么容易现真容。王团乐等人正是由于善于观察、善于思索，才将这处深藏不露的优质灰岩从看似无用的白云岩中发掘出来，他们为乌东德大坝找到"食料"立下大功。我们应该为他们点赞。

第五节　沧海桑田

经过 10 多年的不懈努力，三峡院不仅为乌东德寻找到了优质的坝址，还揭开了埋在乌东德大地之下亿万年的秘密，为沉默的金沙江乌东德段谱写出了一部完整的地质"编年史"，为研究者提供了珍贵的第一手资料。

一、海陆变迁

根据古地质勘探与研究，三峡院将乌东德的地质史向上追溯到 12 亿年前，并为其后的海陆变迁勾画出了相对清晰的轮廓。根据研究，这 12 亿年大约可分为 7 个阶段。

第一阶段：汪洋大海。

12 亿—10 亿年前，乌东德地区还是一片汪洋，在这片汪洋大海中开始沉积了乌东德主要工程建筑物的岩石——中元古界会理群因民组大理岩化白云岩和落雪组灰岩、大理岩、白云岩、石英岩和千枚岩等。仅看这么一长串的名字，就知道它的地质基础是何等复杂。

第二阶段：第一次海退陆进。

在 10 亿—6 亿年前，由于地壳抬升，大海消退，乌东德第一次成为陆地。在近 4 亿年的漫长历程中，这里的表层岩石经受风吹雨淋日晒，风化严重。在前震旦系末期（约 8 亿年前），受云南地区晋宁运动剧烈造山作用的影响，坝址区会理群地层直立起来，形成现在的褶皱基底雏形，与后期的沉积地层呈现出区域性角度不整合，并结束了乌东德地区的海相沉积。强烈构造运动使会理群基底地层在高温、高压条件下发生变质作用，出现不同程度的变质岩或浅变质岩，如千枚岩、大理岩、变质砂岩、大理岩化白云岩等，为乌东德水电站大坝和地下厂房布置提供了坚硬的岩石。

第三阶段：再次成为大海。

在距今 6 亿年前，地壳运动又让这里变成了汪洋大海，时间长达约 2.8 亿年。在这段时间里，原先在大陆上风化的岩石，在海底沉积为厚度达 400~500 米的白云岩。

第四阶段：第二次海退陆进。

3.2 亿—2.9 亿年前，乌东德再次变成了陆地，表层岩石再次经受风吹雨淋日晒，不断风化。

第五阶段：第三次海退陆进。

2.9 亿—2.6 亿年，乌东德又一次被海水覆盖，原先的风化物在大海里沉积为二叠系的阳新灰岩。

第六阶段：岩浆事件。

在距今 2.6 亿年左右，在云南与四川会理之间金沙江流域发生了一次大规模的岩浆事件，地下岩浆溢出后在地表形成了厚达 183~303 米的玄武岩。

第七阶段：新构造运动。

新构造运动以来，在喜马拉雅运动即印度板块俯冲推挤作用下，青藏高原强烈隆起，受其影响，深大断裂复活，形成"川滇菱形块体"总体向南东滑移的新构造活动格局，并持续至今。乌东德地区也是在这一时期大幅抬升，更新世以后，河谷强烈下切，最终结束海相沉积，形成如今的高山峡谷。

十几亿年的地质作用、地貌变迁、沧海桑田，反映了地球变动的过程和演变的历史，代表了地质地貌景观的特殊演变模式。眼前的壁立千仞、深谷万丈，正是这十几亿年地质史诗的见证。

二、河流袭夺

在新构造运动中，乌东德地区整体强烈隆起，但其内部极为复杂的变迁过程，导致其山体扭曲严重，河流水系紊乱，袭夺现象层出不穷。今天的金沙江中下游（石鼓—宜宾段）就是在一次次的袭夺过程中形成的，乌东德库区江段（攀枝花—金坪子段）就是古金沙江袭夺雅砻江的结果。经研究，这个袭夺过程又可以细分为 4 个阶段。

第一阶段：700 万—420 万年前，高原面河流发育时期。

有学者认为，青藏高原主夷平面发育于 1900 万—700 万年前，此时古鲹鱼河开始发育形成，并越过金沙江进入古掌鸠河，汇入昆明盆地。昆明盆地的中新近系与第四系岩石厚度在 600 米左右。元谋盆地则形成龙川组，攀枝花地区河流深切于海拔 2000 米的夷平面，形成 1800~2000 米和 1600~1800 米的两级陡坎，并形成昔格达组下伏的卵石层。

第二阶段：420 万—110 万年，高原湖泊和盆地发育时期。

在此期间，会理、会东盆地可能已经形成古城河，并流入元谋盆地。但攀西地区的湖泊和元谋的湖泊可能并不相连。金沙江永善—宜宾段约在120万年前贯通，古鲹鱼河在110万年前改道东流，但尚未流入金沙江，仍可能经普渡河进入昆明盆地。

第三阶段：110万—73万年，古金沙江和古雅砻江发育时期。

昔格达组堆积至海拔1600米时，湖水越过龙帚山北端的单斜山，向南泻入元谋盆地，形成古雅砻江，古城河也汇入元谋盆地。元谋湖泊则成为古雅砻江和古城河的侵蚀基准面，并使两条古河流侵蚀形成海拔1400~1600米的陡坎。79万年前，古鲹鱼河贯通为古金沙江，并强烈下切，阿巧盆地内的河流相沉积结束。此时，古金沙江不断地向古城河方向溯源侵蚀，并在今汤朗附近袭夺古城河，古城河下段倒流，并溯源侵蚀，使古雅砻江成为金沙江的一段，元谋组沉积结束。

第四阶段，73万年前金沙江贯通东流。

金沙江贯通东流后，雅砻江河口—汤朗段经历了一个快速下切的阶段，并在海拔1200~1400米的岸坡形成陡坎。之后，河谷发育进入一个相对稳定的时期，并在海拔1200米的岸坡形成侵蚀平台。

三、河谷下切

对于这段时期的金沙江研究，相关人员还感谢K25斜井。它那上大下小，并最终尖灭的岩体，不仅尘封了自己由出生到死亡的全部历史，还保存了100万年来古金沙江层层下切的秘密，使得三峡院的工程师们有幸成为这个揭秘者。

他们将这100万年，细化为5个阶段。

第一阶段：100万—80万年前。

金沙江河谷受地壳抬升影响，从高程1200~1100米快速下切至高程990米左右，使得先期形成的K25溶蚀洼地逐渐发展成为漏斗，成为洼地—岩溶斜井系统的雏形。地表径流向K25岩溶洼地补给，地下水垂直运移，沿灰岩层面发育溶蚀裂缝。随着溶蚀的不断扩大，溶缝之间的岩柱

061

中的可溶成分大部分被地下水带走，岩体发生重力垮塌，从而形成了高程990~1150米段的块石碎石混杂堆积物。

第二阶段：80万—41万年前。

大约在80万年前，河谷大致切割至高程960~990米（大致与金沙江阶地相对应）。这一时期，因地壳抬升缓慢，河谷下切速度也随之放缓，饱和潜水位—地下水水平运移持续时间较长，地下水活跃，溶蚀发育强烈，岩溶具有水平发育的特点。此时，K25溶蚀空间变大并近水平展布；随后，金沙江快速下切，至60万年前，河谷切割至高程930米附近，新构造运动再趋缓，地壳抬升速度相对放缓，地下水流动较稳定，倾向河谷的溶蚀裂隙规模不断变大，成为大的溶蚀管道。随着溶蚀的不断发展，溶洞内部再次发生重大垮塌，堵塞地下水向金沙江运移的通道而形成静水，洞底高程在960米左右；45万—41万年前，江水位在930~960米变化，即枯水季节高于江水以上，洪水季节低于江水位以下。江水携带泥沙进入高程960~990米段空洞，形成了具有韵律特征的近水平层理。后因侧向限制，溶蚀向下游侧发展，形成新的通道，原近水平层理粉质黏土层之上又叠加具有斜层理冲洪积—互层粉质黏土与粉细砂层。

第三阶段：41万—28万年前。

金沙江侵蚀作用以下蚀为主，至28万年前，河谷切割至高程900米附近，伴随着河谷切割过程的溶蚀作用以亚向溶蚀为主。管道发育形态表现竖向，但由于地壳抬升幅度不大，因此其发育规模在竖向上不大，江水位在高程900米附近维持了较长时间，地下水的不断溶蚀，在880~910米高程形成了较大的溶蚀空间。

第四阶段：28万—13万年前。

在此阶段，金沙江继续下切。距今27万年前，切割至高程850米左右。K25溶洞局部出现过垮塌，垮塌物又被充填胶结，并堵塞了地下水向金沙江运移的通道，形成钙华，但保留了高程880~910米段溶蚀形态与空间；距今15万年前，由于地下水和江水共同作用，850米高程附近管道产生了大规模的垮塌，垮塌延续至900米高程附近，并形成静水源。随后江水携带泥沙从溶缝中进入这一空间，并在高程 900~910 米段沉积形成 5 层状黏土与粉质黏土层，最终形成了现如今的岩溶斜井形态。

第五阶段：13 万年前至今。

金沙江快速下切至高程 730 米附近后，新构造运动趋缓或出现差异性升降，坝址河段出现沉降并接受沉积（河床覆盖层厚度达 70 米以上），金沙江干热河谷形成，大气降水减少，向 K25 溶蚀注地补给地表径流减少并逐渐枯竭，至此，K25 溶洞的溶融作用基本消亡，仅在 850 米高程以下溶蚀凹底裂隙中有少量地下水。

四、滑坡改道

与 K25 斜井类似，金坪子滑坡体同样保留了大量的古地质信息，从而使三峡院在研究其生成机理时，揭开了约发生于 17 万年前的一次巨大滑坡堵江事件，并对此事件进行了具体描述。

当时，滑坡体以灯影灰岩为主体，滑坡物质主要来自右岸高陡边坡的上部。当时的古金沙江河床比今天高出 70 米以上。在滑坡体高速滑移并崩滑入江的过程中，与古金沙江河槽产生剧烈碰撞，因此虽然其在表面上保持着类似"层状"的结构，但内部已呈"粉身碎骨"的"角砾岩"状。此次巨大滑坡将河床底部的砂砾石、漂石、块石推向左岸，同时将古金沙江堵塞，形成堰塞湖。其高出原江面的部分形成了广泛分布的灰绿色、灰黄色湖积黏土。

此后为"湖水漫堰"初期，金沙江水呈东（现代金沙江部位，即滑坡体前缘）西（现金坪子一带，即滑坡体后缘）分流，并维持了数万年。此后，东支逐渐下切，并袭夺西支成为主流。再往后数万年，金坪子堰塞坝渐渐解体，堰塞湖消失，直到距今约 1.6 万年前，现代金沙江河谷地貌才最终显现。

三峡院之所以花大篇幅分析这段看似遥远的地质变迁，不是"发思古之幽情"，而是以无可辩驳的事实，表明乌东德这块好坝址是经过了亿万年的地质积累后，大自然赐予我们的宝贵财富。同时也表明，地质现象没有绝对的好或坏，最大限度地发现地质现象的本来面目，为后来的枢纽设计提供尽可能准确的第一手材料，是地质勘察人员的本职工作。

第六节　决战决胜

经过几年的平行研究，长江设计院拿出了自己的勘察、设计成果，乌东德坝址到了最后定夺的时候。

一、下河段勘察设计成果

此河段由长江设计院开展预可行性研究。

下河段河谷长约 2.6 千米，是比上河段更窄的典型"V"形峡谷。地层岩性主要有中元古代落雪组灰岩、白云岩、大理岩，震旦系灯影组白云岩等，河床覆盖层厚度为 52~65 米；主要断层有马鹿塘断层等；岩体表部风化卸荷总体较轻微；滑坡等物理地质现象较少。

下河段根据查勘的地质条件，初拟了三台和乌东德 2 个坝址进行比较选择，两个坝址相距 1.8 千米。相对而言，乌东德坝址河谷更窄，岩体质量较好，主要地质问题易于解决。而三台坝址河谷稍宽、地形较破碎，工程岩体质量相对较差，坝基、高边坡及地下洞室都存在局部稳定问题。综合结论是，两处虽然都可以修建 270 米的高坝，但乌东德坝址的地质条件明显更好，故推荐乌东德坝址为下河段代表性坝址。

二、最终比选

三峡集团组织专家对河门口和乌东德坝址进行最终比选。主要选项为 3 项——基本地质条件、主要工程地质问题、主要建筑物工程地质条件。

1. 基本地质条件比较

乌东德坝址所处地形、河谷结构、岩体质量、构造、风化与卸荷及岩溶水文地质条件明显优于河门口坝址。

2. 主要工程地质问题比较

乌东德坝址存在高围堰深基坑稳定问题、高边坡局部稳定问题和金坪子滑坡问题，但进行适当治理和防护后，对工程不构成严重威胁。

而河门口坝址大坝、地下厂房、溢洪道这些主要枢纽建筑物皆存在明显的、难于处理或处理工程量很大的工程地质问题。

3. 主要建筑物工程地质条件比较

乌东德大坝及地下厂房建筑物的工程地质条件明显优于河门口。

4. 比选结论

乌东德坝址河谷狭窄，为横向谷。建坝岩体主要为中厚层—厚层灰岩、白云岩、大理岩，岩体质量以 2 级为主；具有较好的修建拱坝和布置地下洞室群的地形地质条件。工程地质问题较少且明显较易处理：主要存在河床覆盖层深厚引起的深基坑稳定问题，但采取适当措施即可处理；还存在厂房边墙变形问题，高陡自然边坡和人工边坡块体等局部稳定问题，采取一定措施即可处理；虽然在距坝址下游 2.5 千米处有金坪子滑坡 II 区蠕滑体，但是不存在较大规模失稳的可能，采取截排水措施后即可确保其不会对工程产生较大影响。

两者相比，乌东德坝址区山高地陡，河谷狭窄，地形完整，构造简单，风化轻微，岩体质量优良，比河门口更适合修建高拱坝，终获专家认可。

这个结果是与会专家对长江设计院技术能力的认可，由此成为工程最终的勘察设计单位。这是继工程预可研设计中标后，长江设计院在"乌东德高地"打下的又一个胜仗。

第七节　科技助力

在科技高度发达的今天，乌东德的地质勘察已不再是简单的劳动密集型工作，三峡院使用了许多的新技术、新材料、新设备，为工程勘察插上

065

了科技的翅膀。其中，利用无人机勘察危岩体和保留地质资料颇值得一提。它们在提高工作效率、加快工作进度、保证工作质量上发挥了显著的作用。

一、无人机与危岩体

在乌东德水库蓄水前，三峡院就将库区、坝区的危岩体作为地质勘察的重点对象。叶圣生也带领同事们查清了包括旱谷田在内的 11 处影响库岸稳定的不良地质体。它们与旱谷田一样，是"隐形炸弹"，因此需要对它们进行监控。

在三峡工程的建设过程中，三峡院对类似危岩体的主要监测手段是巡查。但乌东德不仅山高路险、人烟稀少，而且许多地方无路可走，根本不可能人工巡查。即使勘测人员冒着危险爬到危岩体对岸山体对其进行数码拍照，也存在视角不好、清晰度不够的问题。2008 年，有关方面曾租用航测部队的大飞机对库区地形进行了一次全面的航空摄影，清晰度是上去了，但每飞一次需要 2 万元左右，费用过于昂贵，而且有些较小的危岩体仍然无法拍到。

正在苦恼之际，中国的无人机技术逐步成熟，让脑袋灵活、善于接受新事物的叶圣生打开思路。在他和同事的要求下，三峡院出资购买了一架无人机，并将其应用于乌东德的库区勘测工作。

说起无人机的好处，叶圣生来了兴趣：

"首先，节省了人力。如果动用人力巡库，要取得同样的成果，至少花费几倍的人力。其次，提高了工作效率和成果质量。如库区许多地方连续十多千米都没有路，想凭人力走到那里掌握危岩体的基本情况，是不可能的。有了无人机，我们只要设定时间和巡查线路，它就会自己去巡查。像鲹鱼河一带开裂的堆渣体处于无人区，我们最早就是通过无人机在天上巡查时发现的。再次，无人机上面配置了专门的摄影设备，能够拍回高清照片，再加上相关软件和专业的笔记本电脑，稍加处理就能生成三维实景模型，效果特别好。而最大的好处是，无人机不仅'吃苦耐劳'，而且运行成本低。如果遇到'疑难杂症'或威胁库岸稳定的不良岩体，可以让无人机来回飞，拍到的信息量也特别大，甚至连岸边的船只、人员活动的踪迹都能记录下来。"

无人机廉价、便捷、高效的技术优势，让三峡院在乌东德库区勘察中事半功倍。如今，仅长江设计院乌东德工程设代处就有五六架专用的无人机。

不过，无人机再好，只是为地质勘察提供了便利，它发现的地质隐患真实情况到底如何，还需要勘察人员到现场最后确认。因此即使进入了高科技时代，起最后决定作用的还是人。三峡院副总工程师、乌东德水电站勘察项目负责人黄孝泉对无人机的作用评价得更为客观：

"无人机可以代步，有了无人机勘测人员可以爬得少一些，捕捉得更精确一些，但机器不可能完全取代人工。如无人机只能发现岩体的外部特征，不少岩体究竟如何，还需要人到现场，用肉眼看一看、用手摸一摸、用地质锤敲一下才放心。在这方面，人的感觉往往更为可靠。因此，勘测仍然是一个需要亲临现场才能深入下去的工作，亲临现场比什么都重要。"

因此，有了无人机后，三峡院的勘察工作并没有减少，相反因为他们的精益求精，其工作量还增加了一些。毕竟，基础不牢，地动山摇。对于乌东德这样的工程而言，地质安全绝对没有小事。因此，无人机能够侦察到的地质隐患越多，需要他们专门走的地方也越多了。只要有一丝安全隐患，无论多高的山，他们都得往上爬，无论多艰难的路，他们都得往前走。乌东德的危岩体难题就是在大家的共同努力下，一个个被侦察出，最终用各种方式被控制的。

二、大坝建基面资料

在乌东德工地，年轻的地质工程师王吉亮还将无人机技术引入大坝建基面分层开挖地质资料的生成与管理，为工程管理者保留即将埋入江底的大坝地基地质资料，也为原本按部就班的勘察工作注入了一些现代元素。

所谓大坝建基面基础分层开挖地质资料，就是大坝建设的本底资料，它记载着大坝地基的最根本细节，对于工程建设与后来的运营管理，尤其是处理大坝自身问题有极其重要的参考作用，因此是工程建设最重要的基础档案之一。因为每一层地基挖完后，就会被建筑物覆盖，最后沉入江底再也看不到了。但如果后来大坝出现什么问题，还必须从基础查起。

传统的地质资料录入，主要利用人工拍照的手段。具体做法是：请施工单位派吊车吊一个很长的笼子，工作人员站在笼子里，在不同角度拍多张照片。待确认无误后，施工单位往下再挖一层，然后再人工拍照一次，以此类推，直到挖到最底下。可是受焦距的影响，人工拍摄的照片会有变形，而且离焦点越远，变形越大，这给后期拼接造成一定的影响。绝大多数的二维照片，从横向看是分散而不完整的，从纵向看上一地层的照片也会与下一地层照片存在中心点不完全重合的现象。因此，照片与实际情况存在一定差距。不过这个差距只要控制在一定范围内，就不会影响人们的基本判断，因此人们对它精度的要求也不高。

在乌东德工地，这个方法受到了挑战。因为这里地形过于狭窄，吊车能够到达的地方有限。大坝建基面作业平台挖出来之后，如果采用人工拍照方式，垂直往下拍则范围太小，斜着向下拍变形又太大，很难保证照片精度。为此，三峡院的同志们不得不另想办法。

也就是此时，叶圣生采用无人机拍摄危岩体并取得突破的消息传来。王吉亮就想，如果采用无人机，让它飞到人到达不了的地方垂直向下拍，不就解决照片变形问题了吗？他进一步设想，采用无人机，不仅可以转换角度，连续拍摄，而且其内部装有 GPS 系统，只要把焦点对准了，就可以将同一建基面不同部位的照片无缝衔接成一张完整的大图，这可比人工拼接准确多了。

在他的不懈坚持下，三峡院为他配备了无人机，他带领团队小心翼翼地操纵着无人机在江流峡谷中穿行，并不断拍摄出大坝建基面的不同断面。同时利用自己的计算机技术，将一幅幅单张照片拼接成一张清晰完整的大图。

如切如磋，如琢如磨。艰难困苦，玉汝于成。经过无数次的挑战、尝试，王吉亮的团队终于用无人机为大坝地基拍出了1600多张清晰的数码照片，时间从2015年大坝开挖到2017年2月大坝坝基浇筑验收。此后，他精心将其拼接成为一套完整的大坝建基面影像资料。它在播放的时候可以调整，可以旋转，而更重要的是，它配有真实的地理坐标，以后大坝上出现什么问题，需要从地基上找原因时，这套资料马上就可以精确定位。其工作效益和准确度，远非传统编录方法可以比拟。

在乌东德大坝地基开挖验收会上，王吉亮利用这套三维影像资料，为与会专家播放了大坝地基开挖的全过程，立即引起了轰动。

他刚刚演示完，三峡集团领导饶有兴趣地专门走到他的身边，让他再演示一次，边看边说："这个东西好！以后我什么时候想看，都可以调出来。"

王吉亮认为，虽然这项新技术的难度系数并不算很大，主要将无人机引入传统的编录系统，以计算机取代了过去烦琐、复杂且容易忙中出错的手工录入，但要把它做下来，却面临着较多的困难。他之所以取得成功，除了思维创新外，更重要的是坚持。为了获得这套资料，他在一年多的时间里，日复一日地对着同一个坐标、同一个部位，遵照同一个标准进行了数千次的拍摄。因为如果任何一个环节出现错误，都会对最终成果产生不利影响。对此，他丝毫不敢马虎。

王吉亮享受了奋斗的全过程，往往人生须知负责的难处，才知道尽责的乐趣。

第八节　酸甜苦乐

如今，乌东德水电站已矗立在金沙江上了，为大坝寻找优良地基的三

069

峡院勘测队员，大多早已转移阵地，到别的水电工程中挥洒汗水了。任何一个工地，他们都是来得最早，走得最早的人。他们与自己从事的工作一样，隐蔽而基础，不求闻达，只求被人理解，对他们的工作有所认可。

黄孝泉在介绍情况讲到三峡院的同志参加乌东德工作的感受时，用了酸、甜、苦、辣四个字。但在实际描述中，有关辣的内容不多，而有关乐的内容不少，这里笔者大胆将其改为酸、甜、苦、乐，黄孝泉想必不会有异议吧！

一、酸

酸，多为心酸。尤其是地质勘测人员做了许多工作却不能得到理解后，这样的感觉就会油然而生。

黄孝泉说："很多人认为我们的地质勘测搞好了是应该的，搞不好首先找我们的责任。有时候为了说清一个问题，我们需要反反复复地解释，还得不到理解，既伤神又伤心。"

王团乐很坦率地说："我们工程地质专业是个躲在后面、默默无闻的专业。风光的时候不会有我们，施工中一旦出事了，首先追究的是我们的责任，稍微弄不好就身败名裂。"

二、甜

甜，是指自己工作中的充实感、成就感。尤其是自己的工作取得成果后，这种发自内心的充实感、成就感就愈加深刻。

在乌东德工地，三峡院冲锋在前，身体虽苦，但内心却是甜的。搞地质的人，每一座山、每一条沟都跑遍了；搞钻探的人，近80米的覆盖层钻孔、230米的水平钻孔、300米的竖直钻孔都打过了；搞库区勘察的，为移民找到了安稳的家园。可以说，为了乌东德工程，他们不仅体会多多，而且收获满满。

黄孝泉说："每当开挖出来的地质状况与我们预测一致的时候，我们就感到特别的欣慰！"

李汉桥说："我们花费了很大力气终于将乌东德这块硬骨头啃下来了！"

王吉亮说："终于等到了乌东德水电站蓄水发电的这一天，我们这些从头到尾在乌东德坚守的人，确实很有成就感。我不仅有点小激动，还感到很自豪。"

三峡院的工作得到了专家的肯定。

三峡集团的张超然院士说："长江委的地质工作做得真好，非常精准。在我看到的工程中，没有谁把地质工作做得这么好！"

水规总院的一位专家说："水规总院成立以来，我审查过许多地质工作报告，还没见过像长江委这样高质量的。"

与他们紧密配合，即将接过他们接力棒的枢纽设计人员，也对他们赞赏有加。除了前面已经多次提到的曹去修，还有不少人对他们深感折服。

施工处牛运华说："我一直特别佩服地质勘察的，他们要早我们好几年进去，在那里守了那么多年，太不容易了！"

听了这样的赞誉，人的心里能不"甜"吗？

三、苦

参加乌东德工作，不吃苦是不可能的，不想吃苦也不会到乌东德这里来。前面笔者已经用较大篇幅写了他们工作和生活之苦，这里就写写他们的内心之苦。毕竟不吃苦中苦，怎么能够体会到甜中甜呢？

一是劳累之苦。

在乌东德，三峡院人工作的劳苦是必不可少的。从参加项目的第一天起，无论是在工地还是在后方，他们没有节假日和周末，许多人可能连过年休息都难以保证。

如坚守钻探一线的员工，按三峡院规定每2~3个月可回家休假一次，但在工期紧张的情况下，这样的休假几乎不可能做到。尤其是李汉桥等人搭建的水上钻探浮台，在生产期间 24 小时不能停机，在工作高峰期，为浮台服务的钻探人员平均每年待在工地的时间超过 330 天。有一位机长甚至 2008 年全年都坚守岗位，创下了一个无法被打破的纪录。担任钻探机长的田健从 2004 年 1 月起，每年的春节都是在工地过的。

二是身体之苦。

长期劳累导致积劳成疾的现象，在工地是常见的。如钻探工作的带头人李汉桥，长年超负荷工作导致胸闷背痛，有一次吃了速效救心丸也没缓过劲来。因为当时居住的卧嘎村没有医疗条件，与他一同工作的罗玉华发现情况不好，急忙给领导打电话，派车将他紧急送往十多千米外的新村医务室救治，才慢慢缓过劲来。医生说他得的是心肌劳损，是太累了造成的，要求他注意休息。

工作辛苦不辛苦，身体劳累不劳累，需不需要休息，李汉桥比谁都清楚。但他更清楚的是，乌东德的钻探工作十分紧张，再苦再累他也不能休息。病情稍稍缓解之后，他又投入紧张的工作中。三峡院的人都一样，将对自己的小爱融入对工程的大爱之中。这就是为什么一说起三峡院，就令人肃然起敬的原因之一。

三是思乡之苦。

在工地，勘测人要置之度外的，除了身体外，还有家人与亲情。只要到了乌东德，他们就聚少离多。

2003 年开展地质测绘时，三峡院将坝区工作划分 3 组 6 人，王团乐和郝文忠分到一组。70 后的王团乐虽然仅仅三十出头，却已在三峡工作 10 年。他性格开朗、为人豪爽，颇具有军人气质。不知哪位喊他"王团长"，大家也就这么跟着叫开了，时间长了，相反他的真名倒没人叫了。这位"团长"颇具文学细胞，在工作之余将所行、所闻、所感的事记载下来，自是其乐融融。而与他配合的郝文忠因参加工作不久，对乌东德的艰苦环境估计不足。住在老乡空出的人畜共用的吊脚楼里，每天吃方便面、火腿肠，喝不到好水，洗不上一个热水澡。为了让自己睡得舒服一些，他专门给自己准备了一个睡袋，但时间一长睡在里面难免憋闷，直接盖老乡的被子，又嫌气味难闻。家里打电话时也不好明说，时间一长，心里难免有些动摇起来，整天不说一句话。

王团乐看出了端倪，就问他："你怎么了，怎么不说话呀？"

郝文忠向他说出自己的苦闷时，王团乐没有批评，而是给他讲了长江委老勘测队员的故事，还开导说："坚持下去，等水电站修好后，你会有成就感的。"然后凭着他的三寸不烂之舌，对着当时还是一片荒芜的坝址，描绘出至少十多年后才能出现的美景来。

他接着说道："最开始，我也动摇过啊！但是现在搞完了，我不后悔！我对乌东德是有感情的，我媳妇跟我说过一句话，她说：'你陪咱家娃的时间都没有陪乌东德的时间长！'确实啊，乌东德就是我的半个娃，确实有感情了。所以，我有时候对年轻人讲，对家人要好一点，我们欠他们的！"

王吉亮在妻儿最需要的时候也没有留在身边。"2011年4月20日，是我大女儿出生的日子。但第二天我就接到了任务，要到北京参加高边坡专题审查会。我老婆是顺产，需要在医院待一周。我接到任务后就从武汉赶到了北京，准备了汇报材料，向总院领导专家进行汇报。"直到北京会议结束后，王吉亮才赶回武汉，尽心尽力地伺候老婆坐月子，权当补偿一下。

更有趣的是，吴世泽曾经写过的一篇《四岁伢，不认爹》的小文章，讲述的是主持库区勘察工作的叶圣生长年待在工地，导致他回宜昌接上幼儿园的女儿时，被女儿拒绝的故事。当时，他刚从工地回来，忘记了旅途的疲倦，更忘记了自己的形象——露在外面的皮肤，让他像个刚从煤窑里出来的挖煤人，尚未长起来的头发，还遮不住他的秃头。他高高兴兴地跑到幼儿园准备抱起女儿的时候，却被女儿拒绝了，并遭到幼儿园老师的责备。文中写道："孩子那双精灵一般的眼睛，紧紧地盯着站在面前似曾相识的人，手却紧紧地抱着老师的腿。无奈，他再也说不出话来，泪水往肚子里吞咽。万万没有想到，出差前孩子抱着自己的双腿，寸步不离，几个月后，却不敢认面前的这个非常爱自己的人。此时此刻，站在面前的人，在孩子的心目中是那么陌生。这也难怪，谁叫你晒得那么黑，谁叫你变得那么瘦，谁叫你的头发那么短，谁叫你离家的时间那么长，谁叫你一走就是几个月，谁叫你走了后就与家里没有联系……"

有人说：参加过工程建设的人，许多都亏欠自己、家人，但唯独不亏欠"乌东德"。诚哉斯言。

四、乐

独乐乐，不如众乐乐。

以自己的实际行动，高质量地建设乌东德工程，改善当地社会经济条件和百姓生产生活，为民族复兴的中国梦贡献自己的力量，是勘测人员最大的快乐。

在乌东德，目睹了当地社会经济的落后和百姓的贫困，三峡院人感同身受。除努力工作外，有些人还从自己不多的收入中，拿出一部分支援当地百姓，还与他们产生了深厚的感情。

2004 年，王团乐、郝文忠在坝区勘察时，在一位老乡家待了几天，临走前塞给他们 700 块钱。面对几十年从未见过的大钱，老乡深受感动，硬是拉着他的老婆给他们跳了当地的民族舞蹈，这也是他们欢迎客人的最高礼仪。直到今天，郝文忠仍与这位老乡保持着联系。

全国性的脱贫攻坚工作和乌东德水电站的建设，给当地经济社会发展提供了条件。近年来，这里公路通了，乡村活了，老乡们致富的机会也多了，往年绝对贫困的面貌，也一去不复返。长江设计院团委在当地组织了十年助学活动，三峡院人积极参与其中，帮助他们常年牵挂在山区的老乡娃娃。

监测乌东德水情的眼睛

乌东德工程建设的前期工作，除了勘测外，还有一支队伍不应忽视，那便是长江水文人。半个多世纪以来，为了乌东德水电站的建设，他们青丝变白发，热血写忠诚，从水文测验到河道测量，从水资源整理、分析到水雨情实时测报与短中长期预报，提交了一份份合格答卷，攻克了一个个世界难题，为工程建设保驾护航发挥了重要作用，做出了巨大贡献。

第一节　筚路蓝缕

水文人，应该是长江委第一批接触到乌东德的人。早在新中国成立前，他们就是对包括乌东德在内的金沙江河段进行了持续的水文观测，形成了宝贵的第一手材料。

1937 年底，南京沦陷，扬子江水利委员会随国民政府内迁到陪都重庆。为了振兴经济、支援抗战，水利部门制订了开发西南水利的一系列计划，其中就包括在石鼓、金沙街、华弹、屏山设立水文站或水位站，开始连续的水位与流量观测。尽管当时国力有限，测站条件艰苦，其流量观测精度也受制于各种条件，存在明显的不闭合现象，但这毕竟掀开了金沙江水文实测的第一页。

新中国成立后，在长江委老主任林一山"征服玉壁金川"的感召下，长江水文人前仆后继，共在金沙江干流及主要支流上布设了 15 个水文（水位）站，形成了较为完整的水文站网体系。通过不间断测验，初步摸清了金沙江的"脾性"，为金沙江水能开发提供了第一手资料。长江委于 1960 年完成《金沙江流域规划意见书》，首次提出对金沙江下游实行四级开发，其中就包括乌东德，这也是乌东德在长江水利规划中首次由幕后走上历史前台。

20 世纪 60 年代初，长江水文事业陷入低谷，对金沙江流域的水文观测停滞不前，其主要成果除了配合长江委完成长江流域规划水文水资源部分进行的专门工作外，只有 1979 年对奔子栏—宜宾 19 个重要河段、主要支流进行了历史洪水调查、测量或复核，编制完成了《金沙江流域历史洪水调查资料汇编》，以及组织人员赴云南、四川等有关市、县，查阅了历史文献，基本掌控了金沙江干支流历史洪水情况，为各坝址历史洪水重现期分析论证奠定基础。

第二节　浅尝辄止

20 世纪 90 年代中期，党中央提出西部大开发战略，金沙江水能宝库再次引人关注。1994—1997 年，长江委水文局先后 3 次参加金沙江中下游河段的综合考察，完成了部分坝址的水文大断面、高低水面线测量及相应坝址的水文分析计算工作，编制完成《金沙江虎跳峡、乌东德河段查勘报告》。

1997 年 1 月，金勘队奉命在云南省禄劝县大松树乡金沙村的金沙江南岸打下了第一组专用水尺，建成了简陋的乌东德专用水位站。尽管建站环境恶劣，工作极其艰辛，但毕竟给沉寂已久的乌东德水能开发水位监测带来一丝曙光。

曾经参加过此次水尺布设工作的李成龙在回忆文章中写道：

"初进乌东德什么都感到新鲜，从禄劝到撒营盘途中，绿水青山，风景秀丽，坐车的疲劳都被忘记了。但到了乌东德，气候整体趋于炎热。又走进了金沙江干热河谷地带。我们在当地的村委会主任家里安顿下来，便即刻准备建站工作。由于乌东德坝轴线位置，山势陡峭，荒无人烟，没法进行水尺设立，我们只好将水尺设立在距乌东德约 4 千米的上游白滩渡口。从江边到我们所住之处，要走 40 分钟高差约 800 米的土路，走得大汗淋漓。由于当地百姓生活习俗与我们不一样，加之经济落后，整天吃的是酸菜煮四季豆。当地人说他们一天不吃酸菜就觉得难受，我们也只有入乡随俗了。为了按时完成设尺工作，我们吃了早饭就到江边，中午就吃一点当地人所称的'干饭'——红薯，晚上回来就吃点肥腊肉和酸菜四季豆汤。"

这组水尺设立后马上投入使用，建站人员就地成为最早的水位观测员，其工作、生活亦极为艰苦。李成龙继续写道：

"水尺极为偏僻，在此坚守，食物要从远处的乡镇上运来，吃饭要爬 40 分钟的陡坡，夜里睡觉老鼠从身上窜过。如此种种，让大家更深切地感受到征战乌东德的艰辛。第一次到乌东德的情形，我仍记忆犹新。"

可惜的是，由于种种原因，这座长江水文人千辛万苦建成的专用水位站在运行了整整两年后，于 1999 年 1 月停止观测，随后正式撤销。长江委针对乌东德工程所做的水文计算，重新回归到从上下游水文数据的推算中来。乌东德工程水文工作的首次尝试，在仅仅迈出一小步后，不得不停顿下来。

第三节　重振旗鼓

2003 年，长江设计院正式参与乌东德工程设计招标的消息，仿佛一股清风，吹皱了长江水文等待参与乌东德工程服务的一池春水。在短短大半年内，长江委水文局长江上游水文水资源勘测局（简称"上游水文局"）复建乌东德专用水文站，并组织了首次库区河道测量；长江委水文局水资源中心在整编原有水文资料的基础上，对工程所需的气象分析、设计洪水、可能最大暴雨与洪水等重要参数进行了长期细致的分析与研究；技术中心则在泥沙分析和水位流量关系研究的基础上，于 2007 年建成了首个水雨情自动测报系统。优质的水文服务，不仅为工程预可研与可研报告的编制提供了依据，还为长江委继续深耕金沙江水电市场提供了条件。

一、重建测站

当时长江水文最重要的工作莫过于复建水文站，并建设更高规格的专用水文站，这一任务再次落到了上游水文局，尤其是金勘队身上。

2003 年 3 月下旬，上游水文局对原有的专用水尺进行整理，并于 4 月 1 日恢复水位观测。5 月 23—25 日，长江委水文局一行 12 人携带多种测量仪器对卧嘎、金坪子两个备选断面进行了实地查勘，选中卧嘎断面，并进行了现场简易地形、锚桩和站房位置等测量。5 月 28 日，金勘队主要负责人赶赴禄劝县大松树乡，仅用 10 天的时间就完成了征地与基建手续，并与施工单位签订施工合同。

6 月 10 日，水文站在鞭炮声中正式破土动工。7 月 20 日，房屋基建工程完工，同时开始架设缆道循环绳。雨季的金沙江降水充沛，断面水位在一晚上就猛涨了 3 米多，流速高达 4.5 米每秒。因为在乱石河床上架设缆道难度极大，从重庆赶来的上游水文局技术人员对原定方案反复推敲，在架设过程中沉着应对，仅用不到两分钟就斜着冲过了 200 多米宽的湍急江面。7 月 26 日，经过大家的不懈努力，水文站缆道架设、机绞设备安装结束。27 日通过试运行，28 日完成了第一次流速测验，取得了乌东德专用水文站的第一手水文资料。乌东德专用水文站从决策到最终建成，仅用了两个月，其中房屋主体工程建设历时仅 40 天，这两项数据均创下了长江水文建设纪录。

　　新建成的乌东德专用水文站在建筑上颇为简陋。主站房是在用空心砖和石棉瓦盖成的临时建筑物。位于中间的办公室兼器材室，加在一起只有12平方米，旁边供职工居住的两间小房面积均不足6平方米。测量工作全在室外，全靠一把太阳伞遮风挡雨。上级领导来站检查工作时，只能在屋外搭地铺，吃饭也是地当饭桌，脚当凳。但其测量设备比过去的水位站强出不少，如它采用先进的激光测距仪进行断面地形测量，保证了断面能完全满足水文测验要求；CAD辅助制图减轻了测量的劳动强度，加快了设计进度；传真机和手机的运用，极大地方便了施工监督人员和设计人员之间的联系，保证了工程质量；"机动一体化立式水文绞车＋开口游轮式缆道"方案在满足测验的前提下安装操作方便、维护简单；用MC铸型尼龙制成的滑轮轻巧耐用，操作起来比原来的钢铁滑轮也轻松一些。

　　为在最短的时间内完成水文站建设并开始实测，长江水文人倾注了全力。时任局长岳中明多次了解乌东德专用水文站的建设情况，副局长王俊、刘东生在上游水文局检查工作时已准备前往乌东德考察，只是因为突发泥石流阻断交通，才未能成行。长江委水文局自垫40万元资金，相关手续一切从简。上游水文局派出架设缆道的同志不仅要在艰险的盘山道上长途跋涉数十个小时，还必须面对不时出现的滑坡、泥石流险情。在现场监督施工的金勘队职工吃住的金沙村虽然与站址直线距离仅有1千米，但高差达400米左右，每天往返两次，下去要走半个小时，爬上坡得花近一个小时。

　　但工程技术人员没有被困难吓倒，不仅高质量地完成了建设任务，还克服重重困难，在室外连续完成水位、流量、泥沙、推移质、蒸发等观测及资料整编。2005年，水文站升级为国家基本站。同年遭遇强降雨袭击，空心砖结构的站房漏雨，左岸锚桩围墙墙体及周围地面均出现不同程度的裂缝及地基沉陷，给缆道的正常运行造成威胁。2006年，在上级的关怀下，建成了专用的缆道房，结束了室外操作铅鱼测量的历史，水文站面貌由此焕然一新。

　　除乌东德专用水文站外，上游水文局再接再厉，于2004年4月相继建成小河口、芦车林、金坪子 3 个水位站。2006 年，将原三堆子水位站升级改造为水文站，又在库区及坝区设有 10 余个水位站，开展了大量水文及水环境监测，为乌东德电站建设、运行及保护水库生态安全提供技术支撑。

二、本底调查

水文站的建设，只能获得某个断面的实时水文断面。乌东德电站的建设，还需获得整个库区的本底水下地形材料，它与地质资料一样，对乌东德电站的建设具有决定性的影响。这项工作由上游水文局在 2004 年完成。

为了这次前无古人的工程，测量队员们在野外作业，就远离家乡，远离单位，远离驻地。时时面临着车无辙，人无路，食无处，居无所，上有壁立大山，下有不测深渊等"绝境"。在大自然的无情考验中，同志们顽强地承受着工作、生活中的诸多困难和种种压力，用智慧和毅力战胜了一切不利因素。

全过程参加测量工作的时任宜宾勘测队副队长张强写过一篇长篇散文《回首乌东德》，对这项工作进行了详细描述。

1. 踩点

此项工作的"踩点"查勘，始于 2004 年 2 月上旬，参加者除张强、黄志强外，还有上游水文局副总工程师杨世林和河道队副队长马耀昌。其重点在查清 20 世纪 50—80 年代长江水文人布设在两岸河谷山头的平面三角点和水准点，并作出标记。从地图上来看，这些控制点为数不少，各点位距江边的距离也不远，找起来似乎不难。可位于河道边的水准点经过几十年变迁后，或不复存在，或深埋于变化了的植被之中，难以找到；而测区两岸的三角点全在山顶，可从江边沿不足 1 米的悬崖峭壁上手脚并用、连攀带爬地过去，所费时间动辄三五个小时，常让人产生"咫尺天涯"的感觉。沿途土薄草枯，树少石多，只有剑麻生机勃勃。为了确保安全，许多时候他们明知扎手，也不得不紧紧抓住，因此每次上下山 4 个人手上都满是伤痕。

2. 施测

"踩点"查勘结束后，上游水文局于 2004 年 2 月 18 日举行测前动员大会，首次乌东德电站库区河道勘测工作随即展开。此次考察历时近 50 天，上起攀枝花，下至坝址，包括金沙江干流和 5 条支流。张强在《回首乌东德》中将查勘分为攀枝花境内、拉鲊上下、龙街—白马口村、皎平渡—河门口，以及乌东德坝址等几个片段，以乐观主义精神描述了交通之苦、工作之苦、生活之苦，以及他们苦中作乐的心情。文中描写非常精彩，限于篇幅，这里仅摘取几段。

如交通之苦——

"查勘河道共计 210 多千米。其间除了拉鲊有公路与外界相通，其余绝大多数地区山隔水阻，路断人绝。沿途山势高峻，河道狭窄，水流湍急，弯多滩多。

在会理城河测量时，队员们租用了拖拉机。原以为可以轻松进山，谁知 12 千米的机耕道凹凸不平，又陡又窄又多急弯，拖拉机在悬崖边上如同醉汉一般蹦蹦跳跳开了近 3 个小时。司机泰然自若，但站在拖斗上面的 7 名队员一手护着仪器，一手抓牢铁栏，下来时都像散架一般，一路上都觉得这是在和死神打交道。

龙街到下游的白马口村，水路仅 20 千米，可陆路难行，勘测队的汽车不得不绕道元谋、武定，走了近 1 天。一路尘土厚积，门窗震坏。后来由白马口到皎平渡，再到乌东德，也是如此境况。"

如工作之苦——

"乌东德库区落差巨大，急流和险滩众多，有的长达 1 千米，有的落差好几米，有的交错于危岸，有的连环于河湾。其中，三拐子滩左突右现，三滩相连，长达 4 千米，为库区著名的险滩。长的河段筑起水下关隘，不得不将船从陡峭的高山上绕到下游的彝族村子迤布苦。

皎平渡—河门口的近坝河段两岸连山，绝壁林立，两岸山体高出江面近千米，河宽不足 100 米。沿程急滩一个接一个，就在我们到达烂泥滩的前一天，西北院的一艘快艇在这里被急流卷翻，险些死人。

夹岸高山的地形，让平面控制和水下断面采用的 GPS 和回声仪测量难以发挥功效，也使卫星接收和电台信号受到严重影响，迫使岸上工作人员不得不频繁搬动基站，在陡崖绝壁间艰难攀爬。从事水上作业的快艇在奔腾的江流中也难以在断面线上稳定行驶。峡谷中对讲机话程很短，手机无信号，各工作组的通信联系常常要靠人员传递。

由于工地距驻地较远，沿途村落很少。测量队员每天早出晚归，中餐只能靠随身携带的几瓶水和一点馒头、饼干随便对付。更要命的是，库区植被稀疏，队员们身处绝壁，头顶烈日，口干舌燥，想寻觅一片绿荫稍作休息都不可能。此时的江水多来自山顶融雪，冰冷异常。拉鲊上下 30 余千米的江段上，平均 1 千米就有一个急滩。一旦落水，几乎没有生还的可能。因此快艇触礁时，大家都是提心吊胆，也曾几度遇险，好在每次都化险为夷。

枯水时节，乌东德库区的许多支流已经干涸，两岸山坡土不掩石，枯草伶仃。沟底因一抹细流、一洼润土而形成植被农耕带。在这里测量虽然少了曝晒之苦、饥渴之忧，却多了通视不畅、野刺扎人和远离大本营等困难。为了保证干支流作业的同步进行和人员设备的高效使用，入沟作业通常只派五六个人。这些同志带着测量仪器、充电设备、电脑和洗漱用品，一边作业一边向山里走，干到哪里天黑了，就在哪里歇。"

白天外业工作辛苦，晚上的内业整理也不容易。"河道测量时正值春旱，山里的小水电站白天放水发电，夜里关闸蓄水，停止供电，导致测量队的仪器充不上电，电脑开不了机。尽管他们携带了一台小型发电机，但因汽油必须确保快艇、汽车使用，不到万不得已，决不烧油发电，因此每天都需要大量的汽油，而从很远的县城拉一次油料又很不容易。"

还有综合了交通、工作与生活之苦的搬迁之苦——

"这次顺江而下的测量，大家过起了游牧民般的迁徙生活。我们在整个作业中搬家 9 次。因携带的仪器设备、用具物品和行李较多，搬家前必须把各种东西整理清楚，分类包装；到达驻地再一件件拆开，一处处布置。每次搬家都是一番辛劳。

看似轻巧的快艇，搬起来极不容易。首先要把船上的仪器测具、油料物品和机器卸在岸边，然后拖船上岸，放掉空气，一块块拆下挡板底板，包装捆扎，再一趟又一趟地搬运到远离江边的土路上装车。到达目的地，又按相反的程序把船装好，开始新的工作。

后来，我们又在皎平渡上游的新滩和下游的烂泥滩搬船。虽然我们改进了方法，采取抬船过滩，相对简便些，但却付出了更大的体力和更多的汗水。七八个人抬着一个庞然大物，在巨石林立的陡岸边爬行。我们手拉着手，人扶着人，喊着号子，一步一停，战战兢兢地前进。这时，集体的智慧和团队的力量得到最充分的展示，忘我的精神和同志间的情谊得到最完整的体现。"

3月底，测量队越过河门口，进入花坪子到乌东德水文站6千米长的江段。这是乌东德1号坝址勘选区，也是乌东德库区最后一个峡谷。正当大家以为胜利在望，准备歇口气时，却发现"这段峡谷集中了乌东德库区的所有险奇：刀砍斧削般的大山，壁立巍峨；沉练碧带似的江流，幽然深沉。人行峡中，山谷回音，荡舟急流，不寒而栗。我们到这里时，两岸绝壁间正开山辟路。山上山下，硝烟弥漫；山边水中，飞石如雨。可以想象，我们在这样的环境中进行断面、洪痕和地形测量将要冒多大的危险。""但我们毅然走了进去，并且一趟又一趟地往返于惊险之中……作业中，我们时时刻刻都处在高度的紧张中。放炮的哨子一响，船立即出峡或靠岸躲避，人则藏进石缝、岩洞里。许多时候，我们刚进峡或刚架好仪器，山上就报警了，我们必须撤退。因此，作业受到严重干扰。我们来这里的第二天，快艇正一路呼啸地前进。忽然，前方左岸20多米爆出乱石，满江飞舞，砸过右岸。幸好船速较慢，躲过一劫。还有一次，我们正测量水边地形，200余米高的山上一片巨石直下谷底，响声如雷，溅水如注。如果我们靠近30多米，就会发生不幸，后果不堪设想。在峡谷区的7天里，我们经历了有生以来最胆战心惊的一段日子，还被境遇戏弄过：一天傍晚，我们收工返程，见前方工地已到规定放炮的时间了，便停船避让。大家又饿又累地在峡谷里一等再等仍不见炮响，原来是施工队取消了当晚的放炮，让我们在野外空耗了一个多小时，待到返回驻地，早已夜色茫茫。"

在经历了一次次考验后，测量队终于在2004年4月上旬完成了乌东德库区的河道勘测任务，结束了这段不算漫长但却艰难的野外工作，回到了重庆，受到了长江委水文局、上游水文局领导与同志们的热烈欢迎。

3. 感悟

这次河道测量，顺利地完成了乌东德库区河道断面测量、洪痕调查与测量，并对近坝区5千米河段进行了1∶2000的地形测量，取得了宝贵的本底资料，同时更给每个人留下了深刻的记忆。

他们感到了这里的贫困："乌东德库区的恶劣环境使这里的人们生活艰苦。山里人以杂粮粗食充饥，以泥土矮屋栖身。到集市赶集要往返一天，想搭船过河得望穿天涯。很多人家徒四壁，衣衫褴褛，一生都没走出大山。与他们相比，我们这些来自城市、只在乌东德短暂停留的人的确有着幸福的生活。我们应该为幸运人生而知足，应该珍爱自己的事业，珍惜所拥有的一切。"

他们感到了身上的责任："乌东德库区的落后现状，使我们备感开发西部水电资源和建设乌东德水电站的必要。我常想，乌东德水电站建成后，这里的交通运输、农牧业生产、生态环境和气候条件都将得到极大的改善。那时的乌东德库区，山清水秀，物产丰富，河廊如画，到时定会游人如织。这里的人们将生活在幸福、美丽、宁静的'桃花源'里。有此憧憬，我们对自己在乌东德库区的作为便生出自豪感，对眼前的各种困难也就看得很轻了。"

他们感到了乌东德的粗犷之美："乌东德的险峻倒让我们在心里赞美它，羡慕它。它那不可多得的地理环境和得天独厚的自然条件，为修建水电站提供了天然条件。它将以投资省、淹没小、水能大等有利因素吸引更多的水电人走进它。乌东德不仅让水利、水电建设者找到了用武之地，也给贫困艰难的山区人民带来希望。看似荒凉、偏僻、落后的乌东德，却有着无限光明的前景。我想如果没有乌东德的这般山水，再过几十年，我们长江水文人也不可能在这里留下事业的足迹和生命的亮光——哪怕这足迹并不显耀，这亮光并不绚丽，但我们看来却弥足珍贵。"

他们感到这里的希望："目前，乌东德坝区勘测施工正如火如荼。这里进驻了长江委勘测院、西北勘测院、成都勘测院等单位的专家和工程技术人员。他们住在简陋的民房、工棚里，工作既辛苦又危险，生活条件也很差。有的队伍来这里已近两年，有的孩子就生长在这里。看看这些常年驻扎山区，为乌东德奉献的同行们，我们又应该以怎样的感情去理解他们的从业品质和思想境界呢？"

张强最后写道："（这次查勘）使我和我的同事们经历了艰难险阻的磨炼，经受了意志、毅力的考验，接受了人生观的洗礼，也使我们认识了西部山水和异地风情。可以说，乌东德是一部书，一部教会我们在不利的环境中自力更生、克服困难、不辱使命的教科书；一部引导我们重新认识和理解什么是水文勘测的职业特点和职业需要，什么是集体智慧和团队力量，什么是责任在身义无反顾，什么是奉献与收获，什么是渴望与满足的教科书。乌东德留给我们的不只是一段值得回味的人生经历，更是无尽的启示和思考。"

"回首乌东德，我们欣慰于长江水文有着广阔的事业天地和发展空间，欣慰于时代让我们为乌东德的明天而尽绵薄之力。这也是我们虽然离开了乌东德而至今难忘乌东德的缘故。"

2012 年 7 月，在长江委水文局的安排下，水文上游局河道勘测中心与攀枝花分局共派出测量人员 20 人，开展了又一次金沙江乌东德水电站库区控制测量及固定断面观测工作。其范围由攀枝花观音岩电站到乌东德坝址，全长 253 千米，共布设断面 409 个（其中干流 328 个、支流 81 个）。分平面测量与高程测量两个小组。

与 8 年前的上次测量一样，上游水文人在此时显示出了特别能吃苦、特别能战斗的精神，于逆境中奋勇向前。

第四节　全面服务

从 2004 年起，乌东德专用水文站积极为乌东德水电站勘测设计服务，至 2020 年收集了全面、翔实、大量的本底地形、床沙、断面等资料，累计提供技术服务 8 个年度（2004 年、2013 年、2014 年、2016—2020 年），投入技术人员 6500 余工天，各类专业仪器设备百余台，布设各等级控制点 1020 个，各等级导线长度 1800 余千米，测量河道固定断面 1325 个，累计长度 400 多千米，观测河道地形累计 260 余平方千米，床沙取样 3160 个。多年收集和观测河道资料，为乌东德水电站顺利建成提供了坚实可靠的技术支撑。

一、水文分析

从 2003 年开始，在水文上游局紧锣密鼓地进行水文及河道观测工作的同时，以水资源中心为主体，长江水文围绕坝址气象、径流、洪水、泥沙、水位流量关系等水文气象条件进行了深入的内业工作。

2003 年 3—7 月，也就是水文上游局紧急恢复水位观测和专用水文站建设的同时，长江委水文局水资源中心就克服基本资料缺乏、时间紧迫的困难，发挥连续作战精神，加紧完成最初的水文气象、径流、设计洪水、泥沙、分期设计洪水、坝址、厂房处水位流量关系等研究工作，为工程预可研勘察设计（水文）及招投标工作提交了设计成果和投标技术报告，为当年 11 月业主选择设计总成单位和最终坝线做出了贡献。此后，他们依照业主及设计单位需求，继续从事水文领域相关工程的研究工作。

1. 气象分析

金沙江（含江源地区）流域属高原气候区，流域跨越了 14 个经度、11 个纬度，海拔相差 4000 多米，流域天气受天气系统、地形、地貌影响，具有明显的地区、时间差别。长江委水文局水资源中心综合地方气象局、气象站观测资料，结合自身所属各蒸发站观测资料，确定乌东德库区属典型干热河谷气候，其中冬（上）半年东北部较为阴湿多雨，夏（下）半年西南部降水较多。通过综合分析，坝址天气因素采用巧家水文站资料，确定多年平均降水量825毫米，多年平均水面蒸发量2593毫米，库区陆面蒸发量698毫米，并对其气温、降水、水面蒸发、风、温度、霜冻，以及雾、雹、雷等诸多气象因素进行了具体描述，并以龙街水文站实测资料，确定坝区的多年平均水温、最高月平均水温、最低月平均水温。

2. 资料整编

由于乌东德坝址实测数据太少，其至关重要的水文资料只能通过与之相关的上下游各观测站进行推演。由此，长江委水文局水资源中心不得不解决两大难题：其一，受测验条件影响，各站资料精度不同，存在一定的不平衡，即数据不准确的问题；其二，长江水文在将这些数据转换到坝址时，需要通过一系列复杂的数学运算和原型观测，其工作量巨大。

第一，针对径流量数据不平衡问题。长江委水文局水资源中心利用两年时间，对重点测站1978年以后的历年流量测验进行了认真复核，通过了解当年测验设备使用情况，综合考虑设备系统误差和测流操作的偶然误差，并经综合研判，为各测站整编出精度满足设计需要的径流资料。

第二，以整编后的攀枝花、小得石、湾滩三站流量之和，与三堆子实测的水位资料建立联系，形成了三堆子站1959—2000年径流系列，据此确定其水位流量关系。同时通过技术手段，补齐了华弹（巧家）站实测流量缺环，确定其1940—2000年的径流系列。

第三，以三堆子和巧家水文站径流系列为基础，通过面积推算，计算出乌东德水电站坝址处的1959—2000年径流系列。

长江委水文局水资源中心推算方法和推算结果，得到了各方的一致认可。2006年，经中国水电咨询公司组织咨询后，最终确认乌东德坝址多年平均流量3810立方米每秒，年均径流量1200亿立方米。

3. 设 计 洪 水

设计洪水是为工程设计而拟定的工程预计设防的最大洪水。其内容包括设计洪峰、不同时段的设计洪量、设计洪水过程线、设计洪水的地区组成和分期设计洪水等。可根据工程特点和设计要求计算其全部或部分内容。它关系到工程的施工安全和运行安全，也是水资源中心为乌东德服务的核心内容。

设计洪水的关键，在于确定洪水频率及其量级。通俗地说，即 100 年一遇洪水、1000 年一遇洪水、10000 年一遇洪水到底有多大的流量。在现在水文资料有限的情况下，必须参照历史洪水，延长其序列，才能得到相对准确的数据。

为此，早在 20 世纪 50 年代，长江委等单位就曾多次对金沙江干流奔子栏到宜宾 1542 千米的 19 个重要河段、中下游 9 条重要支流的控制河段进行过大量的历史洪水调查与复核，并多次到国家博物馆和四川、云南等有关省、市档案馆查询相关资料，于 1978 年编制了《金沙江流域历史洪水调查资料汇编》，确定了 16 世纪初至新中国成立 400 多年的十几个特大洪水年份。

2003 年后，长江委水文局水资源中心从屏山县有关历史文献中，整理出 19 世纪以来较为连续的洪水资料，又从中整理出 1813 年、1860 年、1892 年、1905 年、1924 年、1928 年这六个特大洪水年，并组织力量对库区干支流约 270 千米河段的洪水水面线开展调查测量，共查到洪痕 318 处，确定了这 6 次特大洪水的量级。然后将这 6 次洪水与实测 1966 年最大洪水并列，确定它们在 1813—2003 年的流量排名及重现期。然后依照频率曲线公式反推出各关键节点，如供工程设计的 1000 年一遇洪水、5000 年一遇洪水、10000 年一遇洪水，以及供施工考虑的 50 年一遇洪水、100 年一遇洪水应该达到的洪峰流量，并对不同频率洪水在 24 小时、72 小时、7 天、15 天的可能产生洪水总量、洪水地区组成以及洪水过程线进行研究。

然后，依照类似办法，得出华弹（巧家）站的设计洪水；两者结合，再推算出坝址处的设计洪水为：10000 年一遇洪水为 4.24 万立方米每秒，1000 年一遇洪水为 3.58 万立方米每秒，100 年一遇洪水为 2.88 万立方米每秒。

4. 最大洪水

乌东德工程地位重要，长江委水文局除需要对其进行常规的设计洪水计算，以确保其基本需求外，还需要尽可能多地考虑各种气象要素（如气压、风、降水等）的最不利组合，推算出坝址可能最大洪水（PMF），确保工程万无一失。为此，水资源中心以实测最大的 1966 年暴雨、洪水为依据，以 1924 年实际发生的历史洪水资料为参考，采用洪水效率和水效率联合放大法，推算出在 3 天和 10 天内可能出现的最大暴雨。然后将上游产流区划分为 5 个小片，分区进行产汇流计算，最终求出乌东德水电站可能最大洪水为 4.56 万立方米每秒，这也是乌东德工程防洪设计的最高标准。

2004—2006 年，长江委水文局水资源中心先后完成了《金沙江干流综合规划》《金沙江乌东德水电站预可研勘察设计工作大纲》《金沙江乌东德水电站预可研梯级报告水文气象专题报告》等多个专题报告。2007 年 8 月 24—26 日，中国水电工程顾问集团公司主持召开的金沙江乌东德水电站预可研中间成果咨询会上，由长江委水文局提交的乌东德水电站坝址气象要素、径流、设计洪水、后汛期洪水、分期施工洪水等水文成果，受到水文专家的好评。

二、技术服务

长江委水文局技术中心此阶段的主要工作内容包括：泥沙研究、厂坝址天然水位流量关系，而最重要的，莫过于对金沙江下游梯级水电站水情自动测报系统（简称"金下系统"）的建设与运营维护等。

在泥沙研究方面，2003 年 6 月，乌东德坝址设置流量站后，长江委水文局技术中心围绕乌东德水电站设计与施工建设，通过连续的水文泥沙观测和现场调查，摸清了乌东德水电站水文气象、植被变化、滑坡、泥石流等特性和水文泥沙变化规律。通过上下游各测站实测及整编资料，确定坝址多年平均天然输沙量 1.225 万吨，平均含沙量 1.02 千克每立方米。受二滩水库影响，在工程运用 30 年、100 年和 253 年时分别为 9890 万吨、

9990 万吨和 11950 万吨。

对于悬移质的颗粒组成，采用华弹站分析成果，计算出其中值粒径为 0.015 毫米，平均粒径为 0.0162 毫米。还对推移质进行了采样分析，在考虑二滩工程运用影响的情况下，确认其推移质输沙量为 234 万吨。

在水位流量关系方面，通过分析乌东德水文站实测流量，以及坝址上下游两组水尺实测水位，勾绘出较为精确的坝址水位流量关系曲线。技术人员熟练掌握后，仅仅通过坝址水位就能大致估算出相应的流量，省去了咨询水文人员的环节，为工程防洪或水资源利用提供了便利。

2007 年，在各方帮助下，长江委水文局技术中心建成金下系统。该系统由溪洛渡中心站，运行维护协调中心，向家坝、白鹤滩、乌东德 3 个分中心站，西昌、昆明、攀枝花、宜宾等 9 个遥测分中心，以及 170 个遥测站组成。可根据需要，在 10 分钟内将各测站的水雨情变化、暴雨中心位置和降雨强度的变化等重要水情传送到各重要单元，为各水电站枢纽工程施工安全度汛和地方防汛提供了依据，防洪效益和经济效益十分显著。

2015 年，乌东德工程可行性报告通过国家审批。正式开工后，长江委水文局技术中心又配合完成金沙江水情遥测系统乌东德中心站升级改造工作，并安排技术骨干赴现场进行值守工作，还在后方成立技术支持团队，实时紧急抢修故障站点，对缺报和迟报站点进行实时监控和补录数据，为乌东德工程安全提供强有力的数据支撑。

从 2011 年开始，长江水文的又一支队伍——长江委水文局预报中心加入为乌东德工程服务的队伍之中。他们派驻人员进驻乌东德现场，持续开展各项水情保障服务及网络服务平台建设。2013 年，以长江委水文局预报中心成员为组成主体的金沙江水文气象组，进驻乌东德现场，全面支撑乌东德各类水情保障服务，包括乌东德导流洞施工期、围堰合龙水情保障服务，大坝基坑及坝主体浇筑阶段安全度汛。2018 年，金沙江白格堰塞湖应急处置期间，通过前后方联动、精准预报、科学研判，成功化解"万年一遇"洪水风险。

三、施工服务

2015 年，国家正式核准乌东德水电站开工建设，标志着工程进入全新的阶段。长江水文人继续在征途上以更加饱满的状态投入战斗。

乌东德水文站再接再厉，在高质量完成水位、流量、悬移质泥沙、降水等项目日常测验及资料整编的同时，针对水库蓄水后原水文站将被淹没的现实，于 2014 年 6 月将水文站移至坝下，更名为乌东德（二）水文站。

新建的水文站位于大坝下游约 4 千米的阿巧村，为背山面江的一处小庭院。在水文人的精心侍弄下，院里的花草树木错落有致，各种设施排列整齐，环境干净整洁。主站房为 3 层钢筋混凝土结构，一楼为餐厅和工具间，二、三楼为办公室和职工宿舍，均配备了网络、通信设备与空调，尤其在江边的观测平台上设置了 30 多米高的垂直楼梯，让人工观测水位的工作轻松、安全了许多。因此，尽管新站房依然群山环抱，偏僻异常，观测工作依然是风吹日晒、跋山涉水，辛苦异常，但是职工们在此办公，心情愉悦，团队的合力也愈加坚实。

从 2016 年起，长江委水文局水资源中心承担了《金沙江乌东德水电站水库运用与电站运行调度规程》水文专题报告的编制工作，配合完成发电专题、防洪专题中的相关内容，负责调度规程中水文相关条款的编写；之后相继完成了《金沙江乌东德水电站蓄水安全鉴定设计自检报告》《金沙江乌东德水电站截流验收复核报告》中水文章节的编写，配合水库下闸蓄水需求开展了大量的水文分析计算工作。

早在 2014 年，长江委水文局就以预报中心、技术中心为班底，组建乌东德水电站水文气象中心，负责乌东德、白鹤滩两个坝区的水情预报、分析和咨询工作，中心成立以来较好地完成了两个坝区 2014 年的防汛工作，为两座工地的建设提供了重要的技术支撑。同时依照合同，及时通过电话、短信，以及 OA 办公系统、电子邮件、建设部网站及 LED 大屏幕等多种方式发布即时水情信息，现场全年实行 24 小时值班制度，全天候提供实时预报预警和技术咨询，圆满地完成施工期水情预报服务（含长期、中期、短期预报）工作和水雨情信息服务。

据统计，到 2017 年，中心发布的 12 小时、24 小时预见期的水情预报精度分别为 97.35%、96.37%，洪峰预报精度达到了 95.22%，晴雨预报精度为 92%，重大灾害性天气无一漏报，水文气象预报精度达到国内领先水平。

四、重大考验

根据电站施工总进度计划，2019 年 10 月，乌东德工程导流洞下闸对长江水文提出了严峻挑战。

因工程采用创新思路，突破常规采用大坝坝身不设导流底孔，直接由导流洞向坝体泄洪中孔过流转折，因此所有导流洞只能在一个枯水期内全部封堵，否则工程进度将严重受阻。为此，设计方面采取了独特的封堵程序，于 2019 年 10 月至 2020 年 1 月中旬先后完成 1~4 号导流洞下闸任务，待 2020 年 1 月将最高、最小的 5 号导流洞缓慢关闭，待坝前水位涨至 885 米时坝体中孔过流；依次充满水垫塘及下围堰基坑，再最终关闭 5 号导流洞。其间节点繁多，坝前水位总涨幅近 60 米，坝下水位最大降幅 6 米。为减缓水位骤升对拱坝、坝前护坡及回水区岸坡稳定的影响，需协调上游水库调节下泄流量；同时，长江水文对库容曲线、泄流曲线等关键水情数据提前做出的预报，不仅在下闸过程中受到各方关注，也会在库水位持续抬升时受到各方的检验，这些都给现场的水情预报服务相关工作带来了较大困难和挑战。

下闸蓄水期间，上游水文局攀枝花分局承担了坝库区 10 个水文（位）站的运维工作，监测蓄水期间入库、出库流量，完整收集库（坝）区水位变化过程水文要素。长江上游水环境监测中心按照计划，对库尾保果大桥至乌东德坝后 17 个干支流断面（12 个干流断面、5 个支流口断面）进行了 4 期（1 月 9 日、1 月 15 日、1 月 18 日、1 月 20 日）水质加密监测。技术中心与预报中心派遣技术骨干驻扎现场，昼夜值守，严密监视实时水情，与后方技术支持团队紧密配合，解决了实时监控和测报中出现的技术

第四章

规划畅想曲

三峡院拿出基本地质材料、长江委水文局提供了基本水文资料后，工程设计工作陆续开启，接力棒从规划、枢纽、施工设计人员的手上传下去，设计大戏正式上演。

乌东德工程的特殊之处，在于枢纽设计之前，还经历了一次规划上的重大突破，即水位的抬高。对此做出重要贡献的，是规划院副总工程师安有贵和乌东德水电站设计总工程师翁永红。

第一节　规划先行

"天下难事，必作于易；天下大事，必作于细。"规划，不只是嘴上说说，墙上挂挂，而是指导整个工程建设的蓝图。通过规划，可以明确工程的目标、规模、位置和建设方式，确保工程能够按照既定的方向顺利进行，也可以评估工程的可行性和效益，预防和应对可能出现的风险和问题，还能促进水利工程与周边环境、民生的协调发展。

对于规划工作在水利工程建设中的重要性，在写这本书前，笔者曾请教过长江委原副主任季昌化、傅秀堂。

季昌化对规划的定位是"参谋部或战略研究室"，并进一步解释道："重视规划，科学规划，是长江委治水的一大特点，也是70年治水的成功保证。"

傅秀堂补充道："1990年，我奉命在规划处、库区处（现为工程移民规划研究院，简称"移民院"）的基础上组建规划局，职责范围有10条，其中一条为规划南水北调。有同志提出应加上'中线'一词，我说不行。他问道：'莫非你还想搞东线、西线？'我答道：'正是此意。'从长江调水，调多少，何处调，不管行不行，这就是规划。长江流域规划培养了很多干部，都有真知灼见。现在南水北调的中线、东线都已经通水，西线正在筹划中，不远的将来定会引水成功。这就是规划的眼光，可将本质性的、前瞻性的思想体现出来。"

长江设计院规划专业负责人安有贵从规划角度，对笔者谈起乌东德水电站的三大特点：

第一，乌东德水库蓄水后，形成了长江干流上第一个控制性的巨型水库。它的库尾为世界著名的钒钛基地、钢铁重镇——攀枝花市。库区沿长江干流长200千米，汇集了金沙江和长江第一条大支流——雅砻江，它们的水量都超过了黄河。

对于长江上游第一个控制性水利工程，他专门强调，长江委最终考虑的是虎跳峡，也就是林一山和李镇南带队考察的那个地方。但由于种种原因，它尚未立项。如今在石鼓到攀枝花的金沙江中游河段，虽然修建了梨园、阿海、金安桥、龙开口、鲁地拉、观音岩等水库，但它们的调节能力远不如乌东德，算不上控制性水库。

第二，乌东德水电站在工程规划设计中始终贯彻环境保护理念。如它的最高蓄水位低于雅砻江汇入金沙江的河口，这样可保持雅砻江的天然河段，为保护环境和发展库区经济预留空间。工程采取分期试验性蓄水、库尾加大环境保护力度的措施，取得了令人满意的效果：水库淹没指标很少，还为改善金沙江干热河谷的环境提供了丰沛的水汽资源。

第三，乌东德水电站正常蓄水位接近 1000 米，到 2020 年为止，是世界上海拔最高的巨型水电站。直到今天，只有在中国这样人口众多、社会发展迅速、技术实力雄厚的国家才能建设。另外，它的装机容量超过 1000 万千瓦，在世界名列前茅，这与长江汇流面积大、水量丰沛且稳定等天然条件有关。

第二节　抬高水位

将乌东德水电站的正常蓄水位由 950 米抬升到 975 米，是长江设计人对乌东德工程做出的第一项贡献，也可以说是最大的贡献，而这一想法的最初提出者，就是规划院的安有贵。

这一设想，与成昆铁路和攀枝花市发展密切相关。

攀枝花市原叫渡口镇，是一个规模很小的江边小镇。20 世纪 60 年代，因"三线建设"需要，在这里建成了钢铁和钒钛工业基地，攀枝花逐渐发展起来。长江委人在第一次制定长江流域规划时，"三线建设"还没有开展，因此对确定的乌东德水库正常蓄水位为 995 米，其回水到攀枝花市以上。后来因成昆铁路建设，部分沿江铁路海拔较低，为避免淹没，长江委在 1990 年对长江流域规划报告进行修编时，不得不将其下调到 950 米，而在实际施工时，只能达到 945 米，比原规划降低了 50 米，工程规模和效益有所降低。

人尽其才，物尽其用，是水利规划的基本原则。如果不能将工程的综合效益发挥到极致，规划人员就会有遗珠之憾。这就好比拿着一块可以制作大衣的布料，结果只做了一件春装而把多余的布料扔掉一样，实在可惜！

因此，长江设计院获得乌东德工程设计标以后，安有贵等人就想着如何弥补这个遗憾。最初的想法是，如果将水位一次性上调 50 米不太可行，那有没有办法让它适当抬高一些呢。

对于这个抬高幅度，安有贵极力推荐的是 25 米，也就是将工程的正常蓄水位从 950 米抬高到 975 米。它介于最初设计的 995 米与修改设计的 950 米之间，容易获得各方认可，这个想法得到了翁永红的认同。

但将正常蓄水位抬高 25 米，不仅在国内大型水利工程中极为罕见，还涉及上下游梯级协调、地形地质和环境影响评定等问题。其中最大的难题在于需要搬迁近 90 千米的成昆铁路，这在国内外都没有先例。因此，当安有贵把这个想法汇报给三峡集团时，集团上下对此还持怀疑态度。

现实是此岸，理想是彼岸，中间隔着湍急的河流，而行动则是架在河上的桥梁。在有志者的眼里，天下没有办不成的事。而要把事情办成，除了一往无前的勇气外，还需要把握机遇。安有贵之所以敢提出这样的设想，就在于他们发现了其中的机遇——铁道部（现为国家铁路局）拟对成昆铁路进行提速改造。

原来，成昆铁路建成于 1971 年。受当时技术条件的限制，许多路段沿着山谷或河道蜿蜒前行，路陡弯多，不仅影响行车速度，而且极大地限制了其运输能力。为此，铁道部 2003 年决定对其进行更新改造，并将其列入"十四五"规划。

只要能将新铁路修到较高位置上，乌东德水电站的正常蓄水位就有可能抬高。对此，安有贵充满信心。

但铁道部确定成昆铁路更新改造的时间是"十四五"，也就是 2021—2025 年乌东德水电站肯定在此前上马，实在等不起啊！

为此，安有贵与翁永红来回在水利部、铁道部、环保部（现为生态环境部）、林业部、农业部（现为农业农村部）、水规总院、水电总院及三峡集团等单位来回穿梭做工作。其中有一年，安有贵仅到北京就出差了 70 多次，大多情况都是临时受命，而且是当天去当天回的连轴转。

他们主攻的目标是铁道部。

开始时，铁道部认为：铁路规划是个整体，成昆铁路既然明确在"十四五"期间改造，就应该遵守，提前改造会影响全局，牵涉面太广，因此没人敢同意。

安有贵和翁永红认为，乌东德工程的建设拟定于 2016 年前后开工，应该在 2020 年前后蓄水，与"十四五"规划开局之年的 2021 年仅差一年时间，线路改造稍稍提前，对铁路规划的影响不会太大。于是他们不怕跑腿，不怕磨嘴皮，和三峡集团的同事们一而再，再而三地向成昆铁路的规划设计单位和铁道部汇报，光座谈会就不知开过多少次。

俗话说得好："功夫不负有心人。"在三峡集团和长江设计院的不懈努力下，铁道部最终同意提前实施成昆铁路改造项目，并同意将新修的铁路布置到较高的地段。

由此，乌东德水电站蓄水位抬高，终成现实。对于水位抬升的重大效益，安有贵进行了简单分析。

一是防洪效益。水位抬高后，乌东德水库的库容增加大约 1/3，调控洪水的能力大大增强。

二是发电效益。水位抬高后可使电站装机容量增加 200 多万千瓦，年发电量增加约 80 亿千瓦时，相当于修建了两座丹江口水电站，还可以节省投资 100 亿元以上。

三是供水效益。乌东德水库增加的 1/3 库容，极大地提升了水库的供水效益，使更多的人由饮用矿物质超标的当地溪水、泉水，改为饮用清洁的自来水，做到了功在当代、利在千秋。

四是民生效益。乌东德地区山高水低，当地百姓虽居住于金沙江边，但吃水困难。蓄水位抬高后可使百姓距金沙江水面的垂直高差减小 25 米，让当地百姓更容易获得水源，也更有利于发展水产业或航运业，从而改善百姓生活条件。

五是生态效益。水库蓄水增加后，可更好地满足生态调度的需求，为鱼类生长创造条件。水库形成的小气候对改善金沙江河谷的干热环境，促进植物生长也有益处。水库蓄水让原本浑黄的金沙江水清澈，符合"绿水青山就是金山银山"的理念。

此外，与老线路相比，新改建的成昆铁路使昆明到攀枝花的行车时间缩短 2/3，客运和货运能力大大增强。铁路提前建设让两岸欠发达地区的百姓提前受益，为国家实现 2020 年脱贫目标做出了贡献。

缺乏创造精神的人生是不完美的。如今，十多年过去了，但提起当年为抬高水位而做的工作，安有贵仍记忆犹新，好像这事就发生在昨天一样。

"我尽了规划人员应尽的职责，最大贡献是把乌东德的水位抬高 25 米，可以说这个论证是成功的。主要有三峡集团的大力支持，有长江设计院强大的勘测设计团队支撑。我总结自己是脑筋比较灵活，嘴巴比较笨。"

也就是这个脑袋比较灵活、嘴巴比较笨的规划人，和翁永红一起，反复做不得不做的事，反复说不得不说的话，最后硬是把不可能办成了可能，并化作了现实。

对此，翁永红曾自豪地对笔者说过："能做到让一条铁路改线的，全国目前仅有乌东德工程。"

这是翁永红担任乌东德水电站设计总工程师后，取得的第一项重大突破成果，它必定载入乌东德水电站建设的史册。

第三节　再献坝址

除了让正常蓄水位抬高 25 米外，翁永红还和安有贵合作，为攀枝花市找到了两处优良的坝址，并规划了金沙和银江两座水电站，使金沙江的水资源得到了充分的利用，这也是一个开拓性的创举。

对此，安有贵介绍道："2004 年，我们在进行乌东德库区勘察时，看到金沙、银江所在河段有水头，有水量，地理位置也比较合适，基本具备建设水电站所需要的条件。"安有贵利用自己的知识，对这个河段可能开发的水能进行了初步估算，认为如果充分利用，装机容量 90 万千瓦左右，多年平均发电量超过 40 亿千瓦时。这与乌东德水电站相比虽然是小巫见大巫，但对于攀枝花市可不是小事，相当于增加了一座丹江口水电站！

　　笔者看了一下地图，金沙与银江两个坝址，分别位于攀枝花市区的东、西两侧，两者之间的水路距离约 21 千米，距攀枝花市中心都是 10.5 千米左右。其中，银江水电站位于成昆铁路过金沙江的倮果大桥的上游约 1 千米处，其正常蓄水位为 998.5 米，校核洪水位刚刚超过 1000 米，相当于 20 世纪 60 年代长江委为乌东德工程制定的正常蓄水位。金沙水电站位于新庄大桥上游，其尾水与银江水电站衔接，正常蓄水位 1022 米，与其上游 28 千米处的金沙江中游开发的最下一级观音岩水电站尾水完美衔接。

　　安有贵最初的想法，应该是直接将乌东德工程的正常蓄水位提高到 1000 米，这样就可以在不淹没攀枝花市的前提下，最大限度地发挥乌东德工程的效益。但受攀枝花火车站限制，蓄水位维持在 975 米后，安有贵作为一个优秀的规划人员，对此进行了补救：在紧靠成昆铁路以上的倮果桥附近兴建一个梯级，抬高水位至 1000 米左右；然后在其水库的尾闾兴建一座与观音岩尾水衔接的水库。这样，这两座水库的综合效益虽然远不及直接将乌东德大坝抬高，但已经是能够兼顾各方利益的最优秀的设计方案了。

　　笔者进一步推想，安有贵在一次次前往攀枝花的路途中，一定对这两个梯级进行了多次查勘，最终结合地形地质条件，选出了这两个坝址。

　　安有贵把这个想法说出来后，很快得到了钮新强和翁永红的认可。攀枝花市对此也大力支持。

　　金沙水电站建设项目于 2011 年 6 月 1 日获国家发展改革委批准，2016 年获环境影响评价（简称"环评"）认可，2020 年 11 月 30 日首台机组成功投产发电，2021 年 10 月全部机组投产发电。银江水电站于 2019 年 7 月 22 日正式开工，2021 年 12 月 16 日提前一年实现大江截流，2024 年 12 月 20 日开始下闸蓄水，12 月 31 日首台机组投产发电。

　　两座电站均以发电为主要任务，并兼有城市供水、防洪、旅游等综合功能。其中，金沙水电站装机容量 56 万千瓦，多年平均发电量 25.07 亿千瓦时；银江水电站装机容量 39 万千瓦，多年平均发电量 15.69 亿千瓦时（不考虑龙盘）或 18.34 亿千瓦时（考虑龙盘）。两者相加，共计装机容量 95 万千瓦，多年平均发电量为 40 亿~44 亿千瓦时，均超过了丹江口工程的规模。但两座水库库容加起来不到 2 亿立方米，与 200 多亿立方米的丹江口水库完全不在一个层次。可以说，这两座水库的淹没损失极小，而发电效益十分显著。

除此之外，作为我国罕见建设于地级市中心的较大水电站，金沙和银江水电站对城市水资源和水环境的开发与保护发挥了重大作用。尤其是银江电站的回水横贯攀枝花中心城区，抬升市区水面约 18.5 米，并将城区的金沙江从流动的浑水变成了碧绿的清水，为攀枝花人的亲水梦创造了条件。攀枝花市为此完成了沿江建筑物、堆场渣场的搬迁工作，制定了《金沙江中心区段沿江景观规划设计方案》。根据该规划，攀枝花市在渡口桥至金沙江、雅砻江两江交汇处的沿江两岸全长约 16 千米的江段，约 4.32 平方千米的面积内，打造两岸视野区的美化、绿化、亮化工程。其中，沿江中心区段将分成钢城记忆、都市活力、文化创意、旅游度假 4 个特色段，重点打造工业文化公园、钒钛国际、金沙水岸、金雅仙客、金沙江广场、金沙城、密地公园、文化创意产业园、银江公园、金雅旅游度假区共计 10 个重点项目。届时，市民们不仅可在景观带中戏水、亲水，也可以在两岸共计 32 千米长的景观长廊中运动散步。

可以想象，在不久的将来，沿江景观将如一条彩带将攀枝花市的山水紧紧相连，城在山中、水在城中不再是一个梦想。

"你们做规划的时候，难度最大的是什么？"笔者问道。

"最大的阻力是环境制约，水电开发与环境保护是一对矛盾的词语。"说到这里，安有贵自然而然地谈到了规划人所具备的素质，"搞规划的人不仅需要有本专业的技术知识，还要有丰富的联想能力；知识面要宽，水工、机电、施工、移民、社会、经济、环境等知识都应该掌握一些，最关键的是要会论证。我于 1983 年从武汉水利电力学院毕业后，就一直从事水利规划工作，经过多年的磨炼，对工程规划的认识才不断加深。"

安有贵是一个长江设计院培养出来的规划人才，乌东德水电站因他与翁永红参加而效益最大化，金沙、银江水电站因有他们而被发现并最终建成。

第四节　拦洪防汛

2020 年，对于中国而言真是多事之秋。年初抗疫，年中抗洪，到了年底，还要抵抗一阵少见的寒冷。尤其是 2020 年夏，一场多年不遇的洪水突袭长江上游让尚未竣工的乌东德工程承担起抵挡洪峰的重任，这在中外水工建设史上也算一个壮举。在抗洪防汛的紧要关头，规划院的同志们临危受命、科学判断，为长江防总的最终决策提供了有效保障。

说起乌东德工程效益，防洪绝对是重要的一条，但那是建成以后的事情。在建设期，它不仅没有防洪任务，而且在一般情况下还是要被特别照顾的。

2020 年夏，在首批机组发电的关键时期，长江干流连续发生 5 次较大洪水，其中 8 月中下旬的第 4、5 号洪水就发生于川江地区，且呈现复式双峰过程，即前一洪峰还没有走，后一个洪峰就来了。受此影响，岷江出现超历史洪水，沱江、涪江、嘉陵江等均居历史前列。三峡水库出现建库以来最大入库流量（75000 立方米每秒），超过宜昌站建站 100 多年来实测的最大洪水量（1896 年，71100 立方米每秒），更远超著名的 1931 年、1954 年、1998 年洪水（洪峰流量均在 63000~67000 立方米每秒）。重庆寸滩站洪峰水位 191.62 米，为实测以来第二高（仅次于 1905 年的 192.78 米），还原后洪峰流量约 90 年一遇，而其 7 天洪量达到 130 年一遇。山城重庆的低洼地区已有部分沿江堤防发生漫滩险情。

而在此时，长江中下游经历多轮洪水，早已不堪重负；上游各支流也是满满当当，无法蓄水；有能力伸出援手的只有金沙江下游的 4 座巨型水库，包括尚未建成的乌东德。

为了保护广大人民的生命财产安全，乌东德的建设者，一方面"铁肩担道义"——承担起防洪保安的重大责任；另一方面又"妙手著文章"——规划院的李文俊工程师大胆提出"中孔控泄，表孔敞泄"的措施，即敞开宣泄通过泄洪表孔的超额洪水，并通过控制中孔下泄流量，将介于中孔与表孔之间的基本洪水拦蓄在本库区以内。

乌东德水库在 2020 年发挥的防洪作用，主要有以下几点：

一是拦蓄洪水，对控制川渝河段水位快速上涨做出一定贡献，降低寸滩站水位，也就是降低了重庆市洪水的高水位；

二是大大减轻了川江及重庆市的防洪压力，同时减少了进入三峡水库的洪量，有助于长江中下游防洪；

三是通过适度拦蓄洪水，减少了进入下游溪洛渡水库的入库洪水，避免溪洛渡水库水位上涨过快引发库区地质次生灾害，为溪洛渡水库对下游防洪能力的正常发挥提供了保障；

四是在寸滩站洪峰转退之际，乌东德水电站出现 17000 立方米每秒左右的入库洪峰流量，水库启动削峰调度，对川渝河段后期快速退水起到了重要作用。

翁永红在接受采访时，毫不掩饰地肯定了李文俊的设计方案。

"中孔控泄、表孔敞泄这个调度模式，以前是没有的。我们按此方案，让工程在建设期承担防洪任务，并且拦蓄洪水 14.65 亿立方米，是不得了的成绩，也是一种创新、一种使命担当！我们主动作为，最终超额完成任务。"

安有贵通过微信向笔者转发的相关资料，为这次防洪提供了更为具体的数据："自 2020 年入汛以来，长江中下游汛情持续紧张。按照长江委的统一调度，首批机组刚刚投产发电的乌东德水库自 5 月 1 日起，就参与到长江防洪度汛的工作中。特别是在 2020 年 8 月长江第 5 号洪水期间，乌东德水电站最大入库流量 18300 立方米每秒，通过 965 米水位蓄水，拦蓄洪水 14.65 亿立方米，洪峰时段平均削减流量约 2800 立方米每秒。"这个 14.65 亿立方米，看似不大；但这发生于抗洪防汛的最关键时刻，其作用是难以估量的。

这项创新的成果意义巨大，翁永红、安有贵、李文俊等一批工程师是当之无愧的功臣，他们在 2020 年长江防汛工作中建功立业，成为誓保长江安澜新的卫士。

第五章

巧在山川设坝安站

乌东德工程坝址选好后，工程设计的重点转至枢纽设计。

水利水电枢纽设计，形象地说就像在河上摆"积木"，各个积木怎么放，如大坝要建多高，电站厂房设置在哪里，导流系统、泄洪系统是什么样子，都在他们的设计安排之中。因此，枢纽设计是水工设计的核心，许多人在枢纽设计时，都有一种方寸之间"指点江山"的自豪感。

对于乌东德这样的世界级水电站而言，枢纽设计直接关系到工程建设的成败。因此，它的核心团队从来没有换过。长期坚守工地并主要负责的，开始是长江设计院枢纽处处长廖仁强，后来是副处长郭艳阳。

对于枢纽设计人员是如何"运筹帷幄"，如何在电脑中"排兵布阵"将电站设计出来的？笔者以前总是好奇，但没有解开疑惑的机会，这次借着写作，终于如愿以偿。

第一节　基础治理

"廖处长在水力学方面做得很精专，曹总对结构方面做得很精专，我们的大班子领导配合得很好！"这是乌东德枢纽设计成员周华发自内心地对自己领导的评价。

周华所说的廖处长，就是枢纽处处长廖仁强，乌东德项目副总工程师，也就是投标时被钮新强院长赋予重任的"廖核心"。他在乌东德工程中摸爬滚打近 10 年，直到 2012 年，因海外项目的需要，才不得不离开。

"但是，我对乌东德的感情非常深。"从 2003 年成为"廖核心"起，他就全身心投入乌东德枢纽设计，到 2012 年慢慢退出时，已在工地工作近 10 年。此后，他虽然离开了乌东德项目，但影响还在，作用还在，只要乌东德工程设计需要，他总会义不容辞地挺身而出。

一、自然边坡

如果不是内行人，很难知道归属枢纽设计的基础处理与地质查勘之间的区别。其实两者虽然关系密切，但差异也不小。用专业人士的话说，地质查勘的工作是"它是什么样，就是什么样"，地质人员要做的，是揭示自然地基的本来面目。而基础处理是"我想把它做成什么样，它就可以什么样"，即通过自己的设计，把自然状态的地基，改造成适合工程建设的基础。比较形象地说，地质勘察是认识自然，基础设计是如何改造自然。

当然，在乌东德，要改造自然也是不容易的，他们首先要处理的是高边坡对工程的威胁。

1. 高陡边坡

与国内其他工程边坡相比，乌东德水电站边坡位置之高、情况之险、坡度之大均是罕见的。

对此，长江设计院在一份技术报告中写道："乌东德水电站坝址河段河谷深切、岸坡高陡，自河床起算边坡高度 830~1036 米，为坝高的 3~4

倍。"

在这里施工，首先要解除高边坡对工程和施工人员的威胁，而解决措施的第一步，是掌握高位边坡的现状。

"长江设计院采用无人机摄影与三维激光扫描技术相结合的方法，在三维影像资料上对高位边坡进行块体识别，搜集块体基本特征资料；并采用工程地质条件分析法、工程经验类比法，建立块体稳定性评价标准；采用多变量综合评价方法和风险评价方法，建立高位自然边坡块体致灾能力评价标准，解决了高位自然边坡块体'走不进、看不清、查不明'的关键问题；在此基础上按照'分类治理、防治结合、因地制宜、减少扰动、重点部位监测及动态设计'的原则，注重'治坡先治水'和'排水超前'，引进了'蜘蛛人'等先进排查手段，对高位边坡进行分区分块排查与治理，取得了明显成效，治理过程中成功避险数次，均未发生安全事故。"

这样的技术报告未免有些枯燥，工程治理过程远比这要精彩得多。在长江设计院负责此项工作的，是时任基础室主任（现任长江设计集团总经理）王汉辉和副主任丁刚。

王汉辉是江西南昌人，2000年成为武汉水利电力学院并入武汉大学后的首届研究生，随后进入长江设计院枢纽处基础室（现基础与边坡设计部）工作。

他向笔者讲述了自己最初参加乌东德工程设计时的情况。

"我2003年参加工作后，先在乌江的彭水水电站待了将近一年，搞基础处理，到2004年12月底正式进入乌东德设计组。记得刚来的时候，乌东德工程正值预可行性研究设计竞标的关键时期。科室的主要领导都被钮新强院长集中在武汉迎宾馆（这已经不知是设计院第几次为乌东德工程在武汉迎宾馆集中了），全程不能关闭手机，气氛之紧张，我们这些编外人员都能感受到。从2005年开始，我基本上没离开乌东德项目，开始时是直接参与，后来更多的是间接管理了，一直到现在还是如此。"

接着，王汉辉说到了他对乌东德高边坡的第一印象："我们过去做的工程不存在这种高边坡现象，主要是在工程边坡上部不会有这么高的自然边坡。"为了让笔者的理解更加深入，王汉辉边说边在纸上画了起来，"原来我们的工程大多是这样的峡谷（"U"形谷），大坝建成前后，两岸的边坡差别不大，或者上面很平缓。比如三峡大坝除了永久船闸的高边坡外，其他区域的边坡都很平缓。葛洲坝大坝旁边就更没有高边坡了。可乌东德工程却不同，它建在峡谷，大坝只能修270米高，上部就是很高的自然边坡，这些都是经过亿万年的自然风化形成的，它跟我们以前设计的工程不一样。"

除了高之外，乌东德边坡的第二个特点是陡。根据三峡院提供的资料，坝址右岸山体高出江面1050多米，左岸山体更高出江面1200多米，除去水库蓄水抬高的200多米，其边坡高达830~1030米。再除去电站建设需要防护的100多米工程边坡，在其上面至少还有600~800米高的自然边坡。这些边坡的角度一般在60~75度，局部接近直立，仿佛刀劈斧削一般。

此外，乌东德边坡的第三个特点是窄。乌东德坝址位于河谷最窄处，宽度也就300多米，而在建坝前，自然边坡最高超过江面1200米，是河谷宽度的3倍多。从坡顶落下的石块不仅可能落到正下方，还可能砸遍整个河谷，甚至飞到江对岸，对工程人员与机械的伤害是难以想象的。

而乌东德边坡的第四个特点是长。根据勘察，乌东德需要防护的自然边坡，左岸顺河长度约2.7千米，右岸顺河长度约1.8千米。也就是说，即使是2.7千米外滑落的危岩体，在极端情况下，都有可能砸到坝区里面。

因此，乌东德自然边坡集聚了高、陡、窄、长四个特点。这样的边坡，别说在中国，就是在世界水电工程界都十分罕见。

尽管大坝的高位自然边坡经历了漫长地质历史时期的考验，整体稳定性较好，但不排除局部地区在自然条件下（如暴雨、风化、地震）有松动的岩石，以及不可预见的塌方和泥石流。如果在这里施工，有可能产生局部失稳，形成高位滑落，给下面的人员、建筑和设备造成伤害。如果遇上天灾，如暴雨、地震，其损失将更大。据统计，在汶川地震时，位于灾区的26座大中型水电站，工程边坡基本稳定；但部分电站（如映秀湾、渔子溪、沙牌等），却被自然边坡的滑坡、落石砸中，从而被迫停运。

谁都知道"君子不立危墙之下"，乌东德工程更是如此。它是长江设计院在金沙江上设计的第一座大型电站，也是他们遇到的第一个千米以上的高陡边坡。这里的施工场地十分狭窄，主要河床被大坝占据后，水电站的导流洞、进水口、拱肩槽、水垫塘等建筑就直接被挤到高边坡下方。边坡隐患不除，工程安全也无从谈起。因此，为了工程的安全、大家的安全，搞基础处理的同志们明知前方危险重重，却不得不以身犯险。

2. 高度关注

在水利工程建设时治理高边坡，此前国内并非没有先例，但多是出事后的被动治理。在工程建设前对自然边坡进行主动的、系统的、提前防治设计的，乌东德工程还是第一个。

但老实说，乌东德工程开始设计时，边坡问题在长江设计院没有引起广泛关注，许多人认为与其花气力进行处理，还不如把钱和精力放在其他地方，因此业主也没有对此项目下拨经费。

但钮新强院长经过现场查勘，再一次表现出超人的智慧。在他的领导下，乌东德项目部成立了全国水利系统最早应对自然边坡的团队——乌东德工程边坡风险防控小组，组长就是时任枢纽处基础处理室主任的王汉辉，主要的骨干是三峡院的王吉亮。

王汉辉至今记得，边坡小组刚刚成立时，钮新强亲自找到他和几个骨干成员，语重心长地说：

"乌东德河谷的宽度仅有300多米，边坡这么高，即使一个小石子从上面掉下来，不管是砸到工作人员，还是砸到机械上，都会造成极大威胁。要是掉下大石头，更是不得了的大事。"因此，他要求小组成员一定要关注边坡，尤其是危岩体的情况。并且指出："这是长江设计院第一次承担高位自然边坡防治项目，你们要不计代价地做好这项工作。"

在王吉亮被确定为边坡防控小组中的地质专业负责人后，三峡院院长满作武亲自找他谈话，要求他查清边坡的危岩体，并明确强调："像拳头这么大的石块，你都不能给我漏掉，都要查清楚。"

3. 实地查勘

"知己知彼，百战不殆。"边坡小组成立后，看着悬在自己头顶的高边坡，就像面对一只张牙舞爪的大"螃蟹"，谁都知道它的厉害，但不知道先从哪里下手。他们首先要做的工作，是弄清高边坡上危岩体的情况。

乌东德工程的自然边坡位于坝址的正上方，直线距离一点也不远，但其坡度和危险性却远胜过那些羊肠小道。尤其是那些潜在的危岩体，悬在那里都摇摇欲坠，更何况有人在上面走动。

2010年10月6日，边坡小组的成员们在王吉亮的带领下，第一次爬上这片充满危险的边坡时，尽管走的是高边坡中最为安全的一段，除了"身经百战"的勘测人员外，其他人都是战战兢兢，如临深渊，如履薄冰。

王汉辉至今还记得自己当时爬坡的情形："那时候工地没有修路，全都是羊肠小路，勘探小路也就是80厘米左右宽，两边都是悬崖。我还算胆子比较大。但在我们工地有一个人掉下去就没了，现在想起来，心里还是拔凉拔凉的。"

更多的人，面对着高陡边坡，甚至连站立的勇气都没有，几乎是蹲在地上一步步挪过来的。

枢纽院基础室副主任丁刚，2011年毕业于武汉大学水利水电工程专业，被分配到基础室后，就跟着王汉辉参与了乌东德项目高位自然边坡及金坪子滑坡两个设计。开始时，他还为自己能够这么快就参加工程的核心研究而深感幸运，但谈到初次爬上高边坡的情景，至今还心有余悸。"在山上爬时，我开始感觉自己有点轻微的恐高症，特别是走在窄的地方时，总有点头晕目眩，就蹲着走，连腰都不敢直起来，感觉要掉到江里。当时我身上穿着救生衣，什么防护都搞了。"

工程设计步入正轨后，因工作需要，边坡小组的成员也在不断增加，最多时达到11个人，涉及基础、坝工、电站和地质4个专业。除王汉辉和王吉亮外，主要成员还有刘权庆、丁刚、周华、张存慧、刘冲平等，都是30岁上下的年轻人，全部拥有硕士以上学位，其中还有两个博士和博士后，因此人数虽少，却绝对是兵强马壮。面对从未见过的高边坡，他们同样"肃然起敬"。但与当年周华跟在王团乐身后跨过勘测小道一样，强烈的使命感使这些年轻人战胜了恐惧，从开始蹲着走，到最后也敢站着走了。

在边坡小组，除了负主要责任的王汉辉外，王吉亮是责任最重，也是整个小组中走得最快、到的位置最多的成员。为了完成满作武院长的嘱托，"把拳头大的危岩体也找出来"，他费尽心思，但却发现这个任务实在太难完成了。因为有许多危岩体根本走不近、看不清、查不明，有些甚至让人想都想不到。

4. 科技助力

仅凭步行，是不可能解决问题的。

就在此时，三峡院副总工程师叶圣生利用无人机查清了库区危岩体的消息，让王吉亮眼前一亮。他借用这架无人机对自然高边坡进行拍照，同时利用三峡院引进的当时在国际上都算先进的三维数字影像设备，一下子打开了局面。

对于这个三维影像设备，王吉亮一边在纸上画着，一边对笔者进行科普："这不是两岸吗？我们站在这边的山上拍对岸山体，然后把照相机的镜头推近，经过一段一段拍摄，最后拼成完整的三维照片，与实地拍摄是一样的。"

后来，由于大坝建基材料拍摄的需要，王吉亮向三峡院申请购买了一台无人机。2015—2017年，他小心翼翼地操纵着这架无人机在乌东德的江流峡谷中穿行，在不断拍摄大坝建基面不同断面，将一幅幅单张照片拼接成一张清晰完整的大图的同时，对坝区的自然边坡和人工边坡进行了不间断的拍摄。最终，他识别出工程涉及的673个危岩体，并对其形状、大小、性质、危险程度等进行了初步描述。

在将这些危岩体录入数据库的过程中，长江设计院基础室一位平时不显山露水的计算机达人——刘权庆站了出来。他通过自己早已滚瓜烂熟的计算机技术，为这600多个危岩体做出了一个专门软件，不仅使计算效率提高5倍以上，还大大提升了现场服务的效率和质量。这个软件目前已经推广到旭龙水电站和玉龙喀什水利枢纽工程的高位边坡设计中，前景不可限量。

5.分类施策

如果把高边坡看作"疑难杂症"的话，前面的技术手段就是查清病灶，列出问题清单。有了这个清单，设计人员才能摆脱"盲人摸象"的被动局面，可以为这 600 多个危岩体量身定制解决方案了。

为慎重起见，王汉辉在四方取经、博采众长的基础上，确定了高边坡处理的主要措施：

（1）提出了"高防预固、稳挖适护"的系统防治方法，保证了边坡安全；

（2）采用高质效锚索加固技术和超高能级被动柔性防护技术，解决坡面块体和散体的防护难题；

（3）采取"定量评价、分级防控、智能预警"的方法，指导环境边坡风险防控工作；

（4）采用高效防治技术集成可视化管理平台，大幅提高工作效率。

在具体的实践过程中，他们还对防治方案进行了大幅优化，使项目实际支出相比可行性研究阶段的概算节省不少，共计预应力锚索 1520 束、锚筋桩 3560 根、锚杆 4250 根、主动防护网 8.16 万平方米、被动防护网 1.83 万平方米，累计节约工程投资 1.16 亿元以上。

2011 年 4 月 20 日，他们完成的《枢纽区高位自然边坡防治专题报告》在北京顺利通过审查，标志着乌东德水电站枢纽区高位自然边坡处理迈出最关键一步。此后，王汉辉他们也终于可以松了一口气，像医生对待患者一样，给这些危岩体号脉问诊，抓方开药了。

一般而言，危岩体的治理是一项复杂的系统工程，每个危岩体的处理，往往包含多重措施。不过，一旦危岩体出现不良状况，原定的方案可能无法实施，这时就需要王汉辉当机立断了。

丁刚向我举了两个例子：

一个是叫"钱窝子"的堆积体。原设计方案为"地表排水 + 地下排水

+ 坡面主被动防护网 + 中部陡崖加固"。但在施工过程中，设计人员根据补充的地质勘察资料、内外观变形监测及地下水位监测资料、现场原位试验成果，查明了这个堆积体较为稳定，因此根据"动态设计"的理念，对其进行了简化设计——取消了原设计的地表与地下排水洞，将治理方案调整为"中部陡崖主动网防护 + 中下游侧陡崖锚筋桩加固"，节省了一笔可观的工程费用。

还有一次，某处原计划进行锚固的危岩体因为部分块体后缘裂缝张开较大，施工人员不敢进行锚固钻孔施工。他们根据情况，提出先对该块体采用"后缘无压注浆回填 + 主动网包裹或钢丝绳兜锚"的临时防护措施，保障了施工期安全，也减轻了施工人员的心理负担，让他们可以安全施工。

乌东德水电站枢纽区高位自然边坡防治，已取得了较好的效果，为参建人员赢得了安全保障。自 2012 年安全防护开始实施以来，未发生已治理的块体失稳事故。

至于用主动防护网、被动防护网拦截的大量滚石、落石，对工程区的安全施工起到重要作用的事例更是不胜枚举。在丁刚给笔者提供的材料里，有这样一个案例：

2013 年 10 月，茅草湾缓台后缘陡崖 1400 米高程一个体积约 20 立方米的岩体发生崩塌后，仅滑落一段距离后就被主动防护网拦住，保护了居住在岩体正下方 260 米高差处活动板房及周边作业施工人员的生命与财产安全。

三峡院副总工程师黄孝泉告诉笔者，他乘坐的车曾经不慎冲出山崖，幸亏被提前设计安装到位的被动防护网拦住，才免遭坠江之险。

6. 行业认同

他们的心血、智慧及辛苦没有白费，每一项措施都获得了成效。工程建设过程中，落石现象极为罕见。水电站开始运行后，高位边坡上落石袭击事故几乎为零。这在国内高边坡治理上可谓奇迹。

长江设计院的勘察设计成果得到了业内公认。

三峡集团原总工程师、中国工程院院士张超然在审查会上对此赞赏有加："在没有规范可依的前提下，你们能做出这样的成果，真不容易！这是一项具有开拓性和创新性的工作。"

国内专门机构对项目作出高度评价："项目研究成果显著提升了特高陡环境边坡的勘察、设计、施工、科研及建设管理水平，对推动我国水利水电行业科技进步、支撑雅鲁藏布江下游水电开发等国家战略具有重要意义。"

中国水力发电工程学会组织鉴定该研究成果"总体达到国际领先水平"。

2021 年，该项目还荣获中国水力发电工程学会科技进步奖一等奖。

相关研究成果共获得国家发明专利 12 项、实用新型专利 15 项、软件著作权 9 项、水利先进实用技术 1 项，相关成果纳入规范 2 部、主编著作 3 部、参编著作 2 部，发表高水平论文 55 篇。

更令人高兴的是，这些研究成果不仅成功应用于乌东德工程，还推广到长江设计院承担的西藏旭龙、巴基斯坦卡洛特等大型水利水电工程，累计节省工程投资超亿元。可以想象，这样的研究成果还会应用于更多的工程，使得更多的建设者生命财产安全得到保障。

二、工程边坡

除自然边坡外，王汉辉领导的边坡防控小组还对施工现场的工程边坡进行了勘察和处理。

工程边坡，原来也是自然边坡。只是在工程施工时对其进行集中处理，才称为工程边坡。它在乌东德分布的垂直高度约 400 米，其中大坝高程以下 200 多米，大坝高程以上 100 多米。无论是面积还是危险性，均比不上纯"野生"的自然边坡，但它离工程区太近，一旦出事没有小事。因此它始终让边坡防治小组的成员们战战兢兢。

"做乌东德工程时，就怕出现边坡变形，或者什么异常现象。特别是乌东德那边一下雨，我们的心都绷得紧紧的，祈祷这个时候边坡可千万不要出什么事。一旦边坡出现了开裂的迹象，勘测、设计人员，包括翁总、郭院长都赶赴现场，组织各个专业的人一起来会商。那时候真的是没有专业界限，大家都来献计献策，下好一盘棋。"

王汉辉提到的郭院长，就是枢纽院副院长郭艳阳。他是改革开放后从武汉水利电力学院最早毕业的研究生。1989 年分配到长江设计院枢纽处后，正赶上清江流域隔河岩、高坝洲、水布垭 3 座梯级电站的开发建设。郭艳阳担任枢纽处副处长后，被钮新强点名为必须协助廖仁强处长，留守工地的枢纽处主要负责人之一。他曾经分管金沙、银江两座电站，以及汉江上的几个项目的设计。2012 年廖仁强被调往海外项目后，钮新强院长让他从其余工作中退出，全力负责乌东德水电站的枢纽设计。

郭艳阳和王吉亮都忘不了2014年的春节回家后又被紧急召回的事情。

那年，郭艳阳在工地忙碌了好几个月，也在工地留守过几个春节，终于轮到他回家过年了。为此，他在安排完工地的事情后，于腊月二十八赶到家中。妻子已将年货备齐，孩子也回来了，大家一起热热闹闹地过了一个团圆年。可刚到大年初二，他的手机响了，是在工地值班的翁永红亲自打来的。

"郭院长，你得赶紧回工地，左岸尾水边坡出现了裂缝。"

郭艳阳一听，知道事情严重。放下电话跟家人解释几句后，就让单位给他订了第二天飞往昆明的飞机票，紧急返回工地。

王吉亮的家在内蒙古，爱人的家在辽宁抚顺。两人既是同学，又是同事。2009—2014 年，他们有将近 5 年没有到抚顺丈母娘家过年，孩子出生以后还没有见过姥姥、姥爷，可以想象他们一家赶到抚顺时，两位老人该是何等的开心。可是，大年初二，他同样被召回到工地。

他们赶到时，工地除了项目部留守的翁永红、黄孝泉外，设计院党委书记石伯勋、三峡集团副总经理樊启祥，以及施工方的领导都已在现场等候了。

左岸尾水边坡的变形是被监测仪器发现的，它之所以惊动了几方大员，是因为位置重要。一旦垮塌，就会威胁里面的 1、2 号导流洞，进而对整个工程安全造成影响。

黄孝泉、王吉亮等先从地质结构上找出了边坡岩体变形的主要原因。此后，郭艳阳带着枢纽院的同事，花了三天时间，提出应急方案，在征得业主的意见后，交给负责施工的葛洲坝工程局。葛洲坝工程局根据他们的方案，很快对裂缝进行了补强处理，排除了险情。

虽然这只是乌东德工程建设中出现的一件小事，但是在当时却真的让很多人心有余悸。

郭艳阳说："我当时的第一感觉就是害怕。如果当时没有及时发现，让这个边坡垮了下来，就会影响整个水工布置。如果出了人命的话，我能不能坐在这里，或者说会不会坐牢，都很难说。"

翁永红也说过类似的话："修水电工程是一个不允许失败的工作。"

这样的事情何止一例。

在王吉亮记忆中，2017年，左岸出口靠山内侧边坡出现过一个比较特殊的变形。

"现在做工程设计都讲究终身负责制。所以，我们做大工程都是如履薄冰，不敢出一点差错。不管人家怎么要求，我们首先要负起自己的责任。"

后来，长江设计院把乌东德工程所做的自然边坡、工程边坡的理念和处理经验推广到了其他工程，如旭龙工程、杨房沟工程等。以后再碰到类似问题，他们心里已经有了预估方案。

三、坝基处理

万丈高楼平地起，乌东德与外界接触的，除了两岸的边坡外，还有大坝底下的河床。设计院安排施华堂向笔者介绍这方面的情况。

施华堂毕业于武汉水利电力学院，2003年参加工作后就进入长江设计院枢纽处，参加了东江—深圳供水、彭水水电站、银盘电站、寺坪电站、丹江口大坝加高等工程的设计工作，并逐步介入乌东德大坝的基础处理工作。

"我从事这个项目后遇到的最大难题就是大坝的固结灌浆设计。"施华堂单刀直入，直奔主题。通过他科普般的介绍，这项工作立刻在笔者面前鲜活起来。

金沙江在乌东德峡谷奔腾了上亿年，对江底岩石始终在不停地冲刷、侵蚀。在这里建坝，首先要将主河道上的水从导流洞引走，让潜藏了亿万年的金沙江底袒露真容。由于江底岩石奇形怪状，地基良莠不齐，三峡院在工程勘测时只能在矮子中间拔长子，选出较好的地基作为坝址。

此后的基础处理，就主要由枢纽院的同志完成了。

乌东德的坝基本来还可以，在大坝施工时，爆破不可避免地会对基岩造成破坏。这样的地基如不处理，大坝就无法安全生根，因此也产生了一个必不可少的专业——基础处理专业。前面所说的王汉辉从事的就是这个专业，不过他所负责的，主要是两岸的边坡。而施华堂他们要处理的，则是大坝的建基面。他们需要把地基里面的裂隙充填起来，而充填的主要方法是固结灌浆。也就是利用钻孔将高标号的水泥浆液或化学浆液压入岩体中，封闭裂隙，从而提高岩石的物理力学指标，如整体性和弹性模量，同时提高基岩的抗压、抗剪强度，并降低坝基的渗透性，减少渗透量。

常规的固结灌浆做法是盖重灌浆，即先浇筑混凝土，再在它的面上打孔灌浆，其优点是混凝土可以把基础面的裂隙全部封闭起来，防止灌浆时浆液外漏，有利于灌浆正常进行。但缺点也不少。一是不能连续灌浆。施华堂曾经计算过一次：如果采用传统的有盖重灌浆，乌东德水电站的灌浆施工人员可能要进场达到 30 次以上，严重影响施工进度。二是如果压力控制不当，混凝土容易产生抬动开裂。三是对混凝土的温控不利，容易产生温度裂缝。四是灌浆打孔可能会破坏混凝土中预埋的冷却水管，影响混凝土质量。

为此，过去枢纽处曾有部分老同志在工程中进行过无盖重的灌浆尝试，但受制于当时的技术条件，也暴露出不少问题。最突出的一点，是因为失去了用混凝土做的"帽子"，浆水很容易沿着混凝土中的裂隙渗漏，灌浆的质量难以保证。

在很长一段时间里，混凝土无盖重灌浆技术就像一座不高也不矮的山峰，拦住了一代代枢纽设计人员，也让他们如接力般一代代地向上攀登。在乌东德，他们找到了克服的方法，翻越这座山峰。

对此，长江设计院向我提供的一份"300米级高拱坝首次全坝采用无盖重固结灌浆技术"的材料，做出了这样的描述——乌东德河谷狭窄、岸坡陡峻、坝段数量很少。工程通过开展专项无盖重固结灌浆试验研究，首次提出了"表封闭、浅加密、深升压、少引管"的高拱坝"全坝无仓面灌浆加固"方法，既保证固结灌浆质量，又可以解决灌浆加固占压仓面、与混凝土浇筑相互干扰的问题；研发了新型高性能基岩裂隙封闭材料，提出了基岩裂隙封闭新工艺、新结构，研制了双组份材料混合挤出充填一体化装置，解决了灌浆加固过程中建基岩体表面冒浆和升压问题；首次研发了任意角度岩体变形连续监测系统，实现了灌浆加固过程中基岩变形的实时在线监测，确保变形的预警和报警，有效保障300米级高拱坝固结灌浆质量和工程安全运行。

与其他的受访者一样，施华堂以长江设计院的实践，对笔者做了科普工作。

传统的有盖灌浆，一般是浇筑3米混凝土才能盖住裂隙。长江设计院就从削减这个厚度入手，进行无盖灌浆的尝试。20世纪90年代，在三峡工程基岩施工时，他们将这个厚度降到了50厘米。2005—2009年，在彭水水电站施工时，他们尝试过裸岩无盖重试验，结果不太理想。2008—2011年，在乌江银盘水电站基岩施工时，他们成功将厚度压减到20厘米，这个薄盖重混凝土浇筑效果比彭水的无盖重要好一些，但仍有不能满足要求的地方，而且对乌东德这样的拱坝也不适用。到2003—2009年构皮滩水电站施工的时候，他们应用了一部分裸岩无盖重技术，但因封闭材料价格昂贵，而且对基础条件要求较高，对乌东德工程也不太适用。

在较差的地基上做到裸岩无盖重灌浆，这技术进步的"最后一公里"，终于落在了乌东德工程建设者们的肩头。

乌东德工程有两个坝：一个是立在前面的高拱坝，也是主坝；另一个是在它下游的二道坝，是碾压混凝土重力坝。进入乌东德后，设计人员们围绕盖重与无盖重灌浆，开展了两次现场试验。

第一次试验发生于 2013 年，当时大坝基础还没有开挖。施华堂、王汉辉他们在大坝左岸道路隧洞里做了无盖灌浆试验，试验成果跟构皮滩差不多，证明它在乌东德基本可行，但没有办法覆盖全坝基。在 2016 年，他们又开展了第二次试验，主要针对裂隙封闭不严的材料难题，与长江科学院，以及业主和监理、施工单位的同志联合攻关。先做室内试验，再到现场检验，结果不仅研制出来了新材料，还形成了一整套裂隙封闭工艺。

在此基础上，长江设计院总结提炼出了"表封闭、浅加密、深升压、少引管"的全坝无仓面固结灌浆技术，并首次在乌东德工程实现了高拱坝、碾压混凝土重力坝的全坝无盖重固结灌浆，彻底解决了固结灌浆与混凝土浇筑的相互干扰难题，同时创下了两个世界第一，长江设计院 20 多年的梦想在乌东德实现了。

业主单独委托第三方对乌东德大坝的灌浆成果进行了测试。其中灌浆后声波测试的一次合格率达到了 100%；测压水的合格率接近 100%，即只需要少量补几个灌浆孔就完全合格。

2020 年 6 月，水利部科技推广中心对长江设计院牵头完成的"混凝土坝全坝基无盖重固结灌浆关键技术"颁发了水利部实用技术推广证书。证书在完成人一栏里填写的名字是施华堂、王汉辉、翁永红、肖碧、丁刚、徐丰年、邹德兵、闵征辉、黄小艳、段寅、乔兴斌、闫福根、肖伟、熊瑶、谭海。

长江委也为此颁发青年科技奖一等奖，获奖者是肖碧、熊瑶、傅兴安、乔兴斌、刘烁楠、施华堂、丁刚。

施华堂反复对笔者强调道："这是大家一起努力的结果……因为有不同时期领导的重视，更有多年同事们研究的积累……老同志对我们的传帮带，弥补了我们在经验上的不足，这本身也是技术上的一种交流。"

施华堂同时强调："该技术的成功还得益于有乌东德这样一个好坝址。如果只有先进的技术，外界条件不配合，即使你可能解决问题，但其过程也不一定会这么顺利！"

第二节　高坝智慧

地基和边坡处理完成后，枢纽设计的主体——大坝，终于该闪亮出场了，这也是整个工程中最重要、最显眼的建筑。它薄如蛋壳，美如彩虹，几乎占据了狭窄山谷中河床的全部。但这里位于地震高发区，而且要预防可能出现的特大洪水。因此，乌东德大坝也取得了两项令人瞩目的世界之最——世界上最薄的 300 米级高拱坝，单位弧长泄洪流量最大的高拱坝。

一、抗震设计

乌东德工程大坝设计的负责人，在前期是枢纽处的"廖核心"。接替他的是 1986 年到枢纽处的曹去修。他早在 2003 年就接触了乌东德工程，不过在 2009 年之前，主要精力还在乌江构皮滩工程，直到 2009 年才正式转入乌东德水电站项目部。到笔者采访时，他是枢纽处坝工室副主任、乌东德水电站设代处总工程师了。周华前面所说的"曹总对结构方面做得很精专"中的曹总，就是曹去修。

曹去修对大坝设计的重大贡献之一是抗震设计。而最早对抗震坝型高度关注的，则是长江设计院的灵魂与核心人物——钮新强院长。

对此，翁永红说道："我国西南片区的地震比较频繁，发生地震的概率比较大，烈度也比较高。乌东德大坝位于西南地区，特别是汶川地震以后，在钮新强院长的引领和要求下，设计院坝工室的工程师们从设计大坝体型起就关注地震因素，这应该是钮院士深谋远虑、高瞻远瞩的一个指引吧！"

为了让我对抗震设计有个初步认识，枢纽院派了武汉大学水工结构专业的博士，长江设计院培养的最早一批博士后之一熊堃向我介绍情况。

熊堃说："地震的主要概念有两个：一个是震级，另一个叫烈度。每场地震只有一个震级，如唐山地震是 7.8 级，汶川地震是 8.0 级。但不同地方的烈度，也就是破坏程度却各不相同，这与它离震中多远有关系，也与所在地的情况有关。"

乌东德位于地震频发区，大坝的抗震设计极其重要。而且离汶川、雅安两个地震源都不算太远。如何把超强地震对大坝的影响降到最低，是大坝设计必须解决的问题，因此抗震设计极其重要。抗震设计也是仅有几个需要单独审查的报告之一，并在整个枢纽设计中拥有一票否决的地位。

过去，我国大坝的抗震设计通常采用静力设计法，又称底部剪力法。它首先假设大坝结构在地震作用下具有和大地震动一样的加速度，并将其产生的惯性力作用在结构上，由此得到结构的内力图，从而进行抗震设计。其优点是概念清晰、计算方便，但对乌东德这样的大坝而言，它没有考虑结构自身的变形和动力特性，也忽略了地震作用的随机性和复杂性，从而使可靠性严重不足。

早在 20 世纪末，长江设计院在设计构皮滩工程时，就尝试着采用了动力复核方式，并将其沿用到乌东德，提出了一种坝型方案。钮新强院长看了以后，认为乌东德工程的地质条件比构皮滩复杂得多，不能简单套用，要求设计院的同志拿出更安全的设计方案。

负责大坝设计的曹去修回忆道："当我用简单方法通不过的时候，就意识到我们设计出的最终大坝体型应该比这个体型抗震能力高一点，但要高到什么程度才合理呢？"他心里没有底。

为此，业主首先邀请地震专业的人对地震峰值加速度进行了测量，得出的数值是 $0.285g$。这个数值远远超出了三峡工程Ⅶ度设防的 $0.10g$，甚至比Ⅷ度设防的 $0.20g$ 都超出不少，介于Ⅷ度与Ⅸ度（$0.40g$）之间，对中国水电工程来说，算创造了一个纪录。

为应对这样强大的地震考验，长江设计院邀请清华大学、中国水利水电科学研究院、长江科学院等单位对乌东德的抗震设计开展联合攻关。

中国水利水电科学研究院年近八旬的陈厚群院士领衔实体模型设计，并亲自为工程研制出了一个 6 米 × 6 米的振动台，通过其下装的各种液压装置模拟地震震动；清华大学、长江科学院与之配合，在电脑上运用虚拟模型进行数值仿真计算，共同论证大坝的抗震性能。

根据实体模型和虚拟模型提出的数据，曹去修带领长江设计院坝工室的同志们不断发散新思维。

曹去修说道："在此之前，我只知道这个体型（即工程实际采用的体型）比另外一个体型的抗震能力要强一些。但是不知道做到什么程度才合适。后来，廖仁强处长启发了我。他建议我先看我们这个体型的地震设计应对 0.285g 这个量级够不够，如果不够的话，看看它应对 0.2g 这个量级够不够，如果还不够的话，应对 0.1g 够不够。在他的提醒下，我们就想到动力调整幅度的方法，就是按场地基本烈度地震进行简单计算，让它过关。最后做下来的大坝体型，与过去用复杂的数学模型和物理模型做下来体型，结果都是一致的。这说明我们设计的大坝体型非常棒，抗震能力达到了预期的要求，而且符合我们的设计准则，大幅提高了设计效率，缩短了设计周期。"

曹去修依照模型研究成果，采用 5000 年一遇设计、10000 年一遇校核的标准，设计出了一个优美、纤细的大坝，并在 2012 年业主组织的审查会上，通过了专家审查。但在工程可研阶段时，仍有部分院士感觉它过于单薄，钮新强也出于安全考虑，希望曹去修将大坝适当加厚一点。

但拱坝设计跟重力坝不一样，主要线条都是曲线，同样的混凝土加在不同部位对大坝的应力都不一样。到底哪里该多加一些，哪里少加一些，多加多少，少加多少才算合适呢？曹去修又颇感头疼。

这时，刚刚调离工程，但对乌东德感情蛮深的老处长廖仁强又出主意了——

"你不如换个思路。与其加厚坝体，不如将同样的混凝土做一个好的体系。"并且提议："最简单的办法是，你如果采取增加混凝土 30 万立方米的这种方案，就在大坝前面加 30 多万立方米后，看看会不会所有部位的应力都比原来好一点。如果是这样的话，就把这 30 万立方米除以实际面积。如果得出的厚度是 10 厘米，就多贴 10 厘米，是 20 厘米就多贴 20 厘米……试试看，这个效果会不会提高？"

曹去修恍然大悟："我弄了几个星期都搞不出来，你几句话就把我点通了。"

事后，廖仁强解释道："许多专业人员有时候会钻牛角尖，出不来。我在外面，旁观者清。他跟我聊天，我就给他出一些主意，有时候是随便说句话，都可能起到点醒的作用。"

不久后，曹去修根据廖仁强的思路，对大坝体型进行了适当加厚，使乌东德大坝在仅增加 3% 混凝土浇筑量的情况下，抗震性能却得到进一步提高，并且终于让专家们放心了。

这个抗震增加了多少呢？我查阅了相关资料。加厚前，大坝按照 5000 年一遇设计，10000 年一遇校核，对应的地震峰值加速度为 $0.28g$；而加厚后，他们通过电脑模拟，结果是大坝在遭受 2.8 倍的 10000 年一遇地震的时候，可能会出现一条贯穿性的裂缝。对应的地震峰值加速度达 $0.8g$，远远高出了 $0.285g$。应该说这样的标准，大坝就非常安全了。

值得一提的是，由于设计合理，乌东德大坝经过这次加厚后，平均厚度仍然只有 40 多米，对应最大坝高 270 米，其厚高比仅为 0.19。由此拿下了世界上最薄的 300 米级混凝土双曲拱坝这一桂冠。这也是乌东德创造的 7 个"世界第一"中最为引人注目的一个。甚至可以说，乌东德工程最抓人眼球的，就是它薄如蛋壳、美如彩虹的大坝。

在乌东德大坝设计中，除曹去修外，还有两位年轻人不得不提。

一个是在抗震设计中发挥了重要作用的博士后熊堃，另一个是在优化大坝设计时发挥作用的博士周华。

熊堃于 2011 年到长江设计院博士后工作站工作时，导师就是翁永红。后来在廖仁强、曹去修领导下参加乌东德抗震论证，并发挥了自己的聪明才智。乌东德大坝的主要抗震设计，都是熊堃协助曹去修等人完成的。此后，他转战到攀枝花的金沙、银江两座水电站，又转到旭龙水电站。旭龙大坝的高度（213 米）虽低于乌东德，但设计地震峰值加速度达到了 $0.41g$，比乌东德高了一个量级。有了乌东德的经验后，熊堃对此也是得心应手，他们编制的抗震专题报告很快通过了审查。

周华是武汉大学水电学院水工结构工程专业的博士生，他的博士课题"关于坝基岩体卸荷松弛"就是在澜沧江畔的云南小湾水电站完成的。小湾水电站是澜沧江中下游河段规划 8 个梯级电站中的第二级。其大坝与乌东德类似，也是在狭窄河谷中兴建的 300 米级高拱坝，因此周华博士毕业分配到枢纽处后，马上被曹去修招到乌东德项目组。并在曹去修的领导下，围绕着大坝的开孔、廊道布置和混凝土浇筑等方面进行了深入研究，也取得了不错的成果。

乌东德特高拱坝设计获得了 2021 年中国大坝工程学会科技进步奖特等奖和 2024 年湖北省科技进步奖一等奖。

翁永红对此总结道："钮新强院长深谋远虑，首先提出了抗震这个问题。我们是在他的引领和督促下，通过抓重点、抓难点，敢于突破，从开始研究到最终实施，终于修建了一座抗地震大坝。大坝抗震的总体思路是我们提出来的，而且又建设成功，引领水电行业在地震区建坝的先河。"

二、消能防冲

大坝不同于仅供欣赏的艺术品，需要实实在在地为民造福。它最重要的效益之一，是防御洪水、影响大坝安全的，除了地震外，还有消能防冲。

到过现场或在电视上看过大坝泄洪的人，会对其壮观场景有深刻印象。但外行看热闹，内行看门道，巨大水流对坝身及下游河床的破坏也是巨大的。如何将这种破坏降到最低限度，确保防洪安全，这就需要考虑消能防冲问题。

据观测，乌东德坝址的多年平均流量为 3850 立方米每秒，不算太大。但根据防洪规划，工程采取的是"千年设计、万年校核"，根据调研成果，坝址处 1000 年一遇设计洪峰流量为 35800 立方米每秒，5000 年一遇校核洪峰流量 40500 立方米每秒。而大坝建于最窄的峡谷，其宽度仅有 300 多米，即使采用弧形坝面，其每米弧长需要宣泄的洪峰流量也在 81.9 立方米每秒，远远超出了当时的世界纪录。

首先高度关注消能防冲问题的，仍是钮新强院长。翁永红对此回忆道："（乌东德工程）这么高的水蓄上来之后，在汛期或者枯水季节水下来时如何去削减水的能量呢？这也是钮新强院长提出来的，这是以问题引领、目标导向，启发设计人员去寻找解决问题的办法。"

为此，长江设计院综合考虑河床覆盖层（厚 55.2~65.5 米）和下游水垫深度（含覆盖层达 80~125 米）深厚的有利条件，对坝身泄流和隧洞泄流两种方案进行综合研究，最终推荐采用坝身 5 个表孔、6 个中孔、岸边 3 条泄洪洞的联合泄洪方案。其中，表孔高程 959 米，孔口尺寸 12 米 ×16 米；中孔尺寸 6 米 ×7 米，其中 1、3、4、6 号中孔为上挑型，挑角 20°，进口底板高程 878 米，出口底板高程 886.34 米，2、5 号中孔为平底型，底板高程 885 米，可以大幅降低工程量。同时为提高运行调度安全性及灵活性，在右岸布置 3 条泄洪洞，使岸边分流比达到 29.7%。经过多方案综合比较，该方案表孔、中孔及泄洪洞均可单独使用，宣泄常年洪水，待特大洪水来临时，联合调度更是游刃有余。

经此项设计，乌东德大坝又摘取了一项引人注目的世界纪录——大坝单位坝顶弧长的泄洪流量达到 81.9 立方米每秒·米。也就是在每米的宽度上，最高可安全下泄 81.9 立方米每秒的洪水。这项数据位居世界第一。

三、新型水垫塘

大坝消能防冲的设计，只成功解决了特大洪水过坝难题。但巨量洪水通过大坝后，以 200 多米的水头直冲下游河段，其能量仍然巨大，如果不采取有效措施，仍会对乌东德水利枢纽造成极大威胁。

为此，长江设计院决定利用大坝下游的深厚覆盖层，建设一座水垫塘，解决这个难题。但这个水垫塘该怎样做呢？这是乌东德工程给设计者们提出的又一个难题。

为了让笔者对水垫塘理解得更为清楚，负责大坝设计的曹去修又在纸上画了起来：

乌东德大坝后面设一个水垫塘，江水从表孔和中孔泄下来后有较高的水头，好在天然的河床下还有很厚的覆盖层。把覆盖层冲走后，由于有水垫塘内水体的存在，只会冲击底面，但不会把石头卷走。

对于这个水垫塘，设计院有两种建设方案：一是传统的全封闭抽排，相当于用混凝土做成一个小池子，它设计简单，施工麻烦，投资也比较大。而且水库启用后，总会有水从大坝下渗，因此还需要常年抽水，管理难度和成本也比较高。二是全透水的水垫塘，因水浸渗到边坡后就能迅速地排出，不会持续地对边坡产生影响，但它主要应用于中小工程，在乌东德不知是否实用。

为此，钮新强院长高瞻远瞩，请枢纽院的同志们研究全透水的水垫塘。但试验研究表明，高坝泄洪水流紊乱，全透水的水垫塘存在安全隐患，而且用在大型工程中似乎不太合适。于是钮院长退而求其次，希望枢纽院的同志研究在上部将紊流部分隔离，下面还做透水的设计，廖仁强和翁永红都支持，曹去修认为它的计算角度应该没问题，但仍对它的安全性不放心，推荐不透水方案，无论翁永红怎样都说服不了他。这时，廖仁强又找到曹去修，向他说出了自己的底线思维。

"半封闭最坏会怎么样，不就是板子被压力给推倒了，那还可以重新检修嘛，不会马上威胁到大坝的安全。因此从水力学的角度来讲，半封闭没有问题。"

这让曹去修打消了疑虑，他利用周围山体边坡高陡狭窄、岩石坚硬的有利条件，首先挖除覆盖层，使汛期坝下水垫深度超过 100 米，从而降低边墙脉动压力荷载；同时将边墙分为上部封闭区和下部透水区。上部水面波动区边墙采用封闭式结构，墙背设置排水管网；下部边墙范围全部采用透水式结构，边坡排水孔引出至混凝土表面，墙背渗水可直接排入塘内，无须另外布设抽排水设施。

这个水垫塘顺流方向长度约 274 米，底部的宽度为 30~49 米，总面积约为 1.25 万平方米。相对于传统全封闭的水垫塘，它的运行安全性大幅提升，运行维护极为方便；同时大大节省了施工成本、缩短了工期、提高了施工效率，仅节省运行费用一项就达到 3000 万元每年。

乌东德工程的"强紊动隔离透水水垫塘"在世界水电工程中尚属首创，不仅获得了发明专利和长江委科技进步奖一等奖，还与大坝体型设计一起获得中国大坝工程学会科技进步奖特等奖。

四、增建二道坝

"大坝＋新型水垫塘"的设计方案，基本解决了乌东德工程的消能防冲问题，因此该方案在工程的可研设计中通过了各方的审查。

但在更深入研究的过程中，设计人员却发现工程在宣泄特大洪水时，可能将淤积在下游原本被挖除的覆盖层回淤到水垫塘内，从而对水垫塘的边墙底部产生磨蚀，并使水垫塘在较长一段时间内不具备检修条件。为此，在钮新强院长的坚持下，长江设计院决定在其下游增建二道坝。其作用是迫使洪水经过水垫塘后，再次爬过二道坝，不仅可以大大消除余能，而且还将下游河道与水垫塘进行物理隔离，这样，下游的覆盖层就不可能淤积到水垫塘内了。

这一方案得到了各方认可，因此在工程可研阶段，最终形成了"大坝＋水垫塘＋二道坝"的复合模式。

乌东德水电站二道坝位于大坝下游 363 米处，长 163 米，高 90.5 米，底宽 59.08 米，顶宽 9 米，混凝土浇筑总量约 47 万立方米，相当于一座普通的大中型水库。

对这个二道坝的坝型，长江设计院考虑了拱坝、土石坝和混凝土重力坝等。经研究表明，拱形二道坝在泄洪期间将承受反向水流冲击荷载，不利于坝体稳定；而土石二道坝在过水时缺乏工程运行经验，安全性难以保证；最终确定选用最为安全也较为传统的混凝土重力坝。

在二道坝的运行方式上，研究制定了运行期不抽排、检修期少抽排的设计方案。与传统的方式相比，它在运行期及检修期均可满足结构稳定及应力要求，也能够满足坝后水垫塘的干地检修要求。同时具有坝体构造简单、易于施工的优点。他们还对其渗控系统进行了优化调整，直接节省工程投资约 2000 万元；方便了现场施工，且坝体取消了抽排系统，运行维护极为简便，极大降低了二道坝运行期维护费用和运行成本。这样的二道坝在全世界也属首次。

同时，乌东德水电站二道坝也是世界上第一座完全采用低热水泥建设的大坝，仅此一项，就足以让其在世界水电建设史上有一席之地。

最终，长江设计院对乌东德工程采用"大坝 + 水垫塘 + 二道坝"的组合方式。这样，当汹涌的洪水通过大坝下泄时，其能量会在 300 多米的范围内遭到水垫塘和二道坝的严重削减，待到其翻过 90 米的二道坝，进入下游河道时，就已经没有多少能量了。这样的设计不仅能确保下游地区人民的生产与生活，对大坝、水垫塘和二道坝自身安全都有很大好处。

第三节　厂房设计

一、地下厂房

1. 厂房见闻

与大坝相比，乌东德水电站的厂房深埋于两岸山体，没有人带领就无法领略其庐山真面目。为此，笔者到乌东德的第一天，翁永红就让张熊、王豪两位年轻人带着参观乌东德水电站。

张熊指着前方两座凸出水面的建筑物，说道："那是左、右岸地下电站的进水塔。"接着补充道，"左岸的进水塔高 76.5 米，右岸的高 80 米。"

走进地下厂房，眼前别有洞天。

为参观刚刚安装好的右岸电站 7 号水轮发电机组，我们通过长长的进厂交通洞，到达了主厂房，只见一个巨大的洞室有半个足球场宽、3 个足球场长、十几层楼高！洞内灯火通明，现场一片繁忙。

"这就是世界上最高的地下电站主厂房，"王豪说，"但是我们只能看到它 1/3 的高度，因为要安装水轮发电机组，它的下部 2/3 的高度已经用钢筋混凝土填筑起来了，但是我们还可以通过楼梯走到各层去参观。"

7 号机组处挂着一个指示牌，上面写着每一层的高度与该层的功能。

所有重要房间的门口都有人值守。王豪登记后，带着笔者往下一层参观。

首先到达的是发电机层，高程 823.20 米，放发电机风罩；然后是出线层，高程 816.40 米，放发电机的封闭母线；水轮机层，高程 811.35 米，放水力机械技术供水辅助设备；蜗壳层，高程 803.00 米，是蜗壳的入口；操作廊道层，高程 792.75 米，便于人进去维修管理。

经王豪介绍，在高程 807.00~811.35 米，还有一层是水车室，里面装着接力器和控制环，以及水导轴承，主要是控制机组的过流量和防止水轮机的摆动。

这样算下来，我们已经下了 6 层，但高差才 30 米，底部还有约 30 米，可见厂房结构多么复杂，这可都是在山体里面挖的呀！

机电院水机室主任陈冬波知道机电设备对引水发电建筑物的需求，也知道在山体里面建引水发电建筑物的益处与难处，他这样向笔者介绍：

"如果机组台数太多，厂房长度会过长，部分洞室会进入不良地质岩层区。如果机组台数太少，厂房跨度会过大，对洞室围岩稳定性会带来难度。所以机电设计和土建设计必须相互配合，寻找最合理的装机台数方案和土建布置设计方案。"

电站厂房是水电站最核心的部位。但乌东德特殊的峡谷地形，让双曲拱坝在枢纽布置中出尽风头，几乎所有的露天部分，以及大多数较好岩体都被它占据。其他的枢纽建筑物，包括至关重要的电站厂房也为其让位，不得不挤进两岸山体，与泄洪洞、导流洞等诸多洞室，在夹缝中求生存，成为彻彻底底的隐蔽工程。

不过，这也使乌东德水电站的地下厂房创下了多个世界之最。在它身上凝聚的集体智慧，比起双曲拱坝，一点也不逊色。

2. 当头一棒

在大山里开挖体量巨大的地下厂房，一度让主持枢纽设计的曹去修头疼不已。

"实际上，我接手之后，应该说像当头一棒。"曹去修说道。

这"当头一棒"源于乌东德坝区的地质条件，言外之意就是这个厂房要往哪里搁啊？这么多年过去了，面对自己后来的得意之作，曹去修没有回避当时的心情。

枢纽布置，最看重的是地质情况。乌东德坝址岩石，属于好岩石好得不得了、坏岩石也坏得不得了的那类。其中的好岩石多被大坝占据。留给厂房的不仅总量不多，而且分布不均。有些地方从表面看岩石还行，但深入几米后就发现情况不对，以至于不得不重新钻孔。这样的情况不仅让勘测队员们头疼不已，也让曹去修的厂房设计一改再改。

3. 重大调整

心若在，梦就在，大不了从头再来！是歌手刘欢在《从头再来》中的唱词。曹去修当时可没有这种心情，只想着怎样在狭窄的空间里把厂房建筑物摆下去。他想，常规办法不行，那打破原来的条条框框，采取非常规办法是不是可以。

比方说，大坝和厂房之间的距离，常规是2~3倍的拱端厚度。如果能将它压缩到1.2倍，那么山里有限的好地基就可能放下整个地下厂房，但这在水电工程中没有先例。曹去修的大胆假设，需要经过各方的科学求证。

那些年，乌东德工程是长江设计院的头号项目，碰到啥事，钮新强院长都会亲自过问。针对曹去修这个大胆设想，钮新强院长集中全院力量予以支持。长江科学院也派出岩土所、材料结构所进行了实体模型实验，清华大学也受邀进行了复杂的数学模型计算。

还真是像曹去修所想象的那样，无论实体模型还是几个试验都证明曹去修的设想可行。为此，曹去修对右岸厂房的设计方案进行了较大修改。如确定将左岸地下厂房设于左坝肩下游约99米处，厂房纵轴线方向西北60度，与岩层夹角约40度。三大主洞室平行布置，间距45米。将右岸地下厂房设于右坝肩下游约69米处，厂房纵轴线方向西北65度，与岩层走向夹角20~30度。三大主洞室平行布置，间距40米。

值得一提的是，经过这么一番大折腾，工程投资居然还在预算可控的范围内，这也了却了业主的一个心病。

当然，曹去修之所以敢这么折腾，前提是三峡院通过一次次推倒重来的钻探，准确地划出了好地层与坏地层的边界，即在对大坝轴线和地下厂房好坏岩石分界线这两个关键部位上，他们在图纸上画出的分界线与实际开挖的分界线相差不到 1 米。这两项"米级勘测精度"的成果全部让曹去修赶上，并直接获益。为此，提起三峡院，他一直赞不绝口。

在细节上，枢纽处在借鉴国内外同类工程先进经验的基础上，对枢纽布置进行了合理优化。

在厂房跨度方面，一是对岩锚梁体型的优化，使厂房跨度较同类工程减小 1.0~1.5 米；二是对蜗壳部位开挖体型的优化，使得主厂房全断面开挖跨度减小了 2 米。

在厂房高度方面，对主厂房采用吊杆式金属板防水吊顶技术。与整体式压型钢板防水吊顶相比，主厂房高度降低 1.5~3.0 米。

在机组段长度的优化方面，对地下厂房母线洞、电缆廊道布置及电气设备进行了优化，使优化后的机组段长度减小到 37.0 米。

为了以防万一，曹去修还对原枢纽设计做了相应改变，如将原来布置在右岸的泄洪洞改到左岸，为右岸地下厂房"腾位子"，当然这只是细节的修改。

经过优化设计，乌东德地下厂房的规模较原设计减小了一些，但它在许多方面仍然创造了纪录，如电站主厂房最大开挖尺寸为 333 米 ×32.5 米 ×89.8 米，其中 32.5 米的跨度，居世界第四位，89.8 米的高度，居世界第一位；调压室直径达 53.0 米，居世界第一位，高度 113.0 米，居世界第二位；单个尾水调压室开挖半径 26.5 米，高度 13.5 米，是世界上开挖半径最大的调压室；主变洞最大开挖尺寸为 272 米 ×18.8 米 ×35 米，规模均居世界同类工程前列。

二、引水发电系统

与地下厂房同样被大坝挤到地下的，还有引水发电系统。

1. 地下迷宫

电站设计组"领头羊"杜申伟介绍，乌东德水电站"最风光"的建筑物是大坝，但默默无闻地承担着"苦活、累活"的，却是引水发电系统。当笔者以"地下迷宫"作为标题征求杜申伟意见时，他毫不犹豫地说："的确像个地下迷宫，年轻人到了这里，确实要好多天才能转清楚。"

杜申伟在 20 世纪 90 年代初从武汉水利电力学院毕业后，马上到了隔河岩工地，此后又参加三峡工程设计，最终经过乌东德的历练，拿出了令人满意的设计方案。

杜申伟说："乌东德水电站共有左、右岸两座厂房，各安装 6 台 85 万千瓦的水轮发电机组。为其配套的两岸引水发电系统包括进水塔、引水洞、调压室、尾水洞、尾水塔、主厂房、主变洞、母线洞、出线洞、排水洞、通风洞、排烟洞、交通洞，均在两岸对称分布，共计 60 余个建筑物，其中 90% 布置在山体内。这些洞室都由电站部设计。因此电站部应该是工作面最多、土建工程量最大、业主投资也最大的一个部门。"

如果加上其他的泄洪系统，以及交通洞、导流洞、施工洞和施工支洞等，整个工程洞室数量则多达 550 余个，在两岸山体中密密麻麻、层层叠叠，而且纵横交错、上下连通。总长度加起来超过 100 千米，相当于 30 条武汉长江隧道。开挖出来的岩石多达 1200 万立方米，如果将这些石块砌一个高 1 米、宽 1 米的墙，将长达 1.2 万千米，差不多从地球的一头穿到另一头。在这里面不走上几个月，真的很容易迷路。

洞室多还不算什么，大才是亮点，这里有全世界已建地下电站中最高的主厂房，高达 89.8 米，可以放下一栋近 30 层的高楼。直径 53 米调压室，也是已建水电站中直径最大的。

杜申伟在接受采访时说了一句十分形象的话：

"我们是螺蛳壳里摆道场！为了将几十个引水发电建筑物布置到山体中，又要将大跨度的主厂房、主变洞、调压室布置在范围狭小的坚硬完整的岩层中，确保这些洞室的稳定安全，我们不得不做精细化设计，在满足所需功能和安全的情况下去创新，尽量减小各洞室的尺寸，压缩洞室间的

131

距离。在乌东德这么复杂的地质条件下，布置这么大规模的地下建筑，而且布置得这么紧凑合理、安全经济，我可以自豪地说，我们做得很好。"

杜申伟说："我们设计出的建筑物就是为水轮发电机等设备服务的，乌东德引水发电建筑物数量多、结构复杂，涉及的专业也多。我们在设计过程中，要与水轮机、发电机、电气一次、电气二次、通风采暖、消防、安全监测、金属结构、坝工、地质等多个专业打交道。这是一个结构非常复杂的建筑物，而且创造了几个世界第一。"

为了这几个世界第一，杜申伟他们可谓压力巨大，尤其是作为电站设计组负责人，他要对引水发电建筑物总体成果负总责，"地下迷宫"的分布图也最后由他拿出。

"一个好汉三个帮"。杜申伟由衷地夸奖他的团队：

"我们专业的每个人都发挥了各自的特长和能力，加班加点是常态。施工所需要的图纸 70% 必须提前完成，剩下的 30% 也是按计划完成。在施工期，我们每年提供的图纸都超过 300 张，最多时达到 500 多张，这还不包括一些专题研究报告和现场处理文件。尤其感到欣慰的是，我们没有滞后一张图纸、一份文件，更没有发生一次成果质量问题。"

2. 跟踪服务

迷宫设计得再好，不付诸实施，也只能纸上谈兵。

由于乌东德地质条件的复杂性和地下工程的特殊性，"地下洞室在开挖施工中会遇到很多地质缺陷，会出现预想不到的问题，我们的设计需要结合现场情况，不断动态地调整。我们要到工地，紧密跟踪施工，熟悉现场情况，根据所发生的问题，快速地作出反应，及时提出处理措施。在开挖高峰期，左、右岸地下电站工作面近百个，我们设计组有四五个人常驻现场，一天要跑十几个工作面，第一时间掌握现场情况，高效率地解决各种问题，只有这样才能对工程负责到底。"

在地下厂房施工期间，电站设计组很多人一年在工地的时间达 300 余天，最多的达 350 余天。

杜申伟介绍得比较宏观，尤其是他所说的"根据所发生的问题，快速地作出反应，及时提出处理措施"这句话，但现实所发生的绝对不是那么轻描淡写，现在已是电站部副主任的张存慧忘不了 2015 年 4 月发生在右岸地下厂房的拱顶变形事故。

这次变形的起因是施工单位为抢进度，进行了超出常规的爆破。监测网很快发现异样，如果处理不好的话，后果不堪设想。在场值班人员立即在微信群、QQ 群发出通知。翁永红、郭艳阳及相关人员在第一时间赶到现场。首先看裂缝程度，再看周围情况，然后询问施工单位装的炸药量及准确变形时间等。

这个地方一共变形过两次，持续时间都在一个月左右。

"所以说，等待的过程很痛苦。要看着它的变形慢慢地发展，没有达到极限的时候，都不好将它处理好，非要让它变完。因为对它施工处理也要有个过程，就是拿出了处理方案，也不是说马上就能做。包括这个地方的第二次变形，都已经挖得很靠下面了，距离底下的高差仅有 30 多米了。"张存慧至今谈起来还心有余悸，但最终处理好了。

此外，左岸尾水洞边坡也曾出现过类似变形，事故报告都是张存慧写的。

2020 年 6 月，左、右岸地下电站主厂房混凝土浇筑完成，进入水轮发电机安装阶段。自己的工作接近尾声，杜申伟回顾这段经历时，还有些不舍。

在这么复杂的地质条件下，这么超大规模的洞室群一次开挖完成，一天也没有耽误，长江设计人功不可没。他们为工程的顺利进行提供了强有力的技术支撑，无愧于"设计是工程的灵魂"这一称誉。

"我为我们设计组感到很自豪！"他情不自禁地对笔者说道。

设计靠的是想法，但是调整思路比什么都重要。"欲穷千里目，更上一层楼。"只有一次次突破思维的定势，才能实现设计理念与方法的超越，将不可能化为可能。

第四节 泄洪洞

与引水发电系统类似，被大坝挤到地下的，还有泄洪系统，它也受地质条件的限制，被逼出了几个世界之最。

乌东德大坝泄洪洞采用有压洞平面转弯接明流隧洞的型式，平行布置于左岸靠山侧，进口位于左岸导流洞进口左上方，出口位于左岸导流洞（尾水洞）左侧。进口布置岸塔式进水检修塔，设置一道事故检修门，塔顶布置门机启闭；有压洞为圆形断面，净断面直径14米，有压洞平面投影长度分别为1254.57米、1206.32米、1158.0米，转弯段转角59度，最小转弯半径150米，出口流道控制尺寸14米×10米；有压洞末端为工作闸室，设置一扇弧形工作门，工作闸室端部设置交通洞与左岸高线公路相连，工作闸室，下游接龙落尾式无压洞，无压洞长度为447米，断面为城门洞形，净断面尺寸14米×18米；出口采用挑流消能，下方设置人工水垫塘消能，水垫塘末端开挖尾渠将泄洪水流引入河床。

谈到泄洪洞，曹去修还要感谢一位参加工作不久的年轻博士后王英奎，他在泄洪洞的体型设计方面发挥了积极作用。

由于刚刚博士毕业，王英奎刚到乌东德时在电脑上的画图能力比较欠缺。尤其在图上处理缓坡到陡坡衔接的复杂曲线时，总是画不好。王英奎灵机一动，觉得能不能不用曲线过渡，直接在两段直线间设置掺气坎来解决问题。经过理论计算，他觉得没有问题。

曹去修听后一琢磨，发现这个创意有道理，马上就请长江科学院的同志做试验，证明非常成功。这种方案既取消了立模困难的曲线衔接，简化施工，又完美地保证了水流掺气，使流道底板免受气蚀破坏。

曹去修对下属这个歪打正着的创意赞不绝口，逮着了机会就夸他，说他这是偷懒"偷"出来的一个方法。实际上，在这"偷懒"的背后，蕴藏着许多知识与智慧。

从乌东德工程中走出来的人，信心什么时候都是足足的，乌东德工程是他们成长的摇篮。这样一批与地震抗衡的水电站卫士，呵护大坝的安全，是他们神圣的使命、勇敢的担当、不懈的追求，终究智夺一个胜利的制高点！

第五节　集控楼

在乌东德大坝建筑布置中，为何其集控楼能成为值得骄傲的创新成果，翁总介绍时的核心话语是这样的：

"乌东德右岸坝肩有一个天然的溶洞，体积很大，几十万立方米。我们最后把它填好了，然后利用这个空间因地制宜地做了一个集控楼，不仅安全，运行环境也好，又节能，还冬暖夏凉，这在大坝建设史上还真没有。"

在翁总的推荐下，我采访到了长江设计院城建院一位叫周自清的年轻人，他首先对我科普了一下什么是集控楼及集控楼的功能。

集控楼也被称为水电站中央工作室，是负责统一调度人员办公的地方，是枢纽核心部门，相当于是大坝的大脑。设计大坝时，对集控楼的安置需要精心策划，通盘考虑。

周自清给我的一份材料，对乌东德水电站集控楼进行了较详细的描述。

"乌东德水电站是金沙江下游河段（攀枝花市至宜宾市）4 个水电梯级中的最上游梯级，右坝肩紧邻大坝处存在天然岩溶斜井——K25 溶洞。设计团队利用 K25 溶洞空间布置集控楼，既能有效规避高边坡落石风险，创造安全舒适的运维环境，又有利于大坝建设期施工组织，减少原本狭小的右坝肩施工场地占用和干扰，并减少混凝土回填，节约了工程投资。集控楼造型设计理念来源于大坝开闸泄洪时"水流飞泻"的自然形态，兼具灵动与力量的美感。通过建筑创新设计，K25 溶洞集控楼成为乌东德坝区一道美丽的风景。"

这一道美丽的风景是怎么来的，一个让水电工程普遍头疼的溶洞，如何变为水电站至关重要的建筑——集控楼的，这里面还真有故事。

传统的水电站，集控楼一般放在两个地方：一个是大坝上，另一个是大坝附近。刚开始时，长江设计院城建院倪爱民、周自清也依此对集控楼提出两种常规方案：一是在拱坝坝顶适当部位，这样可以与大坝形成一个整体；二是放在左、右岸坝肩空地上面。在可行性研究阶段，乌东德大坝集控楼就被布置在右坝肩 988 米平台下游侧。

可在勘察过程中，人们发现了新的问题，使他们不得不另想办法为集控楼重新找安置地。

首先，集控楼设在坝顶，且施工场地极其有限，只能在大坝成型后才能修建，势必使工期相应延长。

其次，工程泄洪时虽然壮观，但是雾化现象非常严重，潮湿的水汽会对集控楼电气设施的运行安全产生严重影响。

最后，集控楼紧挨大坝边坡。尽管这个边坡在开工前已进行过处理，对可能出现的落石进行了锚固，并设了防护网，但天长日久，谁也不能保证没有落石现象。如果落石位置较高、体积较大，直接砸在集控楼上，不仅里面的设备、人员都会受到伤害，整个集控楼都可能遭到重创。即使石头不落下来，让人天天在陡坡下面提心吊胆地工作，也是不近情理的。

因此，长江设计院不得不修改设计，为集控楼找一个新的位置。巧的是，另一项研究却把这个问题给提前解决了，这项研究的对象便是 K25 溶洞。

在工程勘察过程中，三峡院在右岸坝轴线附近，距坝体仅 100 米左右的地方，发现一个天然的溶洞，可能对大坝安全造成不利影响。因此从安全性方面考虑，原设计是对其进行回填处理。

可进一步的勘察表明，该溶洞地质条件不错，具有"形态不规则、大跨度、高边墙、小夹角"等特点，直接封堵有些可惜。

钮新强院长在主持乌东德工程时，对重大问题从来都是积极思考，起到一个抛砖引玉的作用。他在工地考察此溶洞后，另辟蹊径地提出了一个新的措施，展现了超出常人的思维能力，以及不凡的认知与解决问题的水平。

周自清介绍时说："钮院士高瞻远瞩地、创造性地提出能不能利用这个天然溶洞，把乌东德集控楼建在溶洞里面的建议。有了这样一个先天条件，可以避免另外建集控楼时对大坝施工的影响，减少安全隐患，还可以节约施工工期。"

什么是创新？提出从来没有过的观念，最终将事情干成，就是创新。将一个天然溶洞改造成集控楼，这也是以往水电工程从未有过的课题，翁永红总工程师积极地组织推动。承担这个课题研究的是长江设计院城建院的倪爱民、周自清等人。

大自然的造化更多的时候是在照顾有心人。还真不错，经勘测人员测量，这个溶洞的面积大约 2000 平方米，正好可以放下一个集控楼。但这个集控楼到底如何建，还得倪爱民、周自清他们提出方案。因为集控楼和大坝必须形成一个联合体，楼内需要布置很多的电力通信等设备，设计时需要全套进行操作。因此，仅凭城建院的力量还不行，还需要全院相关专业的配合。这种设计方案历时较长，各专业人员都在其中大显身手。

最后实施的设计方案是什么样的呢？

周自清给我展示了一张集控楼的照片。让我最有视觉冲击力的是门框上部的抛物线造型，这也是设计人员的得意之笔，周自清对此描述道：

"一般的集控楼的设计大同小异，就是方方正正的，把各种功能集成进去就完了。我们设计时从大坝泄洪形成的曲面水流受到启发，将门脸上面设计成一个抛物线，这本身也是个创新吧。"周自清丝毫不掩饰，满意之情洋溢在脸上。

麻雀虽小，五脏俱全。凡是集控楼应该有的，他们设计时都要利用现有条件考虑周全，缺一不可。

按照规定，在溶洞高程 988 米以上必须布置中央控制室，而 988 米以下的空间，既可以被回填，又可以自由利用。他们在设计时在中间预留廊道，另外设计设备用房、电缆夹层，而在最下部则布置电缆廊道、通风廊道等。

乌东德地区气候干热，与室外相比，溶洞冬暖夏凉，相当于为集控室安了一个免费的空调，不仅人工作时舒服，机器也能发挥更好的工作状态，这是天然溶洞的最大优势。另外，溶洞内有大量可利用空间和岩体，在此修建集控楼，不仅可极大地减少土石方开挖量，也极大减少了土石方回填量和混凝土浇筑量。在节省投资的同时，也加快了工程进度。事后评估，仅建设周期一项，差不多就节约了半年时间，为工程提前发电创造了条件。

天然溶洞做集控楼优点不少，但不足之处就是溶洞内部对外只有一个出口，四面都是山体，火灾风险隐患比较大，对消防的要求比较高。

城建院对溶洞进行了仔细勘察，发现它的布局很有特点。在高程970米处有施工廊道，与中控室的988米有18米的高差，施工时两者之间有竖向通道。他们在设计时，把它改造成集控楼的疏散楼梯间。如果K25溶洞发生火灾或者险情，形成封点。溶洞下层的人可以通过高程970米廊道疏散，上面的人通过出口到洞外。仅仅一个小小的改动，不需要增加什么投资，就让溶洞多了一个出口，安全性能明显提高。

据说，城建院提出的这个溶洞内的疏散方案是受重庆等山地城市建筑与街道布局关系的启发而制定的。

洞内设备安全无小事。仅仅只设计两个出口还不行，还需要将排烟这个细节考虑进去，否则里面的人在火灾时容易窒息死亡。对此，设计人员也是开动脑筋，另辟蹊径。

由于自然状态下的烟是向上走的，设计人员为烟找到的最佳出路是穹顶，相当于给溶洞开了一个天窗。该穹顶位于海拔1015米左右，外面原有一条马道，他们就在马道上面开凿了两个排烟孔。如果洞里失火的话，烟气会自然从这两个排烟孔排走，大大增强了溶洞内部的安全性。在平时，这两个排烟洞也可以给溶洞通风换气，这也是一个别出心裁的设计。

还有一个问题是没法解决的。

周自清说："溶洞做集控楼唯一的缺点就是照明不是很好，因为没办法开窗啊，总要开着灯工作。"

周自清用了"唯一"一词。说明他们想尽了办法，但确实没有收获。否则，凭着长江设计院人员的心气和能力，是绝不可能对它置之度外的。好在总体而言，用此溶洞做集控楼利远远大于弊，人们对这个"唯一"也就忽略不计了。

工程的问题解决后，设计人员还不满足，总想在提升文化品位上做文章。他们利用楼内空间，将集控楼打造成为工程展示中心，或者是企业文化展示厅，利用图文并茂的形式将工程形象、工程文化与企业精神展示出来。他们还想在山体和集控楼之间布置花园、水池，种上人工植物或天然植物，把生态环境提升一下，为在其中工作的同志们创造舒适、优雅、美观的活动空间，也让集控楼与大坝一起成为相得益彰的旅游景观。

当工程设计走向生态环境和文化建设时，这也预示着他们的设计基本成功，并走向了尾声。

"我们做了很多的探索性工作。乌东德集控楼从建筑学的角度来说，体量不大，设计也不算难。但乌东德大坝是全世界唯一把集控楼设置在山体自然溶洞里面的水电站。"周自清自豪地说道。

"全世界唯一的"就是他们这个创新成果会引起国内同行关注的醒目、令人自豪之处。

第六节　金属结构

乌东德大坝不承担通航任务，因此没有船闸及其闸门，但导流洞、泄洪洞、大坝、左右岸电站处处有闸门。而升鱼机、拦漂排建筑物虽然个头很小，却也是乌东德工程不可缺少的角色。因此，钱军祥见到笔者时，首先说自己的部门在长江设计院虽是个小专业，但作用一样举足轻重，并带我走进了乌东德大坝中的"金属结构家族"。

一、导流闸门

钱军祥，1997 年来到长江委枢纽处，参加过构皮滩、亭子口、三峡和南水北调工程专业设计。2012 年参加乌东德工程的金属结构设计。金属结构设计包括闸门、启闭机、升鱼机、拦漂排建筑物等。

钱军祥告诉我，其中有两个部位比较关键：一个是导流洞闸门，另一个是泄洪通道的大坝中孔闸门。他进一步解释道：

乌东德工程在左、右岸共设 5 条导流洞，形成导流洞群。其中，1 号、2 号导流洞闸门的启闭机容量达到了 18000 千牛，是目前水工行业最大容量的单吊点启闭机。3 号和 4 号导流洞在优化设计时，对从溪洛渡水电站回收来的旧启闭机实现了"废物利用"，为业主节省了 5000 多万元。而最特殊的是 5 号闸门，它的面积达 200 平方米，挡水水头超 100 米，总水压力超过 2 万吨。无论孔口面积还是总水压力，在国内外都属于超大规模。

对 5 号闸门的特殊设计，钱军祥解释道，这是因为它的位置比另外 4 个闸门更高一些，并在另外 4 个闸门封堵时仍旧承担向下游提供生态供水的任务，直到水位抬升到中孔位置后再单独封堵。与其他闸门相比，它水头高、运行时间长，而且有一段时间要局部开启控制泄量，所以长江设计院对它特别重视，专门与长江科学院联合做了水工试验。

值得一提的是，在乌东德导流洞刚开始建设的时候，国内某工程因导流洞下闸失败，闸门被冲毁，导致工期推迟一年，损失巨大。钮新强听说后，立即指示：乌东德导流洞金属结构规模大，下闸程序复杂，要求各方对乌东德导流洞金属结构设计进行全面复核。

在施工过程中，一扇闸门在现场拼焊时，有一条焊缝不满足规范要求。钮新强得知后强调："一定要把它彻底修复好，决不能放过。"

如果把导流洞里的水视作自然的河流，那么导流洞下闸就相当于大江截流，是工程建设的标志性节点。因此在最先进行的 3 号、4 号导流洞下闸封堵的这一天，许多人都放弃休假，赶赴现场。钱军祥作为金属结构专业的负责人，更是惴惴不安。可他到了工地，却发现业主、监理和施工单位的人都谈笑风生，地上也早已摆好了长长的鞭炮。

此后，随着指挥员一声令下，两座闸门在大家关注之下历时10多分钟就完成封堵，没有出现任何卡阻、振动、异响等异常情况，真是顺利得超出了想象。为此，施工单位还专门派了一位潜水员下去探摸，直到确认闸门确实封堵到底了，现场才发出一片欢呼，一时间鞭炮齐鸣。这个场景，直到今天钱军祥记忆犹新。

随后是1号和2号导流洞下闸，过程也非常顺利。一直对数字敏感的翁永红在总结时说了3个"15"，即15日15点开始下闸，15分钟后完成，还难得地说了两个字："完美"。

2020年1月21日，5号导流洞最后成功下闸，至此乌东德工程所有的导流洞闸门均顺利完成封堵。

二、中孔闸门

讲完5个闸门的封堵过程，钱军祥紧接着开始讲乌东德大坝上的中孔，它与5号导流闸一样，也是乌东德工程金属结构的典范之作。

乌东德工程共有6个中孔，设计最大水头为97米，局部开启时水头多在80米左右。有些工程可能蓄水好几年也达不到正常蓄水位，而乌东德大坝中孔一下闸，几个月后就达到了正常蓄水位975米。有些工程运行初期是来多少水就过多少水，而乌东德工程则是6个中孔轮流开闭，既不浪费来水，又保证向下游的生态水量。但这样，在半年时间内平均每扇工作门运行60次以上，远超普通大坝的3~5次，对闸门和启闭机的设计和制造提出了严峻的挑战。

不过，由于长江设计人的精益求精，这6个中孔闸门不论是操作运行还是挡水效果，都十分理想。

钱军祥至今仍记得当初与三峡集团乌东德工程建设部主任杨宗立一起在工地巡检的场景。他指着大坝的中孔闸门说："你看，我们中孔闸门的止水效果还行吧？"

杨主任说："你不要羞答答，就是滴水不漏，效果不错嘛！"

杨主任这个人很实在，要求很严，批评起人来很厉害，没想到他也会表扬人，当时就让钱军祥在心中涌起一股幸福感。

采访快要到尾声了，钱军祥情不自禁地夸起了翁总：

"翁总的宏观把控能力非常强，给我们出了很多主意。翁总是施工处搞混凝土设计的，但在项目总工程师的位置上，他对我们的金属设计专业非常关注。有时候还为我们出谋划策，这让我们没有想到。"

为此，他举了一个例子。

2020年大坝在最初蓄30亿立方米水时，除了中孔要下闸外，表孔也必须按期下闸。但当时受疫情影响，坝顶门式启闭机不能按期交货，业主也想了很多办法，如用汽车或者缆机吊闸门，但在当时要找到这样的汽车和缆机都不容易。最后翁总让我们把以前用过的一台旧的固定卷扬式启闭机放到门架上，临时组合成了一台启闭机，居然成功地达到了操作表孔闸门下闸的目的。

"新旧启闭机组合的吊装闸门这个创意可是翁总想出来的，我们当时有点不敢想，怕别人笑话，可它确实起到了作用！要不然人家为什么能当老总呢，他的思维就是不一样。"钱军祥由衷地说道。

首次蓄水成功后，三峡集团还专门发来一封表扬信，表扬设计方对工程的支持和贡献，当然包括金属结构设计人员所做的贡献。

在乌东德工程进入金属结构现场安装高峰期的2018年。刚刚退休的曾晓辉应业主要求，代表长江设计院常驻现场，随时提供技术服务。

曾晓辉的特点是话多，外号"曾婆婆"。在后方做设计时，无论问题大小他都要纠结一番，以至于年轻人在发设计图之前都要看"曾婆婆还有没有事情"。到了工地后，别的设计人员只在现场有事，或者到重要节点时才下工地。他却有事没事就往工地跑，而且不会轻易放过任何问题，每次开会对质量问题毫不留情。因此有人说他跑现场的次数比监理还多。他却说搞工程监理的有几家，搞工程设计只有长江设计院一家，金属结构点多面广，必须多跑才能全面掌握情况。所以每次开会时，他都能对工地上的情况记得清时间，说得清过程，拿得出照片。现场出现问题，人家能躲就躲，他却主动为业主出谋划策。在工地的两年多，他平均每年待在工地的时间超过 300 天。

如果从可研设计算起，曾晓辉为乌东德电站服务超过 10 年，与金属打交道多年，金属的硬劲与闪光的特质已融入他的人格之中。正是有许多像他一样的人认真地工作，用十年磨一剑的精神，才使大坝巍然屹立于乌东德的天地之间。

第七节　安全监测

给了平台以后，人就是自身命运最好的建筑师。对于长江设计院枢纽安全监测部副主任李少林来说，2020 年可是双喜临门。这一年，他入选中国科协青年人才托举工程，同时荣获长江设计院"创新英才"荣誉称号。这一切得益于他个人的努力，更得益于他所参与的乌东德工程。

2016 年，李少林从武汉大学水工结构专业毕业，进入长江设计院枢纽处，马上参与到乌东德项目，负责安全监测设计工作，包括枢纽区所有建筑物和近坝库岸不良地质体的安全监测。

李少林向我介绍了长江设计院智能监测的发展历程。他说，在葛洲坝、三峡工程建设期间，主要监测数据都是人工采集，此后逐步进入自动化阶段。

乌东德山体陡峭，行路困难，高位自然边坡、工程边坡为数众多，监测范围广，监测点分散，如果人工监测，仅仅将枢纽范围内的自然边坡与工程边坡观测一遍就需要七八个人历时一周，不仅费时费力费钱，而且许多地方还走不到。因此，在乌东德工程建设初期，长江设计院就联合相关单位研发了成套无线物联网智能采集装备。李少林到来后，又对其进行优化。它与网络相连，能够实现数据实时储存、实时传递，相关人员只要坐在电脑前轻点鼠标，就能解决库岸边坡监测中的采集、传输、利用等难题。

这套系统的优势之一是时效性。李少林说，工程施工时期，周边地区曾发生过两次有感地震，他们通过召测（主动召唤并获取远程数据），对所有的监测数据进行分析，确定大坝、地下厂房、高边坡等重要部位有没有异常，并将情况反馈给相关部门。

这个监测网犹如随时睁开的"眼睛"，监视着工地的一举一动。工地发生的大多数安全隐患，都是这个监测网首先发现并报警的。如发生于2014年大年初二，让郭艳阳、王吉亮结束休假，赶回工地的泄洪洞出口边坡变形，就是如此。那次险情惊动了石伯勋、翁永红等院领导和业主、施工方代表。后来，这些领导就开玩笑地说："能不能安心过年，就要看安全监测专业了。"

还有那次发生于地下厂房顶部，让杜申伟、张存慧心有余悸的变形事件，也是由监测仪器首先发现的。

除监测预警外，监测仪器的第二个作用就是验证设计理念是否正确。如设计人员的许多设想，在经受实践检验时，还需要参考监测仪器提供的各项实时数据，并及时进行调整。

乌东德工程建设时期，李少林在各个部位安装了大量的监测仪器。如今，有的仍在工作。而另外一些，如埋设于导流洞、施工洞中的监测仪器，已经随着这些工程的封堵，结束了自己的使命。

李少林还告诉我，在安全监测方面，仪器只是手段，更重要的是掌握仪器的人。因此当数据采集过来之后，他们还要做大量的案头工作，从而对各部位建筑物的安全形态进行综合评价。

此外，他们也有跑现场的任务。如在施工高峰期，每个月至少要外出巡查两个星期。工程完工初期，高位自然边坡的安全监测实现了自动化，但大坝、左岸地下厂房还有人工观测，李少林正计划把它转化为自动化。

他们拿出设计方案后，2021年10月业主已经开始招标实施。

让李少林自豪的是，他们在乌东德实施的这套物联网智能监测设备，已经在水利系统开始推广了。

李少林打开电脑中的一张照片说："这是我们在乌东德山坡上建的一个观测房，面积大约16平方米，造价五六万元，但里面装的一台测量机器人就价值45万元，因此我们叫它'一体化测量机器人测站'。在需要观测的时候，它的玻璃窗会自动打开，机器人就去瞄准对面装着棱镜的监测点，自动扫描目标区域的表面监测点，视野很好。一般而言，机器人每天工作一次。"

他又打开一张照片说："这是大坝下游一个叫雷家包的观测点，原来要建一个房子。因为这里会成为观景平台，我们就在上面建立了一个这样的机器人测站。它在外观上是铝合金钢制造的蓝白相间的小圆筒，上面直径是1.2米，下面是0.5米，不仅美观，而且造价低（建房子要五六万元，它仅两万元就可以了）。观景平台建成后，它本身就可以成为一处景观。"

李少林最后谈道，他们将上述物联网智能监测成套装备、高效远程视频辅助诊断技术、海量监测信息融合与综合诊断技术共同形成的基于物联网的库岸边坡智能监测技术，一同打包上报水利部，最后荣获中国水力发电科学技术奖一等奖。同时，他们还与中国科学院数字地球研究所合作，争取把乌东德"安全监测系统数字孪生系统"做出来。它是乌东德工程中运用的数字安全监测的延伸，比物联网还厉害。说到这里，李少林非常自豪，也非常愿意让别人分享自己成功的喜悦。

真正的人生，只有经过奋斗才大放异彩。李少林入选国家科协主办的青年人才托举工程，可在三年时间内每年获取15万元，共计45万元的专项科研经费支持，他计划用这笔经费对相关专业进行深入研究，其中之一是正在开展的"库岸滑坡智能监测预警技术"，定会拿出可喜的成果。

第八节　回望不舍

大坝，是水利枢纽的主体。乌东德大坝已以其双曲高耸的英姿傲立于西南群山之中、金沙江上，是长江设计院枢纽院的设计者孕育了它，并与建设者一道让它冉冉升起，这也是为何他们看乌东德大坝的眼光与旁人相比，是那么不同，充满了自豪与深情！

长江设计院枢纽院不愧是全国水电工程设计的排头兵。他们在乌东德水电站枢纽设计中表现出的高超水平和敬业精神，被业主三峡集团高度认可。有一次，郭艳阳到北京参加由三峡集团主持的相关业务汇报会，集团有关领导很直白地对他说："你们整体的设计水平我们放心，上午开你们乌东德工程的会，我们感到很轻松。"

枢纽院乌东德坝工设计组先后荣获"全国工人先锋号""四川省工人先锋号"称号，这是全体人员共同努力的结果。

在乌东德工程大功告成，枢纽院的同志不得不与之告别的时候，许多人心中还是依依不舍，郭艳阳作为枢纽院领导对笔者说：

"我抓住了多么好的机遇，参加了乌东德水电站建设。总感觉过得太快，好像还没有尽兴。在这么复杂的条件下，参加了这么一项重要工程的建设，我收获满满。总体来说，还是太顺利了，但刻骨铭心。等我老了以后，我会感到骄傲、自豪，我没有虚度年华。我们很难再碰到这样的工程了，它锻炼了一批年轻人。枢纽院的不少人，像王汉辉副院长就是从乌东德走出来的，他绝对信心满满。"

在笔者采访过程中，没有人不对枢纽院的同志深感佩服。因此笔者在写作的时候，总是要求自己尽可能还原他们在工作、生活中真实的一面，让他们的形象在作品中更真实、可信、感人、可亲！但笔者不能不说，多次被他们的作为深深打动。这里面有让人点赞的总工程师，有严格要求的领导宽厚的长兄，勤勉的员工，他们是同事，但更像和睦的一家人。乌东德工程让他们那段岁月更精彩，令他们每逢谈起，便津津乐道，回味无穷；乌东德团队让他们感受到了兄弟姐妹情，令他们每逢谈起，便感受到抱团的温暖。有这样的经历、这样的团队，谁都会情不自禁地说道："感谢你，乌东德！"

一、项目团队

星多天空亮，人多智慧广。做一项大工程，不能依赖一个人的思想，而要综合众人的智慧。所有的参与者都为一个想干好工程的目标，做好自己应该做好的工作，大工程才能如期建成。这就形成了一个团队，正所谓天时不如地利，地利不如人和。

在枢纽院，我深刻地感受到，这是一个坚强、团结的团队。

廖仁强于 2018 年已让岗，他对翁永红的高度评价，本书后面会集中讲述，这里先说一下坝工组的其他同志。

曹去修是他的老部下，现在是坝工室副主任，也是长江设计院专家委员会委员，以一个基层单位副主任的身份进入人才济济的院专家委员会，恐怕只有他一个人，这也说明他能力之强。

廖仁强对曹去修的评价是："他是一位很直、很敞亮的人，是唯一敢骂我的人。可他一旦发现自己错了，马上承认，所以我们合作得非常好！"

崔玉柱是长江设计院引进的第一个海归博士。刚来时，他跟曹去修一起搞乌东德工程，现在是设计院总工程师。胡清义，硕士研究生毕业后追随曹去修搞乌东德工程，后来先后任枢纽室副主任、主任、枢纽院总工程师，现在是设计院副总工程师，成长得非常快。曹去修说他感到非常骄傲！

人尽其才，则百事兴。通过一项工程，建成一个人才梯队，从某种程度来说这个效益绝对大于工程建设本身，因为后来人还会设计建造更多的工程。长江设计院早已形成了这一良性循环，生生不息的人才资源是他们的立院之本。

147

在翁总列的被采访名单中，年轻人占绝大多数，我更多地了解了他们在工程上的作为，更希望听到年轻人参加乌东德后的感言，他们是设计院的未来与希望，往往从实际工程中悟出的道理对他们的成长更为有益。

"你参加了乌东德工程以后，最大的感受是什么？"笔者每次采访一个人，在采访结束时都会问这样一个问题，下面是几位年轻人的回答：

枢纽院坝工设计部主任熊堃答道："我先跟翁总做博士后研究，后来又跟曹去修主任一起做技术工作，我跟他们学了不少东西。当时可能还不觉得怎样，后来越来越觉得很有用，也对我后面工作的开展起到很大帮助。因为那时候刚毕业参加工作，参加乌东德的经历为我打了一个很好的基础，这个影响是很深远的。"这是熊堃谈起参加乌东德工程实践的一点感受，体会尽管是小小的，但印刻在他内心的痕迹却是深深的。

周华直接在曹去修手下设计大坝，在这方面更有一番别样的感受，谈得更多，体会更深：

"跟着曹去修主任做事是比较幸运的，他就是那种想到什么，就说什么的人，同时也是一个比较严格的人。我刚参加工作时，很多事情做得不到位，曹主任会严厉地批评，有时候甚至说得让人受不了，一般人不一定扛得住。他为人性格耿直，历来都是直言不讳，但他对事不对人。他骨子里希望你进步，我基本上跟着他将整个乌东德工程做完。后来慢慢感觉到，他批评你，就是想帮助你更好地进步，是发自肺腑的。"在曹主任的指导下，周华慢慢成长，不仅经常深入现场，还能做一些管理工作。

"如果说，曹主任是我的领路人或者是我师傅的话，那么郭院长就是我的贵人。"

他所说的郭院长就是枢纽院副院长郭艳阳。"他会从爱护晚辈的角度去看一些问题，处理问题更成熟一些。两人管理风格，一个严一个宽，方法上不一样，但是出发点都是一样的，都在关心你的成长。"

张存慧2010年9月博士毕业于大连理工大学，同年入职于枢纽处，2019年任电站设计部副主任。他是2011年左右到乌东德项目组的，

2013—2017 年一直在乌东德工地从事引水发电建筑物的现场设计工作。

"我参加工作 11 年，收获最大、进步最快的几年就是在乌东德工地度过的，我们当时属于王汉辉院长领导。"

与枢纽院一样，无论是三峡院、施工处还是机电院，团结协作的工作氛围无处不在。

乌东德水电站于 2021 年所有机组并网发电。不经意之间，设计人员便与这一工程挥手告别了。时光链条上的一节节链环，昨天、今天、明天依次出现，呈现事业及生活的完整性。一道道人生轨迹，印刻着人的追求与梦想。长江设计者圆梦乌东德，他们应该带着满满的收获、强大的勇气、坚定的意志、丰富的经验奔向下一项工程。无论什么时候，他们都会像老一辈怀念三峡、南水北调工程一样，怀念乌东德工程，怀念因乌东德而集聚的团体，因为他们共赴人生事业的巅峰。

二、业主、朋友

曹去修就兴致勃勃地谈起跟业主打交道的经历与感慨。

"这个业主跟我们过去打交道的业主相比起来，显得更成熟，他们的现场经验特别丰富。"

他至今记得，水垫塘施工完毕后，业主的一位负责人请曹去修他们再设计一个泵房和一套抽排系统。曹去修没有答应，却考虑到他为什么会产生异议。推测可能是他对设计的深井泵不熟悉，担心泵站被淹后造成不良的后果。实际上这种深井泵是不怕水淹的。为此曹去修判断他可能认知出现了问题，他专门要同事收集深井泵和浅水泵的差别资料。

接着，曹去修让同事准备了十几张 PPT，仅仅汇报了几张，那位业主负责人就看懂了，打消了顾虑。

当然，当业主方面提出合理意见时，曹去修也会修改设计。如大坝泄洪的时候，水面波动大，会影响发电。曹去修他们在导墙最底下设计了基础廊道，用于灌浆和排水。

　　有一次，三峡集团乌东德工程建设部杨宗立主任打来电话，希望他们把这个基础廊道抬起来，曹去修始终没有同意，双方在电话里各持己见，直到手机快没电了。后来，曹去修才明白抬不抬高廊道会牵涉到一年工期，于是决定想办法修改设计，解决这个问题。仅这一项，几个专业忙下来，相当于十几个人干了两个月。最后的结果就是结构更优化了，设计者也收到了回报，做到了双赢。

　　曹去修的助手周华从另外几个方面也谈到了在工地施工时与业主相处的感受。"比如说工程上面出现一些问题，施工方等想推卸责任，推到设计这边，这里面有好多各方的斗智斗勇……但我们跟施工单位、跟业主关系都处得很好，因为这个工程干完之后，可能下一个工程，大家又聚到一起了。"

　　周华觉得葛洲坝集团施工局有一个标语写得很好："干一座工程，树一座丰碑，交一批朋友。"

　　大厦之成，非一木之材也；大海之阔，非一流之归也。无论业主、设计，还是施工单位，干的都是立于天地之间的大工程，虽有竞争，但合作之心、之情、之行比什么都重要。乌东德工程也为水电人在市场经济条件下的多方良好合作树立了一个新的标杆。

三、工地过年

　　在中国，农历年的春节，俗称"过年"，是一年中最重要的节日，更是阖家团聚的日子。再重要的工作，只要不影响基本运转，中国人都会回家过年，一年一度的春运潮成为举世瞩目的景观。在乌东德工地，一般而言，除安排少数人员值班外，领导也会让大多数人回家过年。那些在春节留守工地的人，也会对自己"革命化的春节"印象颇深。

　　本书前面写过三峡院搞钻探的李汉桥一行在工地过年的情形，那还是预可研阶段的野外，缺水缺电，但过得简单而热烈。到了后来，随着营地的建设，这样的革命化春节不多了，但在工地过年，也慢慢有了一些趣味。搞枢纽设计的周华，在乌东德工地值过两次春节班，到现在还记得那些在乌东德过年的滋润日子。

第一次大约是 2014 年，接近年关时，项目组的大批设计人员归心似箭，走着走着就没什么人了。留守值班的胡中平副总工程师安排周华身兼数职，除了本职工作外，还兼管收发文件、临时参会，还破天荒地兼任了食堂采购。

乌东德工地原本人烟稀少，但工程开工后，附近山民寻到商机，在周边形成了小小的集市。只是过年时，员工返乡，这些集市也人去摊空，周华想着春节留守的人都不容易，想帮大家改善一下伙食，就跑到几十千米外的四川省会东县城办点年货。同时在食堂扎了彩带，贴了窗花，这么一布置，过年的气氛就出来了。

大年三十晚上，除项目部留守人员外，还邀请食堂员工、司机师傅连同他们的老婆、孩子，一下聚集了三十来个人，开了三桌。大家围在一起包饺子、互相拜年、敬酒、吃菜，然后又一起热热闹闹地玩了好一阵子，气氛很是热烈。

直到 2020 年笔者到乌东德时，工地食堂布置仍没怎么改变，看样子是得到了大家的认可，周华对此很是骄傲。

周华第二次春节值班，是 2016 年。大年三十晚上，院领导和职工们，以及来工地的家属欢聚一堂，除了进餐外，还买了一些烟花爆竹。大家心情愉悦，推杯换盏，一片欢声笑语。尤其是孩子们吃饱后，迫不及待地跑到院子里点燃了烟花爆竹，将节庆的气氛推向了高潮。

大年初一上午，院领导们陪着三峡集团领导到工地慰问一线职工，并送温暖。虽然没两天，领导和大多数人都走了，工地冷清依旧，但除夕夜的经历仍让周华回味无穷。

春节值班什么都要管本是苦差事，但具有积极心态的周华却充分发扬忙中寻乐的精神，将集体生活打理得富有生机，给他们留下了温馨的回忆。

第六章

落到实处的施工设计

枢纽设计过后，乌东德工程的蓝图已经绘就，接下来该隆重登场的，就是施工设计。乌东德工程究竟如何展开，乌东德高地具体怎么攀登，是先打"阵地战"，还是先"攻山头"，都由施工设计人员安排。在长江设计院，从事工程施工设计的，是施工处。

一提起施工处，我脑子里立马涌现出这样一句话："这是一个容易产生帅才的地方。"长江委老主任魏廷琤、中国工程院院士文伏波、长江委原总工程师王家柱、中国工程院院士郑守仁、乌东德水电站设计总工程师翁永红，都来自这个处，这里总能锻炼出统揽全局的技术人才。

多年来，我对这句话一直是知其然，却不知其所以然，并始终抱有好奇心。借着采写乌东德工程的机会，我走进了施工处，距离谜底又更近了一点。

第一节　三通一平

修建一座水电站，如果要将长江设计院各专业的忙碌程度排个序，施工处理所应当地排在前列。从工程筹建期到工程收尾，他们一刻不能停歇。他们在各个阶段忙碌些什么，有什么可圈可点？

作为一个采访者，最害怕的是碰到一位不善言辞的采访对象，时任乌东德工程设计副总工程师范五一就是如此。采访其他人，我的大笔记本上最少能记下两页半。可这位范总语言简洁，第一次采访时仅在我的笔记本上留下一页内容。直到向翁总争取，才有了第二次采访机会。

范五一，1984 年毕业于武汉水利电力学院，到乌东德之前参加过不少工程，但他只是很谦逊地说自己主要参加了三峡、丹江口大坝加高工程，把其他的都省略了。我后来了解到，范总参加工作时间虽然长，但是经历的工程数量确实不算多，原因是他参加每个工程时坚守的时间都比较长。如三峡工程，从 1993 年施工准备到 2003 年二期建成，他坚守工地 10 年。乌东德工程也是如此。从 2005 年参与工程设计，到 2012—2014 年任设代处常务副处长，然后从 2015 年开始，他和枢纽院副院长郭艳阳两人轮流在工地值守，一晃就过去了 10 多年。

范五一来到乌东德时，工程还在筹建期，当时施工设计的重点是"三通一平"。其中通水设计为在工区布置两座水厂。上游 1 座为生活水厂，设计规模为 5000 立方米每天，下游 1 座为生产水厂，设计规模为 81000 立方米每天，水源均为金沙江。因工地就在金沙江边，通水设计较为便利。而通电设计的，主要承担者是机电处（现为机电院），这里主要描写公路的设计，这是施工处在工程建设准备期最主要的设计工作。

153

一、公路设计

乌东德工程的公路，由三部分组成。

1. 半新公路

位于金沙江右岸，公路从禄劝县城到皎平渡的省道，从半角村引出，沿太平小河东岸向东北延伸，终止于乌东德工程移民新村。公路全长28.372千米，是工程建设所用大宗物资及重件运输的主要通道，也是金沙江右岸对外交通专用公路。其中，新建桥梁16座，总长2155米；隧道10座，总长15531.5米；路基段长10.686千米，新建涵洞26道。设计时速40千米，设计路基（明线段）宽10米，路面宽7.5米。

2. 会河公路

位于金沙江左岸。上起会东县城，下到河门口大桥（即洪门渡大桥），全长43.076千米，是金沙江左岸对外交通专用公路。共有13座桥梁（含7座大桥、6座中桥）、6条隧道，明线段长32.25千米。公路等级为三级，设计时速为40千米，设计路基宽8米，路面宽7米。

3. 场内公路

经初步规划，主要施工道路总长约49.6千米、道路交通洞（不包括施工支洞）17.8千米。其中，永久路长34.1千米，临时路长15.5千米；上游交通桥为施工临时桥，桥长200米；下游乌东德大桥为永久交通桥，桥长200米；金坪子大桥桥面高程870米，桥长约300米；主要施工支洞共布置27条，总长约8.5千米。

进场公路的地质勘察由三峡院完成，负责人是罗玉华，前面已讲了他的故事。从那时起，设计院的范五一带着施工设计人员就与三峡院的同事们一起早出晚归，跋山涉水。其中，右岸规划的进场线路长28.3千米，他们就勘察了整整7天。左岸进场公路花了多长时间，范五一没有说，但这条公路更长，难度更大，更为偏僻，他们花费的时间应该会更长一些。

进场公路开工前，地质勘察是重点，施工处的同志与之配合，整天忙碌于工地与住地之间，其间的过程，我们在地质勘察那一章已有论述。地质人员走着尚嫌累，野外工作能力稍弱的施工设计人员就更困难一些。范五一虽是"老施工"，但看到那里的盘山小道，心里还是打鼓。在他看来，这些路远看就是一条印子，近看就是一个斜坡，往下看基本上都有五六百米高。斜坡上少有植被，到处是光秃秃的山坡，没有扶手的地方。他最怕的是斜坡上的石渣。不过，多走几趟后，他的底气足了许多。

"走过这样的路，以后再难走的路，我都不怕了。"他底气十足地对笔者说。

与范五一相比，牛运华应该算下一代。他从大连理工大学土木工程毕业到长江设计院施工处后，先参加了水布垭设计工作，然后调到正在筹备中的乌东德工程施工项目组，与范五一一样，他是施工处为数不多的全程参与者之一。

牛运华年纪较轻，经验不足。刚到现场，他与三峡院的同伴一起勘察的时候，与当年跟着王团乐走勘测小道的周华一样，两腿发抖，只能告诫自己尽量不去看山崖下面湍急的金沙江，一步一步地向前挪。多走几次，看到勘测队员泰然自若，他也熟练了许多。

进场道路建设所遇困难与解决过程，我们在地质勘察那一章里已经详细论述过，这里不再赘述。主要谈施工人员对场内公路的优化设计，其中最典型的莫过于金坪子大桥的优化设计了。

施期料场道路是用于连接坝址区与右岸下游施期料场、存料场、大坝砂石料加工系统、鱼类增殖放流站的场内交通，属永久道路。在预可研阶段，为避开金坪子滑坡Ⅱ区的影响，施期料场道路从左岸接线，设置金坪子大桥跨越金沙江至金坪子Ⅱ区下游，然后沿江展线至施期存料场，受施工条件限制，金坪子大桥的上、中、下3个桥位方案均存在一定的不足之处。到可研阶段，因大坝以外建筑物开挖利用料、存料场及砂石料加工系统调整至下白滩，施期砂石料加工系统、加工混凝土骨料改用皮带机运送，施期料场路基本不承担砂石料方面的运输任务，对线路的需求已经大大降低。为此，施工设计人员对这条线路进行较大优化。取消原定的金坪子大桥，采用以隧道方式穿越金坪子Ⅱ区至阿摆缓台，然后以明线依山就势展线的方案。同时他们与三峡院的同事们精诚合作，在隧道设计中直接布置砂石料皮带机运输线。与大桥方案相比，不仅解决了施期砂石料穿越金坪子滑坡Ⅱ区的难题，还可较早利用阿摆营地，有效缓解引水发电系统的场地使用紧张局面，对施工进度和投资均有较大改善。

二、施工供水

工程施工用水主要包括开挖、砂石加工、混凝土拌和、养护、修配厂加工企业等生产用水及生活用水，其水源取自金沙江。但因工程占地范围广、高差大，且主要施工企业均布置在右岸，因此在施工设计中，将两座水厂均布置在右岸，供水系统采用分质、分压供水的方式。其中，上游水厂在距坝址 4500 米处，高程 980~990 米，占地面积 12000 平方米；生产用水的供水规模为 30000 立方米每天（其中制冷系统循环用水的补充水按 10% 考虑）；生活用水的规模为 20000 立方米每天。下游水厂在金坪子大桥附近，水厂高程 1010~1020 米，水厂占地面积 14000 平方米；规划生产用水的规模为 65000 立方米每天（其中砂石系统的生产废水回收后再利用，利用率不低于 60%）；生活用水的规模为 5000 立方米每天。同时，为解决前期施工人员的生活用水问题，规划兴建处理能力达 1500 立方米每天的临时水厂。

在实际施工过程中，为节约投资，长江设计院按照业主提出的"永临结合"原则，取消了临时水厂，按照永久标准分两期建设规模为 5000 立方米每天的上游生活水厂，其中，一期工程取水能力 3000 立方米每天，于 2011 年投入运行；二期工程取水能力 2000 立方米每天，于 2013 年投入运行，并新增 5000 立方米每天的超滤膜深度水处理工艺，使处理后的水达到直饮水标准，全面提升了工区饮用水品质，提高了供水水质安全和可靠性。而取消临时水厂，初步估算节约投资约 1500 万元。

在生产水厂方面，因金坪子大桥被优化取消，且右岸缺乏施工条件。为此，长江设计院适时将该水厂移到左岸台地，并将其生产能力提高到 81000 立方米每天。调整后的方案改善了水厂施工条件，使得水厂得以提前建成，对保证工程施工起到了积极的推动作用。

至于施工用电，本书将在电力一次的内容中再作详细论述。

第二节　施工总布置

在施工准备期，除"三通一平"外，施工设计人员还对施工必备的料场、渣场、场内交通、辅助工厂等（行业话语叫"施工总布置"）进行设计。

施工总布置是确定枢纽建设征地范围的依据，也是编制筹建期工程规划的基础，尽早确定施工总布置方案，对及时开展枢纽区建设用地的移民征地工作和顺利实施主体工程建设具有重要的意义。

但在乌东德水电站，制约施工总布置的突出问题是可用场地有限。对此，牛运华用了两个"很麻烦"强调他们做工作的不容易。

"开工后，施工处的工作就是把每一个施工步骤理顺，捏到一起，所以很麻烦！"

牛运华向我说了与施工总布置有关的几项重点设计。

第一是洞室的设计。乌东德有导流洞、泄洪洞、电站引水洞、尾水洞等，共7种洞型，总长超过100千米，其中公路洞、导流洞、施工支洞由施工处设计，另外4个与电站相关，由枢纽处负责设计。

第二是施工过程的设计，包括施工面、围堰、施工企业工作场地的设计，钢结构加工厂、混凝土骨料加工和拌和系统的布置，骨料料场边坡的支护等。

第三是处理泥石流沟里的泥石，也是他们的设计内容。

第四是弃渣场设计，是为施工弃渣寻找出路。

乌东德水电站主体施工区从三台至金坪子段，顺河长度约3千米。这里河谷狭窄、两岸陡峻，尤其坝址处约400米长的河段两岸接近直立，主体施工区没有可利用道路，两岸之间无桥梁、大型渡船，施工场地极度缺乏。同时施工区地形陡峻，下游附近低高程没有大的平缓台地，施工区成片台地主要分布在高程 960~1300 米的卧嘎村，存在建筑物对称布置而可利用场地不对称的矛盾，交通条件极度困难。

工程筹建初期，施工设计人员结合工程枢纽布置特点与坝址区地形条件，会同业主对施工区内所有场地进行了全面复核分析，对各处场地的使用进行了大量优化调整。

在采访中，施工设计人员向我介绍了电站施工总布置的优化原则。

一是全面规划，统筹兼顾。从工程的客观条件出发，施工分区应统筹考虑分标因素，结合分标规划，尤其是主体工程的分标，统一规划场地，避免了大的方案调整，基本做到了规划一步到位。

二是因地制宜，分区布置。他们贯彻节约土地的指导思想，结合施工程序及工程进度安排，合理利用上游库区内场地和堆渣场地以减少施工征地；施工场地布置与交通运输线路布置有机结合，尽量避免物料倒运；存料场规划应尽量考虑回采方便及人工砂石加工厂的布置要求，并满足施工进度及初期蓄水要求。

三是封闭管理，分散与集中相结合。本着"有利生产、方便生活、易于管理"的原则，统筹考虑施工工厂设施、生活营地和电站永久管理建筑等的布置。

四是永临结合，节约投资。供水、供电、施工工厂设施在规划阶段一步到位，避免出现临时设施过度建设等情况；料源选择上尽量利用工程开挖料，以利于保护环境和降低工程造价；弃渣场和存料场的选择和布置须满足环境保护、水土保持、安全等要求；利用部分出渣平整场地，以满足施工场地使用要求。

五是有利于地方经济，促进共同发展。乌东德施工营地及交通等的布置都考虑地方经济发展需要，优化了周边地区的交通网络。

最终，根据电站、水工建筑物和导流建筑物基本对称布置而坝区总体地形、地质条件存在较大区别的实际，确定了"上游为主、下游为辅、偏重右岸"的总体施工布置格局。并形成了 1 个存料场、左岸 3 个弃渣场、右岸2个弃渣场、2个砂石料加工系统、3个混凝土生产系统、4个施工营地和施工工厂，以及左、右岸各4层道路等分别布置在9个施工场地并实行主体工程施工区封闭管理的施工总布置。

其中，最为突出的布置优化体现在砂石料加工系统、营地建设和渣场设计上。

一、砂石料加工系统

在预可研阶段，乌东德水电站人工砂石料加工系统布置在右岸下游施期料场附近平台，分两期实施。一期砂石系统主要承担导流工程、地下电站、泄洪洞、下游护岸、渗控、金坪子滑坡治理工程等混凝土所需粗细骨料生产任务，骨料料源来自施期料场上部开采的白云岩，以及地下建筑物洞挖的有用料。二期砂石系统主要承担大坝工程混凝土所需粗细骨料生产任务，骨料料源来自施期料场开采的灰岩骨料。

在可行性研究阶段，鉴于乌东德大桥、金坪子大桥开工建设时间较晚，导致前期的洞挖骨料存在无法运往施期存料场的弊端，他们建议取消施期一期砂石系统，在海子尾巴新增一套临时砂石生产系统，增加下白滩砂石料加工系统，有效解决了两个问题：一是系统建设不受道路限制，满足了导流洞初期衬砌、乌东德大桥等所需的混凝土骨料的需要；二是避免了人工骨料生产单元和混凝土拌和系统、主体工程施工区相隔太远，开挖料要反复运输，运距过大，经济指标过差等问题，同时大大减少了施工区上下游运输车辆，有助于交通安全及资源节约。

二、营地建设

1. 前期营地规划

乌东德电站地处峡谷，两岸台地不多，可供安全住人的台地更少。在预可研规划中，乌东德水电站业主营地布置在新村大沟附近，包括业主、设计、监理等人员在内的主要办公区、生活区，总占地面积约16万平方米。施工区承包商营地按照不同标段布置在右岸上游新村冲沟附近、右岸上游海子尾巴、左岸上游猪拱地、右岸下游施期等部位，总占地面积约36万平方米。

2. 业主营地优化

2011年3月，三峡集团乌东德筹备组组织设计与地质人员对新村大沟附近营地进行了现场踏勘，发现新村大沟下游侧为滑坡体，覆盖层较厚，而新村大沟上游侧为基岩，覆盖层较薄，且呈东西宽约260米，南北向长约630米，最大高差约160米，平均坡度1：4到1：5的长方形，地形地质条件更为适宜。为此，长江设计院经研究，决定将营地布置到新村大沟上游侧区域，同时扩大规模，将业主、设计、监理和施工单位的管理人员统一规划到新村营地及新村大沟附近，形成包括业主、设计、监理、施工单位的管理人员在内的工程指挥管理中心，既方便各单位的往来和沟通，也有利于采用分期及不同方式建设营地，降低了运行及管理成本。此外，在不适于建设营地的新村大沟下游侧区域规划布置为工区体育场，为工区各方提供了一个运动休息的宝贵场所，凸显了三峡集团以人为本的管理理念。

3. 承包商营地优化

在项目实施阶段，经进一步勘探、研究，发现部分原规划的承包商营地因地质条件不理想，导致只能安置3000人，与全部施工人员数量（约8000人）差距很大。为此，在业主组织下，长江设计院对金坪子村进行补充勘探后，确定金坪子村缓平台坐落在古河床中，稳定性较好，为此将其布置为主要施工营地，按6000人规模进行规划设计，基本实现了主要施工单位一线人员的集中入住。相对于预可研中施工营地的布置方案，此方案的最大优点是避免了地质灾害频发带来的安全风险，人员居住安全得到保障。同时人员集中居住，生活垃圾、废水等得到更有效处理，也保护了环境。

此外，为兼顾左、右两岸平衡，促进地方经济发展，将部分施工营地由云南的右岸改设在四川的左岸，有效带动了营地周边的经济发展。

三、渣场设计

在施工总布置时，牛运华还向我介绍了他们对渣场的布置。乌东德共布置了 4 个弃渣场，容量分别为 130 万立方米、150 万立方米、450 万立方米和 3500 万立方米，正好可消化工程产生的 4300 万立方米石渣。水库蓄水后，除了 450 万立方米的这个渣场仍在水面以上外，其他三个都会被淹到水底。为避免它们对金沙江的行洪与环境造成不利影响，施工处要求施工单位采用钢筋石笼对坡脚按照 1 ∶ 1.5 的坡度进行防护，再用混凝土浇筑框格梁护坡，并安排专人对此进行复核。

"剩下的那个堆渣露到外面怎么办呢？"我有些杞人忧天。

"我们对这个 450 万立方米的堆渣进行了硬化和绿化。现在它已被划入旅游项目规划场地，计划修一个停车场。公路通了，两岸的外部条件改善了，水库蓄水了，乌东德水库旅游发展指日可待。"

"大坝开工以后，你们还要负责什么呢？"我向范总询问道。

"主要是围堰设计，另外就是混凝土温控设计了。"范总答道。

可别小看混凝土的温控。乌东德大坝的混凝土浇筑量很大，它遇水变热，如控制不好，在冷却时容易出现裂缝，给工程造成潜在威胁，因此温控问题从来就是"天大的事"。乌东德大坝在全国率先实现低热水泥混凝土浇筑，在很大程度上避免了温度裂缝，但具体允许混凝土升到多少摄氏度，混凝土中的水管如何埋，间距多少，都需要施工处的同志计算分析。

在围堰设计方面，由于导流洞进出口和右岸导流洞进口段岩石破碎，用铲车直接挖有一定风险。因此，范总他们当时对围堰施工就做了好几种备选方案，并制定相关支护措施。

通过与范总的对话，我更清楚"知责任、明责任、负责任"的重要性。

我问："你参加完三峡工程，再到乌东德工地，两边都是重点工程，感受不一样吧？"

范总回答："管的范围不一样。"修建三峡工程时，他只负责混凝土施工技术的具体设计工作，其他问题不用考虑。而在乌东德工地，他不仅从

161

头到尾坚守，而且参与了施工设计的全过程。此外，乌东德工程应用的新技术多，施工中一些大的问题讨论他都参加，大的事情也都经历了。

"我是个做事比较认真、比较细的人。我当时的压力也是挺大的，不仅一天到晚要盯着，而且心总悬着。这个事儿不干完，心就没办法放下来，你看我的头发就这几年就掉了不少。"

"像你这几年下来，光是图纸就审了不少，总有个数字吧？"我问道。

"几千张肯定是有的，每一张图纸都要把关、签字，我主要负责施工专业。当然了，碰到大的问题，领导、专家都到现场研究，还要开专家研讨会，在一起讨论如何解决问题。像导流洞那个坎，郑守仁院士、陈德基大师、徐麟祥大师、薛果夫几位专家都到现场勘察，提出整治方案。薛总在现场待的时间很长。总体来说还比较顺，有惊无险。"

经过范总的介绍，我对施工处在乌东德工程中的主要工作有了初步了解。如果将修建乌东德工程也比作一次"长征"，可以说施工处像范总一样的人，伴随着工程从头走到尾，完成了建造乌东德水电站这一独特的"长征"！

第三节　导流截流

一、导流设计

2020年9月12日，翁永红受邀担任中央电视台《开讲啦》主讲嘉宾，面对主持人撒贝宁提问的"整个乌东德水电站建下来之后，最引以为豪、引以为傲的地方是哪儿"，他做出了如下的回答：

"目前国内建设200米以上的高拱坝，建成7座，在建的有乌东德、白鹤滩2座，总共9座高拱坝。我比较自豪的是，在这9座电站里，乌东德高拱坝是唯一一座坝身不设导流底孔的电站。在整个蓄水过程中，坝址断面不断流，并实现了初期蓄水期400~1500立方米每秒大流量向下游泄流。"

1. 大胆设计

过去，高坝在开始蓄水时下游河道断流在行业内是个共性问题，但人们认为断流几天大不了鱼难受一点，与动辄上亿元的工程投资效益相比，算不了什么。近几年，国家对生态安全高度重视，保障生态安全的理念日益深入人心，水利工程普遍要求保证生态流量。

翁永红跟下面的同事们提出："长江设计人在设计乌东德工程时，绝对不能以牺牲生态安全为代价，要保住设计院的金字招牌。无论是社会责任的担当，还是行业发展的趋势，都要求我们必须要保证蓄水过程中下游不能断流，河道不能干，保证下游工农业生产生活正常用水，还要保证鱼虾和其他水生生物的生存。"

在预可研阶段，为了保证施工期的生态流量，长江设计院设计的5条导流洞尺寸、高程基本一致，在拱坝坝身高程855米附近设置1个5米×8米的导流底孔，这样可以保证生态供水。但进一步研究表明，这个底孔可能会对高拱坝结构造成威胁，而且肯定会增加工程投资和工期。如果只在蓄水时临时用一下，正式蓄水后又堵上，实在得不偿失。

所以，在翁总要求下，施工处导流室的同志们开动脑筋，大胆假设、小心求证，将1~4号导流洞的宽度增加0.5米，将5号导流洞缩小，并将它提高约18米，让它可以在前4个导流洞封堵而中孔尚未蓄水时，继续过流，临时充当导流底孔，这样就可以取消导流底孔了。

但这个设计不仅使1~4号导流洞的过水断面尺寸增大到16.5米×24米，净过流面积373.14平方米，最大开挖断面尺寸19.9米×27.2米，衬砌后高度24米，均创造世界纪录。再让5号导流洞（过水断面尺寸12米×16米，净过流面积179.91平方米）独立承担临时导流底孔作用。到中孔过流时，5号导流洞的运行水头已经有60米了，能否保障它在这个高水头下安全运行并安全下闸蓄水，是整个措施的重中之重。

2. 困难重重

2012年，乌东德5条导流洞开工。同年7月，漆祖芳从武汉大学博士毕业，当年8月来到乌东德工地，参与导流洞的现场设计。这让他兴奋异常，但很快就倍感压力。

"金沙江汛期流量很大，所以5条导流洞的尺寸都很大，在地质条件复杂的情况下开挖如此大的导流洞，万一开挖过程中碰到地质条件很差的地方，导致洞室变形，怎么办？这是导流洞开挖前所有人都十分担心的问题。"

真的是怕什么来什么。右岸导流洞开挖至上游洞段时，果然碰到了麻烦，顺层、小夹角、陡倾、薄层、碎裂、软岩，所有对洞室稳定不利的不良地质因素，都集中出现，其中任何一样都够设计人员提心吊胆的。

到过现场的各级专家无不感叹：乌东德导流洞稳定控制难度，在国内乃至在全世界已建和在建的水利工程中都是非常大的。

制定合理的开挖支护方案，有效控制洞室稳定，首先要掌握地质条件。为此，三峡院各种地质勘探手段齐上阵，一进尺一编录、钻孔勘探、岩心取样、室内试验、现场原位试验等传统手段，孔内电视、单孔声波、跨孔声波等物探检测设备全部用上，终于确定了合理的地质条件和地质参数。施工处据此制定了"短进尺、弱爆破、勤支护"的开挖支护原则，以及从上往下分五层开挖支护方案，并对每一层开挖完成后洞室变形量进行了预测，还在洞室中布置了数百个监测仪器，实时监控洞室的稳定状态。

施工单位按他们制定的支护方案，对第二层进行开挖，判断没有出现大的问题。正当他们以为剩下三层也将平稳度过时，情况又复杂起来。第三层的变形量和变形速率远超前期预测，还需要继续采取有效措施。

明知征途有艰险，越是艰险越向前。在长江设计人的字典里，没有"不可能"三个字。他们兵分三路，地质人员对洞室周围岩体地质条件开展勘探和试验；科研人员根据监测和物探成果开展动态分析，设计人员则通过查找国内外类似案例寻求参考借鉴。终于找到了问题所在，是开挖过程对洞室围岩的扰动损伤远超认知水平。为此，他们创新性地提出了"浅+表+中+深"等支护手段相结合的综合支护措施，及时控制了洞室变形。

谈起当时的紧张情形，漆博士仍记忆犹新地说：

"由于导流洞稳定控制难度已经远超现有技术和认知水平，为保证洞室开挖过程中及时制定有效支护措施，参建各方建立了'日碰头'制度。大家每天都到现场了解情况，包括每天进行了哪些部位的开挖，开挖揭露的地质条件有没有变化，有没有渗水，洞周有没有裂缝，岩体声波值有没有变化，进行了哪些支护，洞室变形增加了多少，锚杆锚索应力增加了多少等。根据了解到的相关情况，设计人员经过现场综合分析与研判，及时商议决策，制定有针对性的支护手段，并通过现场备忘录确认，马上开展支护施工，防止过度变形而造成洞室失稳。正是这种有效的'日碰头'制度管理措施，确保了现场支护方案的有效性和及时性，保证了洞室开挖顺利成型。"

古人曰："慎始而敬终，终以不困。"导流洞开挖施工期，这样的"日碰头"制度整整实施了10个月。那一年，漆博士在乌东德工地整整待了356天，没有缺席过一次"日碰头"，由此同事们都称他为"356博士"。他白天去现场，晚上总结分析当天的技术问题，并对第二天可能碰到的技术问题提前准备，确保方案的科学性和合理性。有人劝他回武汉休息一会儿，也有人告诉他武汉的房子要涨价了，让他回去买房子，但他却说：

"我是对导流洞现场最熟悉和最了解的设计人员，并且现在的'日碰头'制度管理效率高，现场动态支护调整的针对性和及时性强。如果因为我个人的原因，现场动态支护方案没有及时制定，导致导流洞内发生局部大规模垮塌，将会对工程造成难以挽回的影响。"

漆祖芳当时的小心谨慎不是没有道理的，他还专门列举了右岸3号和4号导流洞中隔墙问题。他说：

"这个中隔墙厚度只有30米，赶上当时正在开挖上游洞段地质条件最差的500米。当进行第三层和第四层开挖时，中隔墙变形逐渐增大。安全监测和物探检测均表明，中隔墙塑型区有逐渐贯通的趋势，若不及时进行控制就继续开挖的话，中隔墙存在较大的垮塌风险。上游500米不良地质洞段中隔墙若全部垮塌，垮塌的方量将达到20万立方米以上，将会造成重大的人员伤亡和财产损失，乌东德工程的工期将至少推迟1年，对整个工程的影响是不敢想象的，那不仅是我个人丢人的问题，我们设计院都将受到巨大影响。跟我个人买个房子，哪个大哪个小一目了然。"

毛主席说："人是要有一点精神的。"漆博士用自己的行动诠释了什么叫舍弃、奉献，这种从老一辈身上传承下来的精神已在设计院年轻人身上得到发扬光大。

3. 提炼总结

导流洞投入运行后，漆博士的思维并没有离开导流洞，特别是右岸导流洞上游洞段。整个开挖支护设计过程让他觉得其中有很多经验和教训值得总结出来。于是他就以此为依托，开展了名为《陡倾薄层状围岩条件下大型导流隧洞支护措施研究》的博士后课题论文研究，得到了考核组专家的一致认可。他的导师周良景自豪地说：

"乌东德大规模导流洞不良地质洞段开挖支护的经验教训，对未来类似工程具有十分重要的参考意义。"

漆祖芳代表施工导流室和整个导流洞设计科研团队谈及体会时说道：

"规模这么大的导流洞室群，这么差的地质条件，无论是对我个人，还是对我们导流室，以及整个导流洞设计科研团队来说，都是前所未有的挑战。通过大家共同的努力，地质、设计和科研等多部门的密切合作，将世界上规模最大、地质条件最复杂、综合难度最大的导流洞室群顺利建成，整个团队都感到十分荣幸和自豪！"

4. 重中之重

由于承担底孔职能，乌东德工程的5号导流洞比其他4个导流洞明显偏小，由此导致其空间相对狭窄。另外，它的弧形门在平时是封闭空间，下闸的时候必须补气，以保证正常启闭。如果全开的话，泄水量太大，上游水位抬升速度慢，蓄水时间长。想快速蓄水，又不断流，只能半开半关。这样水流直接冲击闸门，容易将闸门冲坏，同样带来安全风险。

因此，长江设计院从一开始就要把它论证清楚，什么时候半开，半开多长时间，采用什么样的措施才能控制住风险。为此，徐唐锦他们与长江科学院的同志们做了4个模型、19种方案、157组模型试验。最终设计出尺寸最佳的弧形门（12米×16米），并为弧形门找到了最安全的运行方式。

不过，进行到了这一步，事情还没有完，还要解决水在洞内正常运行的安全问题。5号导流洞虽然只单独运行7天，但它与中孔之间的近60米水头还是太高了。如果不处理的话，洞内水流速太快，能量太大，可能会将洞内的钢筋混凝土冲坏、震垮。于是，他们又在5号洞内设计了两级洞塞，相当于做了两个围墙，只在墙上留个小孔，让高速水流在这里碰碰壁、消消能，然后缩着身子钻过去。这些措施一做，试验效果非常好。这种利用洞塞在导流洞内消能的措施在国内外也属于首创。

就这样，在翁永红的启发下，这个名为"高拱坝坝身不设底孔的导流及生态流量保障技术"项目最终成型，乌东德工程也实现了整个建设期不让金沙江断流、保证生态流量的目的，对生态保护来说这可真是一个大善举，其现实意义怎么评价都不为过。

从翁总在中央电视台《开讲啦》节目中只说这一个创新成果来看，这应该是他最感到自豪的成果，因为它适应了当前工程水利向生态水利的历史性转变，做到了"生态优先，绿色发展"。

其成果荣获湖北省技术发明奖一等奖，这也是长江设计院历史上第二次以牵头单位获得该项大奖。如今，这项成果已在行业内得到普遍认可，长江设计院承担设计任务的旭龙水电站也没有设坝身导流底孔。

对此，漆祖芳非常自豪地说："我们不走老路，走的是新路了。"

走新路者，多为意志坚定者。他们始终相信：长风破浪会有时，直挂云帆济沧海，会迎来最终的胜利。

二、挡水围堰

1. 围堰设计

5 条导流洞之后，工程施工设计的重点进入围堰设计阶段。

形象地说，围堰就是一道临时大坝。它率先截断江河水流，形成基坑，为工程建设提供干地环境。

乌东德工程围堰按 50 年一遇洪水设计，上游围堰堰顶高程 873 米，顶宽 10 米，最大堰高 72 米；下游围堰堰顶高程 847 米，宽 10 米，最大堰高 42 米。围堰设计挡水最大库容为 2.26 亿立方米，相当于一座大型水库。而坝址处浓厚的覆盖层，让它的设计困难重重。

根据三峡院的地质勘察成果，围堰处覆盖层最大深度达到 70 多米，加上围堰高度，需要做防渗墙的最大深度接近 100 米，而背水侧覆盖层基坑边坡最深达到 155 米。围堰一旦出险，小则漏水，影响施工；大则冲毁围堰，对下游河道和两岸人民的生命财产安全造成威胁。

所以施工处在做乌东德大坝围堰设计时，压力也非常大。施工设计人员开动脑筋，采用了"复合土工膜 + 塑性混凝土防渗墙 + 墙下帷幕灌浆"的防渗形式，设计了世界水电史上承受水头最高（最高可达 150 米）、开挖最深（97 米）的围堰防渗墙。

2. 分期填筑

事实上，最早困扰围堰设计的不是工程本身，而是建设程序。按照原计划安排，乌东德导流洞于 2014 年 9 月完成过流验收后，马上就可以大江截流了。但此时工程尚未获得国家核准，截流不可能获批，这将影响工程建设进度，让业主三峡集团忧心忡忡。

业主代表、工程建设部主任杨宗立找到翁永红和导流室主任徐唐锦，请他们想一个两全其美的对策。经集思广益，徐唐锦提出，可以提前填筑防渗墙施工平台和深槽部位防渗墙，后期利用枯水期抛填防渗墙施工平台截断河流，形成事实上的截流。这样既满足各方要求，也不耽误工期。这个思路得到了各方认可，并付诸实施。郑守仁院士称赞它开创了高山峡谷地区大流量、高落差河道截流的新模式，为我国西部在天然坡降较大的河流建设水利水电工程、提前施工围堰防渗墙积累了实践经验，具有较高的推广应用价值。

3. 科学试验

乌东德围堰分两个枯水期填筑，还为长江委的一项重大科研提供了实战机会。

当时，国内超高面板堆石坝筑坝技术不成熟。为此，郑守仁院士提出了在 300 米级面板堆石坝下部采用注浆碾压混凝土的设计理念，但苦于没有合适的试验场地和条件。翁永红得知情况后，认为它对未来超高面板堆石坝筑坝技术具有深远意义，同时认为乌东德河床覆盖层很厚，而且围堰分两个枯水期填筑，不仅有时间做试验，运气好的话，还可以借助洪水来检验一下它的试验效果。

经与长江科学院专家及业主代表、乌东德工程建设部主任杨宗立和施工方代表、葛洲坝施工局局长李国建讨论，提出：先由长江科学院材料所开展室内试验，研究注浆混凝土浆液配比问题，然后在乌东德大坝上游围堰做现场试验。

2015 年 4 月，长江设计院牵头的碾压混凝土现场试验在上游围堰顺利完成；2016 年 4 月，在下游围堰开展了改性堆石体注浆试验。

如今，乌东德导流洞早已经封堵，围堰已深埋水下，开挖断面最大的导流洞、基坑边坡最深的围堰尽管已经隐去。可长江设计人对技术开拓创新、永无止境的探索精神正如金沙江两岸的群山一般连绵不绝，如高峰一般屹立于世。

第四节　大坝浇筑

2017 年 3 月 16 日，乌东德水电站举行大坝首仓混凝土浇筑仪式，揭开了乌东德水电站大坝混凝土工程施工的序幕，业主、设计、施工、监理等单位领导出席。石伯勋书记代表设计方表态：一定要做到"精准勘察，精细设计，精心服务"，从此三个"精"字的理念贯穿乌东德水电站设计工作始终。

2020年6月11日，在同一地点，随着三峡集团领导一声令下，最后一罐9立方米混凝土缓缓倒进大坝仓内，并被填平，270米高的乌东德大坝主体工程至此浇筑完毕。

2017年3月16日至2020年6月11日，建设者共用1184天，浇筑了270多万立方米混凝土。

一、低热水泥

乌东德大坝的最大特色，是它的整个坝段浇筑的都是低热水泥。事实上，在大坝之前，地下厂房、泄洪洞、水垫塘与二道坝等主体工程浇筑的也全是低热水泥。乌东德也由此成为世界上第一个全坝浇筑低热水泥的大型水电工程，这是水利科技的重大突破。

同行人都知道，大坝主体由大体积混凝土浇筑而成。在混凝土浇筑过程中，主要原料水泥与水发生化学反应时会产生大量热量，导致混凝土内部温度急剧上升，然后逐渐冷却。在热胀冷缩的过程中，由于温度应力不均，很容易产生裂缝，因此在过去常有"无坝不裂"的说法。

裂缝不仅影响大坝外观，还可能破坏工程结构，影响安全。为此，早在20世纪70年代，长江科学院刘崇熙博士就开始了低热微膨胀水泥研究，并进行过局部应用，且获得成功，但没有推广运用。

长江设计院的段寅博士向笔者讲述得还要详细，他说：

低热水泥在中国算不上新技术，早在"九五""十五"攻关时期，中国建筑材料科学研究学院、中国水利水电科学研究院和长江科学院等单位就已经取得了比较成熟的成果，并制定了适用于水工混凝土的低热水泥技术标准。四川嘉华水泥厂、湖北华新水泥厂等也在全国首批实现了低热水泥的规模化稳定生产。但在国内的大工程中用得较少，尤其是水电大坝，最多只在个别坝段或少数部位应用。即使在 2005—2010 年，溪洛渡大坝与三峡大坝进行浇筑时，因低热水泥性能尚未达到要求，只在一些比较次要的部位试验性地应用了比低热水泥温度要高 3~5 摄氏度的中热水泥。

在乌东德大坝施工之前，三峡集团就向长江设计院提出，能不能在全坝使用低热水泥。设计院混凝土室副主任梁仁强和刚参加工作的段寅，在 2013—2017 年做了大量研究工作。

首先，委托长江科学院做了室内实验，通过数值实验的方法模拟大坝的温度差，充分了解低热水泥的性能。

其次，模拟大坝的温度规律，在计算机上做了数值仿真，了解低热水泥到底有什么样的发热规律。

最后，模拟低热水泥在大坝中的温度规律，确认它有发热较慢，容易被人工干预（如冲水、覆盖保温材料等）的特点。

在试验过程中，他们逐步认识到，从力学性能上讲，低热水泥发热慢，对混凝土强度影响较小，利用这个特性，他们总结出一套比较适宜的温控手段，让它尽可能地不产生裂缝。

"什么手段与规律呢？"笔者好奇地继续追问。

在混凝土浇筑初期，尽量地让它缓慢降温，从而使整个大坝混凝土温度分布较为均匀，对大坝整体应力有好处，也有利于保证大坝混凝土的质量。

在试验场和电脑上完成相关试验后，在大坝正式施工之前，长江设计院为慎重起见，先在水垫塘上浇筑低热水泥，然后再在二道坝上浇筑，一步步掌握低热水泥的发热特点。

同时，他们在地下厂房、泄洪洞的一些重要部位也进行了相关尝试，效果相当不错。

地下厂房一些需要高标号水泥浇筑的部位，使用普通水泥可能发生几十条或上百条裂缝，但他们用了低热水泥后，发生的裂缝减少 90% 以上。

因此，经过水垫塘、二道坝、泄洪洞、地下厂房的不断实践，到2017年3月乌东德大坝正式浇筑时，他们掌握的低热水泥技术已经比较成熟了。

"整座大坝基本没有温度裂缝。用这个水泥真是让我们挺惊喜的，发热确实比我们想象的还要好。"段寅喜悦之情溢于言表。

"水泥已经在大坝上应用了几年，有没有权威专家来对这个产品进行评价啊？"我提出了自己感兴趣的问题。

过了几天，段寅发给我几份相关资料，其中一份是专家院士评价，择其要点如下：

2017年8月30—31日，大坝仿真分析专题会召开，中国工程院院士陆佑楣、郑守仁、陈厚群、马洪琪、张超然、钟登华、钮新强、缪昌文。中国科学院院士张楚汉评价认为，"现场已初步掌控低热水泥混凝土温控实施规律，将坝体最高温控由中热水泥个性化控温提升至'低热水泥精准控温'"。

2018年12月4—5日，在大坝温控和工程安全风险仿真专题会上，中国工程院院士张超然、水规总院余奎认为："乌东德大坝全面应用低热水泥混凝土国内外尚属首例，在材料上取得较大突破……大坝整体工作性态正常，反映大坝应用低热水泥混凝土取得阶段性的胜利。"

国家可再生能源发电工程质量监督站及项目站评价："低热水泥混凝土……是坝工界在材料和施工方面的一大进步，开辟了大体积温控防裂新途径……具有良好的应用前景。"

项目站还在2017年7月、2018年8月、2019年6月、2019年11月连续四年评价："大坝低热水泥混凝土施工质量总体满足设计要求。"

"乌东德高拱坝低热水泥混凝土温控防裂和高效施工关键技术"获2020年中国大坝工程学会科技进步奖一等奖，这意味着国家已经给它打了一个最高分。

由于长江设计人敢为人先，率先将低热水泥应用到乌东德大坝上，不仅让大坝外表更完美，而且体格更健壮，这真是乌东德工程建设的一大幸事。负责该项设计的梁仁强、段寅等人是成功者，当然也是幸运者，尤其是与它同时成长的年轻人——段寅。

"当时还是以研究为主，好些老同志看了觉得有点不信，因为它确实发热太低了，很多比较有经验的专家也没能接受它。其实刚开始我更将信将疑，因为乌东德工程是我经历的第一个项目，也没有类似的工程经验。"

段寅谈起此事，由衷地说道：

"我 2013 年到设计院时就被分配到此项目组，有幸见证了低热水泥这个新材料成功应用到乌东德大坝的全过程，我也得到了成长。"

人有大志在，何处不翻飞；人有大事成，怎能不出彩。段寅参加工作不到十年，已被评为教授级高级工程师，2019 年获长江设计院首届"青年创新英才"称号。

长江设计院有关低热水泥的研究，先后获得中国大坝工程学会颁发的科技进步奖特等奖 1 项（2021 年）、一等奖 1 项（2019 年）；大禹水利科学技术奖一等奖 2 项（2017 年、2021 年）；获水力发电科学技术奖二等奖 1 项（2022 年）。

如今，低热水泥逐步在水电工程混凝土浇筑中充当主角。由于长江设计院敢为人先，让乌东德大坝率先成为全国使用该材料浇筑的第一坝，也让他们领略到了"独占鳌头"的风光。

二、温控措施

低热水泥只是为大坝高质量浇筑提供了条件，理想的浇筑效果还需要通过在施工过程中采取温控措施才能获得。

早在设计时，长江设计院针对低热水泥混凝土发热速度慢、总发热量小、早期强度低等性能特点，逐步建立了"控高温、防倒温、匀降温、重保温"等防裂技术体系及标准。

针对乌东德拱坝具有坝体薄、约束强、泄洪及过流孔洞较多、施工复杂等特点，拱坝坝体较薄，通仓浇筑，坝体温度受外界环境影响显著，且受基础底部和两岸边坡强约束的情况，长江设计院在可行性研究阶段，考虑到金沙江河谷的干热气候、坝体结构和材料特点，初步拟定的温控措施如下：①采用低热水泥、灰岩骨料、Ⅰ级粉煤灰，优化混凝土配合比；②控制基础约束区浇筑温度为 12~14 摄氏度；③加密水管间距至 1.0 米 × 1.5 米，加强通水冷却；④加强运输和浇筑仓面的保温；⑤加强养护和表面保温。

同时对高温季节混凝土温控措施作出要求，除了从骨料、配合比设计、拌和、运输、浇筑、冷却通水、养护外露面保温几个环节做好工作外，合理安排仓位、科学配备资源、加快入仓速度及加强仓面保护等也有十分重要的作用。

三、智能拱坝

科技成果的频繁应用，可以为工程保驾护航，智能大坝就是其集中体现之一。

所谓智能大坝，是基于数字技术，通过引入人工智能、大数据等先进技术，实现了大坝的智能化管理和预警。它通常由高精度传感器网络、数据传输模块、中央监控平台和智能化数据分析软件等组成。其核心功能技术包括：

1. 实时数据收集与分析

智能大坝能够实时收集大坝的各种数据，并通过智能化数据分析软件进行实时处理。分析软件能够根据预设的算法，自动判断这些变化是否属于正常波动，或是可能引发灾害的预警信号。

2. 预警与预测

一旦检测到异常，系统会立即生成预警信息，并传送给相关管理部门和工程技术人员。同时，智能大坝还能够通过分析历史数据和实时数据，预测未来的水位、流量等情况，为决策者提供更加科学和准确的依据。

3. 故障诊断与修复

智能大坝能够自主进行故障诊断，并在一定程度上实现自我修复，大大提高了大坝的运行效率和安全性。

如果说在溪洛渡，长江设计院开启了大型水电智能化的 1.0 时代的话；那么，他们设计的乌东德水电站，则正在向水电智能化 2.0 时代迈进。

以水电工程机器视觉智能建造项目为例，通过在水电工程建设施工中引进非接触式红外热成像测温设备，相关技术人员研发了将混凝土施工中的可见光与红外镜头相结合的双目重型监控云台，构建混凝土表面温度与出机口温度、浇筑温度的相关模型，可以对大坝混凝土出机口温度、浇筑温度、表面温度进行全天候实时、在线、连续、高精度监控与快速精准测量，并具备超温预警预报功能。

据介绍，乌东德水电站探索建设的 iDam2.0 系统，借助大数据、物联网、云计算等技术，建立共享、协同、交互的智能大坝业务管理平台，可实时感知基础数据，并进行真实分析，最终实现智能温控、智能灌浆、智能喷雾等。技术人员通过 iDam2.0 系统，可随时了解它的"头疼脑热"，及时进行动态调整，让大坝一直处于健康状态。这套包含智能通水、智能灌浆等全生命周期应用的大坝智能建造系统，是由三峡集团、清华大学、天津大学和长江设计院联合研发的成果，曾获多项国家级技术进步大奖。

回望乌东德大坝的设计过程，在庆贺长江设计者一个个创意的同时，会不由自主地发出如下的感慨：

知识贵在创新。在创新的过程中，找对方法比勤奋更可贵。如果将勤奋比作奔跑的双腿，那正确的方法更是腾飞的翅膀。

第五节　洞室封堵

乌东德水电站的地下洞室主要由地下厂房、泄洪洞和导流洞等组成，此外为开挖施工通道，还布置了大量的施工支洞。其中，地下厂房45条，

175

泄洪洞 7 条，导流洞 15 条，加上基坑、渗控工程、K25 溶洞等，施工支洞共计 105 条。如果再加上勘探平洞 216 条，以及交通洞、通风洞等，工程各类辅助类支洞共计 465 条，总长超过 80 千米。

"称作地下洞室群已不合适，应该叫地下洞室网。"这是施工处牛运华的原话，这张"网"是由电站部及施工处的工程师们共同设计，施工人员"编织"的。

与枢纽处设计的诸多永久性洞室不同，施工处设计的许多洞室是临时建筑，到了蓄水的时候，需要封堵。解铃还须系铃人。这个解网的行动也都交由编织这个网络的设计人员来完成。

2019 年导流洞下闸蓄水，是他们"解网"的典范之作。枢纽处、施工处以及长江委水文局都参与了相关工作，牛运华和同事们也守在现场。因为是分阶段下闸，牛运华他们坚守的时间也特别长。如第一阶段蓄水，他们守了 20 天；第二次蓄水又守了半个月。那段时间，每个人都提心吊胆，就怕哪里打来漏水的电话。这与搞金属结构的同志们看着闸门在 15 分钟内安全下落就大功告捷，大异其趣。

此后的一年，乌东德工程即将全面建成，他们"解网"的行动也不断加快。为了安全"解网"，他们首先按设计图纸排查，明确哪个洞封与哪个洞不封，何时封，并拿到现场给施工单位和监理单位核对。因为洞室太多，仅排查工作，他们就反反复复地清理了 4 遍，历时一年。项目组有个小伙子说：

"我真的感觉如履薄冰，担心哪条洞查漏了，责任太大，晚上睡着了，梦里都在数洞子！"

他们的成果得到了各方肯定。

乌东德工程施工单位之一的水电六局乌东德施工局在 2021 年 12 月 13 日开出了一份应急处置证明，最后一段话是：

"为避免蓄水位进一步抬升过程中，渗水量及渗水压进一步加大，对永久堵头安全造成不利影响，长江设计公司乌东德设计代表处及时组织牛运华、乔兴斌等赴现场，进行应急处置全程技术指导。经过持续三个昼夜的灌封处理，克服高水头条件下群孔渗漏灌浆等重重困难，配合我局圆满完成渗水处置及灌浆任务，确保了堵头施工和运行安全，为工程提前蓄水发电创造了条件。"

乌东德工程地下洞室是中国水电工程中最复杂的地下洞室群之一，最终由一群了不起的设计者与建设者们建设成功。乌东德地下电站厂房设计，是乌东德工程中被"倒逼创新"的一个成功范例。他们所做的地下建筑物全都隐藏在山间，已与两岸的山脉融为一体！

第七章

为国争光的大国重器

印度诗人泰戈尔说过："谢谢火焰给你光明，但是不要忘了那执灯的人，他是坚忍地站在黑暗当中呢。"

1832年，法国人皮克西制造了世界上第一台试验性发电机，正式开启了人类使用电的历史。从那以后，世界上有多少台发电机陆续投入使用不得而知。但不管是火电还是水电，只要发电机一投入使用，它就会为一片区域带来光与热，成为人造的太阳。

20世纪初，长江设计院机电院因为乌东德建设和百万机组设计，又一次成为中国水电行业舞台的主角。这与其说是命运的偶然，不如说是必然。因为，命运也总是掌握在努力者的手中。中国的水轮机组经历过曲折道路，长江设计院机电院的几代人也为之奋斗，他们的命运紧密地与大国重器联系在一起，他们为研制大国重器建立了奇功。

第一节　大国重器

大国重器是近几年流行的一个词语，主要是指那些对国计民生产生重要影响的项目或产品。在水利系统属于大国重器的，首推三峡电站内的大型水轮发电机组。2018 年 4 月 24 日，习近平在考察长江时说，三峡工程是国之重器，强调：

"真正的大国重器，一定要掌握在自己手里。核心技术、关键技术，化缘是化不来的，要靠自己拼搏。"

此外，乌东德水电站也算一个。2020 年 6 月 29 日，乌东德水电站首批机组发电之时，习总书记又作出重要指示，强调："坚持新发展理念，勇攀科技新高峰，努力打造精品工程，更好造福人民。"

在翁永红的引荐下，笔者在乌东德工地采访了原机电处处长邵建雄与设计总工程师陈冬波，还采访了部分机电设计人员。回汉后，机电院院长（现长江设计集团总经济师）王华军用微信为我安排了近 20 名被采访人员，还将每个人的主要作用附在后面。

我马上回复道：

"太好了！有你这张联络图，我就按图索骥，先从外围做起，最后再到你那里。"

我为什么说"索骥"？因为在我眼里，他们都是机电院的骏马，无论是三峡电站安装的 70 万千瓦机组，还是乌东德电站安装的 85 万千瓦机组，或者在白鹤滩电站安装的 100 万千瓦机组，他们都是积极的参与者。

与枢纽设计和施工设计相比，我国的水电机组设计与制造能力在较长一段时间比较落后，成为中国水电发展的最后一块短板。直到 19 世纪末三峡工程建设前，我国设计的最大水电机组只有 32 万千瓦。不过，短短 20 多年，就实现了 70 万、85 万、100 万千瓦机组的三级跳，其间经历了艰苦而漫长的等待、引进、消化、吸收、开发过程。研制的历程越苦越长，成功的喜悦也就越甜越美，越令人回味。

179

不过，水电机组的工作特性，决定了它的设计人员大多刚强与沉默。但真正接触他们时，我却惊奇地发现，他们对自己的工作有极强的倾诉欲。面对我这个外行，他们都认真地、尽量用通俗的语言把极为枯燥艰深的机组设计过程表达出来。有人甚至将厚厚的工作报告借给我参考，或者将文字版资料甚至图纸都带来了。邵建雄处长更是将他多年的工作日记都借我参考。这让我对机电设计的印象慢慢清晰起来。

一、谁执牛耳

近 20 年来，长江设计院机电院做了两件大事：一是作为牵头单位，领衔完成了 100 万千瓦级水轮发电机组（简称"百万机组"）研究设计工作；二是为乌东德电站设计出 85 万千瓦水轮发电机组。它们都是在三峡电站吸收引进国外 70 万千瓦机组的基础上，实现的重大突破。而这些技术的突破，不仅取决于机电院，还取决于整个长江设计院、长江委、水利部、三峡集团，甚至全国、世界各方的团结协作。

因此，严格地说，机电院这些年最大的功绩，是协助长江设计院作为牵头单位，完成了百万机组研究、设计，并参与了制造工作。这可是目前大国重器中的一个顶尖产品，它将在很长时间内引导本行业的世界潮流，按照有些专家的话说："它已经顶到天花板了！"

为什么要论证设计百万机组，这个过程是如何展开的，最后达到了什么样的效果？这话得从头道来。

长江委原副主任季昌化参加过葛洲坝、三峡工程的设计。前段时间，在得知我为乌东德水电站写报告文学时，专门在微信上给我发来一段话：

"20 世纪 50 年代，我们设计三峡水轮发电机组时，是立足 30 万千瓦机组（当时我国实际制造能力可达 15 万千瓦），争取 60 万千瓦机组，远景追求 100 万千瓦机组，并按此目标组织全国攻关。后来，三峡实现了 70 万千瓦，现在乌东德实现了 85 万千瓦，白鹤滩终于实现了 100 万千瓦，圆了长江委人 60 年之梦。供你写作参考！"

这段话高度浓缩地概括了长江委人和中国水利人 70 年机组设计的奋

斗历程。

新中国成立后，长江委主持过丹江口、陆水、万安、葛洲坝、隔河岩、高坝洲、水布垭、构皮滩的水电机组的设计，但单机容量都不算大。在三峡工程之前，我国自主设计、制造的水电机组，最大容量也就是 32 万千瓦。更大容量的水电机组，核心技术都掌握在少数发达国家手中。为此，在三峡工程建设时，三峡集团通过国际招标，引进国际承包商主导了左岸 14 台 70 万千瓦水轮发电机组的设计、制造与安装工作，并邀请哈尔滨电机厂和东方电机厂参与。到右岸电厂 12 台 70 万千瓦机组安装时，这两家国内企业已经能够独立完成了。再到地下电站的 6 台机组，则完全实现了国产化。

21 世纪初，在向家坝、溪洛渡水电站建设时，我国已经研制出单机容量 77 万千瓦的水电机组，达到了与世界并跑的水平；到白鹤滩与乌东德水电站时，国家决定采用 100 万千瓦级水电机组，以更好地满足工程建设的需求。

我到乌东德水电站工地采访时，翁总曾安排王豪、张熊二人带领我参观了国内最高的地下厂房，只看见 6 台水轮发电机组静静地肃立在厂房中央。粗略一看，其外貌与三峡机组没有多大区别。但它的水轮机却隐藏于最下层，我没有参观到。我对它的了解，是从采访机电设计人员开始的。

1. 项目由来

2003 年，三峡集团在主持乌东德工程设计投标时，确定水电机组为与三峡工程相同的 70 万千瓦。但乌东德过于狭窄的地貌，迫使其地下厂房规模不可能太大。如果想实现 1000 万千瓦的装机容量，至少要装 14 台，实在难以摆下。

为此，从 2006 年开始，三峡集团就以乌东德、白鹤滩水电站作为依托工程，委托长江设计院牵头，联合相关设计院、制造单位、大专院校开展了百万机组的创新研究。整个研究分两个阶段进行。第一阶段研究其技术可能性；第二阶段从设计、制造角度，研究其细节。

原机电处处长邵建雄，1982 年从浙江大学毕业后，就被分配到长江委机电处，仅在国内就参加和组织主持了葛洲坝、万安、隔河岩、水布垭、构皮滩和三峡工程的机电研究。2006年受命牵头百万机组的研究工作，并负责乌东德水电站机电设计，直到退居二线后被返聘，仍然在乌东德工地坚守。

三峡工程的70万千瓦机组已是大国重器，乌东德与白鹤滩的百万机组更是重中之重。能牵头研制这个机组，该是何等的荣耀。但当笔者问他当时的心情时，邵建雄的回答却异常平静："真不好意思，时间过去了十多年，好多事都忘记了。"

笔者只好启发似的提问："研制百万机组这样一个大项目，机电处当年是不是倾尽全力？"

"不是，开始时机电处大多数同志还承担着三峡、水布垭、构皮滩、彭水等水电站的设计工作。只有几位主要技术骨干研制百万机组。除我这个负责人外，还有刘景旺、陈冬波，以及现在的机电院总工程师梁波、机电专业设计总工程师王树清等。到工程可行性研究的时候，涉及的人员就比较多了。"

真是兵不在多而在精，将不在广而在能。

就这样，机电人开始向百万机组冲锋了。虽然他们大多数时间仍在电脑上"静水行舟"，但他们的大脑却经常"翻江倒海"！

为配合我的写作，邵建雄提供了他参加工作的笔记本，里面记录了几乎每次重要会议的主要内容。通过这个笔记本，百万机组的研制历程，在我脑海中渐渐清晰起来。

2. 论证始末

邵建雄的笔记明确记载道，乌东德水电站装设百万机组的规划，始于2006年，具体到机电处，却是当年春节前夕。以至于他们的那个新年根本就没有过好，不是加班，就是在考虑机组设计的事情，难怪家人总觉得他们心不在焉！

春节一过，邵建雄就带领机电处有关人员开始了百万机组的设计工作。还将这个机组与国内其他机组在设计、制造难度方面进行了粗略比较，并写在自己的笔记本中——

"水轮机制造排名第二，水轮机蜗壳制造排名第一，水轮发电机机械强度排名第四，水轮发电机组容量与冷却方式排名第五，水轮发电机组推力轴承排名第一，大型地下电站主厂房最大开挖跨度排名第一。"

岁不寒无以知松柏；事不难无以知君子。六个重大指标，乌东德占了三个第一，其他的也是二、四、五名，难怪那么值得业内人士关注！

当年6月3日，钮新强代表长江设计院向三峡集团汇报乌东德水电站的工作，并提交百万机组主要研究成果。12月底，长江设计院正式提交《百万水轮发电机组创新研究立项报告》，制定了百万机组创新研究的目标、技术路线，以及其可行性研究大纲、统一原则和技术方法等文件。

2007年3月6日，三峡集团副总经理杨清参加钮新强在长江设计院主持的座谈会，翁永红在会上汇报了乌东德水电站设计的全面进程，邵建雄汇报了机组研究情况。不久后，国家批准三峡集团研制百万机组的课题，三峡集团专门成立领导小组，钮新强被明确为领导小组成员之一，长江设计院也被明确为课题牵头承担单位，承担单位还包括中国电建集团华东勘测设计研究院有限公司（简称"华东院"）、东方电气集团、哈尔滨电气集团、清华大学和中国水利水电科学研究院等。

时任机电处处长邵建雄被明确为项目负责人，感觉肩头的担子重千钧，他很清楚百万机组研制的技术难题。

一是推力负荷比三峡机组大6%左右，转速高约14%，对轴承的结构和材料提出了严峻挑战。二是机组的定子铁心高度将超过4米，超过三峡机组，如何兼顾发电与散热也是一大难题。三是需要攻克绝缘材料，不断提高防护水平，避免生产期间可能发生的安全事故。

另外，整个水轮发电机重四五千吨，最大直径约有22米，这样的庞然大物对运输的汽车、轮船，包括公路等级都有一定要求。

在各级领导的关怀和同事们的配合下，邵建雄绘制了一张攻关项目路线图。这张路线图中的"红星"，标志着此时出现了阶段性成果。由于该设计与乌东德水电站设计相伴相生，因此这张路线图上时常"双星"辉映。

183

路线图的起始日期是 2007 年初，到当年 4 月 4 日就亮起了第一颗"红星"。三峡集团副总工程师刘利人主持会议，原则同意长江设计院负责拟定的《乌东德、白鹤滩水电站装设 100 万千瓦水轮发电机组可行性研究工作大纲》。

5 个月后的 9 月 3—4 日，又一颗"红星"亮起。三峡集团组织 80 多位专家和代表对长江设计院、华东院完成的第一阶段研究成果进行了评审。三峡集团总经理李永安及 5 位副总经理、长江设计院院长钮新强、华东院副院长王岩参加。在评审会上，邵建雄汇报了总体工作，陈冬波汇报了机组研究成果，华东院代表做了补充说明。这标志着第一阶段，即技术可行性研究顺利完成。

紧接着启动的是第二阶段机组总体研究和专项课题研究。

2008 年 5 月 7 日，又一颗"红星"亮起。有关方面在葛洲坝西坝 3 楼会议室召开的第二阶段专题技术评审会，对"百万机组总体技术要求和规范""百万机组总体研究""百万机组水轮机模型试验研究"等关键课题研究进行讨论和评审。

2008 年 12 月 4—19 日，国务院三峡工程建设委员会办公室专家黄源芳，长江设计院机电处陈冬波、高军华，华东院、哈尔滨电机厂、东方电机厂等共计 15 人，对近 10 年国内运行及正在设计制造的 30 万千瓦以上大型混流式水轮发电机组进行调研。

2009 年 8 月、11 月，2010 年 4 月，"红星"又几度点燃，百万机组第二阶段成果广受好评。

2010 年 5 月 13—16 日，中国水电水利顾问集团在北京召开乌东德水电站预可研审查会，基本同意乌东德电站初选装机容量 85 万千瓦。在分组讨论中，与会专家和部分代表提出了为装设百万机组留有余地的建议。这颗"红星"由钮新强院长亲自点燃，可见其含金量。

2010 年 8 月 23—24 日，三峡集团在宜昌召开了机组创新研究第二阶段成果验收会议。认为第二阶段研究工作已基本完成。研究成果表明，百万机组各项性能指标满足技术条件的要求，研究成果可以作为两座电站实施的基本依据。

2011年2月25日，三峡集团乌东德工程建设部主任杨宗立主持会议，确定乌东德水电站于本年11月开工，2013年截流，2020年首批机组发电。大家终于知道了兴建乌东德水电站的明确时刻表。

此后的十多年，长江设计院对百万机组开展了全方位研究。就在本节写作即将落下帷幕时，笔者得知长江设计院还拿出了一个完整的百万机组设计制造行业标准，并被有关部门以国字头的文件正式下发，这也是中国乃至世界上有关百万机组最早的一套完整的标准体系，标志着长江设计院成功完成了百万机组的领跑任务。

项目负责人陈冬波很骄傲地在他撰写的《百万机组研究与探讨》论文中写道："百万机组技术设计制造要求与规范已成为国家的行业标准，用来指导以后所有的百万机组制造与使用。"这篇论文刊登于《人民长江》2009年第一期，并在一个国际会议上进行过交流。

二、落户乌东德

他们的行程从来不是一马平川，而是山高水长，路途艰辛。没有白费的努力，也没有碰巧的成功。所有的努力都会伴有波折，而在取得成功之后，这些波折都会成为难忘的回忆。长江设计院机电院水机室的同志们对此感同身受。

长江设计院为乌东德研制的是百万机组，但乌东德工程安装的，却是85万千瓦。对此，邵建雄在他的笔记本中，有过这样的记载。

2011年3月31日，三峡集团召开讨论会，明确两座水电站装设百万机组在技术上不存在任何制约因素，但综合其他因素，乌东德单机容量基本考虑在85万千瓦及以上。

2011年4月24—27日，三峡集团在咨询会上，认为长江设计院咨询报告中推荐的装机容量从预可研阶段的87万千瓦增大至96万千瓦方案基本是合适的，其对应的装机台数12台也是合适的（此时单机容量为80万千瓦），建议根据本电站装机容量选择成果，完善单机容量选择内容。

185

此时，乌东德电站已经失去了采用百万机组的机会。根据三峡集团一位领导同志的描述，大家所争论的关键在于"其对应的装机台数 12 台也是合适的（此时单机容量为 80 万千瓦）"。因为如果按此计划，电站不仅安装不了百万机组，整个电站的装机容量也将定格为 960 万千瓦，距千万千瓦电站近在咫尺。因此大家形成共识，保证装机 12 台的前提下，努力把单机容量提高到 85 万千瓦，这样电站的总装机容量 1020 万千瓦，刚刚迈过千万千瓦这个大关，这也算是有失有得。

在采访长江设计院原副院长、机电专家袁达夫时，我将这个问题提了出来，他很快作了答复。

乌东德电站采用百万机组，肯定节省空间、节约造价。他进一步解释道，乌东德电站装的虽是 85 万千瓦的机组，但其设计、制造，采用的全是百万机组的标准。

为了能让我这个外行听懂，袁院长在讲解时尽量用通俗的语言。

水电机组从技术来讲，有几大指标，第一是稳定性，这最重要。第二是能量指标，就是效率要高。第三是气蚀指标。只要以上三大指标做到最优，这类机组就好。

在百万机组研制时，大家并不是只把世界上已投产机组的顶尖参数堆集起来，还要根据该电站的环境条件、水文资料及水库调度方式，寻求三大指标的整体最优，以达到发电效益最大化。

"研究新技术的时候，三峡集团每一次开会都把我们这些老人请去，听取我们的意见，不断地围绕着三大指标的突破修改设计。在产品制造过程中，我们还要去参加一些厂家产品的鉴定会，促进产品质量达标。"

讲完三大指标后，袁院长兴致勃勃地往下介绍。

第二步就是要设计研究水轮机新型转轮了。这要通过模型试验来进行。每个电站的额定水头不一样，泥沙情况不一样，转轮尺寸及运行方式不一样，因此其要求也不尽相同。

如乌东德的额定水头是 137 米，白鹤滩则高达 211 米。如果都要发100 万千瓦的额定电力，乌东德电站机组的转轮直径就必须比白鹤滩电站机组要大，安放它的厂房尺寸也要大一些。而乌东德的地下厂房位置有限，它不能安装百万机组，多少与这有些关系。

听得出来，袁院长对此还是有些许不舍，毕竟长江设计院主持研制的百万机组，自己却没有用上。但他们在乌东德机组设计过程中，仍然留足了扩展到 100 万千瓦的空间。也就是说，只要有需要，它的水轮机随时可以出百万机组的力。

翁永红也谈了这样一个观点：

"不要有这样的心理，什么都要追求国内、国际上最大的，而应该在实际工作中，追求最好的；不要以追求世界第一为目的，要去做世界第一的事情。"

如果说设计是"纸上谈兵"，那么要将其转化为现实，还需要厂家将它制造出来。在这方面，水机室主任陈冬波说得比较多。

20 世纪末，三峡工程 70 万千瓦水轮发电机组的钢材全部从日本进口，不仅价钱高出普通钢材好几倍，而且关键时候还不卖。这就倒逼着国内宝钢、武钢等厂家自主研发，终于让三峡右岸电厂的机组用上了国产钢材。

与三峡工程相比，百万机组对钢材又有了新的要求。如蜗壳钢板，如果采用 60 公斤级的，其厚度将达到 90 毫米，在成型及现场焊接中会增加难度，为此，要求研制 80 公斤级高强、高性能钢板料。为此，长江设计院多次参加国内大型钢厂的研发成果评审会及焊接工艺评审会。看着焊接工人们在高温下挥汗如雨，陈冬波心里特别感动。

为了制造百万机组，设计人员参加的相关试验难以计数，经历的失败也不胜枚举，这些最后都成了通往成功的阶梯。

如发电机通风冷却模拟试验，陈冬波说：

"三峡左岸电站在引进国外 70 万千瓦机组时，国外厂家担心风冷设备不能满足要求，全部采用定子水冷方式。但该工艺不仅复杂，还容易产生故障。因此在右岸电站及后续国产化机组时，我国采用了空气冷却。事实证明，它工艺简单、事故率低。到了百万机组时，我们通过理论计算分

187

析加上 1 ∶ 1 模拟试验，形成了高于国际标准的大型水轮发电机组安装标准，对乌东德水电站 85 万千瓦水轮发电机组的安装质量起到了保证作用。"

2020 年乌东德电站首批机组顺利投产发电前夕，邵建雄、陈冬波带着机电院一班人坚守现场。由于技术服务及时，首批机组有水调试非常顺利，机组瓦温、线棒温度、振动、摆度等各项机械、电气性能均表现正常。到 6 月 30 日 6 号机组正式调试时，当机组进入稳定运行区后，站在发电机风洞盖板、各层楼板上的人几乎没有感到振动，也没有听到噪声，以致很多人以为停机了，实际上它却在高效运行。随后在 7 号机组发电时，机电院在工地现场的年轻人朱钊在其风洞盖板上竖着放了一元硬币、五毛硬币各一枚，两枚硬币居然没有倒下。试验成功后，大厅响起了热烈的掌声。

鼓掌者，有三峡集团的管理人员，有长江设计院的设计人员，更有机组的生产厂家。正是由于三家精诚合作，才成功制造了如此优质的大国重器，请为他们点赞！

三、为了设计

笔者在机电院总工程师的办公室采访梁波时，忆及往昔奋斗岁月，他目光炯然，话语间仍能感受到那份不褪的沉着干练。

梁波 1995 年毕业于华中理工大学（现为华中科技大学），先参加了王甫洲工程，紧接着参加了三峡工程左岸电站、右岸电站和地下电站水轮发电机组的设计，后来又参加了南水北调等十几个工程。

梁波告诉笔者，2007—2008 年他还在三峡工地时，就配合老同志为乌东德电站的发电机做了一些初步设计，2015—2016 年也参加过几次乌东德机组的设计联络会。让他印象最深的是 2015 年 7 月在上海召开的水轮发电机组第一次联络会。

当时，乌东德左右电站的机组分别由两个国外厂家制造：一个原叫阿尔斯通，现叫 GE 水电，是美国厂家；另一个是福伊特，是德国厂家，都是国际顶级供应商，在中国都有分厂。

三峡集团很重视水轮机组研究，决定在国内、国外各开一次联络会，上海的这场会相当于上半场，然后再到德国开下半场。梁波在受邀参加上海这场会前，奉命到南美出差。待他赶到上海时，会议已经开了一个多星期，会议纪要都签了，只待主持人总结完后就可以散会了。

可在此时，梁波发现福伊特公司机组在电机电磁设计中有一个重要参数存在较大缺陷，此前这个问题专家们也发现，并讨论过。不过大家认为乌东德工程的条件跟三峡工程不同，这个隐患并不严重。

可梁波认为这个参数缺陷很大，不能放过。为此，他横下一条心，在代表长江设计院发言时，纯粹从技术方面把问题摆了出来，并表示：

"我不同意这种方案！"

此话一出口，全场所有人员都露出惊讶的神情。随后，他从两个方面对自己的观点进行了解释，并结合自己在三峡电站的经历，讲出了自己对这个问题的解决方案。

最后，梁波语气加重地说：

"如果不采用这种方法解决问题，以后在工程中肯定会留有遗憾。我们应该在第一次会议阶段解决这个遗憾，不要将它留在以后工作的机组里面。"

梁波讲完后，整个会场安静了5分钟。导致那次会议本来要确定的方案真的就挂起来了，紧接着要在德国召开的另一次会议也推迟了。因为要按照他的建议，重新做电磁设计方案。

这种设计方案的工作量有多大呢？梁波用手比画了一下，它的技术资料积起来像《中华大字典》一般厚。

不过，几个月后，梁波参加了德国厂商在本部召开的会议，却欣喜地发现，德国的设计人员把那个隐患降下来了，主要方案也做了全部调整。有些参数虽然来不及计算，但是承诺要在后面再算。

原来，在这几个月的时间里，原班人马经过紧张工作，按照梁波提出的思路，做出了完美的设计方案，里面没有任何超标的参数，也没有增加过多的成本，给乌东德电站水轮发电机交出了一个满意的答卷。

德国人的行动给梁波留下很深刻的印象，他们做事是认真的，态度是严谨的。

在讲完上海那次难忘的联络会后，梁波反复重申了一下他当时的心态：

"因为我没有参与乌东德工程的全部设计，只负责发电机的技术把关。当时发言的时候心里还想别捅娄子啊！有那么多专家、领导在会场上，就你说不行，那么多人做的成果都得推翻重来，当时还真的是压力蛮大的，但是最后的效果还是令人满意的。怎么说呢？这个跟长江设计院的一贯作风有关系，是老一辈留下的这种精益求精的精神影响了我。我们许多人是从三峡工程走过来的，作风都比较严谨，有什么问题从不回避，不当和事佬，不把问题留下来，有问题就解决，这才是对客户、对工程、对自己负责。"

事实证明，梁波的举动非但没有激怒外国专家，相反赢得了对方的信任。不久，机电院还从福伊特公司那里分担了一个关键设备——主回路及中性点回路的分包合同。虽然合同额 3000 多万元，不算太大，但世界顶级承包商能将自己的关键设备交给机电院设计，说明机电院的技术让人放心。

我从梁波那里还了解到，虽然乌东德机组主要参数、标准一样，但两个国外厂家做出来的产品还是有区别的，但质量都很好。尤其德国福伊特生产的 6 号机组从设计到制造、安装每个环节都非常到位。这除了技术先进之外，还与德国人的严谨态度有关。

"所以做大工程一定要特别地认真，特别地严谨，因为任何一个小问题都会被放大成一个很大的问题。这个行业圈子也不大，有一点问题大家都知道，同行都比着、看着呢！"

"路不险则无以知马之良；任不重则无以知人之德。"有梁波等大量的精英人才当主力军，长江设计院已在很多方面勇立潮头！

第二节　水机设计

一、主设讲水机

水轮机是水力发电的核心设备。它通过不断的旋转，化势能为动能，再通过其上的发电机转化为汩汩清洁能源，输往全国各地。从事水轮机及相关辅助系统工程设计的，是水力机械专业（简称"水机专业"），是水电站机电设计的主体专业。

在时任机电院院长王华军给我的联络图上，杨晓林后面备注的是水机室退休的教授级高级工程师，曾经主设让我隐约感到"沧桑"的意味。但与她直接见面时，我才发现，她不仅比我年轻，还是一位女性。后面，我见到现任的水机主设——博士后李玲，也是一位女性，不由让我想起"巾帼不让须眉"这句话来。

杨晓林，1983年毕业于武汉水利电力学院水利机械动力系，这个专业专门针对水电站培养学生。她的同学大多分配到长江委的机电处、规划处，或者在水电站里面搞机组运行维护。她先后参加了葛洲坝、三峡，以及万安、王甫洲、水布垭等工程的水机设计。

2008年，在乌东德工程为高低水位（即原定正常蓄水位950米和争取蓄水位975米）论证时，杨晓林参加了百万机组的水机设计。正如邵建雄处长介绍的那样，开始时，机电处不少人员忙于多个工程，此后不断投入乌东德工程中来。当时水机室所有人都要同时参加几个工程的设计。如杨晓林在最忙的时候，同时参加4个项目设计，其中两个是主要项目，另外两个项目是兼职，经常忙得脑子里面都在打架。她说，那段时间除了吃饭、睡觉外，她的生活中只有设计，再也插不进其他内容了。这种革命加拼命，就是许多乌东德工程设计建设者的缩影。

爱迪生说过："如果你希望成功，当以恒心为良友，以经验为参谋，以谨慎为兄弟，以希望为哨兵。"除此之外，成功者还应该具有智慧，而智

191

慧的标志就是能够在工作中不断地提升档次。乌东德机电设计人员应该都属于智慧之人。

杨晓林介绍，在长江设计院牵头论证百万机组时，三峡集团召开了多次专家会论证相关的问题。一般而言，机电设计本身出问题的可能性不大，但因中间未知环节太多，如比转速，开始时他们对百万机组的许多问题未知，或没有可借鉴经验，因此常常心中无底。但只要掌握了其中诀窍，那么在下一次，他们就心中有数了。

"我们的技术进步就是这样一步一步螺旋式上升的。"听完杨晓林这番话，我由衷地得出这样的结论。

另一个比较重要的问题是如何尽可能地避免机组的振动。如 20 多年前三峡电站 70 万千瓦机组是国际招标，其中左岸电站的承包商是福伊特和阿尔斯通。在第一次进行模型实验时就发现有振动区，所以没有通过。他们做了修改完善后，仍然还有一部分振动，但是有条件地验收了。当时除了三峡电站机组外，国内也有几座大电站的水轮机转轮叶片因振动而产生裂纹。为此，国务院三峡工程建设委员会办公室专门发文推迟三峡右岸机组的招标，要长江设计院研究并解决问题。长江设计院经过一系列努力，技术明显进步。因此几年后，在三峡右岸电站和地下电站时，振动带已明显弱化，这些研究工作都为乌东德电站提供了成功的经验。

这让我想到在乌东德机组并网发电时，朱钊将硬币立在机组也没有倒的这个细节。

对此，杨晓林说道："机组在试运行时考虑的是稳定发电，而不是发电效益，因此肯定选择最好的水头。但在实际运行过程中，水头的变化与发电量关系很大，水头的不断变化，对机组的考验十分严峻。因此，对机组真正的检验是在各种水头下都能平稳运行，而不是振动更小，或者没有振动。事实上，不振动也是不可能的。"

尽管目前乌东德电站 85 万千瓦运行实测数据还不多，但从目前表现来说，它的防振参数还是比较先进的，比三峡电站的 70 万千瓦机组要好一些，专家们给予的评价还是比较高的。

除各项参数外，机电设计还有独特的地方，即设计者只管设计，它的制造、安装、运行必须与制造厂家和安装、运行单位密切合作。

"欧美国家的机电生产能力较强，但他们的水力资源基本上开发完了，因此一致看好中国市场。而且他们最大的机组只有 70 万千瓦，也想参与百万机组挑战一下自己。乌东德机组最后虽然是由两个外资制造厂生产，但实际上它也是百万级水轮发电机组，它和白鹤滩机组的投产发电，让我们的理想变为了现实。"

这段话是杨晓林一口气讲下来的，中间没有停顿，让人分享奋斗过程的感觉真好！

杨晓林继续说道："乌东德电站的水轮机与以往相比，一是尺寸超大，虽然很多经验可以借鉴三峡机组，但还有很多东西是没有办法借鉴的。比如乌东德处的 137 米的水头远高于三峡（不足百米），使机组受到的冲击力与三峡不在一个水平线上。

因此，乌东德机组的每一个参数都经过很多人审查，尤其是专家们的审查。一般电站的设计方案几轮就可以通过，但乌东德水电站却经历了更多的讨论轮次。有段时间，她始终在不断开会，不断地将已经确定的蓄水位、单机容量的方案调整过来，又调整过去。有时，她对领导层的慎重决策不太理解。但回过头来看，这样的慎重还是应该的，因为这样的大国重器确实容不得一点闪失。

杨晓林是 2008 年参加乌东德电站机组项目的。2017 年李玲来了以后，杨晓林就把跑工地的事交给了她，只是在需要的时候支持一下，至少可以松口气。

"原来在办公室就是一个工作环境，大家都在努力，就有一个拼命工作的氛围。那个时候，我就感到脑子转得飞快，也是被逼得没办法。刚退休半年，还经常翻一翻那些报告，现在基本上不看了。"

不过，对于自己的工作经历，杨晓林还是比较满意的。

"想法单纯，人就活得幸福。我认为工作的时候就要尽力，能够为了工作目标，将手上的事情尽量做得完美，就没有遗憾了，就挺好！因此，我退下来后，心里面没有什么负担。因为我该使的劲都使完了，都留在这个项目里面了，真的没有什么遗憾了！"

在采访的最后，她没有强调什么奉献精神。这就是一个真实的杨晓林，长江设计院工程师的典型代表。他们不善言辞，埋头苦干，勇于作为。根据他们编制出来的报告，设计出来的图纸，制造出来的水轮发电机，安放在电站里。当强大的电流向四面八方发射造福于民后，他们感到无比欣慰，因为这是他们献给祖国、人民最好的礼品，更是对辛勤工作最好的回报。

二、接力年轻人

杨晓林退居二线后，接替她担任乌东德水机主设的，是年轻的女博士后李玲。而她的上级，是接替陈冬波担任水机部主任的硕士毕业生郑涛平。从本科到硕士，从博士到博士后，长江设计院入职的门槛越来越高。

当我到乌东德工地时，水轮发电机正处在紧张的安装调试阶段。除了李玲、郑涛平，机电院新老领导邵建雄、陈冬波，以及年轻人王豪都在现场。他们不仅盯着一台台机组"落地生根"，还要将它们调试到最佳状态。他们白天实在太忙，我只有利用其休息时间进行采访。

40岁的郑涛平显得年轻，是个帅气的小伙子。自从2004年从武汉大学研究生毕业参加工作后，就被分配到机电院水机部，与杨晓林同一个母校、同一个专业，又在同一个科室干同样的活。近20年来，他参加了三峡、隔河岩、亨子口等电站的水机设计，也参加过援外工程。

"我们设计人员很关心第一台机组的调试。如果首台机组调试成功了，后面同类型的技术问题，基本上可以很顺利地解决。"

郑涛平对他们白天过于繁忙，只能晚上接受采访有些歉意。毕竟，万事开头难。更何况他们开的这个头，是安装当时世界上第一台85万千瓦的水电机组呢！

随后，郑涛平也以通俗的语言，向我进行了相关的科普。

"机电单位与其他设计不同，不能研制水轮机，只能要求相关制造厂家根据我们提出的参数与开发条件做一个小水轮机来进行模型实验。然后根据厂家的试验结果，判断用什么样的转轮，以及后面的真机运行大致是一个什么水平。但真机在运行时的状态，只有在调试的时候才看得出来。"

郑涛平也讲到试运行的时候朱钊竖硬币的举动。看样子，这个举动让在场的人都记忆犹新。毕竟，美梦成真后，谁都会喜形于色，情不自禁地做出些平时不会做出的动作，那可是发自内心的高兴啊！

与杨晓林一样，郑涛平也提到了水头这个概念，不过他关注的不是振动大小。而是说，现在还没到汛期，水头有点低，机组的出力只有六七十万千瓦。只有等工程整体验收，水库蓄到正常蓄水位后，才可以发到 85 万千瓦。

这位新履职的领导除了谈工作、谈专业外，也谈了他自己。

郑涛平自从 2004 年参加工作以来，机电院接手的中小项目比较多，仅水机室就有"五朵金花"——构皮滩、彭水、水布垭、亭子口、三峡电站，他在工作的十六七年间基本上是一年多就转换一个"频道"。如今乌东德机组虽然是 85 万千瓦，但是其中至少 70% 的技术指标是百万千瓦级的。现在机组运行得非常好，说明这个项目设计得非常成功，他作为参加者感到很自豪。

我十分感谢郑涛平这位新主任让我知道了不同蓄水位下的电站运行状态，这是我过去没有深入了解过的。

三、年轻女主设

在我采访郑涛平的第二天，李玲接受了采访。

李玲是乌东德水电站工地的一朵花，清秀、靓丽。虽然已经 36 岁，但往那儿一站也就像 20 多岁，绝对吸引人眼球。有人对我介绍她时就以美女相称。但她更让人佩服的是她的学历，武汉大学水利水电学院博士、水力机械博士后。到长江设计院后，跟着陈冬波从事水机设计，并接替老大姐杨晓林成为乌东德水机主设。这种从学校一毕业就马上担任一个重要项目主设的情况，十分少见。这与其底蕴和实力是分不开的。

195

李玲告诉我，无论是读博士，还是博士后，她的论文基本上是围绕着乌东德水电站。到长江设计院后，又主要围绕机组、辅机，还有一些机电设备招标进行设计，主要出设计施工图。

由于到机电院比较晚，李玲参与百万机组前期研究工作较少，在施工设计的时候参与得比较多。开始时，施工人员看她是女同志，还是生面孔，加上说话轻声细语，在嘈杂的工作环境中根本听不清，多少有些瞧不起。不过，后来情况好多了。

当笔者提起那个像迷宫一样的地下洞群时，她很有感触。

"是的，一个女生最初去洞里还真有点不方便。有一次杨工休假了，就我一个人在工地。一天，施工方说有个管子好像处理得不对，让我去看一下，我就赶紧叫司机开车过去。结果到了地下厂房后，具体的位置就走错了。"

更麻烦的是，洞里面没有手机信号。李玲在询问别人后，像蜘蛛侠一样从蜗壳的钢筋上面爬过去，当时心里很害怕。好在处理完问题后，人家把李玲送出来了，没有让她再像蜘蛛侠那样从蜗壳重新爬一遍。

李玲不仅谈到了如何在工作中处理好与施工方的关系，还谈到了她与同事们相处的感受。

"我觉得作为设计人员，最让我满意的地方就是我们凭技术吃饭，没有钩心斗角，因此每一天过得都很充实，都觉得是在实现自己的价值。虽然工作比较忙，但工余时间一起打羽毛球，一起爬山，还是蛮开心的。"

是的！我在工地采访时，每天吃完晚饭都习惯沿着营地的马路散步，经常碰到郑涛平、李玲、王豪等人一起散步，一个单位的人其乐融融地在一起，度过晚饭后的时光，这种感觉真好！

李玲于2016年到乌东德工地，2017年在工地里待了一年。2018—2019年主要在北京、成都、自贡等地做机电设备招标与采购，参加过不少设计联络会，最多的一年出差了30多次。

谈起参加百万机组的设计，李玲深感荣幸地说道："尤其是能够在这么大的一个工程中，跟着老前辈老专家，学到了许多东西。"

虽然看上去年轻，但 36 岁的李玲已经有了 7 岁和 5 岁的两个孩子，分别是读博士和博士后时生的。2016—2017 年，她一直在工地、家庭两边跑，孩子就交给母亲带着。女儿想妈妈了，就与她视频一番。大女儿曾与她在乌东德工地待过一段时间。她在电脑前工作时，女儿就在旁边学习；她开会，女儿就坐在旁边画画；她洗衣服，女儿也会帮忙；她做瑜伽时，女儿就在旁边看电视，两人相处得像朋友一样。她借机教育女儿说："妈妈是为了优秀在努力，你也可以为了优秀而努力。我可以帮助你，但是我不会要求你。"

博士后果然不一般，在对待孩子的问题上也有自己的一套。

李玲当然也有着急的时候，如在工地值班听到小孩生病，也有无能为力的感觉。有一次，小女儿发烧，吃了药还不好，婆婆很着急，然后就一个劲儿地问她什么时候回来？还发短信说："你是外面的一片树叶，但你却是家里的一棵树。"

几天后，她赶到位于内蒙古的婆婆家里，发现孩子的病情并不重，只是缺少交流，老人在处理方式上有偏差，她心里非常愧疚。

"如果我早点回去，小孩就不会这么遭罪了，因为我太了解小孩是什么情况。就是因为我不在她的身边，才让她经历了这么多天的痛苦。"

李玲在说这话时，充满了愧疚之情。

她又说道："现在最艰难的日子熬过去了。孩子大了，身体好了，我没有落下什么遗憾，在工作上也好，在家庭上也好，都处理得挺好。"言谈之中，她又重新充满了自信。

或许每一个成功的职业女性，都会面临家庭与事业的矛盾，她们都能处理好，她们的不平凡也正在这里，李玲仅是她们中间的杰出代表。

我离开乌东德后，李玲和同事们仍坚持在工地，为一台台水电机组的安装和调试而不懈工作。每天晚上，她仍会通过视频与她的两个小宝贝交流。望着秀外慧中的李玲，我对她致以由衷的祝福，她的事业会稳步推进，孩子会茁壮成长的！

第三节　电气一次

机电院水机室的同志正忙着进行机组设计的时候，还有一群人在为机组诞生后的运行而忙碌着，他们是本院电气一次和电气二次专业的工程师们。前者的工作对象是直接用于生产的高压电系统和相对应的电气设备，而后者面对的主要是对机电系统和相应的设备进行监控、控制和保护的低压系统和相应的电气设备。这里先描述电气一次室工程师的作为。

一、行业挑战

在乌东德工程中，电气一次专业与其他专业一样，面临许多前所未遇的挑战，如 85 万千瓦的水电机组、500 千伏超高压变压器和超高压线路、大容量发电机断路器国产化应用、地形狭窄陡峭的电站出线场总体优化等，都对保证电站的安全运行起到重要作用。

在电气一次专业中，招标采购是重要环节。而且机组制造难度高、周期长，因此它虽然最后到现场，但它的招标工作却是最先开展的。尤其是乌东德电站首次采用当时世界上单机容量达 85 万千瓦的水电机组，不仅研制难度极大，其招投标也异常艰难和复杂。

对此，邵建雄处长精练、准确地概括了几点：

其一，设备的规模大、品种繁多，没有一个厂家能够包罗万象、单独承担。

其二，技术要求高，必须要由相应的专业厂家来承担。

其三，质量要求高，不能通过中间商进行转包或分包。

机电院电气设计部主任崔磊则对其进行了详细解释。

乌东德电站装机规模巨大，其机电设备不能像中小机组那样一次性打包，必须逐个招标。因此他们不仅要确定项目标的物的参数，还要进行招标、投标、评标、合同谈判等工作。合同签订后，还要和各厂家进行沟通，并对所有设计资料和图纸进行审查。

这样的审查会议有多少呢？在工程建设中，召开的重要设备的招标文件审查会有 2~3 次。至于相关的设计联络会，如水轮发电机组设计联络会有 4 次，主变压器的有 3 次，GIS 有 2 次，GIL 有 6~8 次。再加上评标、合同谈判，从重要设备前期的科研、交流算下来，仅仅针对设备招标采购，就召开了近百次会议。

如果这些会多几个人参加，平摊下来也算不了什么。可当时能参加的只有高军华、杨志芳二人，别人又插不上手。因为业主单位在成都，几大制造厂家分别位于上海、天津、西安、保定、南京、许昌等地。很长一段时间，高军华、杨志芳就在这些地方来回穿梭，他们的潜能就是这样被激发出来的。

与拥有高学历的同事不同，高军华 1981 年从长江水校毕业分配到长江委机电处时，只有中专学历。不久后，他参加了武汉水利电力学院在职函授学习，边工作边学习，加上结婚、生子，硬是在五六年后才拿到毕业文凭。不过，凭借着顽强的毅力，他不仅在高尖端人才中站住了脚，还成为其中的领军人物——电气一室原副主任。

高军华刚参加工作时就参与葛洲坝大江电站厂房的设计，后来到万安、彭水、高坝洲、隔河岩、水布垭等十几座水电站工作过，最后在乌东德水电站圆满收官。可惜的是，在乌东德电站首台机组发电时，他已经退休回家，没有参加现场的仪式。

高军华的老搭档——杨志芳，与他命运相仿。她于 1988 年从武汉水利电力学院毕业，参加过三峡、构皮滩、高坝洲、彭水、隔河岩、水布垭等 20 多座水电站的工作。2010 年从银盘水电站转到乌东德项目当专业主设时，才 40 出头，却已是电气一次的中坚力量了。她先后参加了百万机组可行性研究、专题设计、招标设计、施工设计、竣工设计等一系列设计。

在乌东德机电设备招标采购时，杨志芳与高军华一样，是"空中飞人"，几乎从来没有在 12 点以前睡过觉，有时候甚至在火车站、机场还要写报告。

高军华主任这样评价她："杨志芳工作认真、负责！由于是主设，她要将所有的问题搞清楚，因此她思考得最多、付出的精力也是最多的。"

二、寻找电源

毅力会使他们成功，而毅力的来源又在于毫不动摇，坚决采取为达到成功所需要的手段。这句话用在长江设计院机电院电气一次人身上再合适不过了。

电在当今世界，不仅是光明的主宰，更是力量的动力，人的生活、社会生产离不开电。工程未动，水电就要先行，哪怕是建设生产水电的电站，也不例外。因此，乌东德水电站尚未开建，电气一次的同志就要为工地寻找电源了。

我通过采访发现，尽管中国到处都是电网，但在乌东德山区为电站找电源，却不是一件容易的事。

最开始时，长江设计院在大松树乡修建过一个临时基地，用的电来自一座小变电站，它主要是解决当地居民生活用电，不可能满足工程需求。他们通过调查，发现四川电力部门规划在距乌东德坝址 15 千米的淌塘兴建一座变电站，电压等级 110 千伏；而云南方面有一个已经建成的中屏变电站，电压等级 220 千伏，但离坝址远了一点。两者相比，他们推荐从云南取电。而领导层通过综合考虑，决定同时从四川、云南两边取电。后来，葛洲坝集团在金坪子为工程建设了一个 110 千伏的变电站，成为工地取电主体。这样，乌东德坝区有 3 座变电站。

电气一次室的黄涵专门设计了一条 35 千伏的输电线路。在接受采访时，他专门带来了图纸，边指着图纸边对笔者说：

"施工供电最讲究的就是可靠性。一是不能离我们的工区太远。二是不能只从一个地方引，要从三四个地方同时引。三是需要结合地质条件，绝对不允许因塌方等出现倒塌现象。因为它不仅会产生电力故障，还可能引发火灾或者爆炸事故，造成严重后果。"

在上述条件满足后，需要考虑的是方案的现实可行性，使这条线路的路径尽可能规避人员密集区，如大坝、电站、业主营地、施工区，以及炸药库、材料堆放场、弃渣场等危险源。然后考虑的是施工方便，尽量选择地形相对比较平坦，汽车能开上去，至少马能够上去的地方，以便施工人员将沉重的钢材、水泥、沙石等建材运上去。

此外，他们还要为业主着想，尽量节约成本。

崔磊、董政华、黄涵等经过努力，终于为工程设计了一条合理的送电线路，并在工程正式开工前，由葛洲坝工程局架设完成，并将电源安全高效地引入了施工区，让工地亮了起来，动了起来。尤其是工地的办公区域，每到夜晚灯火通明，与天上的星星交相辉映，成为乌东德大山中的一大景观。

但为了让这条线路更加合理，电气一次同志们付出的努力也特别多，有些时候还让人难以想象。

如他们在四川钱窝子村附近选线时，就被一座理想中的塔位好好"教育"了一番，黄涵向我介绍了当时的情况。

这座塔，与左岸江边直线距离只有 2000 米，从钱窝子村抬头就可见到，但两者之间偏偏隔着一个悬崖。勘察那天，他们早晨 8 点就从营地出发。他们先到村子找向导，出价是一天 180 元，但村民们都不愿干。直到出 250 块钱时，才有一位女村民愿意冒险带路。明明塔位抬头可见，但她却带着大家绕来绕去走了好几个小时。女向导说她这辈子都没有到过这样难走的地方。可他们在塔位忙了几个小时后，收工时已到下午 6 点多钟。大家忙了一天，又累又饿，还找不到来时的小路了。经商量，他们决定冒险直接爬过悬崖，走上大路。女向导一听，吓得快要哭出来了，说悬崖非常陡峭，没有立足之地。他们尝试了一下，发现可以踩在峭壁岩石上生长的小树根部，蹲着降低重心，就可以下到路边。尽管这路是山里人在悬崖峭壁旁边凿出的2米多宽的路，但比绕几小时的山路要舒服得多啊！

为了让我有更直观的了解，黄涵点开了他事后拍摄的一张照片。背景是那座让他们吃尽苦头的山，一条专门画出的红色线条从山顶开始，弯曲地伸向江边，旁边有文字注明：

当天考察路线，从变电站开始，至江边最后一座基塔时，已经是下午6点。

另外，从山顶的变电站往下一段距离处，他画了一个黄圈，注明：村民老乡的家。

再往下画了一条黄色的直线，注明是他们回去的线路，也就是将向导快要吓哭的那条险路。

照片里的同事有詹勇、罗玉华，他们像壁虎一样贴着山壁，双手紧抓山石，脚下高低不平的、由碎石与杂草组成的道路仅有一鞋宽。

只要一脚没站稳，或是一把没抓住，直接就会跌入山下的金沙江。"我们能过来的只能说是三生有幸。"黄涵心有余悸地说。

"事后，我们回头一看走过的路，腿都在发抖，真是倒吸一口凉气，真的佩服自己的胆子，连那位土生土长的女向导都一个劲地说：'受不了！'她说她长到那么大，从来没有走过这么危险的路。"

黄涵在结束这段讲述时，并没有回避一个普通人的正常心态。他们与我们一样，都是平常之人，都有害怕与胆怯的时候。但责任感让他们在最需要胆量的时候走了出来。

黄涵离开乌东德后，又在非洲、东南亚做了一些项目。哪怕在2019年参与了尼泊尔在喜马拉雅山上的一个水电项目，他认为条件也比乌东德要好一些。

"喜马拉雅山的坡度可能有45度吧，但乌东德山的坡度可能有六七十度，人爬上去以后，真是太累了，人都累得瘫软了，简直是在透支！这样陡峭的山，以后可能再也不会碰到了。"

在黄涵回忆了"行路难"后，董振华这位2004年就参加工作，参加过几十个工程的老机电人，也向我回忆了他们"光灰的历程"。他专门说道，路过一处工地时，突然刮来一阵大风，漫天而起的灰尘让忘了戴口罩的他们，即使用双手捂住口鼻，仍被呛得无法呼吸。而在他们旁边，那些工人仍在继续施工。

"你参加了乌东德项目后，最大的感受是什么呢？"我问崔磊。

"最大感受就是习近平总书记说乌东德工程是国之重器，感觉很受鼓舞。相对整个枢纽工程来说，施工用电在工程中真的是小小的工作。我虽然做的是小小的工作，但是能为这么大一个工程服务，感觉还是很自豪。主要的感想就是建这个工程不容易，这么多年之后电站终于建成发电了，也觉得很欣慰。自己当时做了这么一点工作，也算是为这个工程添砖加瓦，做出了小小的贡献，还是很自豪的。"

崔磊作为领导，谈得更宏观一点："电气一次是一个比较宽口径的专业，相当于你什么都得懂一点。在电气一次中，施工供电只是很小的一部分，但它比较耗费精力，也是我们投入比较早的一个工作。"

尽管只是比较小的一部分，但是为工地找电源却是乌东德水电站工程史中不可缺少的一部分。人生本来就是一本书，打开了是故事，关上了是历史，为乌东德水电站奋斗过的人都会珍惜这段历史。

他们除了要给工程寻找电源外，还需要为工程发电选出线场地。

出线场的作用，是将电站发出的电，通过变压器和开关站送到电网。受地形限制，乌东德水电站的变压器建在地下，只有通过上面的出线场才能跟外面的电网连起来，实现电力外送。

杨志芳，是在工程选线过程中单位里唯一爬过陡峭高山的女性。她不仅对山势的险峻、山路的难走记忆深刻，对出线场的位置的具体要求也是烂熟于心，她说：

"出线场站址要选在上面与电力系统高压线相连、下面跟水电站出线设备相接的合适地方。乌东德的出线场地要30多米宽，离高压线50~100米。由于电站出线设备是500千伏金属封闭管道母线，需要在两岸陡峭山体内修建管道母线的出线廊道，还要综合电气设备与土建工程的造价，因此需要通过研究地形地质资料、现场勘察、反复比对，选一种最安全可靠、经济合理的方案。"

设计人员终于为两岸电站出线场设计出了最佳的方案。这个最佳，用通俗的话说，就是让人放心，费用又不高。

出了图纸，相应的土建工作只需施工单位买了材料就可以直接做了。但是对于机电设计人员来讲，只是万里长征走出的关键一步，后面的路还长着呢！

三、贯穿到底

在工地采访杨志芳时，她就对笔者说过，前面提到的招投标及为施工供电仅是其中的一小部分。崔磊的介绍，让他们工作的线路图更加清晰了，我似乎看到了电气一次从头到尾忙碌的身影。

"在水电站论证初期，我们要考虑电站要以什么样的方式与电力系统连接、对电力系统有什么样的影响、发电机和主变压器等主要电气设备的参数怎样确定；在水电站建设初期，我们要了解电力系统的要求从而制定电站电气主接线方案，要反复研究复杂地质地形条件制定出线场选址方案，要与当地电网公司联系确定施工供电电源及施工供电网络，要勘测区域土壤电阻参数制定电站总体接地方案，要规划电站内电气设备总体布置方案，要结合枢纽总体布置制定厂用电系统总体方案，制定枢纽总体照明方案，制定枢纽总体电缆通道方案等；在水电站建设过程中，我们要同时兼顾招标采购、专业协调、设计联络、现场服务、施工设计等工作；在水电站正式并网发电后，我们要为厂区内各种永久建筑物规划、设计供配电系统。因此，我们要跟许多当地如规划、电力、消防等部门，还有许多如勘测、物探、枢纽、施工、建筑、交通等专业打交道。"

图纸出来后，机电设计比人家多一个采购环节。尽管这些设备是由业主通过招标进行采购，但他们作为设计人员，需要提出技术要求，给出各种相关参数。

崔磊主任补充道："到了设备设计、制造阶段，我们会和包括业主、监理、制造厂家、用户在内的多家单位一起召开设计联络会，逐一对每个设备的设计思路、制造水平、工艺要求等进行沟通，对所有设计资料和图纸进行审查，以确保设备性能达到了设计所提出的参数。有时还需要到厂家了解生产装备、生产进度等情况。"

采购也有个工期安排，他们的采购计划是根据整体工期安排来定的。水电机组的生产周期比较长，最先招标，他们写完基础招标文件之后，可以同时做设计工作。招标过程和施工设计过程也是平行的。在这个期间，他们穿插地要做施工设计，画施工详图。

综合来说，电气一次的设计工作从可行性研究到招标设计，再到施工设计阶段，有一个由宏观到具体的过程，或者说是由浅入深的过程。由于他们不仅是设计师，还要对以后的施工负技术责任，不仅要研究系统参数和画图，还要站在工程总体角度，根据各种主客观因素统筹考虑设计问题和进度计划，这样才能在保证工程安全可靠的同时，对工程进行设计优化，发挥设计的最大效益。

崔磊最后这样对他们单位的作用进行总结，已经明显让人感到宏观的内容多了一些，毕竟所处的位置不一样，成熟了。

"乌东德电站设备太大，设备类型也多，需要考虑方方面面的问题，方方面面的信息也获取得比较多。通过设计乌东德电站，我们在原来的基础上建立了一套比较完整的机电设计规则。除此之外，2020年末到2022年初，机电院承担的六七个电站都要集中发电。每个电站，我们电气一次的设计都要贯穿全过程，所以人力资源比较紧张，只有合理调配，才能保证我们能按时供图，按时提供这些文件。"

他们就是这样工作着，活要一件件干，任务要一项项完成。令人欣慰的是，他们每天都在进步。进步，意味着距离目标不断接近，业绩不断更新，新的视野总是在不断变化着。每个人都有自己近期的目标，其就像多级的火箭，一级级地向前推进，与乌东德工程并驾齐驱，直至走到胜利的彼岸。

四、精神支撑

乌东德电站的 85 万千瓦机组，在白鹤滩电站百万机组出来前，是世界上最大的。其技术创新之处颇多，但凡机电院的人都能说出不少，电气一次也不例外。

老领导高军华认为，乌东德电站厂房的跨度做得恰到好处，机电设备布置得也比较紧凑、比较合适。对于这个"恰到好处"，他的继任者崔磊列举了几个例子：

"从事机电设计时，相关参数必须定得合理，过于保守的话，整体投资造价会增加很多，过于激进会影响运行效益。如乌东德电站的机电设备，50 平方米、100 平方米都放得下。前者空间小，造价低，但容易出现设备发热严重等问题。因此，我们要取一个平衡值，如 75 平方米，比较好地解决了问题。"

再比如母线洞，尤其是气体绝缘金属封闭高压输电线路（简称"GIL"）的设计时，杨志芳用了"独一无二"这个词，即为了把地下的GIL 送到地面，他们将 4 回 500 千伏 GIL 布置在一个 400 米高的出线竖井内。这个竖井不是全国最高的，但里面布置了 4 回线路，却是最多的。它既节省了土建费用，也非常紧凑，使有限的厂房一点空间都没有浪费。但这样一来，需要把一个洞隔成两个部分，设计难度大得多，但仅此一项就节省了 8000 多万元投资。长江设计院正在为此申请专利，杨志芳为此发表了一篇论文。

这个设计最初在北京审查时，曾遭到一位专家的质疑，邵建雄与他当面交锋，并言之有理，让他心服口服。

对此，邵建雄说道："我们设计院历来有该坚持就得坚持的传统，要坚持我们正确的想法。只要你说得有道理，我们就听；你说得不合适，我们就要坚决地维护自己的主张。”当然，“我们能创新设计出这种紧凑的布置，前提是前期做了很多研究工作。”

如今，能进机电院的绝大多数是硕士，还有不少博士和博士后。他们能干、责任心强，不计报酬，更让人羡慕的是，他们赶上了中国水电大开发的好时机。工作中，邵处长这样不唯上、不唯书、只唯实的作风，正在被年轻的设计人所传承。

比如工作态度上的传承，高军华曾对年轻人这样说：“你有任何不清楚的，随时跟我打电话，哪怕是大年初一。”

接替高军华的电气一次设计人员，除了崔磊主任外，还有他的两位副主任朱钊和张杰。

“2018 年以后，朱钊、张杰都成长为电气设计部专业的主要负责人。我刚开始很担心，因为我当时以为他们好像还不是有经验的设计人员，但是后来事实证明我的这个担心的确是多余。这两个年轻人很不错，无论是技术领悟，还是工作责任心、综合素质都挺高，他们很快地进入角色。”崔磊由衷地对他的同事们发出赞叹。

不过，崔磊在最后还是谈了他的危机感：“2019 年初机构改革的时候，我当时看着统计的名单就很发愁。电气一次的一些经验很丰富的老同志，近几年基本上退光了。像我这个年龄段的人比较少，我们有好多年轻同志虽然活跃，但许多人实际工作时间还不长……所以我们现在心理压力比较大，担心传承到我们这里就断掉了。”

同时，他也担心，现在可做水电站越来越少，传统市场持续萎缩，长江设计院要保持状态，必须开拓新的市场。这些都是他的肺腑之言。毕竟是山高水长、路远人稀。在未来，他还要带着电气设计部的一班人继续走下去，追逐属于自己的航标与远方，追逐属于自己的光荣与梦想。

第四节　电气二次

水轮发电机是水电站的核心，但要让它运转起来，除了水力机械、电气一次的人在外围披荆斩棘外，也需要电气二次的人在内部为之保驾护航。电气二次工作的核心是运用各种手段，使电站机组及其他主要设备安全稳定运行，涉及计算机、控制、通信等方方面面。因此，王华军院长罗列采访名单时，电气二次的人比一次的人还多。

一、特色专业

坚其志，苦其心，劳其力，事无大小，必有所成。

在王华军院长罗列的电气二次采访名单中，电气二次室原主任，现机电院副总工程师宋远超排在第一。他是 60 后，1987 年从华中理工大学毕业，一直在机电院工作。参加过南水北调中线工程和清江 3 座梯级电站的机电设计。他从 2003 年就参加乌东德项目，经历的事很多，但仅对笔者重点介绍了两个方面的工作。

第一个是他们布设的监控网络。

乌东德水电站虽然规模大，但其地下厂房在左、右两岸同时建设，加上在 K25 溶洞建设的集控中心，这样就形成了一个三合一的环形网络，不管哪个系统坏了，其他的都可以作为备份。机组最初运行时有个磨合期，可能出现小问题，因此左、右厂房都有人值守。机组运行稳定之后，除集控中心统一控制外，左、右岸的厂房都无人值守。这是山区地下厂房一种独特的布置。

第二个是他们控制网络的国产化。

"考虑到国外对中国的技术封锁，乌东德水电站采用的计算机、操作系统和数据库都是国产的。从多年运行状况来看，完全可靠、可信、可用、安全可控。"宋远超为自己能成为自主创新的一分子感到自豪！

在采访结束前，笔者向宋远超问道：

"搞了乌东德以后，现在你体会最深的是什么？"

"最大的感受就是：每搞一个工程都要汲取以往的经验教训，要与时俱进。随着时代的发展，科技的进步，总有新的东西，不管以前做得再好，都不能躺在原来的成果上停滞不前，要继续不断地进步，要不断地总结，这样工程设计水平才能不断提高。"

宋远超升到机电院副总工程师后，乌东德水电站电气二次的主持人是张杰。

张杰也是从华中科技大学毕业的。在乌东德工地接受采访时，他首先夸赞了自己的前辈，然后以图表与报告为依据，谈了他们在乌东德的紧张工作。

电气二次室出图最紧张的时候是 2019 年下半年，尤其是 7 月中旬到 11 月那几个月。全室共 9 人参加，其中搞设计的 6 人，共出图 13000 多张。人均出图 2000 多张，相当于人均每天出图 20 张，这在以前是根本不可想象的。现在尽管全是电脑和相关软件绘图，但这些图还是得一张张地绘呀！这种超负荷的劳作在长江设计院是罕见的。

对于电气二次出图多而且时间紧的原因，刘月桥也做过解释。

一是细分专业多，既有传统的监控、保护、励磁、调速、电源、通信、公用系统、拖动、火灾报警等，也有近年来新增的系统如图像监控、二次安防、相量测量等；二是涉及的内容多，包括闸门、水轮机、发电机、变压器、GIS、断路器、隔离开关、接地开关、油泵、水泵、空压机、风机等。至于时间紧，是因为它们的工作是为其他机电系统服务，不可能在其他系统设备还没有确定时就设计二次设备，否则肯定会不配套。因此他们的工作要晚于其他专业，但出成品的时间相差不多，因此时间特别集中，也特别紧张。

不过，与电气一次需要"披荆斩棘"不同，电气二次做的是"穿针引线"的细活，许多工作可以在办公室完成，只有最关键时刻才会到现场去。真到现场，那工作量就不是一般情况可比了。

回忆那三个多月的工作，张杰说：

"我们六七个人在工地，除了吃饭睡觉外，其余时间都在办公室。武汉本部还有周末可以休息，工地现场只有星期天下午处理下私事，我们连星期天下午都被占用了，上面催着要图啊！"

这种状态实际上是老一辈提倡的革命加拼命精神的传承，更是一种文化的传承。中国不断上升的幸福生活是干出来的，以工作为上，以完成任务为重是几代长江设计人的光荣传统，为这种精神的传承点赞！

张杰谈到了他们设计步骤的三个阶段：设计、校核、审查。进而说明，过了审查关，大方案定了之后，要做的主要是一些细节修改，基本上就没有什么大问题了。现在，水电站已经投入使用了，证明设计、制造、安装都是成功的。

当问起这位部门新负责人当领导的感受时，张杰这样回答道：

"首先，感到压力很大。我是 2018 年底接手的，前面有很多工作都没有参与。原来做的都是 4 台机组左右的小电站，乌东德电站装机却是 12 台机组共 1000 多万千瓦。2019 年 7 月出施工详图时还没有完全深入进来，虽然在工作过程中也有些磕磕绊绊，但在同事的支持下，总算完成了设计任务。再一个就是感到责任大。原来是领导安排什么就做什么。现在更多的时候就要从宏观上面对这个项目进行一些规划和布局，对个人素质要求就更高了。"

电气设计部主任崔磊这样说道："张杰像老黄牛一样，再苦再累都不提困难。"

张杰的家在武汉，爱人在同济医院上班，不过属技术人员，不需要像医生那样三班倒。2020 年，父亲中风住院，妻子生二孩时，张杰休假时本想好好地表现一下，可孩子还没满月，他就到工地了，在工地时也只有每天晚上才能与孩子视频。

张杰对此很满足，他们毕竟可以借助于现代通信工具维系着亲情，这是让老一辈工程师十分羡慕的事情。

二、电脑网络

宋远超、张杰之后，接受采访的是二次主设、教授级高级工程师黄天东。她1991年从华中理工大学自控系硕士毕业后就被分到机电院工作，是公认的技术骨干。

在设计阶段，张杰和黄天东他们每年都出差长达100多天，在业主单位、二次设备供货厂家和乌东德工地之间来回奔波。到了安装阶段，主要在乌东德工地进行现场设计。

谈起现场设计，黄天东没有回避他们与施工方和业主的矛盾。

"在现场，业主有时候提出不合理的要求，我们也跟他们争论。施工方为了抢进度，缩短工期，也与我们进行争论。发生矛盾时，我们尽量地表明自己的想法。但交流无果时也会顾全大局，在不影响原则的情况下，修改设计，哪怕这会增加我们的工作量。"

按理说，与电气一次直接与高压电打交道相比，电气二次干的是"细活"。但为了寻找光环网第二通道，黄天东和张杰也"粗犷"了一回，来了一次探险似的实地勘察。

原来，在最初设计时，两岸地下厂房和集控楼间光缆需要通过坝顶高程988米廊道与坝体内高程850米廊道连接形成一个环形光缆廊道。但在发电初期，坝顶高程988米廊道暂时还无法形成，需要寻找一种临时替代方案。于是，张杰、黄天东和业主单位一位姓俞的负责人一起到现场，打算对坝体内施工期建设的高程945米廊道一探究竟。

高程945米廊道是坝体施工时建的一个灌浆廊道。大坝建成后，该廊道完成建设使命，但里面的设施还没有完全拆除，地上除了泥水外，还散落着不少钢筋、铁丝、钢挡板。他们三人一边蹚着泥水，一边翻越着由钢筋、钢板堆成的小坡，并探讨着光缆架设方案。短短一段不到1千米的路程，他们走了将近1个小时，出来时满脚泥水，有的人手划破了，有的人裤子刮破了。但经过"探险",他们认为该廊道经清理后可以作为光缆通道使用,于是立刻着手对光环网的敷设方案重新进行调整,即用高程945米廊道暂时替代高程988米廊道,待高程988米廊道投入使用后,再调整回来。该方案得到业主认可,并认为高程945米廊道可以长期使用,不必在高程988米廊道重新敷设这部分光缆。这样一来,不仅节省了经费,还保证了工期。

在乌东德工地,这样的事情,凡是去现场的设计人员都会说出个一二三来,这完全符合钮新强院长提出的"静态设计、动态修改"的规则。

不久后,我在机电院办公室再次采访了黄天东,她特别认真地给我讲了乌东德水电站计算机监控系统网络结构的设计。

黄天东说,人有手、腿、脚,但它们的动作都由大脑指挥。在电站里,计算机监控系统相当于人的大脑,里面的机电设备相当于手脚,因此,监控系统是电站的核心。

在谈及监控系统三层网络结构时,她还专门为我画了一个设计图,说乌东德有左岸电站、右岸两座电站和1个集控楼。它的监控系统分为现地层、厂站层和集控层3个层级,3处的设备通过冗余的光环网连接,任何一个部位通信中断都不会影响整个监控系统的安全运行。与一般电站相比,乌东德电站的监控网络多了一层,这是由其特点决定的。

黄天东不仅设计了乌东德电站的计算机监控系统,作为主设,她还同步设计了昆明调控中心电调监控系统,它是乌东德电站的上一级,用于对乌东德电站及白鹤滩电站的远方集中监控及调度。

我采访黄天东几天后,她通过微信给我发来一条新闻,标题是:乌东德电站正式由昆明调控中心调度,文中第一段就写道:2020年12月3日0时,按照中国南方电网电力调度控制中心(简称"南网总调")批复,乌东德电站电力调度业务正式转移到长江电力梯调中心昆明调控中心。文章还配发了昆明调控中心大厅和调度员工作的照片。

我看到后,立马给黄天东回道:太好了,昆明调控中心投入运行了,你的设计成果投入使用了！对于金沙江上的 4 座电站为何要在昆明设梯调中心，黄天东答道：

"首先是为了统一调度、控制及管理。其次是为了给乌东德、白鹤滩两座电站的运行值班人员提供良好的值班环境。而且现在的技术水平和产品性能，完全能够支持电站达到无人值班、少人值守的目的，实现运行值班人员后移。"

确实，这几座电站都位于偏远山区，如果大量人员长期在那里值班的话，不仅生活不太方便，也不利于留住人才。我在乌东德工地采访时，三峡集团已在离电站不远处依山建成了一片营地，里面不仅有气派的办公大楼，还有依山坡而建的职工宿舍楼，还有宾馆、体育场、小型超市。这些建筑已为荒凉寂静的山区增添了现代元素的景观，但它毕竟在山区，还是有诸多不便。现在的科技手段可以实现远程调度，人情味更浓了！

明天有无限的可能性。时间不朽，人的技术水平、科技能力的提升不止，激励着每一位奋斗者向新的高峰进军！

三、继电保护

刘月桥从武汉水利电力学院毕业后，就与宋远超等一起来到机电院电气二次室，在王华军院长开出的采访名单中，宋远超、黄天东之后就是他，并在后面写着"主设"两个字。

刘月桥聊起所从事的继电保护专业，也是首先对我进行了科普。

对电气设备而言，继电保护就像贴身卫士。而机组容量的大小，对继电保护设计影响不是太大。为此，他以动物作比喻：大象有耳、鼻、眼、口等器官，麻雀也有，不然怎么会有"麻雀虽小，五脏俱全"一说。当然了，随着技术的进步，相关要求也越来越多、越来越细。

继电保护的功能就是保护电气设备的安全，即在发电机、变压器、母线，还有线路发生问题的情况下，快速跳闸，保护设备不被强大电流烧坏。

尽管机组大小对继电保护的设计影响不是太大，但机组越大，电流对机组的破坏性也越大，他们肩上的责任也越大。因此，他们的继电保护系统设计，如同在布满地雷或陷阱的荒地上前行，必须避开各种或明或暗的危险之地。

如乌东德电站的单机容量85万千瓦，在当时是世界上最大的机组。它脱胎于三峡70万千瓦机组，其继电保护参考三峡机组也是理所当然的，但业主还是对他们提出了更严格的要求。

在乌东德电站可研报告前期，没有相关规程要求配置局部放电在线监测装置，也就是说可放可不放。但电气二次室领导邀请设备厂家交流时，介绍了气体绝缘开关设备（简称"GIS"）特高频局部放电在线监测装置，刘月桥敏锐地意识到它非常适用于乌东德500千伏GIS。认为它虽然在设备正常时看不出多大价值，但一遇局部放电，马上就会报警。正所谓养兵千日，用兵一时。

缺乏创新的人生是不完美的，所谓的创新就是在灵感一现时抓住它，并深入地做了下去。

在老院长的鼓励下，刘月桥对特高频局部放电在线监测装置在乌东德的应用进行了研究。

刘月桥知道，个人的力量是渺小的，如同一滴水；只有汇入江河之中，才能像江水推动水轮发电机那样，迸发出令人震撼的强大电力。

三峡集团继承以往设计三峡工程时的好传统，在不同的阶段，都要组织专家进行评审，也就是让老专家们挑刺、找问题，哪怕是拿到会上争论。长江设计院也是如此。在这样宽松的氛围下，刘月桥的设想一步步变为现实。

刘月桥参加过隔河岩、高坝洲、水布垭等水电站，以及缅甸道耶坎电站的设计，但最大的项目是乌东德。

"你是不是有这么一种感觉，参加了乌东德水电站水轮发电机的设计后，其他电站都不在话下？"笔者问道。

"这也是一个循序渐进的过程。工作几十年了，搞前面的电站，对后面的影响很大，现在有进步，也是按照过去的规定动作在操作。我所设计过的机组继电保护，装机容量没有一个大过乌东德水电站的。但电力技术发展很快，各种规则与规范几年就要更新。因此，我们设计人员也要与时俱进，要不断地学习，否则就会落伍。尤其是现在的业主要求很高，人就感到比较累。"

"为什么会这样？"

由于乌东德水电工程是一个巨型项目，除了电力行业规范之外，三峡集团有自己的企业标准，它的内部标准比国家过去拟定的标准还要高。回过头来看，他们这样做也是对的。比如说，他们现在要提倡美丽机电，按他们的要求归类布置，整个电站厂房就显得更整洁、美观，看起来就更舒服。

刘月桥还说，乌东德水电站左岸电站、右岸电站安装的都是85万千瓦水轮发电机组，但里面的结构不一样，这与各厂家的技术路线、工作特点和习惯有关。另外，除了制造之外，机组的安装也很重要，这对设计人员提出了更高的要求。

采访接近尾声时，刘月桥谈了感受：

"尽管参加设计了那么多电站，可在乌东德水电站当继电保护的主设，跟参加水布垭工程的心理感受完全不同。因为三峡集团有好几个电厂，他们的技术人员管理和运行电气设备的经验比我们丰富多了。所以，他们提出的各种审查意见是很重要的，我们都很重视，并融入设计中。回过头来看，他们的这些要求绝大部分都是对的。"

刘月桥为自己参加过乌东德项目感到很欣慰。他懂得，脚踏实地的努力是实现人生价值的阶梯。往往努力奋斗过的人，即使印刻在年轮上的足迹很浅，也能给岁月以微弱光亮，给时光以生命气息。能奉献出微弱光亮与人生价值的人生真好！

四、通信保障

在当今社会，通信无时无处不在。在乌东德工地，如果把控制设备称作千里眼的话，它的通信设备就是顺风耳，工程建设的情况通过它发往各个地方。作为千万千瓦级的大电站，乌东德电站的通信设备包括哪些，表现如何，有什么亮点？对此，王军华院长安排李恒乐接受我的采访。

李恒乐，1988 年毕业于华北电力大学电力通信专业，参加过清江 3 座梯级电站及万安电站的通信设计，随后转到三峡、彭水、银盘水电站进行通信设计，在乌东德水电站担任通信项目主设，曾在成都梯级调度通信干过一段时间，也参与过昆明梯级调度通信设计。现在，他还在负责西藏拉洛电站的通信设计。

李恒乐说，他参加乌东德工程时已是 2018 年。当时为电站通信设备进行招标，因此与同事们相比，他加入的时间是比较晚的。

"乌东德电站的通信，跟三峡电站有什么区别，有什么提高？"笔者问道。

李恒乐给我上了一堂通信普及课。

三峡电站最初规划的时候考虑过建卫星通信，但因为它与葛洲坝电站到宜昌调度中心距离都比较近，最初用的是微波通信，后来用光纤通信都没有问题，因此没有采用卫星通信。但金沙江上的 4 座梯级电站不同，离成都、昆明都有几百千米，所以它的通信更复杂一些。

乌东德电站通信系统，由电网的通信、电站内部的通信、应急通信，以及三峡集团梯级调度通信 4 个部分组成。它的业务主要是数据传输，包括电网的调度电话等。电站里面每一个点，如左右岸电站、中央集控楼、业主营地、昆明调度中心等点位的通信，都需要他们在设计时通过光缆连接起来。

由于现代通信技术手段的快速发展，乌东德水电站通信设备有了较大进步。如三峡电站用的是相对单一的程控调度机，他们为乌东德水电站也设计了两台交换机，可以相互备用。此外，还给梯级调度设计了卫星通信，作为应急通道。也就是说，平时还是以光纤通信为主，保持卫星通道畅通，只是它传输的业务量比较小。

至于为什么平时不把卫星通道作为主要手段，李恒乐解释道：

"因为光纤通信的带宽已经足够了。租用卫星通道，为的是当建在地面的光纤受到地震等影响，出现故障，无法传输信号的时候，把重要的信号传出去。卫星通信带宽窄，跟你租用的量有关系，而且它的租赁费用比较昂贵。我们平时只需要租一个比较窄的带宽维持状态，待到需要使用时再临时多租一些。

"乌东德电站不是我们国家第一个使用卫星通信的电站。在它之前，向家坝、溪洛渡以及国内一些电力公司做过，但都是应急方式，平时用得比较少。而且从技术上来讲，电网通信，起决定作用的是可靠性、安全性，很多设备需要经过时间的检验，才能知道是否适用。我们在设计时采用的都是比较成熟的技术，因此乌东德电站这一套通信设备，在国内外，都应该属于超前的、比较先进的，它们始终都在忠诚地为乌东德电站当好顺风耳。"

每个人都有自己通往成功殿堂的一方邮票。李恒乐，祝你与同伴们一起在电站通信设计道路上行稳致远，为更多的水电工程送去顺风耳！

第五节　消防暖通

一、全新话题

我是在乌东德水电站消防暖通主设江宏文那里与他聊消防暖通这个我既熟悉而又陌生的话题的。

江宏文没有单独的办公室，只是在一个大办公室内的一角，用活动板隔出了一个小间。江宏文个头不高，给人一种敦厚朴实的印象，一看上去就是一位无论到哪里都会踏实干活的角色。

消防就是防火，暖通就是采暖通风，它们与机电设计有什么关系，我颇感好奇。

江宏文看出了我心中的疑惑，因此他没有直奔乌东德这个主题，而是首先很自豪地介绍起自己的专业。

长江设计院消防暖通专业，最初归属于枢纽处厂房科。1992年，长江设计院成立了我国水电设计单位第一个独立的消防暖通室（2018年改为消防暖通部），江宏文就是1993年这个部门从武汉水利电力大学招收的首批大学生之一。在第一任室主任金峰的领导下，江宏文等参与了三峡、南水北调、隔河岩、水布垭、构皮滩、彭水，以及安哥拉卡卡、孟加拉国达卡、尼泊尔上阿润、厄瓜多尔美纳斯等近50个水电工程设计，还参与了武汉地铁、广州污水治理等10多项市政工程设计。

一般来说，普通水电站消防设计的图纸只需500张左右，但乌东德工程历时长、情况复杂，图纸量远远超出这个数目。它的消防设计图纸共分两批，其中2019年提交的首批图纸就有1000多张；2020年12月又提交了第二批，约450张。

此外，2019年，乌东德水电站在云南省的消防监管部门从昆明消防支队转移到昆明市住建局，这也给相关工作带来了一定困难。江宏文介绍说：

"在乌东德，由于两个职能部门的标准、细则要求不统一，刚开始沟通时颇费周折。前段时间，我带队在业主、施工单位、住建厅、消防支队之间，对我们的消防暖通相关方案反复地协商、沟通，为相关部门的意见能够达成一致做了大量的工作。我们设计院的观点是，工作要做到前面，不能到竣工以后再返工。"

由于准备充分，昆明市住建局允许电站12台机组分批验收（即每批次验收4台机组，发1个合格证，待3次验收完毕后，换发整体合格证书），这两次审查都比较顺利。

由于国内有些水电站消防系统由几家中标单位采购、安装，结果出现该系统未能按时通过验收时，几家安装单位相互推诿、扯皮的现象，因此三峡集团将乌东德水电站的消防设备采购与安装采取总承包的方式，交由中标的一家公司负责，体现了管理水平的提升。

江宏文主任接受采访时，还拿出来两本水利水电工程消防设计规范，一本发布于 1990 年 7 月 4 日，另一本发布于 2014 年 8 月 1 日。他告诉我：

2014 年，是水电工程消防新国标颁布期，也是乌东德水电站建设的高峰期。此后直到 2021 年，消防暖通专业设计室常年派人驻守乌东德工地，前期主要是督促检查水轮发电机、发变电系统的安装情况，后期就要负责检查采暖通风及消防设备的安装。业主三峡集团对他们充满信任，用他们的话说："建设任何工程，设计先行，有设计人员在场，就更有定力一些。"

江宏文还告诉我，有关部委于 2020 年启动了对该规范的再次修编，可见国家对消防工作的关注，以及我国相关行业的发展轨道。江宏文说，他见证了这两本规范的编制和修编过程，这让他深感自豪。

除消防外，江宏文还用少量时间为我普及"暖通"知识。任何一个厂房，人和设备都对空气的温度与湿度有一定的要求，这也是江宏文他们部门的一项重要工作。消防暖通之所以能从机电设计中"脱颖而出"，单独设计，是因为它是整个工程，尤其是机电设备、维护人员的"守护神"。平时隐于其后，关键时候才挺身而出，是大国重器忠诚的卫兵。

如果说江宏文身上体现的是"主政者"的成熟，那么在谢方祥身上，我读到了什么叫成长。

谢方祥年仅 29 岁，是西南交通大学硕士毕业生，2017 年刚刚分配到消防暖通部，正好赶上乌东德工程施工高峰期。以前，水电站暖通设计只针对电站厂房、集控楼等建筑物。在乌东德水电站，三峡集团提出新要求，要求其暖通设计提前到施工阶段，以压制现场扬尘，改善施工环境。

为此，谢方祥与同事们打破常规，大胆创新，施工单位根据他们的设计图纸将暖通设备安装于施工场地，让一线工人得到切切实实的利益，施工单位为他们大声叫好！

同时叫好的，除了业主、施工单位外，还有在白鹤滩水电站从事设计的华东院同行。由于乌东德电站建设进度比白鹤滩电站早一年，因此华东院的同志们经常会到这里进行经验交流。看到这里的暖通系统不仅功能齐全、布局合理，而且设备材料用量少，施工简单，故障率低，维修也方便，特别是大大简化了暖通控制系统，还节省了开挖量，为业主节省了投资，立马引入白鹤滩水电站的设计中。

为何长江设计院干啥同行都拭目以待，关键是他们能领科技之先，总是处在领头羊的位置上！而之所以能做到这样，是因为他们敢走别人从未走过的路，跨越别人没有跨越的障碍。

业主对乌东德水电站消防暖通设计很满意，评价很高：

首先，通风空调系统的设计首次考虑了永久与临时结合的情况，大大改善了厂内的施工环境；其次，充分利用土建开敞通道，减少了大量的风管布置，极大地节约了厂内空间和投资，简化了特定条件下（本身空间紧张）的设备布置，契合美丽机电的标准；最后，系统简单可靠，极大地减少了因为复杂的控制要求带来施工以及运行管理的麻烦，可谓充分符合用户的需求。

"现在，我们这个专业很吃香，博士才能进得来。"

江宏文在讲这番话时，喜悦之情溢于言表，那是一种对自己职业由衷的自豪之情。世界上最快乐的事莫过于做事成功、被人肯定、被人需要、被人赞扬，真应该在自己头顶上自放礼花，因为他们为社会创造了价值，也实现了自己的价值。

二、拒绝"火神"

人类丰富的发展史中，有一条线是与水、火相交发展的历史。人从水中诞生，伴随着水与火繁衍生息。当水火造福于人时，水火有义；当水火祸害人时，水火无情。人类有智，懂得趋利避害，已将水火利用到极致，更会规避它们的风险。

在现代社会里，消防无处不在！只要有人的地方就有消防，否则"火神"就会随时找你的麻烦。

江宏文他们的消防工作，要为大国重器保驾护航，既富有神圣感，又让人感到责任重于泰山。做这样的工作，属于在刀尖上舞蹈。如果一把大火袭来，设计者首先被问责。不过他们的工作，更多的是外在地防，如何内在地守护呢？

电气二次专业的吴斌他们解决了这个问题，那就是火灾自动报警系统。他们在材料和设备应用上的突破，让大坝和厂房免遭火灾之险。

中标乌东德水电站后，钮院长举全院之力要将乌东德工程设计成为一个精品工程。乌东德水电站全面设计铺开以后，大的方面，他在抓；小的方面也不放过。比如电缆火灾探测，用什么样的材料最好，他也在寻找替代材料。由于他所处的位置不一样，所接触范围更广泛，信息量也更大、更及时。这天，钮院长将机电院的段波叫到他的办公室说："武汉理工大学姜德生院士带领团队研发了光纤光栅感温光缆材料，这是国家重点开发项目，你们可去了解一下，看在乌东德能不能用得上。"

姜德生是中国工程院院士，长江设计院钮新强院长也是中国工程院院士，院士与院士之间沟通相关最前沿信息起来更快、更方便一些。机电院的人去了解后发现光纤光栅感温光缆材料属于创新型温度和压力传感材料，可用在水电站，其可靠性和实际效果如何，没有可借鉴的经验，心里没有底。当时光纤光栅感温光缆只有石化系统使用了。水电站能不能使用光纤光栅感温光缆，一方面需要做实验验证技术上的可行性，另外还要考虑其综合技术指标是否满足国家的相关设计规范。为何有这个顾虑？

因为要从使用环境考虑，乌东德水电站的工作环境主要是地下厂房，环境潮湿，且电磁干扰比较大，整个厂房的电机工作环境比较复杂。再一个就是要考虑设备工作的安全性和可靠性，这点必须通过实验来验证。更要按照《火灾自动报警设计规范》来设计如何使用它，尤其是首次使用。

既然是"首次"，那就要有探路的勇气，敢试的胆量，但也决不能冒险，这探路的活就落到吴斌他们身上了。他们先将多方面的功课做足，对这个产品的工作机理也进行了研究和探讨，设计出了可行性技术方案，再经过三峡电站现场实验验证，其可靠性和安全性达到了预期的效果，也符合国家设计规范。于是设计人员在招标设计时，选用了光纤光栅感温光缆作为电缆火灾探测报警的主要设备材料，这种方案得到了乌东德水电站建设单位和电厂用户的认可和审查通过。由于多方面的合力和推动，光纤光栅感温光缆在乌东德水电站及水电行业内首次得到成功应用。光纤光栅感温光缆报警装置开始扮演"忠诚卫士"的角色。经过运行后的考验，它不仅能忠于职守，而且"身体"状态良好。它对动力电缆实时发热状态的感知准确度和定位精度都达到设计和规范要求，再也没有出现三峡电站让人闹心的误报现象了，并且很顺利地通过了首台机组发电前消防质检部门的验收。在取得成功经验以后，该项产品和技术也在三峡电站、白鹤滩电站得到推广和应用。

乌东德水电站成为中国水电行业运用光纤光栅感温光缆报警设备的首座水电站。这个设备成功引进，还真得益于钮新强院士与姜德生院士之间的牵线搭桥。这当然也是院长业务范围内的事，大到电站厂房、水轮发电机，小到电缆线。"细节决定成败"用在这里高了一点，但说"细节影响完美"一点也不过分，将乌东德工程尽量建得完美是每个参建者的共同目标。

追梦者都希望将自己的工作做到极致。还有一个值得设计人员自豪的是他们设计的电站火灾报警在线监测方案。

经常是已知和未知的碰撞，产生了解决问题时的火花。由于这种最新方案的提出，让乌东德电站实现了整个电厂重要电缆温度在线实时监测和火灾报警。原来三峡电厂的电缆仅在温度超过了设定值才报警，无法实现在线温度监测。乌东德水电站安装的这个探测设备能在线实时监测电缆温度。比方说，现在机组运行时，厂房内的电缆温度达到了 30 摄氏度、40

摄氏度、50 摄氏度，在线监测都会显示出来，温度变化趋势能够全局掌控，这样就有利于掌控火灾潜伏的危险发展趋势，实现了火灾危情的预测和预判。这种装置安装后，还减轻了电厂值班人员设备维护的劳动强度。过去，电厂职工拿着测温仪表——红外体温表，全场一点一点地去测，有的地方还测不到，现在有了在线监测就大大减少了巡检工作强度。

由于光纤光栅感温光缆设备和探测技术的更新，内在的自卫能力与外在的防护能力相结合，乌东德电站的防火安全安装了双保险，任何时候都会将电缆火灾隐患消灭在萌芽状态中，做到事故前预警。大坝电站安全是头等大事，人最宝贵的是生命。能通过自己的设计达到将头等大事与至高无上的工作做到极致，是设计者最快乐的一件事。

三、特殊战线

智慧是关于追求与规避的知识，将一个规范的知识引用到自己的专业上来，就是一种智慧。随着我国综合国力的全面提升，核防御体系建设持续完善，国家安全屏障更加稳固，为经济社会发展提供了坚实保障。可为什么设计乌东德水电站时，这个问题还是被纳入一个重要的研究范围。一提起此事，让人自然地联想到从业者应该出自公安、国安部门。长江设计院搞工程设计的也有从事这方面研究的人？因此，吴斌一提起此项目时，我自然地对这位主要研究者的经历感兴趣。

吴斌于 1991 年从华中理工大学毕业以后就到机电院了，先在清江隔河岩工地待过一两个月，然后长期从事三峡和南水北调等工程设计。从 2016 年开始参加乌东德大坝设计，由于学的是控制自动化，因此它的设计都与机械有关。如大坝泄洪设施涉及防洪安全，电梯涉及生产运行能力安全，自动报警设计是为了人员与设备安全。

"我基本上搞的是涉及安全的设计。安全跟生产是一体两面，没有安全的生产是无效的生产。为生产保安全，从事这项设计挺好！"吴斌说道。

世界上最快乐的事，就是为心愿而努力过，为理想而奋斗过。小到实现心愿，大到实现理想，使普通人的工作变得更有意义，乌东德设计者的努力也正是如此！

第六节　三维设计

机遇是时空的交叉，是必然与偶然的选择。所有的成功，首先需要正确的选择，然后才是后期的努力。郭学洋从事的计算机三维设计诠释了这个道理。

所谓三维设计，就是对已获取的基础数据，建立三维的、动态的、实时的、可视的虚拟仿真环境，将设计的视野从传统二维平面上升到三维立体空间，采用实现数字化、可视化工程设计。它可以使工程设计人员从复杂烦琐的设计中解脱出来，直观地进行二维、三维交互设计，提高设计质量，缩短设计周期，降低设计成本。

如果说计算机网络、通信是电站安全运行规定动作的话，那么计算机三维设计，就是长江设计院挑战自身的自选动作。

郭学洋，2005 年从河海大学毕业后就到长江设计院机电院工作。两年后，跟着时任水机室主任陈冬波一起为百万机组走访了国内的一些大型水电站，首次接触乌东德工程，同时因在一次设计院组织的计算机比赛中获奖，被邵建雄处长任命为三维设计工作组组长。大约在 2008 年，邵建雄又将他招入乌东德项目组，负责机电部分的三维设计。因此王华军院长在他的名字后标上了"乌东德主设、三维设计负责人"。

邵建雄不仅把郭学洋任命为三维设计工作组组长，还将他的组员们集中在设计乙楼 707 室独立工作，还督促工作组搭建了软件平台，制订计划和工作日程表，并穷追不舍地督促检查。

郭学洋事后这样对笔者说道："那时候我们几个人集中在 707 室，邵处长差不多每周要跑过来两次，检查我们的进度。我也把每周的工作情况做个周报发给机电院各个领导。没有邵处长强有力的推动，我们的三维设计到不了今天这一步。"

每一个成功者的诀窍，在于坚定不移的志向和坚持不懈的工作。爱迪生说得还要形象："如果你希望成功，就应当以恒心为友，以经验为顾问，以耐心为兄弟，以希望为哨兵。"过来人郭学洋对此可真是感同身受。

郭学洋在大学时学的还是二维制图的老方法，手头能够找到的三维设计软件学习资料不多，还多为英文版。他们为此请教过软件公司，但人家只能引进门，具体如何将软件应用到机电设计专业，还需要自己动手。郭学洋花费了不少时间，走了不少冤枉路，可他却成功了，并成为机电处这方面的领头羊，拿出的成果也让大家耳目一新，推广到机电设计中使用，更是受益匪浅。在相关部门、场合一露面，更是广受好评。

如 2015 年，他在水电总院在北京组织的乌东德水电站可研报告的审查会上提前为专家们准备了一套三维设计图册，专家们在一两个小时内就对以往需要几天才能掌握的情况有了大概了解。再如三峡集团机电局原局长张成平和乌东德水力发电厂原厂长王金涛一行到长江设计院商谈工作时，专门请郭学洋在电脑上演示 12 台机组及附属设备、管线安装后的整体效果，对他大加赞扬。他们还利用此技术在机组安装现场向业主、监理、施工方进行技术交底。

由于机电处的三维设计技术是邵建雄处长亲自抓起来的，我通过微信采访了邵处长，他说了三点：

一是它更好地解决和优化了机电设备的总体布置，特别是在乌东德这种空间相对狭窄的电站，较好地解决了机电各系统与土建结构之间在空间布置上的碰撞问题。二是三维设计能更清晰、更直观地体现机电各系统在空间的位置关系及逻辑关系，有利于施工单位对设计意图的理解，利于施工安装，特别是埋件安装的精准定位。最后，他总结道："通过三维设计，可以从总体上协调布局，提高了机电设备布置的整体性，从而更好地实现了美丽机电的要求。"

不过，按照国家规定，三维设计目前还只能作为辅助手段，无论设计交底或资料归档，他们提供的施工图还以纸质的二维图为主。但三维设计的优势已经显露无遗。

"可不可以这么讲，用三维这种手段来进行机电设计，长江委走在整个水利、电力系统的最前面？"

笔者以为郭学洋会给一个肯定的答复，谁知这个小伙子说话很谨慎，也就是说回答得很得体："这叫先行一步吧！我们自己本身也是头一次这样做。因为三维设计是一个潮流，在整个设计行业，尤其水电行业正在推广。"

探索者的乐趣永远在路上，因为前面还有别样的风景。

"你做了几年的三维设计工作，最大的体会是什么呢？"这是我对每一个采访者最后的提问。

"我在学校里最开始学的也是运用画图板，然后再拿铅笔在纸上画图。来到设计院后也听老同志讲过，他们是如何从趴在图板上画图，到后来用电脑去画图。现在进入从电脑上的二维画图到三维设计这种设计手段、设计方式的创新，从二维的图纸到三维设计的变革。技术在不断地进步，我荣幸地在紧跟技术前进的步伐，但觉得还有很长的路要走！"

当前，他们正在做模型的轻量化研究。因为这个模型实在太大了，不仅手机、平板电脑难以显示，一般的电脑也带动不了，只能用专用的、配置很高的电脑。如果能将其压缩到连手机都可以显示，那就更好了。

郭学洋的理想是：我们把模型建好了之后，可以像飞机制造业一样在工地直接给施工单位看模型，施工单位直接按模型去施工，形成产业链，或者叫生态链。

"龙图杯"全国BIM大赛是中国图学学会主办，全国BIM（建筑信息模型）届最高奖项，相当于文学系统的"鲁迅文学奖"。郭学洋主持的"乌东德水电站枢纽工程BIM设计与应用"荣获第五届"龙图杯"一等奖，"乌东德水电站机电三维设计及BIM应用"荣获第九届"龙图杯"优胜奖。

第七节　疫情考验

2019 年底到 2020 年初，一场突如其来的新冠疫情席卷全国。给乌东德工程建设造成极大困难，更对规模庞大、技术复杂的机电安装提出严峻挑战。机电院作为核心技术服务单位，承担着机组安装、调试及关键技术研发的重任。2020 年初新冠疫情的突然暴发，使本就紧张的工期与复杂的技术要求雪上加霜。如何在疫情防控与施工安全间寻求平衡，保障工程按期高质量交付，成为机电院面临的核心命题。

一、挑战与应对

疫情对乌东德工程的挑战是全方位的，包括机电院在内乌东德工程建设者应对挑战的措施也是全方位的，具体而言主要有以下几类。

（一）人员调配困境与动态重组

乌东德工地虽然不是疫情重灾区，但它的业主三峡集团、设计方长江设计院，以及主要施工单位葛洲坝工程局均来自湖北，导致项目部原计划返岗的技术骨干中有一大半或因交通管制，或因居家隔离，不能来到工地。现场人力缺口达 50%。为保障关键工序连续性，工程机电安装采取"三阶人员重组"策略：

第一阶段（1—2月）：留守人员与提前返岗人员组建"突击队"，承担 GIL 竖井预埋件安装、定子下线等基础工作；

第二阶段（3—4月）：通过"点对点"包车接送、核酸检测阴性证明互认等方式，分批接回技术骨干，同时抽调其他项目部 32 名多面手支援；

第三阶段（5—6月）：建立"技能矩阵"人才库，对 156 名工人进行跨工种培训，形成 5 支复合型施工班组，实现"一人多岗、一岗多能"。

（二）防疫管理压力与技术创新

面对日均 2000 余名参建人员的防疫需求，传统管理方式难以满足效

率与安全要求。机电院参与开发"智慧防疫管理平台",集成三大功能模块:

一是人员健康动态监测。通过智能手环实时采集体温、心率、活动轨迹数据,异常情况自动预警。

二是防疫物资智能调配。基于 BIM 模型建立物资需求预测模型,实现口罩、消毒液等物资的精准投放。

三是防疫知识培训考核。开发 VR 防疫培训系统,工人通过虚拟场景模拟学习防疫规范,考核通过率纳入绩效考核。

通过该平台,项目部实现"零感染、零扩散"目标,同时将防疫管理效率提升 40%。

(三)物资供应链风险与破局之道

疫情期间,全国各地实施交通管制,导致 GIL 管道母线、定子气隙传感器等关键设备运输周期延长 2~3 倍。在三峡集团领导下机电院参与采取"三级应急通道"策略:

在国家层面,联合三峡集团向国务院联防联控机制提交《关于乌东德水电站关键设备运输保障的紧急请示》,获准纳入"国家重点工程物资运输绿色通道";在省级层面,与云南、四川两省交通运输厅建立省际联动机制,对运输车辆实施"一车一策"精准通行;在企业层面,在西安、武汉等地设立应急中转站,采用"分段运输 + 中转接驳"模式,将 1800 千米运输周期压缩至 38 小时。

疫情导致全球供应链中断,部分进口材料如高强度合金钢、特种密封件等供应中断。机电院启动"国产替代攻坚计划"。主要包括联合宝武集团、洛阳 LYC 轴承等企业,建立材料性能数据库,通过 127 组对比实验筛选出 3 种国产材料。然后针对国产材料特性,调整焊接热输入、加工余量等工艺参数,确保机组性能达标;同时委托中国水利水电科学研究院、机械工业仪器仪表综合技术经济研究所等机构进行第三方检测,确保 17 项国产替代材料通过国际 IEC 标准认证。

通过该计划，实现 12 类进口材料的国产替代，节约成本 2300 万元，供货周期缩短 60 天。

（四）技术协作断裂与远程协同创新

比国内企业面临困难更大的，是外商。如原计划由西门子、ABB 等外企技术人员现场指导的 GIL 安装、发电机调试等环节，因国际航班停飞被迫中断。乌东德工程为此搭建五维远程技术协同平台，主要有：① AR 远程指导系统。通过 AR 眼镜将现场画面实时传输至专家端，专家通过虚拟标注、语音指令指导操作。②数字孪生调试平台。建立机组数字孪生体，模拟不同工况下的运行状态，提前发现并解决 37 项潜在问题。③ 5G 远程操控系统。在定子吊装等高危环节，专家通过远程操控台控制机械臂动作，精度达 ±0.2 毫米。④区块链技术文档管理。将技术交底记录、调试数据等上链存储，确保技术传承可追溯。⑤ AI 故障诊断系统。基于历史数据训练深度学习模型，实现故障诊断准确率达 98.7%。

疫情期间，通过该平台累计开展远程技术指导 126 次，解决技术难题 37 项，关键工序一次验收合格率 100%。

乌东德水电站大量采用国产首台（套）设备，如 800kV GIL、750MW 水轮发电机组等，其安装调试无经验可循。为此，参建各方组建了由教授级高级工程师、博士组成的攻关团队，建立"产学研用"协同创新机制：开展多项关键技术研究，完成 200 余次模拟安装调试；先后主编《竖井环境 GIL 安装作业指导书》《巨型水轮发电机组调试规范》等 5 项企业标准，填补国内空白。

二、安全与管控

（一）三维立体安全管控

乌东德机电安装涉及大量高空作业、有限空间作业等高风险环节，疫情期间安全管理难度倍增。为确保工程安全进行，机电院配合三峡集团，在机电设计与安装领域实施三维立体安全管控。

一是在空间维度上，基于 BIM 模型建立风险源数据库，对 127 处高风险区域实施分级管控；二是在时间维度上，开发施工安全动态评估系统，实时监测人员行为、设备状态、环境参数，预警准确率达 92%；三是在人员维度上，建立安全积分制，将违章行为与绩效挂钩，累计扣减安全积分达 12 分者停工培训。

通过该体系，实现"零死亡、零重伤、零重大设备事故"目标，百万工时伤害率 0.12，优于行业平均水平。

（二）三维立体安全

疫情导致质量监督人员到岗率严重不足，采用传统质量管控方式很难达到预期效果。为此，机电院参与构建智能质量管控云平台，实现了对机电设计、施工、调试全流程的数字化管理，为工程的高质量推进提供了关键支撑。以下从平台架构、功能模块、应用成效等维度展开分析：

1. 技术构建

乌东德智能质量管控云平台基于"物联网 + 大数据 +BIM"技术构建，整合了设计数据、施工记录、设备信息等多源异构数据，形成覆盖全生命周期的数字化管理中枢。

BIM 模型集成：机电设备、金属结构、水工建筑等 BIM 模型与施工进度、质量验收数据实时关联，支持三维可视化质量追溯。例如，在 GIS 设备安装中，通过 BIM 模型定位埋件位置，结合现场扫码验证，确保安装精度达标。

物联网感知网络：在关键设备（如水轮发电机组、GIL 管道）上部署传感器，实时采集温度、振动、应力等数据，异常工况自动触发预警。例如，通过监测定子绕组温度，提前发现局部过热风险，避免设备损坏。

区块链存证技术：设计图纸、验收报告、调试数据等关键文件上链存证，确保数据不可篡改、可追溯。例如，在设备采购中，通过区块链验证供应商资质与检测报告真实性，防范质量风险。

2. 核心功能模块

平台围绕质量管控目标，开发了五大功能模块，实现全要素、全过程管理。

一是设计质量管控。该平台通过机电专业与土建、水工等专业通过BIM 模型实时协同，减少设计冲突。例如，在尾水管布置中，通过碰撞检测优化金属结构与混凝土结构衔接，避免返工。所有设计变更记录上链存证，变更原因、审批流程、实施结果全程可追溯，确保设计合规性。

二是施工质量管控。该平台将施工工序分解为多个质量控制点，通过移动端 App 实时上传验收数据，系统自动比对标准规范，生成质量验评报告。例如，在定子铁芯叠装中，通过激光扫描检测叠压平整度，数据实时上传平台。利用无人机倾斜摄影、全景影像技术，对埋件安装、灌浆施工等隐蔽工程进行三维建模，支持远程质量复核。

三是设备质量管控。该平台从设备招标采购、生产监造、运输安装到运维检修，全程记录设备状态数据。例如，在变压器运输中，通过 GPS+传感器监测温湿度、振动，确保设备安全到货。基于设备运行数据，利用机器学习算法预测故障风险，制订维护计划。例如，通过分析机组振动频谱，提前发现轴承磨损趋势。

四是质量追溯与预警。该平台建立质量问题台账，支持问题上报、整改跟踪、验收销号全流程管理。例如，在电缆敷设中，发现接头工艺不达标，通过平台派发整改任务，整改结果拍照上传复核。基于历史数据与实时监测数据，构建质量风险评估模型，对潜在风险分级预警。例如，在混凝土浇筑中，根据环境温度、骨料含水率预测裂缝风险，动态调整温控措施。

五是数据分析与决策支持。该平台集成质量指标(如一次验收合格率、缺陷发生率)、进度数据、成本数据，生成可视化报表，支持管理层决策。通过时间序列分析、关联规则挖掘，发现质量问题的深层原因。例如，分析发现某批次电缆接头问题与供应商生产工艺相关，推动供应链整改。

乌东德智能质量管控云平台的实施，显著提升了工程质量管理水平，使设计变更响应时间缩短 50%，质量问题整改周期缩短 70%，关键工序一次验收合格率达 99.5%。通过实时监测与预警，避免重大质量事故 3 起，减少经济损失超 2000 万元。

该平台已经入选水利部智慧水利优秀案例，相关技术成果在长龙山、两河口等水电工程中推广应用。

三、倒逼与极限

受疫情影响工期，2020 年初，乌东德工程较原计划滞后 45 天，致使采用传统手段，原定 2020 年 6 月实现首台机组发电的目标很难实现，为此，工程机电安装实施"三级工期倒逼"策略，并明确其中重要的三个重点。

一级节点：将首台机组发电目标分解为 237 项里程碑任务，明确责任人、完成时限；二级节点：建立"日调度、周协调、月考核"机制，每日召开视频调度会，每周发布进度红、黄、蓝预警；三级节点：实施"抢工激励"政策，对提前完成任务的班组给予 3 倍工资奖励。

针对疫情导致劳动力、设备、材料等资源供给波动加剧的情况，机电院开发智能资源调度系统。它主要包括：①需求预测。基于历史数据与施工进度，预测未来 14 天资源需求。②供给匹配。对接供应商库存数据，实现资源精准调配。③冲突预警。实时监测资源冲突，自动生成优化方案。④成本管控。建立资源使用成本模型，动态调整资源投入。

据统计，通过该系统，乌东德工程机电资源利用率提升 25%，成本节约 1800 万元。更重要的是，通过该机制，累计挽回工期 38 天，使首批机组于 2020 年 6 月 29 日投产发电。

在疫情冲击下，机电院与所有工程参建方一道，通过创新管理、技术攻关、资源统筹，实现乌东德机电安装工程"五个零"目标（零感染、零死亡、零重伤、零重大设备事故、零质量事故），提前完成首台机组发电任务，机组运行指标优于国标 30%，形成 37 项技术创新成果，获省部级科技进步奖 5 项。

第八章

移民工程走向新天地

长江库区移民工程恰似一首波澜壮阔的交响曲。既然是交响曲，一定包含多种风格的乐章。它更多的时候是舒缓地、平铺直叙地展示，但有时候出现悲伤，有时候走向激昂，有时候又跳跃出欢快的旋律。值得移民院几代职工骄傲的是，他们更多的时候是这些乐章中的主旋律！早在20多年前，他们就奏响了三峡移民工程交响曲。2012年，乌东德水电站立项上马，他们再次闪亮登场。

从这个时候开始，在库区10县（区），甚至整个金沙江下游范围内，出现了一个使用频率与工程有关的新名词——移民。其实，在主体工程勘察设计开始，与之相应的水库淹没与移民安置规划的进程就开始了，只是它位于幕后，一般人知之甚少。

乌东德水电站不仅是一项重大的水利工程，也是一项重大的移民工程，直接关系到库区经济社会发展和广大移民生产、生活。李鹏总理曾说，三峡工程的成败关键在移民。乌东德工程也是如此。因此，长江设计院参与工程设计后，就专门成立了一个移民工程项目部。石伯勋书记亲任项目部经理，重大问题亲自过问，关键环节亲自抓。长江设计院移民院院长齐美苗担任项目部常务副经理，在各部门、各单位配合下，全力开展移民规划、设计，并配合三峡集团和地方政府实施完成，真正做到了以对待三峡移民工作的精神对待乌东德移民，为乌东德库区经济社会高质量发展和广大移民"搬得出，稳得住，可发展，能致富"贡献了长江设计力量。

第一节　探索传承

与主体工作不同，移民工作的主要对象是人，是一项政策性、延续性很强的工程。乌东德工程移民的数量虽不算多，但时间紧、任务重，而且移民规划正值我国水库移民方针转型关键期。对我国的水库移民工作及移民院历程进行简要回顾，有助于我们更加深刻地理解乌东德移民工作。

一、移民简史

水库移民是指修建水利水电工程而导致原居住地被淹没或无法居住的居民，被迫搬迁至新安置点的社会现象，水库移民工程是大型水利工程建设中常见的配套工程。因涉及人口迁移、资源重新分配和社会结构调整，水库移民工程是一项庞大而复杂的系统工程，也是水利工程的重要组成部分。但在20世纪70年代以前，水库移民在世界范围内都没有受到重视，即使在发达国家也被视为水利工程的不良副产品。工程报告洋洋万言，移民工作寥寥数语，甚至只字不提的情况屡见不鲜，由此造成移民生产、生活困难，以致怨声载道的情况十分普遍。发展中国家的水库移民问题更为严重，我国过去也是如此。

姚玉琴在《水利水电工程征地移民70年》中，将新中国成立以来我国库区移民的70年历史划分为五个阶段。分别为：

1. 发轫期（1949—1957年）

这个阶段移民工作的特点是：新中国成立初期，尽管经济比较困难，但人民群众当家作主，支持国家建设的热情高涨。广大移民服从大局的意识强，积极支援国家重点工程建设；加之当时经济社会发展水平较为落后，移民家庭财产少，经济关系和生产关系简单，工商业也不发达，库区水电路等基础设施基本是空白，移民工作主要靠政府通过宣传动员组织实施。国家统筹安排，适当补偿，通过划拨或调剂土地方式安置移民。总体上移民安置比较稳定，移民也融入了当地社会。

2. 探索期（1958—1976 年）

这个时期是我国全面建设社会主义时期，也是一个非常时期，开工兴建了一大批水库（水电站），移民人数众多，存在的遗留问题较多。

3. 初创期（1977—1990 年）

这个时期移民工作的特点是：移民安置实现了从单纯安置补偿向开发性移民的重大政策转变，移民安置法规规范逐步形成，移民管理体制机制初步建立，移民安置规划设计理论、技术初步建立，探索了移民安置模式多元化，水库移民工作逐渐走向规范化轨道。同时，国家开始重视并着手解决水库移民遗留问题。

4. 发展期（1991—2005 年）

以三峡工程为代表的特大型以及众多大中型水电工程相继开工建设，中国水利水电迎来了建设高峰。这个时期所完成的或接近完成的水库移民安置都进展得较为顺利，安置效果良好，同时还解决了老水库大部分移民遗留问题。

5. 深化期（2006—2019 年）

在此时期，面对大量移民任务和空前复杂局面，从中央到地方都高度重视移民工作，及时出台、修订了一系列的政策法规和规程规范，结合安置实践，不断总结经验、创新理论，使我国的移民安置工作逐渐走向成熟化和制度化。

二、长江流域的重要水库移民

长江流域最具代表性的治水工程，莫过于荆江分洪工程、丹江口工程、隔河岩工程、三峡工程，它们恰好代表着我国水库移民的四个重要阶段。

第一阶段的荆江分洪工程，是新中国成立后在长江上兴建的第一座大型水利工程，于 1952 年开工，主体工程在 75 天内就高质量完成。因工程并不拦蓄江水，抬高水面，移民数量较少而且可以后靠安置。加之新中国成立不久，广大人民当家作主，支持国家建设的热情高涨，因此移民工作较为顺利，仅一个冬春就基本完成。

第二阶段的丹江口工程，是长江流域兴建的第一座高坝大库，其综合效益巨大，同时淹没损失大，移民数量多。而且主体工程建设先后受"大跃进"和"文革"影响，出现过几次较大反复。移民工作也受"左倾"影响，片面强调个人服从集体和先生产后生活，移民补偿标准较低，且工作方式简单粗暴，甚至出现"水赶人"现象。因而遗留问题较多，许多移民生产、生活条件较差。

第三阶段的隔河岩工程，于 1986—1994 年建设，是清江流域滚动开发的第一级，也是当时同期开工的"五朵金花"之一。参建各方充分汲取以往经验教训，走出了一条以"三同步、三为主"（即安置形式以就近、就地安置为主，安置门路以大农业为主，移民兴办企业以"小、集、轻、矿"为主，移民分批安置与工程进度同步，移民生活安置与生产安置同步，移民生活、生产安置与公益设施同步）、安置形式以就近、就地安置为主，安置门路以大农业为主，移民兴办企业以"小、集、轻、矿"为主，"四个严格控制"（即严格控制进镇，严格控制农转非，严格控制超前消费和严格控制移民太集中），"六种安置方式"为代表的新型移民工作道路。

第四阶段的三峡工程，是当时世界上最大的水利枢纽工程，也是世界上最大的水库移民工程。国家对三峡移民实行了"统一领导、分省（直辖市）负责、以县为基础"的管理体制。实行移民任务和移民资金"双包干"政策，移民资金遵循"静态控制、动态管理"和"统一计划、分级管理"的原则。同时制定了多项扶持措施和优惠政策，如从上网电价中提取移民后期扶持基金和移民专项资金，对移民开发的土地和新办的企业依法减免税收等。中央各部委、全国各地积极开展的对口支援，更成为举全国之力支援三峡移民工程的具体体现。

2006年，国务院颁布了修订后的《大中型水利水电工程建设征地补偿和移民安置条例》，明确移民安置不再提倡就近后靠，补偿标准不再与人均耕地挂钩，标志着我国水库移民进入全新阶段。2012年，国家发展改革委明确"先移民后建设"的基本方针，我国水库移民进入高质量发展的新阶段，这些既给乌东德工程建设提供难得机遇，也提出严峻挑战。

三、专业团队

与治江事业相适应，长江委的水库移民队伍也经历从无到有、从小到大、从草创到逐步规范化的过程。

20世纪末，在三峡工程如火如荼之际，我与李卫星就在时任库区处长周少林的邀请下，对三峡工程的移民工作进行了深入采访，并联合创作了长篇报告文学《天平》，其中对长江委水库移民规划机构的历史沿革有了初步认识。以下对此重要阶段作简单回顾。

（一）雏形期，1953—1955年，长江委经济调查组

长江委刚成立时，分为上、中、下三个工程局，没有水库移民的专设机构，只是在长江上游局查勘队和测量队中列有经济调查任务。

1953年，为完成上游干支流水库的规划设计工作，长江委成立了经济调查组，这也是长江委库区移民机构的最早雏形。

（二）初创期，1955—1984年，水库组——水库科

1955年，为编制长江流域规划，中央决定撤销长江委三个工程局，集中技术力量到武汉，组建直属国务院领导的长办，原长江委经济调查组升格为经济室，下设水库淹没问题组。不久后，在苏联专家米德维捷娃的建议下，水库淹没问题组正式改名为水库组。规划处成立后，水库组成为其下属的水库科。

在近30年的时间里，水库组（水库科）的同志们积极参与到三峡工

程移民规划前期工作，并投入丹江口、陆水工程的移民实践中，为林一山主任总结提炼的"移民工程""柑橘上山"提供了依据。老专家常鉴豪因为对石渣地的治理，以及在郧西县修建沙坝，造福人民，成为在世时就被人立碑的典范。

（三）1983 年至今，库区处——移民院

1983 年，在时任长江委主任黄友若的关怀下，水库科从规划处中分离出来，正式组建为库区规划设计处（简称"库区处"），并与枢纽处、施工处、机电处和规划处，并称长办"五大处"，这也是全国水利系统最早成立的专业水库移民规划设计机构。

库区处成立后，首先参与三峡工程 150 米方案移民调查，并参与丹江口移民遗留问题处理。此后主持了隔河岩工程移民规划设计工作，他们结合长阳县库区情况提出的"三同步、三为主"思想，受到湖北省和水利部的高度评价，不仅改变了"工程易建，群众难移"的被动局面，还为全国开发性移民建设走出了一条全新道路。三峡工程移民工作的许多重大突破，都是从隔河岩开始尝试的。

20 世纪 90 年代后，库区处又集中力量主持三峡、南水北调中线工程，以及长江中下游、汉江、清江、乌江、嘉陵江、金沙江等水利水电工程的移民规划设计。我和同事们很荣幸参与了其间的宣传报道工作，并撰写了长篇报告文学《天平》、《蔚蓝色阳光》，讲述了他们在三峡和南水北调中线工程中开展移民规划设计的故事。

如今，20 多年过去了，库区处已更名为移民院，无论技术设备，还是人才结构，都与当年不可同日而语。但他们的工作性质和初心使命没变。在齐美苗院长的带领下，他们投入到乌东德移民工程的新天地。

第二节　摸清家底

乌东德工程移民工作难不难？当这样一个问题摆在移民院各级干部面

前时，他们几乎异口同声地说："难！"

这着实让我有些意外，因为在我的印象中，乌东德工程发电效益巨大，库区淹没较小，而且大多地广人稀。区区 3 万多的水库移民，相对于 1020 万千瓦的装机容量和 300 多亿千瓦时的年发电量，贡献是巨大的。只要三峡集团大笔一挥，移民问题似乎就能迎刃而解，能有什么困难呢？为此，曾经担任库区处处长、被评为全国劳动模范的长江设计院副总工程师尹忠武对我进行了科普。

一是工程建于深切峡谷，水库蓄水后仍呈河道形式，点多、线长、面广，淹没实物指标极为分散，无论调查还是搬迁，难度都很大。

二是库区位于干热河谷，地质活动较为剧烈，水土条件不理想，后靠安置不仅选点难，而且安置区建设时间短、强度高。

三是绝大多数水库移民为搬迁、安置难度最大的农村移民，而且其中相当一部分为少数民族，他们的风俗习惯与地域结合紧密，只能在本地就近安置，而且以有土安置为主，不能外迁安置。

四是库区移民受教育程度不高，如果移民安置选择技术性产业或技能性行业，移民在短时间内难以适应，安置后可能出现收入下降问题。

而移民院首先要做的，是摸清家底，掌握水库淹没具体的实物指标。在这时，长江设计院在全国率先采用了 3S 技术，并取得较好成果，为工程移民规划设计开辟了一个新天地。

一、高新技术

所谓 3S 技术，就是遥感技术（RS）、地理信息技术（GIS）、全球定位技术（GPS）。因为其英文缩写最后一个字母都是 S 而得名，合作双方在称呼其中文名时，比较常用的是遥感解译。这项技术在全国早已普及，但运用到库区淹没实物调查，乌东德还是第一次，其思路源于翁永红。

为了让我尽快了解相关情况，翁永红亲自打电话帮我联系了长江空间信息技术工程有限公司（简称"空间公司"）的副总工程师张力和空间公司遥感院副院长夏婧。因为是两位女性，让我联想起了毛主席诗词《菩萨蛮·大柏地》中的两句：

"赤橙黄绿青蓝紫，谁持彩练当空舞？"

张力，1998年毕业于武汉测绘科技大学（现为武汉大学）地理信息系，到空间公司从事遥感与地理信息工作，2002年担任新组建的遥感空间信息研究室负责人。2005年，空间公司主持的"南水北调中线工程生态环境遥感解译"通过科技部验收，成为长江设计院第一个国家863项目。也正是在这一年，乌东德水电站开展实物指标抽样调查。翁永红心想，这些漫山遍野的实物指标能不能先用遥感系统在天上拍一下呢？空间公司总经理杨爱明也有类似想法，双方一拍即合，张力团队也由南水北调中线转战到乌东德库区。双方合作正式开展。

按工作程序，张力团队需首先拟出初步设计方案，然后开展航空摄影，再在电脑里搭台建库，让所有的数据各归其位，最后一个个地放到实地经受移民院和三峡集团的验证。

2007年3月，受三峡集团委托，空间公司及相关单位对乌东德、白鹤滩、溪洛渡、向家坝4座水库共计1.3万平方千米的库坝区开展全面航空摄影，并取得了一定成果。

但在当时，对于他们的遥感解译成果很多人是不认可的。为此，2009年，三峡集团组织了一次专题考试，邀请他们对向家坝库区一片7.6平方千米土地上的实物指标进行遥感解译，并将解译成果与中国电建集团中南勘测设计研究院有限公司用传统手段调查出的数据进行比对，结果如出一辙。而且空间公司的成果是数字化的，可以随时查阅、修改、存储，随意放大、缩小，比起传统图表不知道"先进"了多少。

专家们叹服了，写下这样的评审意见：

"相对于常规调查方式，移民实物指标遥感解译可以大幅减少现场工作量，提高工作效率；解译作业过程相对独立，成果中的影像、图、表三位一体对应，不易受人为因素影响，能更好地反映实际情况；成果客观生动，查询方便，可作为地方政府、业主、设计单位、移民各方共用的平台，客观、透明，沟通方便，易于达成共识；影像记录固定，可追溯性强。"

张力则以制作者的身份，向我描述了这项技术的三大优势。

一是乌东德水电站实物指标调查基于 GIS 平台，通过遥感解译、地理基础信息等新技术，建立以遥感解译为基础的移民实物指标采集系统，更多地利用计算机辅助手段，创新移民调查工作手段，全面改进实物指标数据采集、处理和成果表达方式，实现了调查数据的现场输入、导出，同时可快速查询、汇总、统计，提高了调查成果的精确度、可信度及可追溯度，提高了工作效率。

二是辅助调查人员的外业工作。当工程进入可行性研究阶段时，外业工作成为主体，依靠遥感等技术提供的解译成果，可以让移民院的同志们有的放矢，提前评估总体工作量与每日工作量，同时也可为他们的调查工作制定工作路线，从而提高工作效率。

三是在外业工作现场，遥感解译成果还为各方提供了一个透明、客观的工作平台，便于调查人员、业主、监理单位、地方政府以及移民进行沟通，大幅提高了现场调查的工作效率。

移民院六室副主任王鄂豫参加了当时的合作，他在接受采访时，向我展示了双方合作成果——张力团队制作的影像图，他告诉我：

在 2010 年的正式调查时，各个区域的影像图都以绸布印刷的方式下发到每个调查大组的主要成员。在这幅图上，地理坐标上叠合的数字影像非常清晰，哪里是水田、旱地，哪里是园地、林地，有多少面积，田埂和田间道路怎么样，是否在淹没范围内，全部标得清清楚楚。老百姓一看就能认出哪块田是他们家的，算起面积来比用尺子量还要准。此外，每户人家的房屋情况，在图片上也看得清清楚楚。这样，即使实测面积与土地证存在差异，只要解释清楚，移民们都能欣然接受。这样总数确定了，移民群众就很难出现扯皮拉筋的现象。

当然，3S 技术目前还做不到 100% 精确，如有些土地的地类可能不准确，有些树木在冬季落叶时难以判断品种等。不过这些现象毕竟只是少数，只要到现场察看马上就可以修改过来，与过去漫山遍野、漫无目的地跑着找目标，不知轻松了多少。

2010年10月，国家发展改革委批复同意乌东德工程开展前期工作。2011年3月，水库淹没实物指标调查正式展开。此时3S技术搭建的平台已经完成，里面的数据需要调查人员亲自填写。空间公司的主要工作，从技术引领转向技术服务。年轻的副院长夏婧配合张力在现场工作，也成为空间公司在库区调查时最忙碌的人。

夏婧出生于1980年，本科从武汉大学毕业后，到德国斯图加特大学地理信息专业深造，于2009年底硕士毕业，2010年入职长江设计院空间公司，不久就受命来到库区淹没损失最大、移民人数最多的元谋县，并在这里工作了200多天。

对此，夏婧的父母是有意见的。毕竟女儿生长于大城市，学的是"高大上"的遥感，而且在德国喝过"洋墨水"，没想到工作不久就被"发配"到最苦的偏远山区，还要工作那么长时间。但夏婧觉得这是锻炼自己的好机会，不假思索地就出发了。

3S技术是个好东西，但技术含量太高，即使空间公司提供的软件足够"平易近人"，但调查人员要在短期内掌握绝非易事，一不留神就会误操作，导致系统崩溃，看着鼠标在显示屏上打转也无可奈何。因此，"开始的时候，调查组排着队要我去为他们调试，或者是为他们解决问题，或者是直接帮他们弄数据，直接帮他们出图。差不多每个组我都会待个一两天。后来，在系统运作过程中，哪个操作人员出现弄不清楚的情况，也会打电话，我就得去他们所在的乡镇去帮忙解决。"

夏婧参加工作较晚，没有经历过软件的开发过程，解决故障时难免会遇到一些障碍，有时还需要通过远程连线，请求后方同事帮忙。而在许多时候，因手机信号不好，每次沟通都会耗费很多时间。在现场摸爬滚打久了，夏婧的技术能力和组织协调能力都有长足进步，渐渐地在库区也就有了名气。

"大家都比较信任我，觉得有什么事把我叫下去就一定能解决。采集系统软件刚开始还是有磕磕绊绊的各种问题，后面调试了，大家用到后面都觉得挺满意。移民实物指标采集系统在调查中的应用很成功，我也算出了一份力。所以这个事情做到后面还是很有成就感的。"

库区对夏婧最大的历练，不是技术上的攻坚克难，而是对库区社会、经济和民生的认识，这是长期生长在大城市的她从未经历的，也让她大开眼界。山里人的淳朴、善良与好客让她记忆深刻。如今10多年过去了，夏婧一谈起他们还是由衷赞誉：

"山里人真是特别实在，特别本分、朴实。他们就是好，真的没有什么坏心眼。我很喜欢跟他们打交道，真的！他们的物资比较少，但是他们获取的最好的都会给我们，像对待亲人一样。"

夏婧与移民的故事，我们在后面还要讲道。

二、实物调查

让夏婧大开眼界的移民工作和农村生活，对移民院的同志们来说，是司空见惯了。从1983年库区处成立算起，这支队伍在水库移民领域摸爬滚打40年，参与过不少工程的移民规划设计，每项工程的移民工作都堪称"千万工程"（踏遍千山万水，历尽千辛万苦，走遍千家万户，说尽千言万语）。乌东德工程也不例外，甚至在很多地方有过之而无不及。

在采访前，我曾有个疑问，既然空间公司的3S技术已经将库区的实物指标拍得清清楚楚，并得到了移民的认可，为什么还要用传统手段，花大气力开展这项似乎与之重复的实地调查呢？

移民院的同事先从淹没实物指标的概念向我做了科普。

根据《水电工程建设征地实物指标调查规范》规定，乌东德工程实物指标调查分为农村、城市集镇、专业项目3部分。其中，农村移民调查分为人口房屋调查和土地调查两个系统。前者调查村组的人口、房屋及附属建筑物等，后者调查土地、零星树木、小型专项设施、农副业设施等。城镇集镇移民调查，包括集镇的性质、功能、规模、市政基础设施、公共建筑设施、对外交通、防洪和其他基本情况，同时还包括集镇内的人口、房屋和附属设施等项目。专业项目调查包括建设征地范围内的工矿企业、交通、输变电、通信、广播电视、水文站等。

他们接着解释：

3S 生态虽然能精确掌握淹没实物的情况，但拍摄时难免会有死角；而且它只掌握总数，不可能将他们一一划分到每个移民；更重要的是，它是见物不见人，一是掌握不了被淹没涉及的移民人数，二是不可能了解他们的需求，这些只有调查人员在实地才能获得。这也是为什么张力说他们的软件只是一个数据平台或一个骨架，只有调查人员把里面的数据填进去才会有血有肉。

这番话如醍醐灌顶，让我深深意识到，无论科技如何进步，移民工程始终做的是人的工作，起决定作用的永远是人！

与相对缓慢的预可研阶段相比，可研阶段的库区移民工作节奏就非常快了。2010 年 10 月，国家发展改革委批准乌东德工程上马的文件刚刚下达，移民院就编制了征地实物指标调查细则及工作方案。2011 年 1 月 1 日 0 时，四川、云南两省同时发布《禁止在金沙江乌东德水电站工程占地和淹没区新增建设项目和迁入人口的通告》（俗称"封库令"）后，他们又在第一时间对地方配合人员开展分层次的技术培训，还在会东县新马乡三台村进行了为期一周的试点调查。同时编写了《金沙江乌东德水电站建设征地实物指标调查宣传画册》，以漫画的形式解答老百姓关心的问题，既通俗易懂，又保证了宣传口径的一致性。三峡集团、各地政府也非常配合，组成了领导机构和工作专班。

2011 年 3 月，春节刚过，移民院大批职工从武汉奔赴库区，乌东德工程淹没实物指标调查正式开始。

（一）难以抵达的乡村

曾经让不少城市人感到心痛的行路难，又一次摆在移民院同志面前，成为他们开展调查的第一难事。

汤健是移民院的老职工。2003年，丹江口大坝加高移民调查时，他担任库区处四室主任，主持丹江口大组的农村移民调查工作。2005年，他又成为移民院最早走进乌东德的移民院成员之一。带着团队来到乌东德库区，与空间公司配合，完成最初的抽样调查。他清楚地记得：

那时的库区岸边没有路，不仅金沙江上没有桥，就连许多小支流也没有桥，两岸山民即使隔着两三百米，也是"鸡犬之声相闻，老死不相往来"。如果有事只能爬很远的山路，坐船往返，这可给他们调查带来不小的麻烦。而且即使是走山路，许多地方也没有通车，他们调查的时候只能将所有的行李都放在老乡准备的毛驴的背上，然后小心翼翼地跟在后面，唯恐包裹破开或被毛驴颠下来。可是毛驴走得快，人走得慢，即使紧赶慢赶也常有包裹掉下或破开，里面的东西甩得满山沟都是的时候。他们不得不手忙脚乱地拉住毛驴，然后重新捡起东西打包好，然后放回毛驴背上再次赶路。就这样，他们在库区走了一个月。

2011年，库区的交通条件虽有改善，但行路难在一些偏远地区仍然存在。

如原名大松树乡的乌东德镇，是大坝建设所在地，也是必须最先搬迁的坝区移民主要聚集地。移民院为此在这里集结重兵，乘坐大巴车从禄劝县城到该集镇就花了近6个小时。调查人员随便吃点儿东西，就兵分两路：一路向西前往坝址上游的新村；另一路前往坝址下游，经阿巧村抵达当时还没有通车的金坪子。有位同志从最近的公路口下来后，在工作日记中写下了走到金坪子的最后一段艰辛历程：

"狭窄的小路，1米多宽，局部只有50厘米左右，上面是悬崖峭壁，下面是万丈深渊，要是碰到大的冲沟还只能一蹦一跳，胆战心惊。步行过程明显感到江水后退，有眩晕的感觉，只能用手遮住眼角余光继续前行。

由于行李太多，并且天色已晚，调查人员临时决定行李走水路，人走陆路步行。袁永源总工程师、张军伟室主任先帮我们把行李用汽车转运至 1 号码头装船，每船由两人押运行李，这样往返两趟，行李终于到达了金坪子渡口。此时已近天黑，老乡安排的 6 匹骡子已在码头等待。由于行李太多，加上村子的路狭窄、陡峭，小骡子也不听话了，半路上把行李掀翻。没办法，只有让老乡再牵来两头骡子。行李好不容易运到村子里，清理完毕后，发现少了一件重要的测量仪器，气氛开始紧张起来，要是东西落下了，我们的工作将没法开展，只好发动村民打着手电寻找，一小时后终于把仪器找到，大家松了一口气。"

武定县库区的 3 个乡镇全部远离县城，与四川省隔金沙江相望。沿岸山高坡陡，交通设施十分落后，有时调查村组距离驻地直线距离不到 2 千米，步行却要 2 个小时。还有地方甚至不通公路，只能走水路，这也让初到此地的移民院调查人员吃尽了苦头。

"武定县库区山路险、水路更险，有的村组高山阻隔只有水路通行，而大船容易搁浅，只能小艇通行。为了推进工作，从安全的角度考虑，调查组全部配备了水上救生物品，并从调查组中抽调水性娴熟的工作人员打攻坚战：早上 7 点出发，中午吃完干粮就开始工作。"

迤布苦隶属于攀枝花市仁和区平地镇迤沙拉村，无论市、区、镇，名字听上去都挺不错。可这里是彝族聚居地，"迤布苦"在彝语中意思就是"步步苦"。当地人出入村子的主干道是长达 18 千米、坡陡弯急的机耕道。调查组坐车初到这里时，越野车硬是足足开了一个多小时。好在他们发现距离该村庄约 1 千米的地方有老成昆铁路的一座小站，每天早晚各有一班火车在此停靠，车站的主体在隧洞内，火车停靠时大约只有 3 节车厢露在洞外，但这比走机耕道进村方便多了。以后调查人员进出该村时，就会乘坐火车。

（二）过于艰苦的环境

乌东德库区涉及的 10 个区（县），除攀枝花市下属的 3 个区外，其余 7 个县均属国家级扶贫县，而库区所在地更是这些贫困县中的贫困区。调查人员在这里的工作生活条件相当艰苦。

姜驿乡位于元谋县最北面的金沙江北岸，从县城到那里不仅路途较远，而且还要乘船过江。黑者村是姜驿乡最偏远的傈僳族村民小组，因为不通车，老乡们出行到元谋，要先步行五六个小时到姜驿乡，然后坐船过江，再到江边集镇乘车，往往折腾七八个小时。调查人员首次在黑者村调查时，在江上偶遇一位老者，说以前这里的老百姓甚至连枕头都没有，都是拿大石块当枕头的。当时库区处的同事还难以置信，但当他真正踏上这片土地时，眼前的一幕却让他震惊，一位同志在日记中写道：

"这里与我印象中的农村有太大的差距，这里的景象我这辈子都不会忘记。黑者村是彝族聚居区，房屋全部都是低矮的土屋，房屋间是村间的泥土小路，这不足两米的小路上，大大小小分布着牛羊的粪便，猪圈就在路旁，猪圈的上面就是厕所，散发出阵阵恶臭。"

粪便多，苍蝇也多。调查人员吃饭时，苍蝇围着他们飞。他们挥舞筷子驱赶，却时常将苍蝇打进饭碗里。这成为调查人员多年以后仍然难以忘怀的记忆。

仅仅苍蝇也就算了，在这里居住还会有老鼠从天而降的情况，库区处袁永源就在一天晚上睡觉时被老鼠砸到身上。

由于卫生条件太差，移民院派往这里的调查人员是清一色的男同志。有一次因为电脑软件出了问题，不得不请夏婧到现场帮忙。夏婧刚来，调查组长就特别交代她赶紧把问题解决了，争取当天就回去，否则这些苍蝇就够她受的。

与姜驿乡一江之隔的江边乡，是淹没损失最大的乡镇，也是全库区仅有的两个搬迁乡镇之一。这里的生活条件比姜驿乡稍强一些，但调查人员乘船抵达该乡丙弄村后，"迎接我们的是一条蜿蜒着向高处、远处延伸的无尽土路。据说，此处已有五个多月未下过一滴雨了，路上的灰尘厚 5 厘米以上，有时一脚下去，尘土淹至脚踝，动脚则尘土飞扬。前面之人落脚之时，便是后面之人吃灰之时。"由于紫外线太强，即使调查人员穿着长袖，"不过两日，袖口以下就全部晒黑了，卷起袖子，色差之大，初觉震惊，而后觉可乐。"

村民们用水确实紧张，或从江里面打水，然后背上来；或从山上引下来。这些水烧开之后有很多杂质，因此许多人会带上很大的杯子装水，在水里加点茶叶直接喝。

如果说移民院的男同志对这些外在的痛苦不太在意的话，空间公司夏婧以女人的细腻，向我回忆了她在库区难忘的所见所闻。

在乌东德库区的头天晚上，夏婧第一次体会到了什么叫伸手不见五指。到了晚上，山民们为了省电很早就熄了灯。因为外面没有路灯，山里房子的窗户小，如果没有月亮、星星的话，真的是一片漆黑，人走在外面就像盲人走路一样。夏婧曾站在外面把手放在眼前摆来摆去，什么也看不到。人在那里待久了就感到太无聊了。手机信号也不好，她曾在一个村里给家里打电话，每次打电话就要跑到一棵树下面打，其他地方信号都不好。

让夏婧记忆深刻的，还有在会东调查时遭遇的一次地震。当时她正在睡觉，突然觉得床似乎摇了起来，开始还以为是同屋的人恶作剧，还大喊不要影响我睡觉。直到听说有地震了，她才吓得揣着小板凳从屋里跑了出来。但当地人对此反应却很淡定，会东位于地震带上，小地震很多，他们已经司空见惯。我在网络查了一下，这次地震应该是发生于 2011 年 4 月 15 日 15 点 44 分的 4.5 级地震，震中就在会东县和巧家县交界处，而震中位于会东的中小地震，数量确实很多。

（三）淳朴善良的村民

长期的贫困使移民们对乌东德工程充满了期待，因此绝大多数移民支持工程建设，并对调查人员十分热情。

库区处六室副主任王鄂豫至今仍记得，2006 年开展移民抽样调查时，移民们高度关注。有一天下午三四点钟，当他们走进一个村子时，村民们已经在村口等候多时了。村民小组长见到他们的第一句话就是：

"你们怎么才来啊？江对面的几天前就已经来了。"这句话将村民们的渴望表达得淋漓尽致。

库区百姓虽然贫困，但十分实诚。调查人员到来时，他们会腾出最好的房子，拿出最好的东西。如果来的人较多的话，常常是多家分工协作招待。有的人杀鸡，有的人把房梁上挂了多年的熏肉拿下来，自己舍不得吃，却一而再，再而三地往调查人员的碗里夹。山里人用水紧缺。为了照顾好调查人员，他们早早从很远的地方肩扛背驮地把水打满，还专门用很大的壶装着做饭和饮用的水。这让调查人员觉得过意不去，想额外付些用水和吃饭的钱，他们死活都不要。

山区物资比较匮乏，尤其是蔬菜比较少，无论村民还是地方干部都会想办法为调查人员改善生活，如到山上采芦荟、冬青，还有不知名的小果子，不仅可以改善生活，也算在繁忙的工作中增加点儿乐趣。

库区各级干部也对调查人员的工作、生活非常照顾。如元谋县人大老领导鲁维生跟随调查组跑遍了全县库区，除过问调查情况外，还关心调查人员的生活。夏婧每次乘船到调查点时，他不仅嘱咐她穿好救生衣，还特地交代要坐双机快艇，因为它比单机快艇更安全、舒适一些。有些经济条件稍好的村子，工作人员会提前给他们准备饮水机或桶装水。有个乡镇甚至特地从镇上调来消防车，为调查人员运水，这可是他们想都不敢想的"殊荣"。

这就是朴实的山民、朴实的愿望、朴实的心灵，希望外来的工程师们将工作做好，希望通过这个工程帮他们早日摆脱贫困。尽管不少山民还不知道他们的真实身份是什么，反正是国家派来修大工程的人。

库区移民的热情、期待，让调查人员感动不已。2011年6月底，实物调查结束，移民院的同志们陆续回到武汉，但库区的经历仍让他们回味不已。一位调查人员在后来满怀深情地写下以下文字：

"工作条件虽然艰苦，但回到驻地村委会后，这里清苦却快乐、温馨的生活，却将成为我们脑海中美好而难忘的记忆。当地的卫生条件不好，我们到达时，却看到了刚刚搭建好的厕所，墙上的水泥砂浆还未全干。晚上风沙大，早上醒来后，睡袋、睡垫上全是厚厚的一层沙。下午回来时，村委会的白大姐就都为我们打扫得干干净净。当地缺水，很多村子吃水都成困难，吃水要从金沙江里用人挑、用驴子驮。有地方干部到达村子后舍不得用老百姓的水，一直不肯洗衣服，却保证了我们每天工作回来时有水喝，能洗个澡……还记得中午洗头后，坐在院子里就着阳光下的热风体验这天然的'电吹风'，还记得大家抱着电话在院子里找信号，还记得大家吃过晚饭后到江边捡石头、吹江风……

村民的淳朴、善良、热情，让我觉得他们是一群可爱的人。渐渐地我爱上了这个地方，虽然这里生活条件没有城里好，这里没有很多娱乐活动，但是这里也有它独特的魅力。每天傍晚，坐在屋顶上，享受着金沙江上的阵阵凉风，看着月亮慢慢地从山中升起，听着村中偶尔传来的犬吠声，还有隔壁村民们组成的唱诗班唱着听不懂的基督教歌曲。工作一天后，能有这样的享受，真的很好。"

（四）堪称完美的奇迹

现场调查工作结束后，移民工作的重点转向土地分解到户和指标公开、复核。移民院一行人回到武汉后，在办公室开始忙碌的内业工作，包括调研测算、单价分析等。

实物指标调查结果按规定进行了三榜公示，经移民和各级地方政府确认无误后，长江设计院据此逐级整理汇总资料，分别以村民小组（或单位）、行政村、乡（或镇）、县、市（州）为单位，对建设征地实物指标进行统计汇总，并进行数据抽检以确保汇总后的实物指标完整、准确。然后形成各县调查报告，经过各有关人民政府确认。

3S技术的应用，大大减轻了调查人员的工作强度，提升了工作精度。同时由于前期工作做得扎实，程序到位，乌东德水库移民的搬迁、安置过程，没有发生一起因实物指标调查成果而扯皮的现象，这在以前不仅从未出现，而且不可想象。

长江设计院的移民工作者不仅在乌东德库区里留下了一次次回声、一群群身影、一行行脚印，更留下了令人难忘的精神，那就是对移民的热爱、对国家的忠心，它是一代代移民工作者向心力和认同感的基础，弥足珍贵，它更是今后移民工程征途中永不熄灭的航标灯。

第三节　红脸白脸

乌东德工程在实物调查取得重大突破的同时，在与其相关的移民意愿调查方面却吃了一个闭门羹，两者的反差虽然比较大，但这全在长江设计院的预料之中。

一、众口难调

（一）移民诉求

实物调查结束后，移民院大多数人回到武汉进行内业整理，仅有一部分留在库区，进行移民意愿调查，张军伟就是其中之一。

张军伟毕业于华北水利水电学院（今华北水利水电大学），2010 年进入乌东德移民工程项目时刚 40 岁出头。他参与了移民安置规划与实施的全过程。说起意愿调查，尤其是填写调查表这件事，他印象颇深：

"为了征求老百姓的意见，我们给每家每户都发一张调查表，主要内容是对安置有什么要求。包括在生产安置上是要配地，还是要别的什么，需要一次性补偿还是分批补偿，希望集中安置还是自行安置，以及你对基础设施，如水、电、路有什么希望等。"

调查表收上来以后，要经过几轮调整，最后形成一个实施方案报告，报上面审批后实施。

在调查的时候，张军伟就发现了不少问题。一些是共性的，移民们对未来的期望普遍过高，村里人想往乡镇搬，乡镇人想往县城搬，到了县城还想往好地方搬，这是正常情况。但更多的是个性问题，如在安置方式上犹豫不决。有的人可能今天说他想投亲靠友，明天又想跟着大家一起搬

251

迁。有些人搬到新地方可能融不进新集体，可能找相关部门要求回去。还有的人今天希望政府建房，明天会要求把建房子的钱给他，他自己到别的地方找地建房，或者自主创业，不一而足。

王鄂豫毕业于三峡大学工程概算专业。1997 年被分配到库区处，2004 年参与到乌东德项目，负责与移民相关的各类型的土地、房屋、附属设施等的指标测算和投资测算，直到 2014 年才渐渐退出。在 10 年时间里，他跑遍了库区绝大部分乡镇。从各级移民局领导、具体工作人员、乡镇干部、村委会、村小组干部，一直到普通移民，他都有过广泛的接触，因而有机会了解到早期移民最关心、最需要的一些问题，在接受采访时，他将其归纳为三点：

一是电站什么时候建？他们什么时候搬？他们会搬到哪里去？会补多少钱？都是一些很实际的问题。由于涉及国家决策，移民院不能做主，只能如实告诉大家。

二是库区受淹地区水源、光热条件较好，因此农作物的产量不错，能够种植附加值高的热带水果和反季节蔬菜，如果后靠到高山峡谷，条件就差多了，因此，很多人不愿搬离。对此，移民院只能通过当地干部和移民沟通，提出参考性意见，也会进行一些政策宣传。

三是房屋和土地的补偿，如房屋补偿存在"重置全价"的概念，即贫苦移民因原房屋标准太差，按照"三原原则"（原标准、原规模、原功能）不足以新建房屋，其间的差价会由政府或国家补齐，里面涉及复杂的计算，需要做很多的解释工作。而土地补偿指库区存在越往江边土地越好，农作物产量、产值越高，但交通条件较差，存在不易销售变现的难题。电站建成后，交通条件改善了，移民们希望得到的补偿更多一点。

（二）政府期望

与移民群众一样，在移民安置规划过程中，各县（区）结合区域经济发展和移民安置需要，对乌东德工程的移民工作提出自己的期望，大多数切合实际的，但也有部分超出了规划的标准，或将不属于移民工作的内容划了进来。

2012年6月18日，云南省楚雄彝族自治州在武定县狮子山召开了移民领导小组工作会议，移民院副院长高润德带队参加会议。会上张军伟首先汇报了规划编制情况，会议讨论认为，规划总体符合实际情况，可以开展移民意愿征求工作。随后地方政府组织听取了移民代表的意见。总体来讲，大家对规划方案还是比较满意的，提得最多的主要是改善区域整体环境的大项目。2012年11月，楚雄彝族自治州人民政府的红头文件来了，他们提出金沙江沿江公路建设、元谋县金沙江大桥建设、骨干水利工程建设等要求，甚至还提出开发热水资源建温泉的请求。

攀枝花市人民政府也于2013年3月以红头文件的形式提出将金沙江大桥建设纳入规划等要求，希望三峡集团考虑地方发展需要，实现"政企共赢"。

这些问题并非三峡集团或长江设计院能解决的，或者在短期内能解决的。

（三）燃眉之急

云南省禄劝县和四川省会东县，是大坝建设所在地，其坝区移民必须最先实施。为此，移民院早在预可研阶段，就为会东县坝区移民选择了6个分散安置点，为禄劝县坝区移民选定了1个集中安置点。但在前期的意愿调查中，会东县大多数移民对安置点不满意，而禄劝县移民意见更大，以至地方政府婉言谢绝了移民院提出的入户开展意愿调查的要求。

搬迁意愿不统一，移民不可能搬迁；而移民不搬迁，工程也不可能开工。这仿佛一把"达摩克利斯之剑"，悬在参建各方的头顶上。

二、有理有节

2000年，我和李卫星撰写了反映三峡移民规划设计的长篇报告文学《天平》。这个标题的寓意是水库移民工作就像一个偌大的天平，它的左边是国家，右边是移民。移民工作者的任务就是在两者之间找个平衡点：做到既维护国家利益，又不让移民吃亏。这在全国任何一座水库都普遍存在，它说起来容易，做起来真的很难。

乌东德工程就是如此，移民们提出的过高期望，移民院的同志们都能理解，毕竟他们离开的是祖祖辈辈生活的家园，水库淹没的每一个实物都承载着他们美好的记忆，甚至是他们的根和魂。对地方而言，库区条件过于落后，经济发展需要迫切，基本建设也是百废待兴，好不容易等到一个国家大型项目，总想解决更多的问题。但毕竟移民经费有限，不可能完全覆盖所有需求。因此他们能做的就是尽己所能，把工作做好做细，做到上对得起国家和历史，下对得起老百姓。

张军伟说，他在移民们填写表格时，会对那些希望搬到县城的村民提醒一句："你直接想进县城安置，具不具备在县城生活的条件？你想进县城，县城周边规划中可事先没有地给你。"

对想投亲靠友的人说："你投亲靠友到哪个村哪个组？你把土地补偿费给哪个村哪个组，人家会不会给你土地？如果不给你，你把补偿费花完后，该怎么办？"

对那些不要政府安排，想把补偿款一次性拿走，然后异地买房或者创业的说："你创业不成功，或者手头钱用完了，又一事无成，该怎么办？是不是现在就留一点余地？"

对于地方提出的合理诉求，他们也尽自己所能，予以回应。

据理力争只是手段，达成共识，促使问题圆满解决才是目的。在具体工作过程中，移民院会因地制宜，帮助移民制定合理的规划，为当地发展生产创造条件，如在日照充足但干旱少雨的地区安排资金解决灌溉问题、在交通不便的地区安排资金修桥修路等。

三、成功经验

在乌东德移民工程中，移民院提出的分类解决、基础产值和保底标准就是多方力争后的共识。

（一）分类解决

分类解决最初的正式称呼应该是"科学区分政策界限，分类指导问题解决"，即符合移民政策为Ⅰ类，所需投资全部纳入移民概算；提高标准、扩大规模、新增功能的项目为Ⅱ类，相应的投资三峡集团公司适当支持一部分，地方负担一部分；与移民搬迁关系不大、属于地方发展的项目为Ⅲ类，所需投资不纳入移民概算，以后再研究。

这种方案是移民院受三峡集团委托，针对攀枝花市人民政府前面提出的 52 项要求，在研究编制专题报告时提出来的。该方案得到国家能源局认可，并形成会议纪要。三峡集团据此提出给四川、云南的支持方案，得到两省认可。这样，两省可以用这笔钱安排自己需要改善的基础设施，三峡集团也不必为类似的事情发愁，这样问题一下子就解决了。

分类处理方案，不仅解决了乌东德工程移民工作的诸多难题，也为我国水电工程移民工作理清思路，提供借鉴，受到各方高度赞扬。

（二）基础产值

耕地是农民的"命根子"，耕地补偿是移民补偿费的重要组成部分。传统的补偿方案是按面积补偿。但不同耕地的产值相差较大，同一片土地不同年份产值也有差异。如果直接采用颁布的土地统一年产值和片区综合价，有可能存在执行难度大等问题。为此，乌东德水电站在耕地年产值确定过程中，曾分别采用分乡镇、分县年产值高值，分省年产值高值，全库年产值高值进行了测算。其中，分乡镇、分县年产值高值方案对于土地接壤的区（县）、乡镇，容易引起移民攀比，实施难度大；分省年产值高值方案也因最高年产值差异大，两省不平衡而难以实施；而全库年产值最高的乡镇对应的土地征收面积较小，不具有代表性，也会加大业主负担，年产值较高的乡镇也可能出现不平衡心理。移民院在分析各方案利弊的基础上，按照"就高不就低"的原则，以覆盖绝大部分被征土地的全库统一基础产值作为统一的计算年产值，即高于此标准的乡镇年产值取本乡镇年产值，低于此标准的取全库统一基础产值。该方案既解决了各乡镇年产值差异较大的矛盾，缓解了年产值较高的乡镇的不平衡心理，又具有可操作性，也易于各方接受。

（三）保底标准

与基础产值类似，移民院在移民安置的过程中，提出了保底标准这个概念，同样得到了各方认同。

保底标准就是依照库区实际情况及发展需要，在对移民进行土地、房屋的安置时确定一个最低标准，不足这个标准的按标准补足，超过此标准的按实际标准执行。如在土地安置方面确定了1亩和1.5亩这两个标准，即原来人均不到1亩地的，按1亩地补足；超过1亩地不足1.5亩的，按1.5亩补足；再超过的部分就补给现金。还有住房保底标准为人均25平方米，低于这个标准的，国家一次性按25平方米补足。这既保证了移民的基本生产水平，也能保证基本生活水准。

移民院院长齐美苗是保底标准的主要制定者与实施者之一，他对此高度评价，盛赞乌东德移民为工程付出了太多，也赶上了好时候，享受到这么多的政策红利。

四、因势利导

（一）先移民后建设与新农村建设

2012年的移民意愿调查给移民院当头浇了一瓢冷水。但同年国家发展改革委做出的"先移民后建设"方针和库区蓬勃开展的新农村建设，为他们解决坝区移民问题提供了机遇。

"先移民后建设"方针，是2012年2月7日，国家发展改革委印发的《关于做好水电工程先移民后建设有关工作的通知》正式提出，并要求严格执行的规定。该通知强调，水电工程建设应始终把移民工作作为重要组成部分，把做好移民工作放在优先位置，特别要求全国水利水电的移民安置进度适度超前于工程建设进度。

乌东德库区属于国家集中连片贫困区，也是国家新农村建设和脱贫攻坚的重要战场。四川、云南两省及库区各县（区）都制订了自己的新农村建设计划。2012 年 3 月，三峡集团组织长江设计院与华东院联合编制《金沙江白鹤滩、乌东德水电站结合新农村建设枢纽工程建设区示范居民点实施方案》，决定将即将开展的坝区移民搬迁安置与新农村建设有机结合，打造新农村建设示范点，以实现移民"早搬迁、早生产、早发展致富"，同时满足枢纽工程建设区的工程进度需求。

针对乌东德工程坝区移民现状，移民院创新了移民安置思路，决定对移民安置方式按照正常程序，结合新农村建设及地质灾害应急避险 3 种方案进行研究，分析了不同方案的优缺点及存在的风险。初步认定，结合"新农村"建设方案可提前启动枢纽工程建设区的移民安置点建设，但在建设标准、移民意愿对接等方面存在风险。

四川省会东县对移民院的"新农村"建设方案高度认同，同意将坝区移民中 6 个分散安置点中的金家坪、民权、官田及新马 4 个安置点纳入地方新农村建设规划。安置点建设采取四川省凉山州移民机构监督，会东县人民政府审批，三峡集团筹措资金、代为组织，主体设计单位总承包的模式，确保了安置区建设的质量、进度与投资和坝区移民的有序进行。长江设计院作为设计单位，第一次被赋予基本建设总承包的职能，这为他们增加了极大的工作量，但也提供了一个业务与经济的增长点。此后，库区移民建镇和新农村建设如火如荼，长江设计院承接的建设总承包项目也不断增加，以致专门组建一个总承包项目部。

（二）金沙江大桥与传承红色文化

今天的乌东德库区，共建有 3 座跨越金沙江的大桥，分别为洪门渡、皎平渡、龙街渡大桥，它们的前身是 1935 年红军长征时抢渡金沙江的 3 个著名渡口。1935 年 5 月初，四渡赤水后的中央红军在此七天七夜抢渡金沙江，将几十万国民党军队甩在身后，为红军长征的最后胜利打下了基础。如今在原渡口上兴建的 3 座大桥，不仅是库区重要的交通枢纽和美丽风景线，也成为人类牢记革命历史的巍巍丰碑。

但是很少有人知道，除洪门渡大桥（又名河门口大桥）是工程建设所需，由三峡集团投资外，另外两座都不在乌东德工程的淹没补偿范围内。

党的十八大后，文化自信与文化强国战略深入人心，修订后的《水电工程建设征地移民安置规划设计规范》明确提出：

建设征地影响的英雄烈士纪念设施，应根据建设征地的影响程度，提出原址保护、搬迁或其他保护措施。

长江设计院以此为依据，在移民安置规划中结合移民脱贫致富和地方经济社会发展进行了大量分析研究，创新性地在"三原原则"的基础上，提出在洪门渡、龙街渡实施"渡改桥"，同时对淹没涉及的皎平渡危桥进行拆除重建，彻底解决金沙江两岸交通难题的方案。同时对皎平渡山洞遗址，委托四川省文物考古研究院提出原址加固封护、异地复原展示的保护方案。2015 年，也就是红军长征巧渡金沙江 80 周年，3 座大桥建成通车。不仅极大地改善了周边地区的交通运输条件，还传承了红色基因，取得了较好的社会效益和经济效益。

五、规划完成

面对挑战，移民院迎难而上，因时制宜、因地制宜，千方百计为乌东德区域发展和移民生产、生活谋福祉，受到大家的广泛欢迎。

为此，移民院对地方政府安排的一些项目，采取分类处理方案。具体而言，分为三类：第一，属于移民政策范围内，且不超过标准的所有投资，都从移民经费这一块出；第二，超出标准的部分，如果真的有利于地方经济发展，就要考虑三峡集团支持一部分，地方筹集一部分；第三，对于那些属于地方发展项目的，只能等着乌东德水电站产生效益后再去处理。这种方案获三峡集团和各方接受。

移民数量多、情况复杂，尤其是在规划过程中经历的一系列挑战，导致乌东德工程的移民规划异常艰巨。从 2011 年实物指标调查结束，到 2015 年最终完成，历时整整 4 年。各阶段形成的移民规划报告，占一个办公室 1/3 的面积，仅总报告的附件就有 400 余册。其中的艰辛，没有亲历的人很难感受得到。

长时间的规划工作，使后来的具体实施变得容易了。因此到乌东德水电站建成发电时，移民安置工程基本上实施完成，总投资可以控制在全部工程投资的 20% 以内，是目前已经兴建的水电站中控制得最好的。

第四节　沧桑巨变

水利枢纽工程移民搬迁是重大的民生工程和德政工程。长江设计院认真贯彻三峡集团"建设一个电站、带动一方经济、改善一片环境、造福一批移民"水电开发理念，使乌东德工程库区面貌和移民生产、生活发生翻天覆地的变化。

一、生态宜居

移民工作要搬得出，更要稳得住。良好的居住环境成为移民安置工作的重要考量标准。

乌东德工程移民新村位于大坝上游，是离大坝最近、最先开工、最先建成，也是最具代表性的移民集中安置点。今天的移民新村地域开阔、布局合理、设施齐全、风景秀丽、交通便捷，成为广大移民的安居乐园。

但是在十多年前，移民院将其确定为坝区移民集中安置点，并向大家征求意见时，却遭到极大抵触。虽然它离大坝近，但当时的"素颜"确实令人不敢恭维。山高坡陡、交通闭塞、水源奇缺、土地贫瘠，除了不长草的荒坡外，几乎一无所有。几乎没有人愿意从土地肥沃、水源丰富、交通条件好的库区搬迁过来。

但移民们显然低估了长江设计院的综合实力。在预可研调查阶段，三峡院就在坝区地质测绘时看中了这片背山面水的"风水宝地"，并对其进行了详细勘察，在确认其整体稳定的基础上，对部分可能失稳地区进行了加固设计。施工处在 30 千米外为它设计了大河边水库作为饮用水水源，市政与交通规划设计研究院（简称"交通院"）对区内道路进行合理规划，布置了盘山而上的机动车道和可从公路直行上山的人行步梯，城建院则依山就势对小区景观进行了总体提升。移民院则根据迁入移民规模，按照人均 30 平方米的规模留足了移民建房空间，并对水、电、路等基础设施，以及商业、教育、文化配套建筑进行合理规划。这一切施行下来，这个荒坡将会大变模样，焕发生机。

为让移民们了解这些情况，长江设计院将设计图纸汇编成册，并将移民关心的重点问题一一标注出来，如从安置点下方通过的禄劝县第一条二级公路——禄大公路，30 千米外正在如火如荼建设的大河边水库，规划布置的商场、超市、小学、幼儿园等一一标注出来。三峡集团和设计人员还为禄劝县组织的移民代表团当向导，拿着设计图，对着不远处即将兴建的大坝，向他们描绘未来的场景。

得天独厚的区位、独具匠心的设计、印刷精美的图画、深入浅出的讲解，使移民打消心中疑虑，萌生对未来生活的向往。几个月后，当他们带着调查表走进移民家中进行意愿调查时，情况就完全不一样了，不仅绝大多数移民愿意迁入新村。许多周边的移民也是踊跃报名，移民院根据实际情况进行适度调整，以致最终到这里安置的移民达 3794 人，占整个禄劝县移民总数的 80% 以上。

2012 年，禄大公路建成通车，移民新村开始"三通一平"，移民们通过政府组织到实地抓阄选择建房用地。然后与政府选定的开发商按统一标准兴建住房。2019 年大河边水库通水后，新村具备居住条件，2776 亩生产用地通过开发整理陆续分配到户。2019 年 9 月底，移民陆续搬迁到新村安置点，开启了脱贫致富的新生活。

武定县已衣镇花果山安置区处在金沙江低热河谷片区，距县城近百千米，光热资源丰富，土地疏松肥沃，但因基础设施配套不足，灌溉设备欠缺，抵御自然灾害能力弱，长江设计院据此因地制宜提出"产业优先、一村一品、打造精品"的发展机制，项目引进的新品种、新技术，促进了本地品种结构、产业结构的调整和优化，使安置区农户收入得到较大提高，大力发展有机蔬菜、水果及采摘观光农业，减少化肥和农药的使用量，使生态环保理念深入人心。移民院除保障移民基本需求外，还从建筑风貌、文化塑造、公共空间、环境亮化、卫生整治、绿化景观6个方面入手，对安置区的居住环境进行全面提升打造，将花果山安置区真正打造成农民安居乐业、乡村景观突出的美好家园。下一步，他们计划通过发展水上运输，实现安置区与胶平渡无缝对接，打破该地离县城太远的交通瓶颈。

移民新村，只是乌东德库区复建的2个集镇、22个农村集中安置点之一。每一个移民点的建设，都是一项事关库区发展和移民生产生活的系统工程。安置点的选择，都必须综合考虑地质安全、交通便利、"三通一平"、基础配套，还不能与移民的田地相隔太远，安置点的建设涉及多级地方政府和多个职能部门，其间需要移民院牵头完成的工作可谓千头万绪。这极大地增加移民院的工作量，但他们却甘之如饴。张军伟说：

"乌东德水电站的兴建，的确促进了当地经济的发展。2011年搞实物调查时，老百姓百分之七八十住的是祖祖辈辈传下来的土房，给人的感觉破败不堪。如今你再去看建成的新村，每家每户都是一个小别墅楼，都有两三百平方米建筑面积，里边装修得很不错。原来很多老百姓属于贫困人口，现在结合移民搬迁，生活水平一下子提前几十年。所以，做乌东德水电工程让水库移民高兴，也让我们看着高兴。"

这是艰辛后的收获，努力后的温馨，奋斗后的成果，成果的最终获得者是库区移民。

二、产业振兴

除"搬得出，稳得住"，移民工作还要考虑"能发展，可致富"。为此，在三峡集团领导下，长江设计院为库区经济社会高质量发展和移民致富殚精竭虑。

261

青花椒是乌东德镇在干热河谷气候条件下的支柱产业。2018年，三峡集团乌东德工程建设部出资80万元，援助乌东德镇建成青花椒集散中心，计划将全镇的青花椒都集中起来，统一分拣、加工、销售，便于把控品质，还能够提高青花椒附加值，拓宽销售半径，提升市场影响力。西柚是乌东德镇的另一特色产业，但当地干旱少雨，对水利灌溉依赖度高。2019年，三峡集团提供150万元产业发展基金，帮助乌东德镇新村村委会仓房村民小组建设旱地排（喷）灌管网水利基础设施，解决210亩西柚种植基地的灌溉难题。在三峡集团的帮扶下，地方香料、中草药、经济果林种植和特色畜禽养殖产业蓬勃发展，为当地可持续发展、实现乡村振兴提供有力支撑。

元谋县元马镇江洲村立足元谋发展果蔬产业的天然优势，利用乌东德电站移民开发资金，把荒山平整为耕地后全部流转发展果蔬产业。站在江洲村村头的山腰上，放眼望去，曾经沟壑纵横、光秃秃的荒山已经变成蔬菜基地，种满了绿油油的黄瓜和葡萄。乌东德电站库区移民将土地流转后，按照公司的要求在自己的田里务工，同时获得了土地流转和打工两份收入，经济条件较以往极大地提升一个层次。

元谋县姜驿乡黑者村，就是前面说过的元谋县条件最差，苍蝇可以被打到饭碗的村组，因地理和交通条件极差，缺乏发展条件，元谋县把县城附近的土地拿出来安置这里的135户526名移民，规划建设有傈僳族特色的移民安置村寨。以黑者村为代表，金沙江沿岸11000多名库区移民搬迁到元谋县城附近和迁建集镇进行安置，实行部分逐年补偿、部分配置耕地的复合安置方式，结合地方发展规划打造集果蔬种植、旅游养生、休闲观光为一体的产业小镇，移民搬迁后有房住、有事做、有发展、有收入，能够安居乐业。同时，元谋县还结合后期产业扶持，因地制宜规划发展现代农业，真正让移民群众"搬得出、稳得住、能致富"。

武定县西和安置点属于超大型安置点，该县充分利用安置点区位优势、特色资源及交通优势，多措并举地整理开发移民生产用地，围绕"布局园林化、配置科学化、功能多元化"的总体思路，将公园的理念引入农业生产与产业发展，打造以鲜切花为主、蔬菜和中草药为辅的立体生态农业模式。武定县搬迁安置办公室副主任薛华明介绍，在立体生态农业基础上，进一步将以鲜切花为主的经济作物种植栽培科技与园林景观艺术相结合，打造一个集生产、销售、休闲观光等功能于一体的花卉主题园，提高农业生产的艺术品位和视觉效果。

会理县建设农村移民安置点 8 个，规划搬迁安置人口占全省库区移民总数的 54%。会理县委、县政府把做好移民安置工作、支持乌东德水电站工程建设作为全县重要的民生工程，举全县之力全面推进相关工作。近年来，会理县立足农业资源优势，以打造红（石榴）、黄（烤烟）、黑（黑山羊）、绿（生态林果蔬）、蓝（乡村旅游）五大特色产业为重点，着力于建基地、创品牌、搞加工，推进现代农业发展，推动乡村振兴。会理县已成为全国石榴第一县、烤烟大县、黑山羊大县、产粮大县，跻身新一轮四川省现代农业建设示范县，走出了一条民族地区依靠特色农业产业扶贫脱贫、促农增收致富的新道路。如今，会理县富乐镇半嵋地移民安置点立足"石榴小镇"的天然禀赋，以现有果园为基础，实现石榴产业优化升级。同时结合移民意愿，引导他们在新开发土地上种植蜂糖李、五月脆李、冬桃和晚秋黄梨等经济水果，形成特色林果连片发展的产业布局。云甸镇沙元村将 90 多亩土地用作支持移民的生产用地，形成了移民小集镇，将吸引周边的大量人口，促进全村发展。

禄劝县是红军长征经过之地，红色文化沉淀厚重，皎平渡更是当年红军巧渡金沙江北上的重要渡口。乌东德电站建设带动了该县交通基础设施的逐步完善，禄劝县仅红色旅游市场前景就不可限量，乌东德库区与禄劝县自然风光、民俗文化叠加所形成的旅游文化产业也获得了重大发展机遇，"距离昆明这个世界级旅游中转站那么近，而且还背靠四川巨大的旅游客源地，禄劝县旅游未来可期。"禄劝县交通局相关负责人说。在乌东德电站的拉动下，禄（劝）会（东）高速公路开工建设，此条跨省高速公路将连接禄劝县乡镇公路，构成南到昆明、北进攀枝花的 1.5 小时经济圈，成为出滇入川的新通道。而已完成提升改造的禄大路，不但是禄劝县旅游腾飞的重要道路，也成为禄劝县全面建成小康社会和实现高质量发展的重要通道。

三、天堑通途

乌东德水库的建设，全方位改善了库区的交通条件，极大地拉近库区与周边的距离。

在公路方面，左、右岸两条进场二级公路，将坝区与外界连为一体，移民群众的生产、生活因交通条件的改善显著发生变化。洪门渡大桥连通了凉山州东南部会东、会理等县域与昆明的交通，使其到昆明的时间从过去的 8 小时缩短为 3 小时；龙街渡大桥为楚雄州跨金沙江的第一座桥梁，填补了该区域的交通空白。大桥不仅改善了移民群众的出行条件，更重要的是提升了滇、川两地的物流能力。云南省一年有超过 70 万吨货物通过皎平渡大桥进入四川凉山、攀枝花等地；国家地理标志、著名的石榴种植基地会理县，70% 的石榴通过龙街渡、皎平渡、洪门渡 3 座大桥运往昆明，并远销国内外，通过大桥的连接，昆明成了会理石榴走向世界的中转站。

在铁路方面，乌东德工程投资 50 多亿元用于库区成昆铁路的扩能改造，使库区提前数年享受高铁、动车带来的舒适、便利，改善工程周边地区的交通运输条件，对发展地方经济、促进物资交流、建设流域内综合运输网具有重要作用。

乌东德工程形成 200 多千米长的平静水面，为开展内河航运提供条件，金沙江乌东德库区库尾航道整治工程正在规划中。工程上起金沙江与雅砻江汇合处，下至平地师庄，全长约 78 千米，按内河三级航道标准建设，工程实施后，将改变攀枝花境内无高等级航道的现状，通过这条连接长江经济带的高等级航道及攀枝花港、新成昆铁路，可与中老泰、中缅、中越铁路连通，形成连接长江经济带与东南亚的"铁水"联运战略大通道。

四、德政工程

乌东德工程对库区社会经济带动作用明显。据统计，乌东德水电站工程总投资约 1200 亿元，可拉动区域性的相关投资 1000 亿~1250 亿元。建设期间平均每年增加就业约 7 万人，形成推动当地经济增长的新动力。水电工程产业链条长，工程建设所需原材料基本都是属地化采购，极大地带动攀钢集团有限公司、昆明钢铁控股有限公司等当地企业相关业务增长，拉动区域相关产业发展。

乌东德水电站自筹建以来，2017 年底云南省禄劝县乌东德镇生产总值比建设前翻了两番，农民人均可支配收入从 3100 元提升至近 9000 元；四川省会东县乌东德镇财税收入从 2009 年的 150 亿元提升至近 3500 亿元，农村居民人均可支配收入从 3100 元提升至 12000 元。至 2019 年 12 月底，乌东德水电站累计向四川、云南两省缴纳税金约 25 亿元，极大地支持和带动了地方经济发展。

乌东德工程的建设极大地改善了库区经济社会条件和百姓生活、生产，受到各方交口称赞。

我曾在工地采访，听到移民们对工程的真实评价。

一位从金坪子搬到新村的移民说，他们村子过去连路都没有，住的是土坯房，上面住人，下面养猪。现在搬到新村，有了自来水，有了热水器，天天都可以洗澡，再回到老家，闻到臭味就不习惯了。

一位来自会东的司机对库区的交通改善感触颇深。他说，从会东到昆明，直线距离不足 300 千米，过去库区没有大桥（皎平渡大桥太小且道路太差），需要从宁南或者攀枝花绕路过江，全程四五百千米，每次都要走上一整天。河门口大桥通车后，只需 3 个多小时，每天至少可以跑一个来回。

一位居住在新村的老者说，他在金沙江住了一辈子，见到的江水从来都是黄的，从来没有清过，也从来没有平静过。乌东德工程让他平生第一次看到了绿色的江水、平静的江水，让他年纪大了还能像城里人那样到江边散散步，非常高兴。同时也略带遗憾地说，就是江边的山变化不大，还是不长草。如果长点草，就真的是绿水青山，那就好了。

旁边有人接着他的话头说，水库蓄水后，小气候有了变化，好像降水稍微多了，空气也不像过去那么干了，山里有些沟沟岔岔，也能长点野草了。时间长了，他相信山会变青的。临走时，他有些诙谐地说："几辈子没有看到金沙江变清了，我相信我这辈子就能看到山也变青。"

我还从网上查到当年库区各县（市）领导在接受记者采访时的表态，这里摘录如下。

四川省攀枝花市是水电大市，也是库区唯一经济较发达的地区。该市副市长李章忠对记者说，攀枝花市委、市政府长期以来对水电站都是持积极支持态度的，理由是水电站建设对当地的经济社会发展具有极大的促进作用。李章忠告诉记者，他看过乌东德水电站预可行性研究报告，"其中建设征地和移民安置投资近百亿元，这笔钱投入对库区将有很大帮助！"

四川省会东县县长袁文林对记者说，对于乌东德水电站建设，会东县党委政府和地方老百姓都表现出全力支持的态度。乌东德水电站落户会东县，是国家建设的需要，也是上天赐予会东县人民的礼物。会东县党委政府将全力以赴支持水电站建设，目前已经成立由县委书记任组长，由他任副组长，下设8个支持乌东德电站建设的协调领导机构，目的就是服务乌东德，建设新会东。一旦乌东德预可行性研究报告通过，封库令下达后，会东县一定会给电站建设创造一个优良的建设环境，做到零障碍推进，无阻工推进。他表示，乌东德水电站建设，将达到开发一方资源，带动一方经济，造福一方百姓，实现企业和地方共赢的目的。

云南省永仁县常务副县长张永华在接受记者采访时说，他对乌东德水电站预可行性研究报告通过审查表示祝贺。他相信乌东德水电站建设将真正达到开发资源、带动地方经济发展的作用。永仁县人民期盼电站建设早日实施，地方政府也将全力支持，做好相应的服务工作。

云南省武定县副县长周廷质表示，武定县人民政府和地方百姓肯定拥护乌东德水电站建设，但希望在建设时更多地考虑地方人民群众的利益。他表示，武定县将通过各级组织机构，全力做好电站建设保障工作。当前重点是做好移民搬迁安置规划，努力推进移民搬迁进度。

云南省元谋县是乌东德水电站涉及移民最多的县。这块 170 万年前就留下了人类起源痕迹的地方，在不久的将来，随着乌东德水电站的开工，又将再次为世人关注。当记者问到该县县委书记袁丽娟如何看待电站建设带来的机遇和挑战时，这位女书记自信地说："大项目才能带来大发展，移民也会带来大发展。"她说，三峡工程百万移民都能解决好，相信元谋的移民也能解决好。

该县分管移民的年轻副县长杨建斌对元谋县移民安置规划与新农村建设更是早有打算，他坚定地说："我们有思想，有思路，有调查研究，借乌东德水电站的机遇，一定能打造一张元谋人的新名片。"

云南省禄劝县副县长徐学林对大项目带来大发展深怀期待。他说，20 世纪末在禄劝县开工兴建的投资 50 亿元的供水工程就让该县的财政收入翻了两番。如果乌东德水电站能早日开工，禄劝县的经济收入会在现在的基础上再翻两番以上。但他说，大项目带给地方的不仅仅是经济上的发展，还有文化素质、基础设施的改变，这些都不是用数字可以说清的。

第五节　我的亲历

我很幸运，2020 年 5 月到乌东德工地不久，就采访了在那里坚守的三峡院叶圣生。

叶圣生说："乌东德沿江地区平地比较少，许多稍微平坦一点的地方是顺向坡，因离坝区较近，可以发展旅游业。同时荒地比较多，有利于移民耕种，因此常被当地政府看中。但有的地方地质条件却不行，一开挖就

267

容易产生滑坡。要做通当地政府的工作，说服他们很不容易，只有选出更好的新址，才能让地方政府放弃地质条件不行的地方。"

叶圣生继续说道：

"于是，我们开始在库区反复比较寻找。在乌东德坝址上游，从水塘村到下游卧嘎村大约 36 平方千米范围内找到了一个地质条件相对好一点的地方，又采取了一些工程措施进行加固，终于满足了要求，最后修建成现在的移民新村。"

他边说边打开电脑点开一个照片，一个大缓坡出现在我的面前，上面光秃秃的，只看到土与小石头，没有一株植物，这就是移民新村的原貌。可是，当初人们对这片地区并不满意，双方僵持了一年时间。

为使新村得到各方认可，叶圣生他们对地基加固，提出各种工程措施。如修建抗滑挡墙，它在平面上如武汉江堤，在立面上像大寨梯田，其主要功能是防止土石滑动。

中国的城市建设之所以发展得迅速，主要是因为"基建狂魔"无处不在，只要大方向定了，乌东德新城建设速度可以用日新月异来形容。

2017 年底，移民新村正式动工，在 2018—2019 年的高峰期，一下子来了七八个施工队、几千名建筑工人。不到两年的时间，一排排房子便如雨后春笋般地立起来了，2020 年前后，已有三四千名移民陆续搬进新村。

其他地区的移民安置与此大同小异。到 2020 年 1 月水库开始蓄水时，所有的移民都已在新的家园里开始新的生活。

当天下午，我参观了这个移民新村。它离大坝不远，汽车行驶十多分钟就到了。

下车后，面对眼前的一切，我只能用"惊讶"一词来形容。这些山里移民居住的，可真是绝大多数城里人一辈子都奢望的小别墅啊！

马路借山势弯曲盘旋而上，一直延伸到新村最高处。下车后，移民新村的一切尽收眼底，用"壮观"一词形容一点也不过分，它名叫新村，实际上是一座新城啊！

浅黄色的金沙江在此地的海拔最低处平缓地、一如既往地流向远方，对岸是起伏的山峦，脚下是一座新城。在褐色山坡上兴建的建筑群在山腰间一片片地顺坡似的往下铺展开，所有建筑均为白墙黑瓦、徽派风格，除小学、幼儿园及少数政府机构外，统一为2~3层，因此很是壮观。只有幼儿园色彩亮丽，红、黄、蓝色相间，涂抹得很有层次感。

"我现在站的这处海拔多高？"我问同行的梁梁。

"1400~1500米吧！"梁梁答道。

"眼前这一片共安置了3000多人？"

"是的！"

"3000多人住在依山傍水的一栋栋小楼里真是一种福气。"我由衷地赞叹道。

这里地广人稀，有地方让其拓展挥霍；现在的移民安置费高，有条件让他们享受好房；移民们正好赶上了精准扶贫的好时代，移民工程提前让他们在居住条件上步入小康。

汽车再往下开，梁梁一边介绍，一边继续带着我逛新城。

新村依坡兴建，从最低处到最高处海拔落差有200多米，共有13~15个平台，每一个平台都纵向排列着一排小别墅楼，或其他两层楼以上的建筑。

新城的街道按四车道修建，两边机关单位、学校、医院、商场、饭店依次排开。网吧、酒吧、卡拉OK、健身房，这里几乎都不缺，这里住的不少是与现代信息结合得十分紧密的山里人。

应我的要求，车子在禄劝县新村小学门口停了下来。受疫情影响，学校没开学，孩子们都还没来，否则这里绝对书声琅琅。

我默默向新村告别，向在那里开始新生活的移民告别。希望他们别忘记新村建设者，包括那些他们不认识但不应该遗忘的长江设计人。移民新村是在他们选的地址上建起来的，他们的业绩应该融入这片土地中，融入移民新的家园里。

269

第九章

做生态保护忠诚的卫士

河流不仅是水的流动空间，也是一个生命共同体，金沙江也不例外。乌东德水电站，由于库区涉及攀枝花这座重工业城市，其环保故事也被注入了不少新的内容。

中国有着悠久的环保传统。早在成书于春秋时期的《管子》中就提出了"四禁"概念，即"春无杀伐、夏无遏水、秋毋赦过、冬无赋爵"。荀子也提出"草木荣华滋硕之时，则斧斤不入山林，不夭其生，不绝其长也"。而有史料记载的环保碑刻也可以追溯到北魏时期的《郑文公碑》，碑上明确地写着要禁止乱砍滥伐。

长江委高度重视生态环境保护工作，早在1976年初就成立了全国水利系统第一个环保机构——长江流域水资源保护局，林一山主任兼任第一任局长，秘书长叶扬眉兼任副局长。40多年来，他们紧跟时代步伐，满怀忠诚和开拓精神，在流域水资源保护政策法规与规划研究、水环境影响评价与治理研究、水生态保护与修复研究、水资源保护工程技术研究等诸多方面取得了卓著的成绩。尤其针对三峡工程、南水北调中线工程等重大建设项目的生态环境保护，成果丰硕。机构改革后，长江流域水资源保护局机关改属生态环境部，但其下属的长江水资源保护科学研究所（简称"长江水保所"）留在长江委，其业务与初心使命依然不变。

除长江水保所外，长江科学院与长江委水文局等单位也为乌东德的生态环境保护做了大量的基础性工作，都是乌东德环境保护的重要参与者。

第一节　工程环评

清洁的空气、水和土壤，是人类生存的刚需；兴修水利，为民造福，是水利工作者的职责，但两者之间存在一定的矛盾。在充分发挥水利工程综合效益的同时，将其对生态环境产生的不利影响约束在可控的范围，则是水保工程师们的初心与使命。为了保护乌东德库区的生态环境，长江水保人一路披荆斩棘，勇毅前行。

一、水位抬升

早在 2003 年 11 月的预可研设计阶段，长江水保所就参与了乌东德工程的环评。当时的项目负责人，是柳七一、刘彩琴、阮娅、许秀贞等。

当时，乌东德水电站确定的正常蓄水位还是 950 米。经过长江委、三峡集团的努力，铁道部同意让成昆铁路提前"搬家"，使正常蓄水位抬高到 975 米，水库回水抵达攀枝花市的东部。攀枝花市的重工业对水库生态环境有何影响，成为水保人首先要解决的课题。此外，他们还需回答水位抬高对雅砻江生态环境影响的问题。

为此，柳七一、阮娅等人对攀枝花市的取水口、排污口、污水处理厂、钒钛产业园区、雅砻江河口的生态环境开展深入调研，并与攀枝花市相关部门广泛座谈。经过论证，长江水保所于 2005 年底编制完成《金沙江乌东德水电站正常蓄水位专题研究》4 个分报告之一的《生态与环境影响研究》。

2006 年 2 月，中国国际工程咨询有限公司（简称"中咨公司"）在攀枝花市举行乌东德水电站正常蓄水位初选论证审查会，阮娅受邀参加。

2 月的武汉天寒地冻，但攀枝花市却是暖意融融。阮娅一下飞机就脱掉大衣，不久后又脱掉毛衣，然后直接穿衬衣工作。除温差外，阮娅记忆犹新的还有会议邀请的都是水电行业的顶级专家，经过现场勘察和大会讨论后，中咨公司认可工程正常蓄水位在 970~980 米初选。这标志着长江设计院抬高水位的设想成为共识。

为找到一个更精准的水位，长江水保人再接再厉，对 970 米、975 米和 980 米 3 个水位进行全面比选。结论为：980 米方案的回水会进入攀枝花市主城区，对生态环境影响较大。970 米方案环境影响虽小，但工程效益也稍小一些。推荐 975 米方案，这与长江设计院的意见不谋而合。

2007 年 8 月，中咨公司认可这一方案。至此，乌东德电站的正常蓄水位被确定为 975 米。

二、环评报告

2010 年后，乌东德工程进入可行性研究阶段，长江水保所对库区环评相关工作进行适当分工。阮娅负责编制工程环评报告书，闫峰陵负责编制水土保持方案。

2010—2012 年，长江水保所完成的乌东德水电站"三通一平"、两条对外公路、河门口大桥共 4 个环境影响报告书和 4 个水土保持方案报告书的编制工作，均通过审查，并取得批复文件。

此后，长江水保所集中力量，对库区 10 个县（区）的水环境、水生生态、陆生生态、地下水、局地气候、施工环境、移民环境等重要环境要素开展专题研究，编制完成《乌东德水电站环境影响报告书》初稿。

2014 年 11—12 月，应三峡集团要求，长江水保所总工程师雷少平、规划处处长罗小勇带领全所 10 余名骨干来到北京，对这个总体环评报告书和 7 个重要的环评专题进行集中修改，雷阿林所长和翁永红也赴现场指导。2015 年 1 月，该报告书通过技术评估，3 月取得环境保护部的批复。2016 年获评全国优秀环境影响报告书。

2015 年 8 月，乌东德工程开始总体设计，2019 年初基本完成。在三年半的时间里，长江水保科研再接再厉，各显其能，为工程的设计付出更多心血与智慧。

三、迎难而上

"上管天，下管地，中间管空气。"

这是阮娅在接受采访时对环保工作的肺腑之言，不仅高度概括，还非常形象生动，他们从事的环保工作还确实就是这么回事。

阮娅告诉我，乌东德水库的主要生态环境问题，有以下几类：

第一是对水环境影响，最典型的区域是攀枝花市。按正常蓄水位975米，水库回水会淹没这座城市沿金沙江两岸的部分排污口、取水口，影响城市的取水、排污能力。而且水库蓄水后，水流趋缓，自净能力变弱，水体处理污染物的扩散能力会变差，可能导致污染带变大，这些都会对城市的水环境产生影响。

第二是对陆地生态环境的淹没影响，比较明显的是水库淹没会减少土地资源，影响动植物的生存与繁衍。如果涉及环境敏感区，如自然保护区、风景名胜区、森林公园、地质公园、湿地公园，以及饮用水水源保护区时，需要重点研究。此外，水库淹没会产生一定数量的移民。好在乌东德库区位于高山峡谷，地广人稀，水库移民仅3万人，长江设计院较好地解决了移民问题。

第三是对水生生态环境的影响，主要是对鱼类的影响。乌东德电站建成后，由于大坝的阻隔，鱼类生存环境会出现片段化和破碎化，形成大小不同的异质种群，种群间基因不能像建坝前那样顺畅交流；水库蓄水还会淹没部分鱼类的产卵场，低温水下泄和大坝泄洪产生的气体过饱和，对鱼类生境也会产生一定影响。

第四是施工带来的环境影响。乌东德水电站施工期近10年。其间会产生大量的废水、废气、废渣，施工时也会有噪声，这些都会对当地环境产生影响，尤其是施工废污水的排放对水环境影响很大。

除以上四点外，乌东德工程的环境影响还包括地下水、局地气候、环境地质、社会环境等方面，这不正是"上管天，下管地，中间还要管空气"吗？

乌东德水电站对生态环境究竟有多大影响，长江委的工作有哪些亮点，是读者值得关注的内容。

为此，阮娅继续说道："我们的管理，首先要对库区的环境问题做到心中有数。因此经过调查，让库区有关环境的家底尽在掌握之中。"这是他们最初工作的主要内容，也是他们工作最初的亮点。

阮娅之后，长江水保所在乌东德项目上的主要负责人是 80 后的高级工程师樊皓。2010 年他从河海大学毕业，2016 年参与乌东德项目，此后再也没有离开。

2019 年 2 月 28 日，长江委人历时三年多编制的《乌东德水电站环境保护总体设计报告》，在北京接受生态环境部的审查，翁永红带队参加，樊皓作汇报。

"这次报告就是一个总汇报。在整个报告编写过程中，工程已经在实施。我们采访的相关举措，都要放到报告里面。另外，除我们的工作外，长江设计院王翔所做的鱼类保护等，也要归到我们的总体设计报告里汇报。"

因此樊皓知道，他不仅代表长江水保所，更代表着长江委，顿感肩上压力山大。为保证汇报工作万无一失，他度过了多个不眠之夜，直到汇报前的那一个通宵，他又将报告温习了一遍又一遍。

这个审查会一共开了两天，其中樊皓的主报告从早上 9 点一直汇报到下午 3 点多，参加人员还有长江委相关专业的专家。除去午餐休息，实际汇报 5 个多小时，这可能创下国内环保报告汇报时间最长的纪录。

这次汇报过程之所以漫长，除报告本身历时长、涉及专业多、范围广外，更因为它涉及许多专家关注的问题，其中有些是中国第一。因此在樊皓汇报的过程中，常有专家即兴提问。

专家们关注的焦点之一是过鱼设施。乌东德工程对此试验、研究之曲折，研制成果之新颖，让专家耳目一新，因此他们问得非常细致。

还有在河流重要节点设置的监测设施，专家们也非常关心，并提出一系列疑问，并且问得非常专业：你们采用了什么样的传输设备？这些设备采用了什么样的材质？它们的误差是不是可控？精度达到了什么样的要求？要实现什么样的目标？

此外，专家们还非常关心金沙江支流黑水河栖息地保护问题，不仅因为它涉及的范围较大，更因为在治理的过程中牺牲了地方政府的一些经济利益。专家希望知道长江委是如何做到既保护生态环境，又保护地方经济利益的。

因此，审查会的场景是，樊皓汇报一段，专家就即兴地提问题。樊皓能够回答的就即兴回答，有些问题则交给长江设计院、长江委水文局和长江科学院的工程师们回答。樊皓非常自豪地说："我们配合得非常默契，他们不管问哪一个问题，我们都有相应的专业人士进行回答。"

通过专家的反复讨论，《乌东德水电站环境保护总体设计报告》在当年2月底顺利通过生态环境部的审查。

第二节　环保结论

一、预测评价

乌东德水电站环境影响区分为库区、工程区、坝下游区和移民安置区，涉及 10 个县（区），涉及的专业包括水利、环保、农业、国土、住建、卫生、气象、林业、交通等。

根据多年工作，长江水保所对乌东德工程的环境影响基本评价如下：

乌东德水电站建设和运行对环境的影响主要来自水库淹没及移民安置，水库蓄水及调度运行，大坝阻隔以及施工期废水、废气、废渣、噪声的影响。

1. 水环境预测评价

主要体现在水温与水质两个方面。

在水温影响方面，乌东德水库蓄水运行后，水位和水面较天然状况有大幅上升，库区内的流速将减缓，库区江段由急流河道转变为近似于静水河道，会出现水温的分层现象，垂向最大温差可达15摄氏度。而电站下泄水流的温度会在冬春季节有所降低，平水年最大降幅出现在4月，可达到2摄氏度；最大升幅在12月，可达1.8摄氏度。

在水质影响方面，乌东德水库蓄水运行后，主库库区水质满足地表水Ⅲ类水质标准。但总磷在丰水期可能存在浓度超标现象，支流枯水期受回水顶托影响，在库尾处会形成明显的污染带。丰水期支流水质普遍较差，均不同程度地存在总磷、总氮超标污染区域，但建库后的坝下断面水质比建库前有所改善。

攀枝花市位于乌东德水库库尾。建库后河道流速减缓，使排污口附近污染带长度和宽度均有所扩大。其中，钒钛产业园区排污口总氮超标污染带将由蓄水前的1.8千米增加到3.8千米。因为回水影响范围内攀枝花河段的9个生活取水口均不在排污口的污染带范围之内，除1处取水口的总氮指标略有超标外，其他各取水口建库前后的水质差异较小。

2. 生态环境预测评价

主要包括对陆生生态和水生生态的影响。

在陆生生态方面，乌东德水库蓄水前后对陆生植物不会产生大的影响，但需对酸豆、木棉、黄葛树、合欢、红椿共5种141株古树进行迁地或就地保护。水库淹没部分野生动物栖息地，但由于动物具有迁移能力，所受影响不大。调查中未发现国家重点鸟类栖息地和越冬场地，水库蓄水后可能形成新的湿地，有利于湿地鸟类和越冬水鸟栖息。

在水生生态方面，乌东德水库蓄水运行后，水面变宽，水流变缓，营养物质滞留，透明度升高，有利于浮游生物的繁衍，浮游藻类、动物种类均会明显增加，水体生物生产力提高。但水库建设会加剧原有的阻隔影响，使鱼类生境片段化和破碎化，对急流生活鱼类和漂流性的铜鱼影响较大。此外，大坝下泄的低温水和泄洪产生的气体过饱和对鱼类也有一定的不利影响。

3. 施工环境预测评价

乌东德工程在施工过程中，会出现较多废水、废渣，但大多数生产性废水处理后回用，不直接排泄，因此不会对金沙江水质造成不利影响。营地生活污水在达标排放情况下，在排放口下游不远处即可完成自净，对金沙江水质影响很小。

工程建设产生弃渣和生活垃圾，如不采取措施将新增水土流失，并对周边环境产生不利的影响。此外，工程爆破、开挖、施工机械运行、车辆运输等施工活动将产生大气污染、噪声污染。

4. 移民安置环境预测评价

乌东德水电站水库淹没的耕地虽然在各县（区）占比不大，但对土地资源的影响是不可逆的。在移民安置初期，淹没迁移使移民面临着重建家园、社会关系重组、适应新的产业等社会问题。但随着水库建设资金的投入，移民生活将逐步恢复，库区产业结构的调整，将促进经济社会发展。

5. 社会环境预测评价

乌东德水电站发电效益大，与火电替代方案相比，平均每年可节省标准煤约 1250 万吨，减少二氧化碳排放 3250 万吨，同时大量减少二氧化硫、氮氧化物、烟尘以及粉煤灰的排放，对生态环境有显著的改善作用。

乌东德水库预留防洪库容 24.4 亿立方米，与下游白鹤滩、溪洛渡、向家坝水库联合运用，可提高川江河段抗洪能力；配合三峡水库运用可削减长江中下游成灾洪量。

乌东德水库回水长度超过 200 千米，改善了库区通航条件，有利于沿江两岸的交通和经济、文化发展，同时还可增加下游枯水期流量，有利于改善下游航道条件。

乌东德水库可拦蓄泥沙，推迟下游白鹤滩、溪洛渡、向家坝、三峡等水库的泥沙淤积进程，延长下游水库使用寿命。

此外，乌东德水电站工程投资约 600 亿元，可拉动区域性经济社会发展，改善人民生产、生活条件，工程建成发电后也将较大增加地方财政收入，其社会效益极其突出。

二、环保对策

针对电站建设可能存在的不利影响，长江水保所开出"药方"。

1. 水环境保护

为保护乌东德水库水质，使其满足Ⅲ类水质的保护目标，水库蓄水前必须做好水库库底清理工作。此外，还需做到以下几点：① 加强和完善库周城镇污水处理厂建设和运行管理，实行中水回用，减少污染物排放量。② 加强库区工业污染源的控制与治理，调整产业布局，提高工业废水处理率，保障废水达标排放。③ 调整农业结构，合理施肥，秸秆还田，大力推进生态示范区建设，建设库岸生态防护带，加强水土流失治理等，减少面源污染。④ 加强库周水环境管理力度，制定库区水质保护规划，确保库区水质达到功能区水质要求。

2. 生态环境保护

针对陆生生态环境，宜正确划分坡地类型，选择覆盖性能强的速生草本植物，发展多层次、多种结构的人工混交植被类型，从而实现工程影响区植被的恢复与重建；对受淹没影响的古树采取迁地移植保护，对施工区和移民安置区的个别古树采取就地保护措施；对受影响的陆生动物，适度采取避让和减缓措施，使其不利影响降到较低限度。

在鱼类保护方面，建议对长江上游珍稀特有鱼类国家级自然保护区、黑水河、雅砻江桐子林坝下15千米流水河段以及乌东德库尾进行栖息地保护；采取集运鱼系统来解决坝上、坝下不同地理种群间遗传交流的问题；在乌东德坝下施工时建设鱼类增殖放流站，承担乌东德、白鹤滩两座水电站的增殖放流任务。

此外，合理利用水库的调蓄库容，尽量考虑水生生物产卵、繁殖、生长需求，科学制定泄放生态基流、人造洪峰等水电梯级调度方案。通过分层取水，减缓低温水对鱼类的影响。通过合理分配各泄洪建筑物流量，减小泄洪单宽流量、泄洪频率及泄洪持续时间，从根本上减轻或消除气体过饱和总溶解气体对鱼类的影响。

3. 施工环境保护

根据施工区地形条件，对砂石料加工系统、混凝土拌和罐冲洗、车辆冲洗含油废水采取处理达标后回用；对生活污水采取生化处理，出水经消毒后回用于营地绿化用水及道路浇洒。

对低噪设备进行隔声处理，禁止高噪声的爆破在夜间进行。

采用设备除尘或洒水除尘，减少施工灰尘。对汽车尾气治理，减少施工造成的空气污染。

此外，针对工程设置的 4 个弃渣场，采取护坡、挡墙、排水等工程措施和植树种草等植物措施防治水土流失；对施工区生活垃圾集中收集，运至会东县垃圾填埋场进行处理。

4. 移民安置环境保护

结合安置区实际情况，分别选用修建沼气池、高效生态塘、组合型强化生物池、接触氧化工艺对生活污水进行处理。在集中安置区设置垃圾桶、垃圾屋及垃圾填埋场等，对生活垃圾进行处理。

加强宣传教育及库周生态环境管理，对安置区涉及的古树进行就地保护；采取新址卫生清理、饮用水水源保护、疫情预防和完善卫生机构等措施守护移民人群健康。

第三节　环保杰作

乌东德工程最值得称赞的生态环保典范之作，一是保护攀枝花市的水生态，二是大坝独具特色的过鱼设施。

一、城市挑战

何谓"挑战"，简单地说，它是自然界对人类提出的不大不小的难题。而迎接挑战，是人类为了达到更高的目标，采取冲破自身极限的行动。乌东德库区最大的生态环境挑战，来自攀枝花这个重工业城市。

一般而言，大型水电站多是修建在偏远山区，对城市产生的影响不大，受城市的影响也不大。但乌东德库区直接淹到攀枝花市，而攀枝花市经过多年建设，已经形成了以采矿、冶金、能源、建筑为主的重工业体系。对乌东德库区的影响，主要有以下方面：

第一，城市的废污水排放量很大；第二，城市排污口数量多、分布杂，许多地方排污口、取水口交错布置，难以集中处理；第三，因污染物的组成极其复杂，尤其是废污水中重金属含量高。乌东德水库蓄水后，攀枝花江段水位抬升，流速减缓，污染物迁移扩散能力减弱，不仅影响攀枝花市的水环境，更会对整个库区水环境造成不利影响。

如果说问题是一把锁，那么解决问题的方法就是打开锁的钥匙。发现环境问题不难，难的是解决问题。

2005—2020 年，长江水保人与攀枝花市相伴了 15 年。在阮娅主持工作的时期，主要侧重于调查、分析，提出环保措施，编制环评报告，并督促相关单位将措施落到实处。而樊皓接手时说："为了更加符合攀枝花市城市发展需求，应攀枝花市人民政府要求，三峡集团委托我们所把原来环评报告书中的措施进行了调整。"

首先是改建污水处理厂，提升全市沿江地区的污水处理能力。

长江水保所原计划在城区新建 6 座污水处理厂，后来因为攀枝花市的管网改（扩）建，污水处理能力大大增强。长江水保所及时将新建数量压缩到 3 座，整体布局上更加合理，污水收集能力和处理能力显著提升。市区金沙江干流河段的水质由原来的Ⅲ类提升到Ⅱ类以上。

其次是对原有的排污口进行改造。

再次是市区水质评价。观音岩水库建成后，攀枝花市的主要水源从天然河道转向该水库，长江水保所对此进行了综合评价。

最后就是预警系统建设，即在需要保护的小支流，或重要河道上新建自动监测站，设置突发水污染信息采集系统。

为此，长江水保所每两年都要对攀枝花市整个环境统计数据进行一次更新，内容包括排污口的分布、废污水的排放量、城市污水处理能力等，花的代价非常大，走的地方也非常多。因此，有人说长江水保所的同志比攀枝花人更像攀枝花人，因为他们对这个城市知根知底。

"你们在实施过程中碰到什么阻力没有？"采访时，我很感兴趣地问道。

"在攀枝花市落实13亿元的投资水环境保护措施，你想想怎么可能那么顺利呢？"樊皓反问道。

原来，在可研设计中，攀枝花市通过三峡集团向长江水保人提出更高要求。但生态环境部却要求环保报告书中的12.97亿元投资额不能突破，因为这已经是国家在水电环保项目上最大的一笔投资。

樊皓半开玩笑地说："为什么我们从2017年开始每个月都要去一次攀枝花市呢？就是因为当时正处在磨合当中。"尽管时间过去了许久，但樊皓回忆起往日的处境仍然一言难尽。

如果不是乌东德环保工程，阮娅、樊皓等人看不到也不会产生这种感受。世界本来就是五味杂陈的，多一些不寻常的经历，对丰富人生阅历绝对会有好处。尤其对像樊皓这样的年轻人，经过各种场合的历练，他们的综合素质得到了显著提升。这些年做下来，别的不说，其协调与沟通能力就让人不得不服，给他们赋予一个社会活动家的称谓，一点也不过分！

2020年12月，乌东德水库蓄水试验正式启动，水库最高蓄到了974.3米。在采取长江水保所提出的相应举措后，攀枝花市沿江地带的水环境明显改善，原本争取在"十三五"完成的水环境目标提前到"十二五"就完成了。

可以想象，如果不是乌东德工程建设，攀枝花市的水质改善绝对不会那么迅速。同样可以想象，当长江水保人看到自己竭尽全力、辛辛苦苦制定的环保措施落到实处后，心里有多么高兴。

为了这个目标，阮娅在工作期间就抵达攀枝花市30多次。樊皓2010年参加项目，第一个出差地是攀枝花市，以后每年基本上都要跑7~8次，而 2017 年、2018 年、2019 年这三年，基本上每个月去一次。直到今天，他还在为攀枝花市环保做后续工作。

攀枝花市让长江水保人碰到了难以想象的困难，付出了超出想象的努力。他们走过旁人未走过的险途，攀上了旁人未攀过的奇峰，自然领略到旁人难以领略的风景。时间长了，攀枝花市更像他们的第二个故乡，即使远离了，有时候难免会神游一番，这也是对以往的辛劳与付出的回报与慰藉吧！

二、大坝过鱼

歌德有句名言："凡是可以加以研究的，我们务必要去研究；有些不能加以研究的，我们只好对它们表示深深的敬畏。"

在乌东德水电站移动式集鱼箱现场，我的心里顿时感到温馨。因为我看到了长江委人与自然和谐共生的态度，更看到了他们为此而付出的努力。尽管乌东德的鱼类保护研究起步仅五年，但他们的每一步，都迈得坚定从容。

1. 缘起

大坝过鱼，从来就是一个难题。

江河是鱼类的故乡，长江中有不少洄游性鱼类。兴建大坝拦截江水，势必阻止了鱼类洄游的通道，影响了它们的繁衍生长。为此，只要修建水电工程，环评就是关键的一票，而鱼类影响又在环评中占据重要地位。2015 年，在乌东德水电站环评报告中，环境保护部明确提出："针对电站建设和运行对鱼类的影响，采取集运过鱼系统过鱼、鱼类增殖放流、设置人工鱼巢等补救措施，蓄水前完成各项鱼类保护措施建设。"三峡集团找到了长江设计院，要求他们明确大坝集运鱼系统建设方式，按时提交专题论证报告。

此时，距水库蓄水仅仅五年。也就是说，长江设计院要在这五年内完成任务，提交成果。真是时间紧、任务重啊！

长江设计院及时启动乌东德高坝枢纽高效过鱼关键技术与应用项目，并将此定调为"团队协作"，用翁永红的话说：

"过鱼这件事不是一个专业，一个人可能做成的。需要生态学、水力学、水工学等多个专业精诚合作，从多角度去思考，同时不断创新才能做成，而且需要做大量的科学实验和现场分析，然后再组织设计。"

其中挑大梁的，是枢纽院通航与过鱼设计部。

王翔在 2006 年大学毕业后，先到水利部中国科学院水工程生态研究所，然后调入枢纽院通航与过鱼设计部，成为这个项目的负责人之一。他为此专门用笔记本写下了相关的大事记，从中可以看出，他们想了很多办法，包括尾水集鱼、仿生集运、库尾放流，开辟了鱼类过坝新路径，取得了大坝高效过鱼的创新成果。

王翔介绍说，这个项目分三步走：集鱼是手段，是第一步；过坝是目的，是第二步；而鱼类的适应性是关键，是第三步。只有知道鱼类喜欢什么，不喜欢什么，才能投其所好，其效果不仅可体现于本工程，还对其他类似工程有借鉴意义。当然，这三个步骤不是完全独立的，很多情况下是同步进行的。

2. 挫折

对待第一个技术难题——集鱼，长江设计院最初推荐的方式是传统的，也是技术比较成熟的集鱼船方式，并进行了为期两年多的研究。结果在 2018 年 3 月的审查会上，该方式被否决。

王翔有一个笔记本专门记录着他们开展这个项目的大事记，其中有这么一段：

"2018 年 3 月审查会，基本结论是：基本同意工作大纲；集鱼船方案风险较大，不考虑；重点研究尾水固定集鱼方案；要求他们开展鱼类资源及生态习性调查、试验，研究不同工况坝下流场特征等。"

对于传统的集鱼船方式被否定的原因，王翔说道："乌东德一带金沙江两岸陡峭，水流湍急，江里布满了暗礁险滩，不具备通航能力，在这里

283

开集鱼船，人员、船只都面临着风险。"

因此，从2018年3月开始，长江设计院正式开展固定集鱼方案设计研究工作。此时，距离水库蓄水只有两年多了。时间更紧，任务更重，王翔他们责任也更加重大。

那段时间，翁永红经常召集相关部门研究这个问题，并在人员和经费各方面给予保证。对此，翁永红说得最多的就是：要敢想，要突破过去的条条框框，要敢于创新。

3. 转变

在工作中，王翔不断琢磨着如何在乌东德大坝上将文章做足。他想，既然集鱼船被否定了，我们不能将装着鱼的船送过大坝，那么可不可以另辟蹊径。例如，在大坝上找一个放鱼箱的位置，待鱼进箱后，再利用设备将其运过大坝。这设想虽好，但乌东德大坝断面可谓寸土寸金，连泄洪洞、发电厂都被挤到山里去了，要在上面找放鱼箱的地方可不容易！

他忐忑不安地将自己的想法向翁永红作了汇报。没想到，翁永红马上就表示支持，让他马上找坝工专业的同志研究一下，有人同时询问：

"你做这个箱子后，鱼会那么听话地进去吗？你还要做充分的科学研究，将这种方案的合理性提出来，这可是一项系统工程啊！"

坝工设计人员和王翔围绕着大坝来回转了几圈，在右岸找到了适合放鱼箱的地方。

4. 制作

说实话，王翔对此也没有底，否则这也不能叫科研了。他们兵分几路，开始忙起来。王翔为此做了一个多媒体文件，还原了全过程，这里只能择其重要的步骤叙述一下。

这个过鱼设施的思路可分为两大部分，相关人员也因此兵分两路：一部分人研究鱼，想办法让鱼进箱子；另一部分人研制箱子，想办法让它安全过坝。

跟鱼打交道的这部分人从调研金沙江的鱼类资源做起。了解到这里是平原鱼类与青藏高原鱼类的过渡分布水域。过去鱼类有 166 种，现在仅有 79 种，不仅资源量较低，而且呈下降趋势。

他们还走访了不少渔民，研究了鱼类的生态习性，又重点分析了这些鱼类的生存环境，甚至将每个季节的过鱼状况作了分析。

值得一提的是，三峡集团总经济师陈文斌就是一位钓鱼爱好者，他闲时经常到金沙江钓鱼。一次在审查会上，他说自己了解到的金沙江鱼类分布与王翔了解到的非常吻合，并提供了一些有利的信息。

而研制集鱼箱的同志们调查了国内一些水电工程，如重庆彭水、新疆冲乎尔和贵州马马崖，还有苏联的一些工程，提出乌东德集鱼系统应由集鱼箱、分拣装载系统、过坝运输线路、运鱼放流船、库岸转运码头等组成。其中，最关键的自然是集鱼箱，因为它是直接与鱼打交道的。如果鱼不肯进集鱼箱，整套工作就无从谈起。

5. 试验

为了做好集鱼箱，王翔他们做了一些试验，以验证集鱼箱对水流的适应性，优化集鱼箱设计，并探索辅助诱鱼设施。

首先进行的是水力学模型试验：通过水文测量，确定集鱼箱适宜放置区的水深、流速，这也是决定鱼是否进箱的最重要的两个因素。

接着设计集鱼箱，关键是底板和进水口，这也是最具技术含量的地方。

为了让我更容易理解，王翔为我展示了一组照片。第一张是集鱼箱的画面。它呈长方形，四周用钢筋做箱框，可以透过亮光。照片上写着"5 次优化改造，优化了底板与进鱼口等"。

另外几张照片旁边的说明，展示了这 5 次优化设计的过程。

2018 年 7 月 13 日在现场的一张，没有文字说明，应该是最早的样品。

7 月 17 日，照片说明：为了减少淤积，中部底板开孔。

7 月 24 日，照片说明：增加进口数量，减小进水口尺寸。

7 月 30 日，照片说明：减缓导鱼网角度。

9月16日，照片说明：重新制作了进鱼口。

研究成果每到一个阶段，王翔他们都会进行集鱼试验。在他给我提供的一张照片中，可见起重机将集鱼箱往下吊的过程，上面也有说明："7月18日至8月10日，共进行了18次集鱼。"

集鱼试验结果表明，这个集鱼箱还真把鱼吸引来了。第一箱共收集鱼类52尾，种类有中华沙鳅、瓦氏黄颡鱼、犁头鳅、白缘鰔等7种。为了让人看得更清楚，有两张照片是人将鱼放在手上拍的，那份对鱼的体贴让人感到温暖。

值得一提的是，由于乌东德水电站建设时尾水工况变化较大，基本不具备现场试验条件，他们所有的这些试验都是在室内，主要是在增殖放流站的鱼池内进行的。因此，王翔建议在电站正式发电后抓紧对集鱼箱进行原型试验，然后视试验结果，优化结构。

我是在2020年5月首台机组发电前到乌东德工地的，王翔接受采访时说：

"他们很快就要对集鱼箱进行招标制作了。看样子是快要定型了，但过程可能没有想象中那么容易，因此他们紧锣密鼓地准备着下一步的试验，并呼吁更多的相关科研单位加入试验中，因为毕竟这是一项系统工程。

乌东德工程首批机组发电后，这个集运鱼系统在2020年12月建成，2021年1月开始运行。2021年共成功过鱼47种29884尾。相对于原来的集运鱼船方案，节省工程投资约6000万元，节省运行成本约500万元每年。"

长江设计院提供的一份材料，对此项目进行了高度概括：

"他们发明了利用水电站发电尾水进行集鱼的方法和设施，首次实现了'多点位、大流量、全深度'集鱼，不但大幅提升了集鱼效率，而且运行成本也大大节约，集鱼种类、数量、规格等与传统的方式相比均大幅提升，攻克了高坝过鱼设施集鱼难度大、集鱼效率低、运行成本高的难题。

他们研发了'仿生集运、库尾放流、智能监控'的高坝大库鱼类运输放流效果保障体系，确保了'诱—集—养—运—放'全过程鱼类的健康安全。

高坝枢纽高效过鱼关键技术不仅在乌东德水电站，还在其下游白鹤滩水电站和金沙水电站中成功应用，在金沙江鱼类保护及长江大保护方面发挥了重要的生态效益及社会效益。"

后来，翁永红在接受采访时情不自禁地说道：

"现在还告诉你一个新的数据，国家组织的长江专项生态调查，持续了3年时间，在金沙江调查的时候找到了7种国家二级保护动物（鱼类）。这一类鱼后来在乌东德水电站过鱼设施中全部都有，说明这个设施非常有效。"

如今，长江设计院为高坝枢纽高效过鱼关键技术申请了相关专利，并在旭龙、玉龙喀什、亭子口等高坝中推广应用。这项惠及生态的善举以后还会让更多的水电工程效仿，让更多条河流中的鱼类受益，人类终究要与它们长期共存。

第四节　忙碌身影

在乌东德，让环保人员操心的有关环保的事真是太多了，其中有些是长江水保所单独完成的，还有一些要与相关单位合作，如在水生态专业，主要合作单位是水利部中国科学院水工程生态研究所；水环境专业，主要与四川大学联合完成；至于水环境监测，长江水保所提出方案，具体实施则委托专业单位，包括长江流域水环境监测中心、凉山州环境监测站、攀枝花生态环境监测中心等。而施工区的大气环境、噪声监测，委托的单位就更多了。

跟搞环保的人接触，我发现他们为了排遣工作烦恼，有时会说一些风趣的语言。如阮娅的"上管天，下管地，中间管空气"；樊皓的"人生三大苦，环评、打铁、磨豆腐"。当一个合格环保人，"要跑断腿，说破嘴，脑筋转得快如飞"等，真是有道不尽的麻烦事，说不尽的辛苦活！

1. 跑断腿——踏遍千山万水

环评成果报告书坐在办公室是绝对编不出来的。为了完成环评报告，长江水保人跑遍了库区的山山水水。除了跑得最多的攀枝花市外，其他的县（区）都是偏远山区，他们在那里吃过不少苦头。

长江水保所最早勘察乌东德现场队员中多为男同志，女同志除了阮娅外，还有后来参加工作的许秀贞、翟红娟、刘金珍等。谈起早期对乌东德库区的勘察，阮娅到现在还无比感慨：

"我觉得可行性研究初期很累，比如说勘察吧，我们当时去库区现场勘察的时候，乌东德的交通条件还很不好，基本上没有好路，只有勉强能够开车的土路。车在路上行走时，坐在车里面的人经常撞到车顶或窗玻璃上面。有的山村看起来隔得很近，但因为没有路，经常需要我们走个把小时。当地是干热河谷，夏天特别热，我们一天工作下来，全身衣服都湿透了。"

乌东德大坝下游 6 千米一个石料场，废水排放量很大，是环保勘察的重点。因当地没有公路，阮娅他们去勘察时，先要从几百米高的陡峭山坡下到金沙江边，再坐冲锋舟到下游，然后爬坡上去。

"当时勘察由柳处长带队，成员有曾鸣、闫峰陵、樊皓、我，还有一位女同志刘金珍。让我印象比较深刻的就是我们要穿救生衣，从很高、很陡峭的山坡上下到江边，让人真是胆战心惊。我的心脏比较好，要是有恐高症可能就麻烦了。当时水流很急，人坐在冲锋舟上有落水危险，因此每个人都要穿救生衣。"

10 多年过去了，阮娅至今没有忘记乌东德陡峭的山坡与湍急的金沙江水。为了乌东德工程，阮娅、刘金珍鼓起了勇气，成为少数几位既爬过险峻陡峭的乌东德山坡，又渡过水流湍急的金沙江的女同志。什么时候一提起这段经历，同行们都会投来敬佩的目光，这也成为她们骄傲的一段经历，谁说女子不如男！

2. 说破嘴——道尽千言万语

环评工作要收集第一手资料，以了解工程所在区域的自然环境、生态环境和社会环境，因此长江水保人需要与水利、环保、农业、国土、住建、卫生、气象、林业、交通等部门打交道。此外还要与公众打交道，以了解他们的意见或建议。他们曾在库区下发了 2600 多张问卷，并对收回来的问卷进行统计。尤其到攀枝花市做环保工作时，为了让自己设计的环保方案得到相关方的认可，他们真是耐住性子，跟不同级别的人磨嘴皮子，直到环保设计方案付诸实施。真正是道尽千言万语，如果没有较强的表达能力、沟通能力是不行的。或者说，即使你开始时没有表达能力、沟通能力，这项工作也会把你这方面的能力培养出来。

3. "脑筋转得快如飞"——想尽千方百计

在做乌东德环保项目时，报告书编写工作量非常大，编、审间隔时间又非常短，审查标准高，因此长江水保所的工程师们，不仅出手要快，而且质量要高，所有人都处于高速运转的状态之中。

"那时候我们每天不是走在现场勘察的路上，就是整天连轴转地编写报告书，或者是参加审查会，双休日没有休息。如果碰到几个项目同时做时，真是很忙、很累！"

阮娅讲了一个他们连轴转参加审查会的故事。

有一次，在雷阿林总工程师的带领下，项目组的同志们到云南参加环保部主持的乌东德水电站"三通一平"环评报告书审查会。在两天时间里，专家们先看幻灯片，再看现场，最后听报告。三峡集团要求只能汇报20 分钟，主要内容在幻灯片中显现。为此，阮娅和樊皓连夜乘车赶往工地。"山路十八弯"让有晕车毛病的阮娅吃尽了苦头。但她吃过晚饭后，还是从晚上 7 点加班到 12 点，才把幻灯片做好。第二天一大早，他们先就着幻灯片汇报，然后带着专家去现场勘察，再赶回昆明开审查会。会议开到一半，四川那边又通知他们参加进场公路环评审查会。没办法，他们只能兵分两路，雷总和王中敏等留在昆明，柳处长和阮娅等连夜赶到成都。因为两个报告都要求在3天内修改完后报审。回武汉后，阮娅和项目组同事们又兵分两路，各改一个。好在这两个报告都顺利过审，并得到主管部门的批文。

还有一次，柳处长和阮娅陪同生态环境部专家考察金沙江下游4个梯级电站后，准备到西昌开总结会。柳处长、阮娅买好了机票，并过了安检。但在准备登机时，接到云南省交通厅要她参加第二天召开的进场公路环评审查会的通知。为此，阮娅不得不退票后再买飞往昆明的机票。由于事先没有准备，阮娅没带与报告书相配套的幻灯片。为了应对第二天的汇报，阮娅只好让同事先将幻灯片转发过来熟悉情况，第二天同事将打印好的纸质报告书带过来，让这个项目顺利地通过了审查。

那段时间，他们手头可不止乌东德一个项目，各种审查会接连不断，长江水保所同志们"白加黑""五加二"，连轴转地调查收集资料、编写报告、接受审查，已成常态。

由于长时间、高强度的工作，阮娅的健康出现了问题，需要做甲状腺手术，因此乌东德水电站环评报告书初稿的修改、完善以及报审时段的工作重担，主要是由闫峰陵挑起的，而阮娅在手术后不久又投入工作，直到2016年把接力棒交到了樊皓手上。

"我是2004年开始进入乌东德项目的，最开始投标的时候还是刘工负责。她退休了，就是我直接负责。刚开始进入乌东德项目时，我的小孩才六七岁，刚刚上小学，现在孩子已经研究生毕业工作了。这个项目我做了18年，全程参与了乌东德环保各个阶段的工作，虽然辛苦，但也值得！"

结束采访前，阮娅终于露出了发自内心的微笑。

人是要有一点精神的，往往一个信念的指引，就会让人迸发出难以估算的能量。接过项目重任后，年轻的樊皓在成长，从初出茅庐的青年，成长为踌躇满志的中年人。

中年是对青年的延伸，又是对青年的告别。这种告别不仅仅体现在观念的改变，更体现在成熟与自信，这就是成长的快乐！

长江水保所从丹江口、葛洲坝、三峡工程一路走来，在乌东德工程中经历磨炼，成为全国水利系统专业最全、项目最多、业绩最突出的单位之一。

当我结束采访，走出长江水保所大楼时，已是晚春，院内的香樟树和杉树已是郁郁葱葱。我突然产生这样的联想，每一片树叶，都似树写的一首诗，长江水保所的工程师们每天都在认真地填写人生的诗行。多少年过去后，他们都会留下一首首献给蓝天、碧水、净土的长篇叙事诗。不必欣赏别人，他们已成为风景！

第十章

闪烁的创新成果

钮新强院长把《攀登乌东德》看了一遍，批语是：值得肯定。同时提出：可将乌东德重要创新成果专写一章，反映长江设计院的创新精神。

将长江设计院在攀登乌东德高地中至关重要的 12 个创新成果集中展现出来，很有必要。因为它们是一颗颗珍珠，拉一条线，将这些闪亮的珍珠集中展现，并连接成一串耀眼的珍珠链条。

2023 年 3 月 7 日上午，我通过微信跟翁总约好，到他的办公室采访乌东德工程创新成果。坐下来后，翁总将打印好的大纲给了我一份，自己手上拿着一份，他开口的第一句话就是：

"怎么这么巧，今天对乌东德工程来讲是一个特殊的日子。"

翁总进一步解释道："2003 年 3 月 7 日，石书记和我带队第一次到乌东德现场。所以这个日子很特别，预示着乌东德工程开始启动，到今天刚好 20 年。在 20 年的时间里，我们把一个装机容量 1020 万千瓦的水电站建成了，并且全面发挥效益。所以，我今天的心情很好。"

接着，他打开话匣子畅谈乌东德工程，那可是个越谈越起劲的话题。

"乌东德工程已全部建成，效益很好。工程实现了习近平总书记'要科学有序、生态优先、绿色发展'的指示精神，成为精品工程，这样的目标现在已经达到了。

首先，我们实现了乌东德电站提前发电的目标。2022年，乌东德工程拿到了国际咨询工程师协会颁发的"菲迪克工程项目奖"。当年全球只有9个工程获得这个奖项，乌东德是清洁能源类工程中唯一一项获奖工程，这应该是对我院最大的肯定吧！同样在2022年，枢纽工程的安全鉴定工作也全面完成，得到了好的评价。这也是国内大型水电站中建成后鉴定时间最短的。由此证明，设计与建设者们建成了一项非常优良的工程。"

然后，翁总拿着手头的大纲，兴致盎然地说了起来：

"乌东德工程的设计，几乎每一个重要环节都有技术创新，其中有12点显示出特色，不少内容你已在书的前面描写过了，现在我将它们简单地串一下。"

我的眼光也随着他的讲述转移到那份大纲上，12项创新，每一条都是两句、八字，简明扼要，对仗工整，一看就经过精心打磨，显得厚实而沉甸。有些成果可以用数字来体现，但更多的成果，其价值是无法量化的。翁总按照大纲侃侃而谈，每一点都作了精辟的讲述。

翁总为我再次指定了联系人，通过细谈，各项创新成果再次鲜活地浮动起来，它们除了让这座水电站更加优质、高效、快捷地运行外，更为我国的水电科技发展，贡献着长江设计的智慧与力量。

下面按照翁总大纲上的排列顺序，原汁原味地展示乌东德工程的创新成果。翁总提供的每一位联系人，理所当然的是该技术创新的骨干。在他们背后，则是更多的令人敬佩的无名英雄，他们为这些创新成果无私奉献，却始终默默无闻。他们有一个共同的名字——乌东德水电站勘测设计人。

本章每一节标题，都是翁总的原文。

293

一、深谋远虑、坝型创新——抗震坝型

乌东德大坝位于我国西南地震带上，周边地震较多，抗震要求也很高。如何将大坝修建得更坚固，更加抗震，成为工程安全的第一要务，翁总在大坝创新中首先提到它，可见它的重要性。

翁总说道："我国西南片区的地震比较频繁，发生地震的概率比较大，烈度也比较高。乌东德大坝位于西南地区，特别是汶川地震以后，在钮新强院长的引领和要求下，设计院坝工室的工程师们从设计大坝体型起就密切关注地震因素。

大坝是水电站的标志性建筑，尤其是乌东德大坝，占据了整个河谷，无论是电视或是杂志，电站中最先亮相、最醒目的也是它。所谓大坝体型，就是要将大坝修成什么样子。乌东德电站的双曲拱坝，从左岸延伸到右岸，从上部到下部都呈弧形曲线，不仅优美，而且非常适用于狭窄河谷。

但如何让大坝更加抗震，始终是一个难点，尤其是工程在可研阶段发生的汶川地震，让国家对大坝的抗震设计更加重视。

在20世纪，我国的高拱坝不是太多，位于攀枝花市的二滩水电站实现了国内拱坝设计的技术腾飞。但其抗震设计仍然沿用过去的"静力设计，动力复核"方针，即首先不考虑地震因素，而根据地质条件设计一个大坝体型，然后把地震荷载力叠加过来，计算大坝的稳定性。如果不满足条件的话，修改一遍，然后再套用，再修正。这样来来回回调整多次，效果也不一定满意。

早在20世纪末，长江设计院在对构皮滩拱坝（坝高230.5米）进行设计时，就初步产生了"静力设计，动力调整"的理念；在大坝设计时先考虑一个较低的抗震等级，通过实验模拟大坝在地震发生时主要参数的变化；再以此为标准，考虑大坝在遭遇较大地震时会发生哪些变化，以完成抗震设计。与静力设计相比，其更加科学，效果也好，而且技术含量较高。

在钮院长的关心下，乌东德大坝正式采用了"静力设计，动力调整"，设计人员先比照构皮滩，按防 500 年一遇地震做了一种方案。钮院长并不满意，因为乌东德的地质条件比构皮滩大坝复杂得多，仅仅防 500 年一遇还不可靠，因此要求将安全性能提高一些。

长江设计院枢纽院工程师陈东斌说："我们按新理念又调整了一下，增加少量混凝土量，整个大坝的抗震性能提高了将近 1/3。"

这种新的设计方案，采用的是 5000 年一遇标准设计、10000 年一遇标准校核。后来经过他们的自我加压，通过电脑模拟的结果是，大坝在遭受 2.8 倍的 10000 年一遇地震（就是 10000 年一遇地震能量的 2.8 倍）的时候，可能会出现一条贯穿性的裂缝。可以承受的地震峰值加速度可达 $0.8g$，远远高出了三峡院提出的 $0.28g$。这样，大坝就非常安全了。

对此，翁永红这样总结道："这种大坝体型抗震效果非常好。他们设计时创建了一个新的方法，依据基本地震烈度进行设计，调整它的体型，大坝的最大应力水平降低了 30% 以上，具有极强的抗震能力。这真是一个挑战。我们的坝工设计人员在原有的基础上突破规范，设计并修建成功了这种抗震坝型。"

值得一提的是，工程建成以后，2022 年底至 2023 年初，设计人员又提出了余震系列对工程安全和运营影响的研究方案。此后不到一两个月，土耳其就发生了大地震，这就证明设计人员的很多设计思路都是非常超前的。

"钮院长深谋远虑，首先提出了抗震这个问题。我们是在他的引领和督促下，通过抓重点、抓难点，敢于突破，从开始进行研究到最终实施，终于修建了一座抗震大坝。乌东德大坝抗震总体思路是我们提出来的，而且又建设成功，国际水电工程界没发生过这样的事例，引领水电行业在地震区建坝的先河。"

乌东德特高拱坝设计获得了 2021 年中国大坝工程学会科技进步奖特等奖。

二、问题导向、目标引领——新式水垫塘

到过水电站现场或看过电视的人都会对大坝泄洪时的壮观场景有深刻印象。外行看热闹，内行看门道。泄洪虽然壮观，但其巨大水流对坝身及下游河床的破坏也是巨大的。

"乌东德大坝这么高的水蓄上来之后，在汛期或者枯水期水下来时如何去削减水的能量呢？这也是钮院长提出来的问题，他是以问题导向、目标引领，启发设计人员去寻找解决问题的办法。"翁总以提问的方式开启了这个话题。

常见的消能防冲措施很多，主要有消力池、海墁、防冲槽等。对于乌东德水电站这样的300米级的，而且下游地基还不理想的高坝工程，仅凭借常规手段不足以保障安全，需要设置水垫塘。但这个水垫塘该怎样做呢，这是乌东德工程给设计者们提出的又一个难题。

常见的水垫塘有两种结构：一种叫作封闭抽排，另一种就是全透水。

所谓封闭抽排，就是把水完全隔开，设了一个抽排措施，然后再把多余的渗水抽走。像乌东德这样的大工程，把水垫塘里的水抽干需要两三个月，然后加上往里面充水的时间，起码得三四个月。其维修成本，有关部门统计过，一次就要几千万元，如果按几年修一次均摊下来，每年要预留500万元的检修费。

采用封闭抽排的另一难题，即河谷狭窄，水流很深，在混凝土和山体交界部位设置排水管网，存在堵塞可能，维修起来难度更大。

而全透水的水垫塘，因水渗到边坡后就能迅速地排出，不会持续地对边坡产生影响，但它主要应用于中小工程，在乌东德不知是否实用。

在这个时候，钮院长再次表现出"深谋远虑"，要求乌东德采用全透水的水垫塘。但是，经试验研究，在高坝向下游泄洪时，水流紊动非常严重，全透水的水垫塘存在安全隐患，似乎它用在大型工程中不太合适。

钮院长又说，能不能尝试一下在上部将紊流部分隔离，下面还做透水的设计。长江设计院按照这条思路不断努力，拿出"强紊动隔离透水水垫

塘"，已在大坝前修好并发挥作用。

它成功的原因，就在于乌东德特殊的地质条件。

乌东德大坝的覆盖层较厚，将其挖除后，水垫塘最深可以达到90米。泄洪的时候，从坝身流过的水只会砸向水面，而不会直接砸到底部，因此其浪花虽大，却主要产生在表面。对水垫塘上部进行封闭，可抵挡表面涌浪对边坡的影响。在底部做成全透水，则可以让积水排泄得更加流畅。

乌东德工程的"强紊动隔离透水水垫塘"在世界水电工程中尚属首创，不仅获得了发明专利和长江委科技进步奖一等奖，还与大坝体型设计一起获得中国大坝工程学会颁发的科技进步奖特等奖。

三、敢于挑战，协作共赢——提高蓄水位

如今，我国水利面临着由工程水利向生态水利、民生水利的历史性跨越，水电工程的民生效益越来越被人关注。尤其是在乌东德这样一个欠发达的偏远山区，能否充分发挥工程的综合效益，让普通百姓得到实实在在的好处，有更多的幸福感、获得感、成就感，更成为上下关注的重中之重。因此乌东德工程要迎接挑战的事是真不少，实现多方共赢也不少。而抬高工程正常蓄水位的过程挑战更大，实现共赢的更多。

这个蓄水位的抬高并非心血来潮，而是最初的长江流域规划确定的就是这么高（甚至还要高一些）；只是由于成昆铁路的建设，才使"它"不得不低头。而安有贵、翁永红正是有了这个基本的知识储备，同时发现成昆铁路即将升级改造的契机，才有了将"它"重新抬升的想法。

乌东德库区多是在人烟稀少的欠发达地区，水位抬高造成的生态损失和移民数量增加有限，而由此造成的防洪效益、供水效益、发电效益，以及将来可能产生的航运效益，都是极其明显的。但要克服的难题也是空前巨大的，尤其是要让铁路为水利工程"搬家"，几乎在全世界都没有先例，要将其实现，难度可想而知。

但翁永红、安有贵为了实现水电效益的最大化，更好地服务于人民，却明知不可为而为之，最终让不可能化成了可能。他们的成功，可以用

"有勇有谋"来解释，而且是有大勇、大谋。

他们的大勇，在于敢于突破传统，迎接挑战，这出于责任，更出于他们对水利、对民生的至真、至诚、至忠、至爱。有了这种真、诚、忠、爱，他们才能在三峡集团的组织下，开展下一步的行动。

他们的大谋，不仅在于发现铁路升级的机遇，更在于为铁道部找到一条提前实施升级计划，提前让库区社会和人民受益的思路，赶走了这个阻碍加高的最大"拦路虎"。

当然，成功的关键因素，还在于他们得到了各方的援助。如长江水文人提供的各项水文、河道观测数据，如长江水保所做出的客观、公正的环评，如长江委和三峡集团的全力支持等。

最后，他们为谋成此事，付出了巨大的心血。如在水位决策的关键时刻，仅安有贵一人在一年内到北京出差就达 70 多次，周旋于几个部门之间反复做工作。

只有这些条件全部具备，他们才可能创造奇迹，将铁路改线计划提前实施。这一举措不仅使水利部门和铁道部门实现了双赢，还让当地百姓提前享受到高铁出行的便利，对改善当地社会经济和百姓生产、生活发挥更大作用。

从综合效益来说，提高了 25 米蓄水位，可使乌东德水电站增加装机容量 200 万千瓦，为经济发展提供更大的动力；可使乌东德水电站调节库容增加 80%，有利于水资源的合理配套；可使水库防洪库容提高 50%，还有利于提高川江和长江中下游的防洪能力；还可有效改善整个下游的生态效益。

人心诚，志更坚，往往好的机遇更容易光顾这类具有创新精神的人，好事成双。翁永红和安有贵在促成此事的过程中，发现了两个优良的附产品——金沙和银沙两座水电站。如今，在这两个坝址上兴建两座水电站，正在为攀枝花市的经济社会发展、为改善人民生活贡献着力量。

四、另辟蹊径，共享成果——遥感技术引入移民工程

2005 年，在翁永红的倡议下，空间公司与长江设计院库区处强强合作、优势互补，在全国水库移民界首次采用 3S 技术，为乌东德水库移民实物指标调查提供科技帮助。

遥感技术属于先进技术，库区调查属于多年修水库前的常规行动，将两者有机融合，所产生的成果发挥了 1+1 ＞ 2 的作用，这就是资源共享的力量。而共享成果除了惠及合作双方外，还惠及库区移民及当地政府，更重要的是，为解决号称水利界"天下第一难"的水库移民工程提供了一定帮助。

当然要做到有机整合，颇为不易。我采访空间公司副总工程师张力时，张力列出了在三维遥感技术应用过程中，移民实物指标解译工作中存在四大技术难点：

一是跨界知识与手段的融会贯通。在移民实物指标遥感解译的过程中，解译人员的经验和专业知识，直接影响着他对地物种类解译的准确性。空间公司在长期的实践过程中，积累了丰富的移民工作经验与遥感解译知识经验，因此在乌东德的移民工程中，大幅提高了自己对移民实物指标解译的准确率，提升了移民实物指标遥感解译的水平。

二是对淹没指标的科学分类。空间公司在用遥感技术手段获取淹没指标的信息后，以国家现行《土地利用现状分类》为基础，对移民实物指标中的土地进行了科学分类，既保证了遥感解译工作的顺利开展，又满足了移民实物指标调查的要求。

三是对土地坡度进行分类。过去是用人工方式一块块丈量。而在遥感解译中，要按照图斑面积要求恰到好处地确定不同坡度的耕地、园地范围，成为解译过程中的技术瓶颈。空间公司经过试验研究，将未分坡度的土地图斑与 DEM 叠加进行坡度分析，得到基本坡度后，按照规定对耕地、园地进行重新分级与归类，顺利地解决了这一技术难题，这是一大突破。

四是数据互联。为方便移民数据统计与分析，解译图上的移民实物指

标需要关联大量的属性，如果采用人工赋值，不仅工作量大，而且容易出错。为此，空间公司通过开发编制相关程序，对大量属性实现了自动关联，大大提高了工作效率。

他们获得的最大成果体现在社会效益上。要不然，翁总怎么会将此节标题定为"另辟蹊径，共享成果"，其成果价值体现在以下方面：

其一，水库移民、移民工作者、业主三方受益。将遥感解译技术创造性地应用于水利水电工程移民工作之中，辅助移民调查与规划，可大大减少野外调查工作量，大幅缩短人工调查工作周期；可使移民实物指标更加客观、透明，可追溯性强；使移民实物指标调查更直观、快捷，移民更易识别，成果归档与管理更为方便；可为业主全面掌握移民工作情况、控制移民投资提供科学的依据。

其二，技术水平呈现出质的飞跃。首次将三维精准遥感解译技术应用于可行性研究阶段移民实物指标调查，在构建的真彩色三维立体环境下获取移民实物指标信息，科学、客观、高效，空间定位精度高，同时形象直观，易于识别地物信息，更有效地解决移民调查中对田埂、土地最小斑块的要求，更准确、客观地反映各类土地界限，能够满足移民工程规范的高标准、高要求。

其三，相关资料管理使用更加便捷，成果可多方享受。该技术摆脱了以往传统对调查和规划成果主要以文字、表格、相对独立的地形图等呈现的管理模式，可以直观地将调查与规划成果同地理空间信息有效融合，更全面、更客观地记录移民实物指标信息。其成果不仅便于地方政府、业主、设计单位、移民各方参与调查工作，也有效减少了调查各方对土地分类、地类界、零星树木等问题的争议，更科学地管理与运用调查与规划的成果信息。

这样的成果客观、透明，只会让移民更加相信政府，相信移民工作者，从而积极配合，"天下第一难"的移民搬迁、安置工作因新科技应用而化为易。

2014 年，乌东德移民规划基本完成后，他们针对相关技术也开展了国内外的科技查新工作，项目名称为"三维精准遥感解译技术在水利水电移民工程中的研究与应用"，文稿都是达到教科书那样的水平。新的行业文化都是在这样不断更新的过程中发展起来的，他们理所当然地成为遥感移民工程文化的建设者。

五、攻坚克难，引领发展——金坪子滑坡探源

"攻坚克难，引领发展"，是翁总对金坪子滑坡地质勘察的定位，它所解决的是对乌东德工程建设至关重要的地质安全基础。

本书前面已经说过：在长江设计院接触乌东德设计时，业主对金坪子滑坡体只有粗浅的认识，一度认为金坪子滑坡体积可能达 6.3 亿立方米。如果全部滑下来，不仅会阻塞金沙江，甚至可能直接把大坝淹进水里。若不消除隐患，乌东德大坝将难以顺利建设，甚至可能导致该坝址无法保留，致使长江设计院历经艰辛开拓的设计市场面临丧失风险。因此，这是一场输不起的"战争"。

长江设计院集中各方力量，在金坪子会战一年。最终于 2005 年 1 月 18 日在昆明召开的金坪子滑坡的咨询会上，向世人宣布了自己得出的明确结论——金坪子滑坡体总体处于整体稳定状态，对乌东德工程无影响；部分地区失稳规模有限，不会对工程大坝造成威胁。

薛果夫等用了什么样的方法界定了金坪子滑坡其规模与稳定性真相？为何翁总还将它定为创新成果？

王团乐曾任金坪子滑坡组组长，经历了滑坡勘察的全过程。他通过微信给我传来一份文件，并带有金坪子滑坡全景图片。文字如下：

这个巨型滑坡范围与体积大，滑坡成因机制、变形特征与稳定性评价复杂，防治难度大。他们当时真的遇到一道从来没有碰到过的难题。

天将降大任于是人也，必先苦其心志，劳其筋骨。穿旧鞋走新路很困难，只有新旧鞋交替着穿，才能踏出一条新路，沿着这条新路走过去的最

终目的就是要弄清楚此滑坡对乌东德大坝，到底是只巨型的"呆猫"，还是只"猛虎"。

三峡院不辱使命，用了近400天的时间战胜了环境、技术、生活等多项困难，甚至冒着生命危险。针对技术上的突破，王团乐在介绍时是这样概括的：

"2004—2005年，通过高效严谨的专业技术手段，对金坪子滑坡稳定性进行了科学评估，为乌东德水电站的顺利建设及工程环境安全提供了可靠保障。

采取具有可靠性与先进性的技术和具有综合性与互补性的勘察手段，是金坪子滑坡勘察研究取得突破性进展的基础。在本次勘察工作中，采取的主要技术手段有：模拟电视与数字全孔全断面成像解译；多样化的钻探工艺，即在钻探工艺上根据地层的不同特点，适时选用跟管钻进、泥浆护壁、植物胶护壁、不提钻绳索取心等技术手段；灵活使用多种钻具，包括单动单管、单动双管、双动双管和进口薄壁钻具；系统测年技术；重砂分析和孢子花粉分析；地面数字摄影成图技术；计算机空间分析技术；河段河谷发育史研究。"

金坪子滑坡勘察绝对是技术手段上的超越。任何一次超越，都是恰到好处的选择。如果仅停留于此，其成果还很有限。更重要的是，三峡院通过勘察，不仅揭开了此滑坡体稳定的真正原因，而且为学术界的进一步研究提供了原始资料。由于他们充分查明了Ⅳ、Ⅴ区雄厚可靠的基岩，发现和查清了低于现今河槽的金沙江古河槽及17万年前的大型基岩滑坡堵江事件，从而打开了揭示金坪子结构和稳定性问题的通道，同时为乌东德梯级河段河谷发育史研究增加了重要的一环。

金坪子滑坡体虽然不影响乌东德水电站的建设，但它毕竟是个巨大的古滑坡体。只有把它诊断清楚了，并开出防治良方，才能真正解除人们心中的疑虑。

为此，勘测人继续利用"非常高效的、专业造诣很深"的手段，为成功防治滑坡提供了依据。

他们首先对金坪子滑坡 II 区蠕滑变形体进行了长达 17 年（从勘察期到施工期）的"空—天—地"三维一体系统监测，为滑坡稳定性评价、变形机理分析、防治效果评价提供了有力支撑。

金坪子虽然问题不大，但它毕竟是一个"有病"的山坡，其病情总在不断变化，如何阻止"病情"快速发展呢？

工程师们开出了药方——滑坡防护总体思路：通过一定的工程措施（地表截排水、地下截排水等）提高其整体稳定性，减缓其变形速率，达到"防止其大规模的失稳而允许其小部分失稳或缓慢滑落"的防护目标。

翁总对他们的创新成果的评价就是"攻坚克难，引领发展"，处在一座水电工程"引领"的位置上，理应无上荣光。

六、敢为人先，善于实践——全坝采用低温水泥

金沙江干热河谷地区，大风频发、日照强烈、蒸发量大、昼夜温差大，使用普通中热水泥修筑大坝很难防裂。

裂缝将可能导致大坝渗水，引起坝体应力变化，加上坝址区为典型干热河谷气候，日照强烈、昼夜温差大、大风频繁，这都对乌东德大坝混凝土的结构安全，以及施工中的温度控制及裂缝预防十分不利。

乌东德水电站厚高比仅 0.19，目前世界上最薄的 300 米级双曲拱坝身材"纤细"的乌东德所要面临的最大考验，无疑来自坝体自身的安全稳定。"无坝不裂"过去一直是悬在水利人头顶的魔咒。

为此，乌东德大坝全坝采用了低温水泥混凝土。低温水泥混凝土绝热温升较中热水泥低 3~5℃，能显著降低混凝土最高温度，有效防止大坝温度裂缝发生，这也是世界范围内第一次全坝采用低温水泥混凝土来建设 300 米级特高拱坝。混凝土温控达到真正的"随心所欲"，未出现一条裂缝，打破了过去大体积混凝土"无坝不裂"的魔咒。

其实，早在设计时，长江设计院针对低温水泥混凝土发热速度慢、总发热量小、早期强度低等性能特点，建立了"控高温、防倒温、匀降温、重保温"低温水泥混凝土温控防裂技术体系及标准，提出适合于低温水泥

混凝土的 4.5 米高浇筑层大仓面分期降温保温成套技术，有效降低大坝混凝土温控实施难度，提高最高温度控制保证率。

此外，长江设计院还针对乌东德地区的特殊气候，做出高标号混凝土的拆模时间不宜过早，且拆模后应立即进行保温处理的措施决定，极大地保证了混凝土浇筑的质量。

乌东德水电站已全面投产，至今大坝混凝土没有出现温度裂缝，真正实现"无缝大坝"。低温水泥助力大国重器，是世界水坝建造史上的一个创举。

七、流程再造，科学有序——提前发电增效益

一座成功的水电站建造，需要多方面的因素，主要是可见的物质因素，但也不排除精神的，包括组织手段。在乌东德工程建设过程中，许多组织手段可圈可点，其中的机组安装确实有创新之处，因此翁总将其概括为"流程再造，科学有序"。

翁总动情地说："我们的机组安装工作是在新冠疫情的影响下进行的。经过建设者的共同努力，电站提前发电，这和我们改造流程后，预测的目标高度吻合。工程因此多发的电量将近 100 亿千瓦时，效益是巨大的，这可是件不得了的事。"

乌东德工程的机电安装恰逢新冠疫情，原定的计划被打乱，如主要技术与施工人员来自疫情重灾区湖北，无法及时赶到工地。部分重要装置设备受疫情影响，也无法送达。而原本决定在春节后休假的人员被困在基地不能外出等，给机组安排提出重大挑战。

为此，参建各方打破原有工作秩序，在抓好工区防疫的基础上，一方面通过精神鼓励和物质奖励两手抓、两手硬，组织留守工地的职工战胜疲劳，连续作战；另一方面积极办理各种手续，为休假人员尽早返回工位创造条件。

长江设计院因时制宜、因地制宜，对将原来基于三峡电站工作实践确定的程序进行适度修正，提出了"双工位、转子跨转子"的安装设计程

序，就是左、右岸各两台机组的转子在安装时，不必拘泥于以往一个转子装完后再装另一个转子，而是两个转子同时安装。这样，在安装过程中会出现一个转子跨越另一个转子的问题。因为转子实在太重，如何跨越是个难题，开始不少人持怀疑态度，包括业主和施工单位，认为难度太大。在正式实施时，许多设计人员和安装单位也感到很有压力。为此，设计院在设计时将厂房的高度增加了 1 米，预留转子跨越的安装空间；并适时提出 2 机 1 组小间隔，采用"8+4"方案，有效规划整个电站的机组安装及发电进度，实现了对电站机组安装进度的精细控制。

在各方的共同努力下，通过流程再造、科学有序的组织手段，乌东德电站的水轮发电机组早安家、早投产、早发电，创造了显著的经济效益，也得到了公众的认可。

八、主动作为，担当使命——拦洪防汛为人民

乌东德工程的重要效益之一，是防洪。在工程建设过程中，长江设计院的众多工程师们心怀国之大者，让尚未竣工的工程承担起抵挡洪峰的重任，这在中外水工程建设史上算一个壮举。

2019 年底，乌东德水电站开始蓄水，但受新冠疫情影响，电机设备难以及时供货。也就在电站首批机组即将发电的 2020 年夏，长江干流发生 5 次较大洪水，其中 8 月中下旬的第 5 号洪水发生于川江地区。岷江洪水超历史，沱江、涪江、嘉陵江等均居历史前列。三峡水库出现建库以来最大入库流量 75000 立方米每秒（宜昌站最大洪峰为 1896 年的 71100 立方米每秒，其次为 1981 年的 70800 立方米每秒；著名的 1931 年、1954 年、1998 年的洪峰流量均在 63000~67000 立方米每秒）。重庆寸滩站洪峰水位 191.62 米，为实测以来第二高（仅次于 1905 年的 192.78 米），还原后洪峰流量约 90 年一遇，7 天洪量约 130 年一遇。山城重庆的低洼地区随时有破防、漫灌的危险。

长江中下游迭经洪水，早已不堪重负；上游各支流也是满满当当，无法蓄水；防洪的压力投向了金沙江下游的 4 座大水库，包括尚未建成，不

需要承担防洪任务的乌东德。

为了广大人民的生命财产安全，乌东德的建设者，一方面"铁肩担道义"——承担起防洪保安的天大责任；另一方面，"妙手著文章"——通过精心调度，将大坝的危险降到最低点。

长江防总采用规划院工程师李文俊提出的"中孔控泄，表孔敞泄"措施，有效解决了拦蓄洪水与大坝防洪安全的矛盾，使大坝蓄水位提升到965 米，累计拦洪 14.65 亿立方米。

翁总在接受采访时，毫不掩饰地肯定了李文俊工程师的设计方案。

"中孔控泄，表孔敞泄"这个调度模式，以前是没有的。我们按此方案承担防洪任务，并且拦蓄洪水 14.65 亿立方米，是不得了的成绩，也是一个创新，一种使命担当！我们主动作为，终于超额完成任务。"

乌东德水库在长江 2020 年第 5 号洪水中发挥的积极防洪作用，主要有如下几点：

一是通过适度拦蓄洪水，减少了进入下游溪洛渡水库入库洪水，避免溪洛渡水库水位上涨过快引发库区地质次生灾害，为溪洛渡水库对下游防洪能力的正常发挥提供了保障；

二是拦蓄洪水 14.65 亿立方米，对控制川渝河段水位快速上涨做出一定贡献，降低寸滩站水位，也就是降低了重庆市洪水的高水位；

三是在寸滩站洪峰转退之际，乌东德水电站出现 17000 立方米每秒左右的入库洪峰流量，水库启动削峰调度，对川渝河段后期快速退水起到了重要作用。

四是大大减轻了川江及重庆市的防洪压力，同时减少了进入三峡水库的洪量，有利于长江中下游防洪。

乌东德水电站尚未建成就临时拦洪，创下了我国水电建设的一项先例。这项创新成果的意义巨大，翁永红、安有贵、李文俊等功不可没。

九、以人为本，环境和谐——高位自然边坡防治

在山区兴建水电工程，不可避免会遇到高边坡问题，在群山环抱的西

南地区，这样的边坡更多、更高。在工程建设的扰动下，局部地区可能发生滑坡、崩塌、落石现象，给施工人员的生命、财产造成巨大威胁。此外，水电站建成以后，类似情况仍可能发生。与国内其他工程边坡相比，乌东德水电站高边坡位置之高、情况之险、坡度之大均是罕见的。

早在2003年项目启动时，长江设计院就组建了高边坡整治小组，对高位自然边坡进行治理。这开创了国内外水电工程高边坡治理的先河。他们围绕特高陡环境边坡勘察、防治、管控的三大关键技术问题，开展了系统深入的研究与实践，终于翻过了这"三座大山"，为工程建设创造了安全的环境，也取得了令同行关注的创新成果。主要表现在：

一是针对勘察难，他们研发了特高陡边坡快速精准勘察成套技术，包括无人机高清三维影像地质问题快速识别技术、可视化精细编录技术和块体稳定性高效评价方法，解决了特高陡环境边坡远距离地质问题识别难度大、编录精度差、判别效率低的难题，达到了"飞得近、查得清、判得明"的效果，实现了"快速识别、精细编录、高效评价"的目标。

二是针对防治难，他们提出了特高陡边坡系统高效防治方法与技术，包括"高防预固、稳挖适护"系统防治方法、高质效锚索加固技术和超高能级被动柔性防护技术，攻克了特高陡环境边坡与工程边坡相互影响、大吨位百米级锚索施工、大能量高速度散体防护的难题，达到了"坡体系统防治、块体高效锚固、散体安全防护"的效果。这项技术已获得国家知识产权局授权的发明专利。

三是针对管控难，他们应用高科技手段，创建了特高陡边坡高效集成管控方法与平台，做到了"高效防控、集成管理"。也就是说，打开电脑或手机软件，两边高坡上石块的一切动静都在设计人员的掌控之中。

如果把高边坡看作"疑难杂症"的话，前面的技术手段不过是查清病灶，列出问题清单；长江设计院做到这些，不过是成功了一半。另一半则需要"对症下药"，提出解决方案，长江设计院也做到了。

四是他们结合实际，提出了"高防预固、稳挖适护"的系统防治方法，有效保证了边坡安全。

他们采用高质效锚索加固技术和超高能级被动柔性防护技术，解决了坡面块体和散体的防护难题。采用环境边坡风险"定量评价、分级防控、智能预警"方法，有效指导了环境边坡风险防控工作。采用高效防治技术集成可视化管理平台，大幅提高了管理效率。

在具体的实践过程中，他们还对防治方案进行了大幅优化，累计节约工程投资1.16亿元以上。同时，环境边坡治理工程提前12个月完工，为工程提前发电提供了安全保障。

他们的心血、智慧及辛苦没有白费，每一项措施都获得了实施。工程建设过程中，以及水电站开始运行后，高位边坡上落石袭击事故几乎为零，这在国内高边坡治理上可谓奇迹。

国家专门机构对此项目的宏观定义："项目研究成果显著提升了特高陡环境边坡的勘察、设计、施工、科研及建设管理水平，对推动我国水利水电行业科技进步、支撑雅鲁藏布江下游水电开发等国家战略具有重要作用。"

中国水力发电工程学会组织鉴定本研究成果"总体达到国际领先水平"。

相关研究成果共获得国家发明专利12项、实用新型专利15项、软件著作权9项、水利先进实用技术1项，相关成果纳入规范2部，主编著作3部、参编著作2部，发表高水平论文55篇。

2021年，该项目还荣获中国水力发电工程学会科技进步奖一等奖。

更令人高兴的是，这些研究成果不仅成功应用于乌东德工程，还推广到长江设计院承担的西藏旭龙、巴基斯坦卡洛特等大型水利水电工程，累计节省工程投资约1.55亿元。

十、顺应环境，因地制宜——溶洞内设集控楼

为何一座楼能成为值得显耀的创新成果，翁总介绍时的核心话语是这样的：

"乌东德右岸坝肩有一个天然的溶洞，体积很大，几十万立方米。我

们利用这个空间因地制宜地设计建设了一个集控楼，不仅安全，运行环境也好，又节能，还冬暖夏凉，这在水电工程建设史上还真没有。"

在翁总的推荐下，我采访长江设计院城建院周自清这位年轻人，他首先对我科普了一下什么是集控楼及集控楼的功能。

集控楼也被称为大坝中央工作室，是负责统一调度的人员办公的地方，是枢纽核心部门，相当于是大坝的大脑。设计大坝时，对集控楼的安置需要精心策划，通盘考虑。

周自清给我的一份材料，对乌东德集控楼进行了较详细的描述。

"乌东德水电站右坝肩紧邻大坝处存在天然岩溶斜井——K25溶洞。设计团队利用K25溶洞空间布置集控楼，既能有效规避高边坡落石风险，创造安全舒适的运维环境，又有利于大坝建设期施工组织，减少原本狭小的右坝肩施工场地占用和干扰，并减少混凝土回填，节约了工程投资。集控楼造型设计理念来源于大坝开闸泄洪时"水流飞泻"的自然形态，兼具灵动与力量的美感。通过建筑创新设计，K25溶洞集控楼成为乌东德坝区一道美丽的风景。"

这一道美丽的风景是怎么来的，一个让水电工程普遍头疼的溶洞，如何变为工程至关重要的建筑——集控楼的，这里面还真有故事。

传统的水电站，集控楼一般放在两个地方：一个是大坝上，另外一个是大坝附近。刚开始时，长江设计院城建院倪爱民、周自清也依此对集控楼提出两种常规方案：一是在拱坝坝顶适当部位，这样可以与大坝形成一个整体；二是放在左、右岸坝肩空地上面。在可行性研究阶段，乌东德大坝集控楼就被布置在右坝肩988米平台下游侧。

但是在勘察过程中，人们发现了新的问题，使他们不得不另想办法为集控楼重新找安置地。

其一，集控楼设在坝顶，且施工场地极其有限，只能在大坝成型后才能修建，势必使工期相应延长。

其二，工程泄洪时情况虽然壮观，但雾化现象非常严重，潮湿的水汽会对集控楼电气设施的运行安全有严重影响。

其三，集控楼紧挨大坝边坡，尽管这个边坡在开工前已进行过处理，对可能出现的落石进行了锚固，并设了防护网，但天长日久，谁也不能保证没有落石现象。如果落石位置较高、体积较大，直接砸在集控楼上，不仅里面的设备、人员会有灭顶之灾，整个集控楼可能都会遭到重创。进一步说，即使石头不落下来，让人天天在陡坡下面提心吊胆地工作，也是不合理的。

因此，长江设计院不得不修改设计，为集控楼找一个新的位置。巧的是，另一项研究却把这个问题给提前解决了，这项研究的对象便是 K25 溶洞。

在工程勘察过程中，三峡院在右岸坝轴线附近，距坝体仅 100 米左右的地方，发现了一个天然的溶洞，可能对大坝安全造成不利影响。因此从安全性方面考虑，原设计是对其进行回填处理。

可进一步的勘察表明，该溶洞地质条件不错，有"形态不规则、大跨度、高边墙、小夹角"等特点，直接封堵有些可惜。

周自清说："钮院长等领导高瞻远瞩地、创造性地提出能不能利用这个天然溶洞，把乌东德集控楼建在溶洞里面的建议。有了这样一个先天条件，可以避免另外建集控楼时对大坝施工的影响，减少安全隐患，还可以节约施工工期。"

什么是创新？将从来没有干过的事干成，就是创新。将一个天然溶洞改造成集控楼，这也是以往水电工程从未有过的课题，承担这个课题研究的，自然是城建院的倪爱民、周自清等人。

老天爷还是不错的，经勘测人员测量，这个溶洞的面积大约 2000 平方米，正好可以放下一个集控楼。但这个集控楼到底如何建，还得倪爱民、周自清他们提方案。因为集控楼和大坝必须形成一个联合体，楼内需要布置很多的电力通信等设备，设计时需要全套进行操作。

最后实施的设计方案是什么样的呢？

周自清给我展示了一张集控楼的照片。对我最有视觉冲击力的是门框上部的抛物线造型，这也是设计人员的得意之笔，周自清对此描述道：

"一般的集控楼的设计大同小异，就是方方正正的，把各种功能集成进去就完了。我们设计时从大坝泄洪形成的曲面水流受到启发，将门脸上面设计成一个抛物线，这本身也是个创新吧？"周自清丝毫不掩饰，满意之情洋溢在脸上。

麻雀虽小，五脏俱全。凡是集控楼应该有的，他们设计时都要利用现有条件考虑周全，缺一不可。

按照规定，在溶洞高程988米以上必须布置中央控制室，而988米以下的空间，既可以被回填，又可以自由利用。它们在中间预留廊道，另外设置设备用房、电缆夹层，而在最下部则布置电缆廊道、通风廊道等。

乌东德地区气候干热，与室外相比，溶洞冬暖夏凉，相当于为集控室安装了一台免费的空调，不仅人工作时舒服，机器也能发挥更好的工作状态，这是天然溶洞的最大优势。另外，溶洞内有大量可利用的空间和岩体，在此修建集控楼，不仅可极大地减少土石方开挖量，也极大地减少了土石方回填量和混凝土浇筑量。在节省投资的同时，也加快了工程进度。事后评估，仅建设周期一项，差不多就节约了半年时间，为工程提前发电创造了条件。

天然溶洞做集控楼优点不少，但不足之处就是溶洞内部对外只有一个出口，四面都是山体，火灾风险隐患比较大，对消防的要求比较高。

城建院对溶洞进行了仔细勘察，发现它的布局很有特点。在970米处有施工廊道，与中控室的988米有18米的高差，施工时两者之间有竖向通道。他们在设计时，把它改造成集控楼的疏散楼梯间。如果K25溶洞发生火灾或者险情，形成封点。溶洞下层的人可以通过970米廊道疏散，上面的人通过出口到洞外。仅仅一个小小的改动，不需要增加什么投资，就让溶洞多了一个出口，安全性能明显提高。

据说，城建院的这种疏散方案是受重庆等山地城市建筑与街道布局关系的启发而制定的。

洞内设备安全无小事。仅仅只设计两个出口还不行，还需要将排烟这个细节考虑进去。否则里面的人在火灾时容易窒息死亡。对此，设计人员也是开动脑筋，另辟蹊径。

由于自然状态下的烟是向上走的，为烟找到的最佳出路是穹顶，相当于给溶洞开了一个天窗。该穹顶位于海拔 1015 米左右，外面原有一条马道，他们就在马道上面开凿了两个排烟孔。如果洞里失火的话，烟气会自然从这两个排烟孔排走，不仅大大增强了溶洞内部的安全性。在平时，这两个排烟洞也可以给溶洞通风换气，这也是一个创新性的设计。

还有一个问题是没法解决的。

周自清说："溶洞做集控楼的唯一缺点就是照明不是很好，因为没办法开窗，总要开着灯工作。"

周自清用了"唯一"一词。说明他们想尽了办法，但确实没有收获，否则，凭着长江设计人的心气和能力，是绝不可能对它置之度外的。好在总体而言，用此洞做集控楼利远远大于弊，人们对这个"唯一"也就忽略不计了。

工程的问题解决后，设计人员还不满足，总想在提升文化品位上做文章。他们利用楼内空间，将集控楼打造成为工程展示中心，或者是企业文化展示厅，利用图文并茂的形式将工程形象、工程文化与企业精神展示出来。他们还想在山体和集控楼之间布置花园、水池，种上人工植物或天然植物，把生态环境提升一下，创造舒适、优雅、美观的活动空间，也让集控楼与大坝一起成为相得益彰的旅游景观。

当工程设计走向生态环境和文化建设时，这也预示着他们的设计基本成功，并走向了尾声。

"我们做了很多的探索性工作。乌东德集控楼从建筑学的角度来说，体量不大，设计也不算难。但乌东德是全世界唯一把集控楼设置在山体自然溶洞里面的水电站。"周自清自豪地说道。

"全世界唯一"就是他们这个创新成果的醒目、令人自豪之处，估计也会引起国际同行关注的。

十一、大胆假设，小心求证——坝身不设导流底孔

《开讲啦》是中央电视台收视率较高的节目。2020 年 9 月 12 日，翁永红受邀担任《开讲啦》主讲嘉宾，主持人提问："整个乌东德水电站建下来之后，引以为傲的地方是哪儿？"

翁总回答："乌东德高拱坝是国内唯一一座坝身不设导流底孔的电站。"

乌东德大坝建成后，要将施工期使用的 5 条导流洞依次进行下闸封堵，封堵第 1 条导流洞时，上游水位很低，随着其他导流洞陆续下闸，上游水位慢慢抬升，上游河道慢慢由原来的天然河道，蓄水成为一座人工水库。当坝前水位超过大坝中孔底板高程后，上游来水改由大坝中孔向下游泄放，上游从低水位抬升至满足大坝中孔下泄条件的高水位，需要 7 天时间，若水流没有从上游流向下游的下泄通道，下游河道将会断流。

高坝蓄水时，还存在着下泄生态流量和保障工程安全的矛盾。高坝在开始蓄水时下游河道断流在行业内是一个共性问题。人们过去普遍认为工程安全重要，断流几天大不了鱼难受一点，与动辄上亿元的工程效益相比，算不了什么。因此，许多工程在蓄水初期出现下游河道减水严重甚至断流现象，对下游河道取水、水生态、水环境产生了很大的影响，让许多人如鲠在喉，如芒在背。

近几年，国家对生态安全高度重视，生态优先，绿色发展的理念日益深入人心，水利工程普遍要求保证生态流量。

翁永红也说："长江设计院设计乌东德工程时，绝对不能以牺牲生态安全为代价，要保住设计院的金字招牌。无论是社会责任的担当，还是行业进步的要求，我们都必须要保证蓄水过程中下游不能断流，河道不能干，保证下游工农业生产生活正常用水，还要保证鱼虾和其他水生生物的生存。"

但如何保障乌东德的生态流量，确保其在蓄水期不断流，却不是一件容易的事。

313

　　传统的做法是在导流洞和中孔之间设一道底孔，用底孔泄流来保证生态流量，可这个底孔不仅要安闸门，还要布置很多钢筋，会增加工程投资和工期。如果只是在蓄水时候临时用一下，正式蓄水后又堵上，实在得不偿失。

　　让人遗憾的是，许多工程即使在大坝上设了底孔，还是无法完全避免初期蓄水时下游断流，只是会将这个断流的时间缩短一些。比如说，原来设计乌东德大坝施工期的水从导流洞到中孔泄流，可能断流 7 天。现在通过底孔泄流，可能就断流 3 天，仅为这 3 天就设一道底孔，那就更得不偿失了。

　　也有人说，如果觉得下游河道干了不好看，就搞几台抽水机抽一下水吧！这当然比修建底孔轻松得多，但现在最大功率的抽水机只能达到 0.5 立方米每秒，而金沙江下游河道最小的生态流量都是几百立方米每秒，要布置几百台抽水机，更不可行。

　　因此，翁永红要求设计人员在建筑物及运行手段上做文章，务必保证任何时期不断流。

　　接到翁总布置的考题后，导流室的同志们换了一个思路，否定底孔，转而在导流洞上做文章。在设计时将 5 条导流洞作高低布置，即 1~4 号位置低一点、大一点，5 号导流洞高一点、小一点。这样 5 号导流洞与中孔高差稍小，下闸时水头也低一些，关不上的难题也就不大了，只需要在 5 号导流洞与中孔衔接保证不断流就可以了。

　　与传统方案相比，该方案将 5 号导流洞单独设高一点，在一定程度上承担了大坝底孔的作用，不仅参与初期导流，还参与中后期的导流。这样就不需要专门设置使用时间很短的底孔，也不需要所有的导流洞都与中孔导流直接衔接，只需要把 5 号底孔衔接好就行了。这无疑是一个超出常规的设想。

　　有了这个设想，他们接下来对这个"肩负重任"的 5 号导流洞开始优化设计。首先它的底板高程比其他 4 个导流洞高了 18 米，然后把导流洞的断面尺寸减小了一些，更重要的改变是把原来的平板闸门改成了受力和抗变形能力的弧形闸门。然后是考虑 5 号导流洞与中孔衔接问题。

乌东德大坝中孔水位 890 米左右，在它过流前，1~4 号导流洞先后封堵，由 5 号导流洞一直过流。到中孔过流时，5 号导流洞的水头已经有 60 米了，保障它在这个高水头下安全下闸蓄水，是整个问题的重中之重。

此时，他们在试验中碰到了新问题，要不然怎么要攻坚克难，彰显强者的毅力、信心与智慧呢?

原来，5 号导流洞比较狭窄；另外，弧形闸门在平时是封闭空间，下闸的时候必须补气，以保证正常启闭。如果全开的话，泄水量太大，上游水位抬升速度慢，蓄水时间长。想快速蓄水，又不断流，只能半开半关。这样水流直接冲击闸门，容易将闸门冲坏，同样带来安全风险。于是，他们设计时就要把它论证清楚，什么时候半开，半开多长时间，采用什么样的措施风险才能控制住。仅就这个问题，漆祖芳他们就与长江科学院的同志们做了 157 组模型试验。最终设计出尺寸最佳的弧形闸门（12 米 × 16 米），并为弧形闸门找到了最安全的运行方式。

不过，进行到了这一步，事情还没有完，还要解决水在洞内正常运行的安全问题。5 号导流洞虽然只单独运行 7 天，但它与中孔之间的 60 米水头还是太高了。如果不处理的话，洞内水流速太快，能量太大，可能会将洞内的钢筋混凝土冲坏、震垮。这样设在洞口的闸门就更难封堵下去了，必须想办法把这个高速水流对洞内的侵蚀问题解决好。

河要一条条过，山要一座座翻，他们又开始想办法了。

水流在洞内横冲直撞，只要多给它设点障碍，消一消它的脾气就行了。于是，他们就在 5 号导流洞内设计了两级洞塞，相当于做了两个围墙，只在墙上留个小孔，让高速水流在这里碰碰壁、消消能，然后缩着身子钻过去。这些措施采用后，试验效果非常好。这种利用洞塞在导流洞内消能的措施在国内外也属首创。

在翁永红的启发下，这个名为"高拱坝坝身不设底孔的导流及生态流量保障技术"项目最终成型，乌东德实现了整个建设让金沙江不断流、保证生态流量的目的。

从翁总在中央电视台《开讲啦》节目中只说这一个创新成果来看，这应该是他最感到自豪的成果，因为它适应了当前工程水利向生态水利的历史性转变，做到了"生态优先，绿色发展"。

其成果荣获湖北省科学技术发明一等奖，这也是长江设计院牵头第二次获得省科学技术发明奖。如今，这项成果已在行业内得到普遍认可，长江设计院承担设计任务的旭龙水电站也没有设坝身导流底孔。

对此，漆祖芳非常自豪地说："我们不走老路，走的是新路了。"

十二、团队协作，维护生态——发电站尾水集鱼

关注生态的人，不论是自觉或不自觉，都会认可以下三句话：对生态价值的终极关怀；对人类缺陷的深深忧虑；对保护生态出路的苦苦追寻。

尽管这三句话每一句都内涵丰富、博大精深，而且严肃沉重，但只要你对保护生态环境有责任心的话，你就会自觉不自觉地朝这方面努力。

在江河上修建大坝，对水生态不产生影响是不可能的。在很长一段时间，由于思想观念或技术经济方面的原因，人类很难找到保护水生生态的有效方法，于是水坝建设时常会遭到生态环境学家，或者普通民众的非议，也有了一次次救鱼措施的探索。长江设计院也不例外。

如今生态环境越来越受人关注，环评不仅在审查时早就具有一票否决的地方，而且其要求也越来越细、越来越高。长江设计院专门成立通航与过鱼设计部，充分显示出他们对生态保护的高度重视和行为自觉。

长江设计院及时启动乌东德高坝枢纽高效过鱼关键技术与应用项目，并将此定调为"团队协作"，用翁总的话讲："过鱼这件事不是一个专业、一个人可以做成的。需要生态学、水力学、水工学等多个专业精诚合作，从多角度去思考，同时不断创新才能做成，而且需要做大量的科学实验和现场分析，然后再组织设计。"

人类是自然的宠儿、万物的灵长，它能主宰世界，改变万物，更可以

用聪明智慧保护万物。长江设计院的工程师依托于乌东德工程，在水环境与水生态和水工程方面集思广益，开展了尾水集鱼、仿生集运、库尾放流等一系列技术发明和技术创新，有效提高了大坝尾水集鱼效果，开辟了鱼类过坝新路径，保障了群鱼过坝的适应性，取得了大坝高效过鱼创新成果。

乌东德水电站首次应用了高坝枢纽高效过鱼关键技术中的发电尾水集鱼、移动式集鱼箱、智能监控。高坝综合过鱼设施等专利技术，克服了传统技术缺陷，突破了瓶颈，破解了高坝过鱼的世界难题。高坝枢纽高效过鱼关键技术不仅在乌东德水电站，还在其下游白鹤滩水电站和金沙水电站中成功应用，在金沙江鱼类保护及长江大保护方面发挥了重要的生态效益和社会效益。

此外，高坝枢纽高效过鱼关键技术的相关专利技术还在旭龙水电站、玉龙喀什水利枢纽、亭子口水利枢纽等高坝枢纽中推广应用。这项惠及生态的善举以后还会让更多的水电工程效仿，让更多条河流中的鱼类受益，人类终究要与它们长期共存。

第十一章

工程指挥交响曲

这两年，我沿着乌东德水电站设计施工纷繁的路径一路走来。书稿写到最后一章节时，我走进了乌东德工程设计总指挥部。

攀登乌东德高峰的号令，从项目投标、预可研、可研方案的编制，再到工程建设十多年来每一个战略决策，都由这里发出，其中三个人物至关重要。

作为统帅，长江设计院院长钮新强举旗带着主力"部队"沿着陡险山路向上攀登，一同攀爬的党委书记石伯勋沿途劈荆斩棘助力前行。如果把钮新强、石伯勋比作部队的"司令"与"政委"的话，第三个人物翁永红则似不折不扣的"总参谋长"、工地前线总指挥。乌东德水电站最终建成，工程指挥交响曲在金沙江山谷、水利史的回音壁上久久回荡，应该录下其独特的回声。

第一节 率队登峰

乌东德水电站设计总工程师翁永红这样评价工程总指挥钮新强：

"他是一个举足轻重的人物，他是乌东德工程设计的统帅，这个工程设计团队的灵魂。"

"举足轻重""统帅""灵魂"三个关键词，将钮新强在乌东德工程设计中的作用描述得恰如其分。

钮新强的采访，虽然谈了不到一个小时，但说的都是干货，简明扼要、提纲挈领，更像是他对乌东德工程极其精练的总结。因为他站位高、视野广、思维缜密，更重要的是他对长江设计院和乌东德工程都充满着热爱之情。因此我在本章中，尽量引用原义，原汁原味的内容更能启发读者。

一、双赢

在接受采访时，钮新强的第一句话是："多宣传下面干事的同志。"处于特殊的位置，他对长江设计院和乌东德工程，都表现出了炽热的感情。

钮新强先向我表述了乌东德项目对长江设计院的重要意义。

"乌东德工程为设计院人才的培养提供了一个丰富、难得的土壤。乌东德水电站建设成功了，从上到下锻炼了一支专业齐备、业务精通的领导干部及技术人员队伍，这可是长江设计院最宝贵的财富，事业因有他们而得以向前发展，往往培养人才的意义比什么都重要。"

紧接着，钮新强又谈到了长江设计院为乌东德工程做出的突出贡献，十分言简意赅："我们把乌东德设计建造成为一座优质、效益更为齐全的水电站。"

钮新强强调道："当时，长江设计院乌东德团队有个决心，也是一种理想和信念，在这么好的一个坝址，我们怎么构建一个科技感很强、技术进步特征非常明显的，同时能充分发挥工程效益的现代超级水电站。沿着这样一条理想之路，大家一往无前。这也反映了长江委、长江设计院的创新传统在乌东德工程得到了很好的体现与传承。"

二、创新

对于长江设计院在乌东德设计中的成就，钮新强谈得更是提纲挈领：

"重点是工程技术创新，这也是我多年对这个工程一直最注重的方面。设计乌东德水电站的过程中，我们取得了一系列的技术创新成果，很多都是突破规范的，或者是别人没干过的。"

为乌东德水电站设计做出突出贡献的人是长江设计院的宝贵财富，更是推动中国水电工程不断迈向新高峰的勇士与先锋。

说起乌东德工程里面的创新元素，钮新强如数家珍，滔滔不绝：

"乌东德是一个很好的拱坝坝址，但要建成一个优秀的、科技感很强的拱坝，需要对传统理论，包括设计理论、设计方法、设计标准有所突破。

现在在世界水利工程范围内，我们提出的设计理论都是最顶尖的。事实证明，最后按照这样的设计理论指导我们的设计，大坝的安全性得到了大幅提高。"

钮新强就工程几个较为典型的设计创新举了以下例子。

比如说，乌东德位于强震地区，特别是在地震荷载作用下，他们进行多年的研究，最后提出来一种新的拱坝设计理论，即静力设计、动力调整，使它的安全系数、安全储备都得到了很大的提高。与传统的拱坝设计相比，这就是一种进步，专家对此都有很高的评价。

再如，他们设计建造的是一个巨型水电站，电站装设 12 台水轮发电机组，总装机容量 1020 万千瓦。无论是设计电站地下厂房，还是机组本身，都取得了很多的技术发明成果。最初起步是很艰难的，建地下电站地质条件很差。他们将电站厂房的高度设计成 89 米，是世界第一。可是，厂房地段为片状的白云岩，薄得只有几厘米，而且倾角、走向、稳定性都不太好。这样高的边墙能不能做到稳定？当时的设计图都很难画，最终的效果更是很难预料。他们创新性地采取了一系列的技术手段，最后支撑着把这样复杂的地下电站做成了。

百万机组的研制，设计院做出了重要贡献。当时，他们在三峡集团领导下，在三峡电站70万千瓦机组的基础上，牵头研究开发百万机组。由于成套地使用科技成果，这个机组的运行性能是一流的，这说明他们领头研究是成功的。

"机组属于大型装备制造，尤其是水轮发电机组，一下子走到了世界最顶尖的行列，所以这也是一个很自豪的事情。"钮新强讲起来就喜形于色。

乌东德大坝坝顶高程988米，最大坝高270米。这种高坝最大的困难之一是怎么泄洪消能。因为洪水来的时候，大坝的泄洪流量达到4万多立方米每秒。这么大的水流通过大坝泄到下游时地基怎么保障安全？为此，他们发明了一种叫半封闭式的新型水垫塘，就完全颠覆了原来的设计理念和方法，世界水电工程都没这么干过，这也是一个巨大的技术进步，开创了以后类似工程新的技术方向。这种水垫塘施工简单，安全性很高，同时节约了大量的投资。

在当代兴建水电工程，怎么样跟生态环境更加和谐地融合？乌东德工程项目组的人通过努力，不仅使乌东德水电站成为一个科技感很强的水电站，同时使它成为生态环保效益更加显著的水电站。水电站从生态环保来讲，本身是清洁能源，但是对河流的生态系统，对周边的环境尤其是水环境还是造成了一些影响，比如说对鱼类就带来了一定的影响。乌东德项目组的同志通过努力，在大坝上修建了过鱼建筑物，它是至今国内外水电大坝上最先进的过鱼建筑物。要集的鱼类，特别是二、三级保护鱼类都集到了，环保专家对此非常肯定，他们为水环境保护立了新功。

"乌东德大坝现场看上去很整洁，为什么会有这个效果？当时山边有个溶洞，我们提出来把电站控制室和枢纽运营的管理部门放到这个溶洞里头去。当时提出来的时候很多人也不理解，一开始更不敢想。但是做成以后，大家都感觉很好，现在那里已成为一个网红打卡地。按常规，控制室应放在外面。但是有这种自然条件，能够利用溶洞跟工程结合起来，最后达到很好的生态环境效益，这也是一种理念上的创新。"

这个点子最初还是钮新强提出来的，能不能将自然体与工程建筑相结合，这个掌门人的眼光、思路、格局的确不一样，引起了大家的共鸣。思路决定出路，好的思路取得的最终效果能让人耳目一新，的确能让设计水平达到一个新的境界。

"这些都属于重大的技术进步，是原创性的，有的甚至是颠覆性的。设计是工程技术的灵魂。设计的创新从根本上决定了工程的技术进步，包括提出来工程建设的技术要求，运行的一些新的技术标准和技术要求，都决定了这座枢纽工程的总技术格局和技术水平。我们已在三峡工程的基础上，通过乌东德工程的技术进步，让中国水电筑坝技术有了一个飞跃。"

三、传承

除了创新外，钮新强还非常关注水利人的精神传承问题。

钮新强饱含深情地说："长江设计院之所以事业发达、生生不息，就是因为一批批新人的到来，他们立志通过长江治理来实现报国的人生理想，并将这个精神接力棒接过来，再传下去，这种生生不息的传承体现在乌东德团队专业之间的协调，老中青之间的传帮带上。"

事生于和睦，力生于团结。互相帮助、互相支持，共赴目标而产生的效益是巨大的。时间不会凝止，没有新的生成，便没有接力，就没有与今天不一样的过去，更没有历史。岁月在新人的接力中不断生成，精神在岁月中不断传承，岁月中的事业因之而向前推进。

我们的工程师们都是平凡人，他们设计建设出世界第七、中国第四大水电站——乌东德水电站，出色的设计人员就是平凡建设时期的英雄豪杰，他们难道不伟大吗？壮志与热情是伟大的辅翼，行动与坚韧更助他们成功，他们同样也是英雄，向英雄致敬！

四、帅才

接受我采访之前一个多月，也就是 2023 年 7 月 16 日，钮新强参加了武汉渡江节，顺利渡过了长江。上岸后，《长江日报》记者对其专访，记录了他对记者说的一句话：

"我在长江委工作 40 年，主要就是做长江的治理开发保护和利用，对长江有特殊的感情，这次参加武汉渡江节是以另一种方式感受长江。"

我很荣幸，1971 年就参加了武汉横渡长江活动。渡江前，相关部门组织我们在东湖进行了为期 10 多天、每天几个小时的耐力训练，当时我才 16 岁，都觉得辛苦异常。而钮新强渡江时与我相反，整整 61 岁，其精气神与风华正茂的青年相比毫不逊色。

钮新强被推到了院长的位置上，有了施展才华的舞台，他也成功地在舞台上扮演好了自己的角色。

我采访翁永红时，请他谈谈对钮新强院长的看法，他不假思索地滔滔不绝讲起来：

"首先，钮新强院长站得比我们都高，站得高就能高瞻远瞩。"

他同时以大坝体型做典型例子。"一项工程，我们只要按照过去成熟的经验做好设计，就算完成任务了。但钮新强院长认为不行，坚持让我们对大坝体型做到好上加好，把百年大计做成千年大计，能够发挥更大的效益，而且运行更安全，他才满意。在他这样的坚持下，我们才设计出这样的大坝。"

其次，他思维很活跃。翁永红举出的例子是设在 K25 溶洞内的集控楼。他说："我们原来计划把集控楼安放在大坝右坝肩处。钮新强院长到现场看到那个溶洞，很快就联想到能不能把集控楼放进去。如果按照原来的设计，或再换个地方，我们要多做设计，人力、财力、物力不知增加多少。"

最后，他的环保意识很强，这是很难做到的。钮新强院长胸怀宽阔，不单纯追求企业的经济效益，而是以综合效益为主，以环境效益为先。他积极支持在乌东德水电站利用尾水集鱼，拿出了美国研究多年也没有拿出的成果。

巧合的是，翁永红列举这三个主要事例后，钮新强在介绍工程的创新时也全部说到，但钮新强在提到这些事例时，没有一句提到自己，并且在谈到长江设计院团队开展具体设计时，用的词都是"我们"。显然钮新强非但没有居功自傲，反而有意淡化自己，这与他在接受采访时说的第一句话"多宣传下面干事的同志"，是一脉相承的。

翁永红总结道："钮新强院长领导我们设计人员让工程怎样早点发挥效益，多发挥效益，高效地发挥作用，他历来主张这个思想，这些都是他站位高的体现。"

五、速描

写到这里，应该为钮新强画个速描了。

钮新强几十年来一直从事工程设计和科研工作，为三峡、南水北调中线工程等国家重点工程建设做出了重大贡献。钮新强研究提出了创新型大型"全衬砌船闸"结构方案，使得中国在高水头大型船闸技术方面处于世界先进水平，解决了穿越黄河复杂地质条件下的大型输水隧洞结构关键技术，在三峡工程、南水北调中线工程中发挥了重要作用。

"我搞的工程还是比较多的，从人生来讲这是很幸福的。"钮新强由衷地说道。

"做完乌东德工程后，单位还有什么展望呢？"我向钮新强发问。

一谈起单位，钮新强就兴趣盎然，开始滔滔不绝地开讲了：

"在综合技术方面，我们现在处在一座比较高的山峰上。我们国家西部，像金沙江上游、怒江、雅鲁藏布江还有2亿多千瓦的水资源需要大开发。但都是位于西南地区，自然条件比较复杂，工程的难点可能更多，面临的挑战更多。

中国现在建设国家水网。国家水网要修高坝大库，要有水库先装水，才可以调水，这也需要我们这支高水平的技术队伍去支撑、去负责规划设计，还有其他的水资源配置。为国家的发展，为清洁能源的开发，为国家水网的建设做出更大的贡献，这就是我们最大的心愿，也是我们的信念和工作目标！

最后，我们希望更多地走向世界。现在，气温升高，全球气候变暖，大家共同的目标就是要降低碳的排放量。水电能源是一种可以重复利用的清洁能源。我们能够通过'一带一路'进行国际合作，开拓国际市场，可以做更多的、更好的水电工程。"

经过几代人的努力，长江设计院这支队伍在保护治理开发长江的道路上已经走过了 70 多年。如今规划勘测设计专业发展得更齐全，手段更先进，技术更成熟。但他们不会满足，将继续向下一个高峰攀登。

第二节　同心协力

水电工程一旦启动，建设者们就会面临着千头万绪的工作，待工作结束后回头咀嚼，每个人都会有不一样的感受。现在要说的主人公石伯勋，是长江设计院党委书记、副院长，也是举旗率队长江设计院在移民工程荆棘道路上奋力攀登的带头人。

由于站位高、眼界广，石书记在接受采访时讲述的内容，让我如沐春风，深有感触，收获不小。

一、宏议

在接受采访时，石书记以简洁的话语，首先重点强调了乌东德工程与三峡工程、南水北调中线工程运作方式的不同。

尽管我国早已进入市场经济，水电工程也全面实现了招投标制，但彼时设计招标极少。而乌东德工程与此不同，完全按照市场规律进行运作，这不仅对管理者提出了更高的要求，对设计、施工方的要求也很高。

大海之阔，非一流之归；大坝之成，非一木之材。乌东德水电站能兴建成功，是上下努力、多方协助、共同努力的结果。在乌东德库区，长江

325

设计院处在三峡集团、地方政府、移民几方的结合体之中，几方关系的处理稍有不慎，都会给工程进展带来障碍。

二、合作

对于合作，石伯勋书记谈得很透彻。

乌东德工程很长一段时间是长江设计院最大的项目，将设计标争取到手后，全院上下齐心，全力以赴。

同时，石书记对三峡集团的组织协调能力予以肯定，并以乌东德水电站机组的装机容量一事作为佐证。

一座水电站总的机组装机容量是多少，单机是多少，不是设计部门单方决定的。三峡集团曾反复组织讨论研究，最后做通盘考虑，进行宏观把握。百万机组研制成功后，为何在白鹤滩水电站安装了，但乌东德水电站没有安装？原因就在于三峡集团的宏观协调。

乌东德水电站与白鹤滩水电站条件不一样。白鹤滩的水头是 200 多米，乌东德的水头只有 130 多米。它的发电能力不如白鹤滩，可能达到 1000 万千瓦，也可能达不到。因此在对上报批时，三峡集团确定了"两步走"的方略，首先保住电站总装机容量达到 1000 万千瓦，然后争取单机容量达到 100 万千瓦。集团上下做了很大努力，才说服各方认同前者；但要让他们再认同后者，难度太大。为此，三峡集团退而求其次，最终决定装机 12 台，每台 85 万千瓦。这样，电站的总装机容量达到 1020 万千瓦，成为世界上装机容量超过 1000 万千瓦的少数电站之一；单机容量 85 万千瓦，在当时也是世界第一，这是非常不容易的。乌东德机组虽然是 85 万千瓦，但由于水头小，因此它的水轮机直径比白鹤滩百万机组还大，其技术难度也不逊色。

"乌东德水电站能够提前发电，除了设计及安装人员的努力外，业主有力的组织、管理能力以及提前谋划、敢于担当的责任心也起到了很大的作用。"石书记如此评价道，完全是发自内心的，更是客观公正的。

三、移民

设计是水利工程的灵魂，也是移民工程的灵魂。石伯勋书记领导乌东德移民工作多年，对此有深刻感受。

"业主与地方政府在移民方面的博弈，最终取其最大公约数，做到对国家、对地方政府、对移民都有益，需要通过移民设计来完成。我们的设计原则是：首先，要取得三峡集团的支持；另外，要取得地方的认可。我们设计出的方案只有双方都通过了，才能走下一步。"石书记说。

只有把坝区移民移走后，才能建水电站；只有把水库移民移走后，水库才能蓄水，然后才能发电。因此，作为移民工程设计的主要负责人——石书记肩上的担子也有千钧之重。

长江设计院的同事们这样评价石书记：

"乌东德水电站移民工作涉及面广、矛盾集中、千头万绪，石书记不遗余力地推动移民工作顺利完成。他多次参加乌东德水电站移民工作推进会，与三峡集团领导，以及云南和四川两省领导积极沟通，为乌东德水电站移民工作的顺利稳步推动尽了极大努力，做出了极大贡献。"

时隔多年，石伯勋现在回忆起来还直呼不易："移民规划硬是做了四年，主要是处理各种关系，不断地协调各种矛盾，是一个长期博弈的过程。"

比如，对于库区淹没实物指标，地方上提出的要求比较高。而国家一般坚持"三原原则"，这些都需要在调查的时候根据情况灵活掌握。

长江设计院的经验是，根据情况先确定一个当地政府和具体移民都能够认可的底线标准，然后与业主协商，视具体情况做局部调整。

在乌东德移民工程进行期间，国家打响脱贫攻坚战役。长江设计院借此东风，配合地方政府，将二者有机地结合起来，让移民百姓借机脱贫致富。实践证明，这一举措是成功的，乌东德水库移民新区就是最好的例证。

内心的幸福感，不只是自我满足，更在于成功地帮助了他人。长江设计院职工在乌东德库区奔走了近十年，对那里贫困而质朴的百姓充满了感情，总想为他们做些什么。除了将移民工作做得更好、更细外，他们还将爱的阳光洒向库区移民。如自发地在当地小学开展扶贫助学等，这些事虽不大，但却感人。

长江设计院在乌东德的移民工作者之所以行，之所以成，之所以有良好的口碑，除了高质量完成了工程设计外，还与这些善举有关，当地百姓更是备感温暖。

钮新强院长在评估石伯勋书记领导的乌东德移民工程时，也由衷地赞叹评价道："非常优秀，非常好！"

四、掌舵

"水激石则鸣，人激志则宏。"石伯勋作为长江设计院党委书记、副院长，除协助钮新强院长做好乌东德水电站的勘察设计工作外，还要在工程建设期从事设计管理工作，这可不是一项轻而易举的工作。

石书记深知责任重大，并带头践行。

2003年3月7日，石伯勋与翁永红一起，带领长江设计院团队深入乌东德山区，开展了第一次现场勘察，宣告了乌东德项目的正式启动。此后，石书记协同钮新强院长全过程对乌东德水电站勘测设计的重大和关键节点工作进行指导与部署。他多次参加业主组织的重大会议，同事们对他的评价是：

"他的发言实事求是、简练明晰、提纲挈领，观点和结论掷地有声。"

工程建设十多年来，石伯勋时时处处展示出卓越的领导才能，为工程的勘察设计和设计人员的工作、生活保驾护航。

他高度关注并参与决策工程重大勘察设计工作，对大坝、地下厂房、高边坡等重点部位的勘察设计工作更是关心备至。工程施工期间曾几次出现险情，他都及时赶到现场，查明情况、分析原因、寻找对策，并部署工作，解决问题。

只要他到现场，就能稳住在场设计人员的心，就能让他们提起精气神，工作起来自然也是底气十足。

比如，2014 年春节前夕左岸尾水出口边坡出现重大险情，石伯勋在腊月二十九就赶到乌东德工地。他先对现场进行勘察，听取现场情况汇报，当天晚上召集设计院的同志开了专题会议，进行总体部署。大年三十上午，参加三峡集团专题会议，进行详细介绍和深刻分析，下午再次组织人员召开内部专题会议，对下一步工作做了全面细致的安排。

这个内部会议开完后，就是除夕夜了。当天晚上，石书记就在食堂与坚守一线的设计院员工和家属一道吃年夜饭，并向他们表示深深的感谢和祝福。他温暖的话语极大地鼓舞了一线员工的心，这个温暖的场面让亲历者久久难以忘怀。

有员工说："石书记经常在节假日看望在乌东德坚守的设计院员工，并与员工亲切交谈。他对员工很亲切，没有领导架子，让员工如沐春风。"

凡是工地出现险情，或有重要问题需要协商的关键时刻，石伯勋从不缺席。早谷田危岩体、金坪子滑坡、高位边坡等影响工程安全的重大地质隐患，他都亲赴现场，全然不顾自己的安危。工程设计的重要讨论或重大决策，时时出现他的身影。在石书记身上，充分体现出长江设计院领导层的使命、责任与担当。

2019 年乌东德水电站蓄水在即，长江设计院内部对早谷田危岩体的稳定性评价仍未达成一致。石书记组织专题会议，统一大家认识，并决策拍板，确保了乌东德水电站按时间节点成功蓄水。这个拍板是需要担当精神的，石书记将工程建设放在首位，其担当精神让人不得不敬佩。

作为长江设计院党委书记，石伯勋还"把支部建在连上"，领导创建了长江设计院第一个建立在外业项目工地的党支部，并对工地党支部如何创新性开展工作提出建设性意见，使工地党员备受鼓舞，支部工作得以顺利开展。在乌东德项目部，真正做到了一名党员就是一面旗，一个支部就是一个坚强的战斗堡垒。

近 20 年来，石伯勋书记忠于职守，狠抓关键，以其冷静、睿智、踏实、尽职的工作作风为乌东德水电站的圆满建成做出了贡献！

第三节　勇当先锋

如果将乌东德工程勘测设计项目部门比成作战指挥部，翁永红无疑是具体布置执行完成战斗任务的前线总指挥，同时还兼有总参谋长的职能。

翁永红刚毕业就赶上隔河岩水电站建设高潮，先后参加三峡、南水北调、长江重要堤防隐蔽工程等重大工程的勘察设计。

翁永红最大的机遇出现在 2003 年，这是他出任长江设计院副总工程师的第二年，也是长江设计院吹响向"乌东德高地"攀登号角的第一年。

一、走马上任

2003 年的一天，钮新强院长将翁永红叫到办公室，对他说：

"院里想竞争金沙江上的乌东德工程项目。经研究决定，让你出任乌东德水电站设计总工程师，当前的主要任务就是要将这个项目拿下。"

回忆起当时的心态，翁永红毫不掩饰地说：

"我当时正在处于建设高峰期的三峡工程全心全意做设计工作，对此一点思想准备都没有，乌东德坝址不仅没有听说过，更谈不上关注。领导将此任务交给了我，我必须担当，只是当时的压力真的很大。"

"应该说，整个乌东德工程始终稳步向前推进。翁总带着的我们这个团队，最大特点是效率高，不折腾。"负责坝工设计的曹去修曾这样对我说过。

接受任务后，他立即带队到乌东德现场考察。一到现场，他马上意识到，这个坝址是真好，可当地的自然条件是真差。

从坝址回来后，翁永红就被"关"进了武汉迎宾馆编标书，与他一起的还有长江设计院各专业的骨干。尽管事情过去了 20 年，但回忆当时的场景，翁永红还是记忆犹新。

"钮新强院长调来的都是各单位的精兵强将，不仅业务能力强，而且素质高。其间有不少长者，都没有因为我年轻而不支持我的工作。我们每一天都要开碰头会，有什么问题大家商量着解决。毕竟隔行如隔山，碰到我不太了解的专业，相关的同志尽量用通俗易懂的语言来解释。"

长江设计院中标后，乌东德水电站的设计也正式拉开序幕。翁永红和设计团队再次考察乌东德，收集第一手资料。回来后，翁永红带队编制乌东德水电站预可行性研究报告。

"别人能负的责任，我必负；别人难以负的责任，我亦能助他成功。"带着这个信心，翁永红开始履行自己的责任了。

二、挂图督战

打仗需要制定作战方案，工程设计阶段也要先画一幅工作进度图。翁永红是从施工处走出来的，对于施工进度计划自然轻车熟路。他亲自在电脑上操作绘图，没多久，《金沙江乌东德水电站预可行研究勘察设计主要控制性结点及网络图》就悬挂在他办公室的墙壁上了。这可是翁永红指挥乌东德工程设计的第一个大手笔。

这张图有两个功能：一是对与乌东德项目相关的勘察、水文、规划、设计等各单位的工作做出时间安排；二是对报告编写、修订、送审各重要环节做出时间安排。它是长江设计院共同攀登乌东德高地的进度图，也是翁永红作为项目总工程师掌控与指挥项目进度的示意图。

这张网络图始于 2003 年 11 月 18 日合同签订，止于 2005 年 12 月 31 日预可研工作结束，共有 5 条线路。"关键线路"居中，与之平行的还有技术接口、工程勘察、成果报告、规划设计 4 条线。

从图中的标记走向可以看出，这些成果都运用到预可行性研究报告初稿及修订稿中，最终交给业主三峡集团，由他们组织专家审查。

"秉纲而目自张，执本而末自从。"翁永红在挂图督战的同时，恶补自己的知识面。他开始钻研自己不太熟悉的业务，尤其是原先从未接触过的生态、移民等。通过不同范围的小型讨论会，向同事们学习，在较短的时间内初步掌握了各专业的内核。

那段时间，同事们发现翁永红变了，变得更加刚毅、果断，他一门心思地按照进度图标示的时间点来督促检查相关单位。不管是谁，不管有什么理由，达不到质量，没有在规定时间完成任务，他都会毫不客气地在图上画出预警符号。在他的督促下，图中标示的近200项进度控制节点从未调整，也就是说每一项重要工作都如期完成。他们按期完成了工程预可研设计。

可研报告的编制同样应用该督战图，忙而不乱、稳步前行，对摘取乌东德水电站设计的"王冠"功不可设。

三、坐镇指挥

成功来自长期的默默耕耘，成功更来自每一个人发挥所长，努力工作。

"我们单位有一大批德才兼备的领导，他们都十分有担当精神。各个单位的精英集中在一起，大家团结协作共事。碰到问题，大家商量着探讨最佳的解决办法。我们不唯上，不唯前，不唯书，只唯实，最终总能找到合适的、合情的、合理的、科学的最佳方案。"

工程设计施工实践中，大家商量探讨最佳的解决方法，但最终得有一个人归纳总结出一个可以最终实施的意见，这个人非总工程师莫属。总工程师应是个杂家，他不见得什么都精通，但什么都得懂一些，尤其是一些要害问题。要敢于决策，这里面不仅体现了责任意识，更有担当精神。翁永红当之无愧是一位优秀的总工程师。

翁永红总工程师还有一个素质即善良。善良体现在他为人处世的许多方面，是最让人感到温暖的东西。

项目秘书邓勇真切感受到翁总特别关爱年轻人，不仅注意给年轻人压担子，而且尽量给年轻人创造条件。邓勇说他到工地才一个多月，翁总就让他在设计年会上代表设代处汇报工作，而且当着那么多与会者鼓励他，说他汇报得不错。这就是一种善良之举，而且将关心落到实处。

翁永红绝对不是一个和事佬，遇到谁工作中出现了什么问题，他一定会私下里指出来，帮助其修正。这也是一种善良之举，也让人能感到温暖。

四、指挥成功

工程正式开工后，翁永红带着一帮人驾船扬帆起航，向大海深处驶去。

而在启航前，翁永红就与规划院的安有贵两次合作，并取得硕果。一是他听取安有贵的意见，争取到三峡集团和长江委领导的支持，最终说服铁道部对成昆线提前升级改造，使乌东德水电站的正常蓄水位由 950 米抬升到 975 米；二是他同样听取安有贵等人的建议，为攀枝花市找到金沙和银江两个优秀的水电站坝址。尽管这两大贡献的创始者是安有贵，但翁永红作为项目总工程师高度认同，并积极协助把这两件事情办成了，其功劳也值得载入工程史册。

近 20 年来，作为项目总工程师，翁永红不仅自己善于捕捉新思想、新观念，更善于把同事们集中起来，鼓励他们敢于创新，大胆实践，小心求证。在院领导的关心下，在同事们的努力下，乌东德水电工程取得的十二大创新成果为工程建设插上了腾飞的翅膀。

在接受采访时，翁永红曾这样对笔者说过："昨天，马主任（时任长江委主任马建华）还对我们说，一定要充分探讨工程与生态如何结合的问题。水利工程与水生态打交道，修建乌东德水电站时有两个创新对我而言是一个挑战。"

一个是在大坝设计中不设导流底孔，另一个是过鱼设施，翁总在十二大创新中已作了深刻的阐述。

对此，翁永红至今回忆起来还感慨万分："我们在大坝设计中不设底孔，还达到了保障生态流量的目的，说明我们乌东德团队是优秀的团队，在技术上敢于创新，是一流的设计团队。"

"我们面对疑问，敢于突破。把复杂的问题分为若干个技术节点，对每个技术节点进行认真打磨，就能出成果。

"团结合作是我们院最大的优势。这项成果不是搞环保的人单独做出来的，也不是搞工程的人单独做出来的，是大家一起共同努力做出来的。

333

我们实事求是地对待一个问题，共同出谋划策，我觉得这是最重要的。"

翁永红对乌东德工程的另一大突出贡献，就是两次提议提前首台机组发电时间，使工程提前投产，提前受益。

第一次提议出现于 2017 年下半年。翁永红在总结三峡水电站等巨型机组安装进度经验的基础上，根据乌东德工程建设实际，提出将第一批机组发电的时间由 2021 年提前到 2020 年 8 月。第二次提议出现于 2020 年初，他根据实际进展情况，提出首台机组发电时间还可以提前一个多月，到 6 月底。而最后一台机组发电时间，则可能提前更多（实际情况是提前了 7 个多月）。

为使机组提前发电，翁总代表长江设计院提出了"双工位，转子跨转子"的安装设计程序，就是左、右两岸各两台机组的转子在安装时，不必拘泥于以往一个转子装完后再装另一个转子，而是两个转子同时安装。这样，在安装过程中会出现一个转子跨越另一个转子的问题。因为转子实在太重，包括业主、施工单位、安装单位和长江设计院内部人员都感到心中无底。为此，长江设计院在设计时将厂房的高度增加了 1 米，并适时提出 2 机 1 组小间隔，采用"8+4"方案，有效规划整个电站的机组安装及发电进度，实现了对电站机组安装进度的精细化控制。

对此，翁总动情地说："我们的机组安装工作是在新冠疫情的影响下进行的。经过建设者的共同努力，电站提前发电，这和我们改造流程后预测的目标高度吻合。工程因此多发的电量将近 100 亿千瓦时，效益是巨大的，这可是个了不得的事。"

在各方的共同努力下，乌东德电站各机组安装较为顺利，全部实现了提前发电。如首批机组发电的时间是 2020 年 6 月 29 日，2020 年投产了 8 台，2021 年 6 月 16 日 12 台机组全部投产，比原设计提前半年，工程建设者以自己的实际行动，向建党百年献上了一份厚礼。

翁总提到的第二个创新，是支持年轻人在水电站尾水首次设置尾水集鱼设施，成为工程与生态相结合的典范，这个故事在本书的前面已讲过了。它体现出翁总的另外一种才能，就是慧眼识人，这里面包含眼光、境界、胸怀等。

行动的创新源于思想萌芽，任何一个伟大的创新成就，都是从思想的萌芽、成熟，然后通过实施，最终成型的。而这些创新思想的萌芽，往往首先发生于对新事物充满好奇的年轻人。如过鱼建筑物的设计师王翔，不仅年轻，还与翁永红素不相识。可通过王翔的汇报，翁永红敏锐地发现他新思想的价值，并积极支持他将其化为现实，类似慧眼识人的情况还出现过多次。

年轻工程师王翔对翁总满是佩服，对他工作的支持是一方面，仅翁总在每天总结会上的发言就让他感慨不已：

"翁总在会上的总结发言是那样宏观，能抓住要害，他的站位就是比别人高。"

言为心声，善于讲话者，不仅因为他掌握了讲话的技巧，更重要的是他掌握了足够支持讲话内容的广博知识及宏观处理问题的胸襟。这仅仅是他在工地统领全局的一个细微的举动，但在年轻人眼里，这就是翁总的站位高的一个例证。

高超的业务水平、极强的组织协调与语言表达能力，助翁永红带领着团队完成了修建乌东德水电站的使命。

五、优秀团队

"乌东德工程做完了，你感触最深的是什么？"我这样问曹去修。

"应该说，我们这个团队非常非常棒！"为了表明他对这个团队的充分肯定，曹去修将副词"非常"连用了两次。

这可不是我设定的评判等级，而是与他共事十多年的同志由衷发出的赞誉。

事实上，在我采访的人员中，没有一个不夸奖乌东德项目部的。

如曹去修这样说道：

"作为一个工程的设计老总，我觉得最应该具备的是组织协调能力。翁总的组织协调能力太强大了！包括设计院院内的专业之间的协调，包括

335

跟外面的协调，上下利益相关方的协调，他的这个能力真是太强大了！"

廖仁强谈起翁永红也是赞赏有加：

"翁总一直很敬业，而且组织能力、综合能力都非常强。他非常会用人，而且用人不疑。他相信你，依靠你，就交给你去办，你把事情给办好就行。而且他的情商很高，跟他干活的人，有一种幸福、快乐的感觉，这也是一种能力。翁总就属于搞一个项目就结交一帮朋友的领导。"

"泰山不让土壤，故能成其大；河海不择细流，故能成其大。"一个真正成功的领导者，情商和智商要很高，否则不可能把那么多人吸引过来，与他一起奋斗。

一个人能得到众人的信赖是最幸福的，真应该为这样一个综合素质高的总工程师点赞。

结束语

我终于走出了乌东德工程园林，览遍了工程、人文美景。近两年，我多次出入长江设计院等单位，目睹了老、中、青三代设计人的面孔。人员在此接力，精神在此弘扬，文化在此传承。与工程是勘测、水文、规划、设计、施工等专业的接力一样，长江设计院也是在一代代传承与接力中，实现高质量发展的。

治理开发长江，保护绿色长江，是长江设计院等单位的事业，也是工程师们挥洒汗水、实现自我价值的舞台。在过去的20年里，他们为了让大国重器在乌东德"安家落户"，不断向着乌东德这个高峰攀登，终于攀上了峰顶。

时间在流淌，岁月在流逝，但长江委的工程师们水电报国的理想却不会改变。他们将不断弘扬奉献、团队、创新、服务、实干的精神，向着既定的目标稳步前进。

愿长江设计集团的明天更加美好！

图书在版编目（CIP）数据

攀登乌东德 / 刘军，秦建彬著 . -- 武汉 ：长江出版社，2025. 4. -- ISBN 978-7-5804-0106-9

Ⅰ . I25

中国国家版本馆 CIP 数据核字第 2025CL2740 号

攀登乌东德
PANDENGWUDONGDE

刘军　秦建彬　著

责任编辑：　江南　郭利娜
装帧设计：　彭微
出版发行：长江出版社
地　　址：武汉市江岸区解放大道 1863 号
邮　　编：430010
网　　址：https://www.cjpress.cn
电　　话：027-82926557（总编室）
　　　　　027-82926806（市场营销部）
经　　销：各地新华书店
印　　刷：湖北金港彩印有限公司
规　　格：787mm×1092mm
开　　本：16
印　　张：21.5
彩　　页：24
字　　数：329 千字
版　　次：2025 年 4 月第 1 版
印　　次：2025 年 7 月第 1 次
书　　号：ISBN 978-7-5804-0106-9
定　　价：180.00 元